农民发展研究文库

中国农民发展研究中心
浙江省哲学社会科学重点研究基地成果

改革开放35年
浙江农民发展报告

顾益康 金佩华 等 著

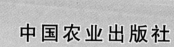
中国农业出版社

总　序

　　中国是一个农民占大多数的发展中大国，解决好农业、农村、农民问题，始终是全党工作重中之重。农民问题是"三农"问题的核心，农民是中国最大的发展主体，农民发展是中国发展面临的最大难题，没有农民的小康就没有全国的全面小康，没有农民自由全面发展，就不可能实现国家富强、民族复兴、人民幸福的"中国梦"。

　　浙江农林大学中国农民发展研究中心自 2012 年 6 月成立以来，坚持以农民的全面发展和现代化作为主攻研究领域，以"为农民谋发展、为农民达心声、为农民著历史"为研究宗旨，设立三大研究方向开展研究：一是农业农村经济现代化与农民发展。该研究方向从农民是"经济人"的视角出发，探寻在农业农村经济现代化进程中农民收入持续增长和实现农民物质上共同富裕的发展路径，在中国特色农业现代化和高效生态农业发展、农民增收与扶贫、农民消费与生计改善、生态经济与山区农民发展等方面形成研究特色；二是农村社会发展与农民权益。该研究方向从农民作为"社会人"的视角，以社会主义新农村"五位一体"建设为背景，探索农民政治、社会、文化发展的历史变迁和当代农民政治、社会、文化发展和权益保障的内在规律，寻求实现农民精神生活共同富有的科学路径，在村域经济社会变迁、乡村治理转型、乡村社会管理创新、农民权益保护、新农村新文化建设等研究方面形成鲜明特色；三是城镇化与农民全面发展。该研究方向从让农民成为全面发展的现代人的视角出发，探索城镇化加速发展背景下农民全面发展的内在规律与实现路径，构建农民全面发展评价理论框架与指标体系，在新型城镇化与城乡综合配套改革、农民分工分业与农民转移转化、农民工市民化与现代农业经营主体培育、农民全面发展评价与进程监测等领域形成特色优势。

　　经浙江省社科联批准，研究中心于 2013 年 1 月正式成为浙江省哲学社会科学重点研究基地之一（又名"浙江省农民发展研究中心"）。中心坚持"以人为本谋发展"的指导思想，紧紧把握中国农民发展历史脉络、新型工业化、城镇化、农业现代化、信息化同步推进和城乡发展一体化趋势，以"服务浙江、辐射全国、走向世界"为研究愿景，协同创新，汇聚农林经济学、社会学、政治学、管理学、法学、心理学等多学科综合研究优势，致力于农民全面发展的顶层设计和实践创新，深入总结农民创业创新创富的先行经验，探索农民加快实现物质上共同富裕、精神上共同富有现代化的发展路径，并借鉴世界三农发展道路的经验和教训，破解影响中国农民全面发展的体制障碍和发展瓶颈，研究农民全面发展的科学规律和中国特色的农业农村农民现代化发展道路。经过中心研究人员的辛勤工作，目前已经形成了相关领域的成果。我们将陆续结集出版，名为《农民发展研究文库》，也是应呼中心之名。

文库首辑将出版有十部：《改革开放 35 年中国农民发展报告》、《改革开放 35 年浙江农民发展报告》、《中国特色农业现代化道路》、《中国农民发展指数研究》、《新"三农学"研究》、《农民流动与社会保障》、《浙江省农户林地流转行为及绩效研究》、《韩国三农》、《浙江省农业转移人口市民化路径与政策研究》、《中国农民发展论》。我们深知，在今后工业化、城镇化和城乡一体化的相当长的历史进程中，农民仍将是发展变化最剧烈、对中国发展影响力最大的一个社会群体，也仍有庞大人群的农民继续生活在农村社区，从事农业和农村二、三产业。"路漫漫其修远兮，吾将上下而求索"，农民发展的研究问题没有终点，我们的研究工作也不能穷尽。作为研究者，只有坚持农民研究的情怀与志趣，不断努力，薪火相传，希望我们的耕耘能够照见后来者研究道路的方向以及对政府部门决策有所应用和启发。希望中心能够产出更多、更有影响力的高质量农民发展的研究成果，更好体现研究中心"为农民谋发展、为农民达心声、为农民著历史"的宗旨。

中国农民发展研究中心主任 顾益康

2013 年 9 月 18 日

目　录

总序

第一章　三十五年农村改革与政策演变……………………………… 1

第一节　农村改革发展历程 …………………………………………… 1

第二节　农业经营体制改革与政策演变 …………………………… 7

第三节　农业市场化改革与政策演变 ……………………………… 15

第四节　农村经济改革与政策演变 ………………………………… 22

第五节　农村基层管理体制改革与政策演变 ……………………… 34

第六节　统筹城乡发展与社会主义新农村建设 …………………… 43

第二章　三十五年浙江农民的贡献 ………………………………… 55

第一节　农民对浙江经济发展的贡献 ……………………………… 55

第二节　农民对城镇化和社会发展的贡献 ………………………… 65

第三节　浙江农民发展对中国特色社会主义道路的独特贡献 …… 69

第三章　三十五年浙江农民经济发展 ……………………………… 72

第一节　农民家庭收入 ……………………………………………… 72

第二节　农民家庭消费 ……………………………………………… 84

第三节　农民家庭储蓄与借贷 ……………………………………… 99

第四节　农村劳动力就业 …………………………………………… 108

第五节　农民生活方式 ……………………………………………… 118

第四章　三十五年浙江农民政治发展 ……………………………… 133

第一节　浙江农民政治发展的历程 ………………………………… 133

第二节　浙江农民政治发展的内容 ………………………………… 137

第三节　浙江农民政治发展展望 …………………………………… 169

第五章　三十五年浙江农民社会发展 ································· 175

　第一节　浙江农民社会发展历程 ······································· 175

　第二节　浙江农民社会发展的现状 ····································· 182

　第三节　浙江农民社会发展展望 ······································· 194

第六章　三十五年浙江农民文化发展 ································· 202

　第一节　浙江农民文化发展历程 ······································· 202

　第二节　浙江农民思想道德素质发展状况 ······························· 211

　第三节　浙江农民科学文化素质发展状况 ······························· 218

　第四节　浙江农民对传统文化的传承创新状况 ··························· 225

　第五节　浙江农民精神文化生活发展状况 ······························· 231

　第六节　农民文化事业和文化产业发展状况 ····························· 237

　第七节　未来浙江农民文化发展展望 ··································· 244

第七章　促进浙江农民全面发展的战略对策 ························· 251

　第一节　浙江农民全面发展面临的挑战 ································· 251

　第二节　促进浙江农民全面发展战略对策 ······························· 268

参考文献 ··· 276

后记 ··· 278

第一章 三十五年农村改革与政策演变

浙江的改革始于农村，浙江的快速发展也得益于农村改革发展的成功。浙江发展快是农村发展快，浙江活是农村经济搞得活，浙江富是农民率先富，这是农村改革发展推进了全省改革发展经验的真实写照。20 世纪 80 年代以来，浙江的农村改革与发展在全国处于领先地位，逐渐形成了国内外闻名的"浙江现象"。系统地分析浙江农村改革 35 年的基本轨迹，可以清楚地看到，这是一条以农业经营体制变革为突破口，带动农村所有制变革；从突破以粮为纲、单一农业经济格局到乡镇企业、小城镇和农村一、二、三产业联动发展；从破除计划经济束缚到建立社会主义市场经济体制；从突破城乡分割的壁垒到统筹城乡发展、建设社会主义新农村；从解决农民温饱到激励农民全面发展奔小康的轨迹（顾益康等，2009）。经历了改革开放 35 年的发展，浙江的农村发生了翻天覆地的变化，农民生活实现从温饱到小康的跨越。当前，在浙江的农业和农村发展进入一个新的阶段，认真回顾和梳理浙江农村改革发展的光辉历程和政策演进，有助于我们加深对浙江农村改革新阶段的认识，也有助于为其他地方的农村改革提供宝贵的经验和启示。

第一节 农村改革发展历程

改革开放以来，浙江农村走过了 35 年的光辉历程，站在新的历史起点，回顾浙江农村改革的历程，大体上可划分为四个大的阶段：1978—1984 年，农村改革开始起步，实行家庭承包经营责任制，农村基本经营制度全面建立；1985—1991 年，农村改革进入不断深化阶段，农村工业化、城镇化快速发展；1992—2001 年，农村改革进入攻坚突破阶段，推进乡镇企业产权制度改革、小城镇综合改革，市场经济体制在农村全面建立；2002 年至今，农村改革进入统筹城乡发展、推进社会主义新农村建设的新阶段（表 1-1）。

表 1-1　浙江农村改革的阶段性变化

阶段划分	重要改革措施
1978—1984 年	家庭联产承包责任制 农村土地承包期 15 年不变 减少统派购的农产品品种，提高农产品收购价格 撤社建乡，实行"乡政村治"
1985—1991 年	取消农产品统派购制度 农业实现由"产量农业"向"一优两高"的转变 乡镇企业蓬勃发展，农民城崛起 小城镇快速发展 农村劳动力快速转移
1992—2001 年	废除粮食统销制度，加强对粮食市场的宏观调控 农村土地承包期 30 年不变 乡镇企业产权改革 小城镇综合改革 以市场为导向，大力发展效益农业 放松对小城镇的户籍管制，农村劳动力有序转移
2002 年至今	率先推进农村税费改革 率先推进粮食购销市场化改革 实现从"效益农业"到"高效生态农业"的转变 加快土地制度和户籍制度改革 建设统筹城乡的公共服务体系 积极开展农村环境整治和农村新社区建设 开展农村综合改革，加强农村基层组织建设 实施欠发达乡镇奔小康工程和低收入农户奔小康工程

一、第一阶段：1978—1984 年

1978 年底，党的十一届三中全会重新确立了解放思想、实事求是的路线，同时原则上通过了《中共中央关于加快农业发展若干问题的决定（草案）》，由此拉开了中国农村改革的序幕，农业生产责任制在中国广大农村全面推开。浙江省也由此拉开了农村改革的新篇章。

中共十一届三中全会至 1980 年 8 月，由于受左的思想束缚，领导思想不解放，不赞成联产到组。1979 年 6 月，浙江省委发布了《关于农村人民公社若干政策问题的补充规定（试行草案）》，文件只是提出了可以实行小组责任

制。实践中仅仅在浙西南一些贫困山区，农民为了摆脱贫困，自发地搞起了包产到户或包干到户。进入 80 年代后，农村家庭联产承包责任制这一新生事物以不可阻挡之势迅猛向前发展，从当时经济比较落后的温州、丽水、台州、金华等浙江西南和浙中腹地，向杭嘉湖、宁绍等沿海经济比较发达地区的推进。1984 年，中央一号文件明确了土地承包期应在 15 年以上。随着家庭联产承包责任制改革推进，农产品流通体制的改革开始起步，从 1979 年开始调整农产品收购政策，减少了统购统销农产品的数量与品种，大幅度提高农产品的收购价格，1981 年，浙江省成为最早放开水产品和水果等农产品购销的省份。同时，作为走在改革开放前沿的浙江省，这一阶段乡镇企业和农村城镇化全面启动。

在农村经济体制改革的同时，浙江省的政治体制改革也同步展开。广大农民以前所未有的极大热情关注自己的切身利益，要求用政治上的民主权利来保障经济上的物质利益。由此开始了撤社建乡的工作，并有步骤、有组织地开展了村民委员会的建立工作，开创了村民自治这一社会主义基层民主的先河。

总之，该时期浙江农村的各项改革全面启动，最为突出的是实行家庭承包经营责任制，农村基本经营制度全面建立。以家庭承包责任制为主的这场生产关系的变革，使浙江农村的生产力获得了极大的解放，充分调动了广大农民的生产积极性。它不仅迎来了浙江农业增长的"黄金时期"，而且在很短的时间内解决了浙江农民的温饱问题。1984 年与 1978 年相比，全省农业增加值从47.09 亿元增加到 104.4 亿元，增长了 47.47%（按不变价计算）。在生产发展的基础上，农民生活得到了显著改善。1984 年全省农村居民人均纯收入为 446元，人均生活消费支出为 369 元，分别是 1978 年的 2.7 倍和 2.35 倍。

二、第二阶段：1985—1991 年

从 1985 年开始，随着家庭联产承包责任制的全面确立，浙江省着重对农产品流通体制进行改革，不断引入市场机制，尤其是乡镇企业和小城镇的蓬勃发展，逐渐成为这一阶段浙江最耀眼的成就。

1985 年，浙江省对农副产品购销政策作了重大改革，取消了 30 多年的统派购制度，实行合同定购和市场收购。取消了粮、棉、油等品种的统购，改为合同定购，定购以外的粮食等可以自由上市。对于其他各类农产品，实行价格放开，由市场供求调节。自此，浙江农产品商品化、农业的市场化迈出了历史性关键的一步。农民的生产积极性得到更大的提高，农业的发展实现了由"产量农业"向"一优两高"农业的转变。

这一时期，随着农村改革的进一步推进，乡镇企业蓬勃发展。自 1984 年中央一号和四号文件颁布后，浙江省政府先后制定了鼓励乡镇企业发展的若干经济政策，鼓励乡镇企业之间开展横向联合，全面推行"一包三改"制度，即实行生产经营承包责任制，承包期一般应延长到三至五年；改干部任命制为民主选举或招聘制，改固定工资制为计件或浮动工资制，改固定工制为合同工制。实行了对乡镇企业的减免税政策等，实行集体、联户、个体、私营四个轮子一起转。通过改革，乡镇企业得到快速发展。乡镇企业的发展推动了农村产业结构的快速调整。1991 年，浙江农村工业总产值为 869.46 亿元，是 1984 年的 7.15 倍，年均增长 32.4%，占农村社会总产值的比重从 1984 年的 39.1%提高到 61.7%，提高了 22.6 个百分点；农林牧渔业总产值占农村社会总产值的比重从 1984 年的 47.4%下降为 25.8%，下降了 21.6 个百分点，农村产业结构的变动在这个阶段明显快于农村改革的第一阶段。

乡镇企业的大发展也推动了浙江小城镇的大发展。工业发展必然要走向集聚的客观规律和乡镇企业寻求更好发展平台的要求，使得乡镇企业在大发展中很快出现了向集镇集聚的趋势，加上农产品及乡镇企业推销产品的需要，专业市场和小城镇应运而生。同时，这一阶段，浙江省以农民为主体建设农民城，苍南县龙港镇是改革开放之后崛起的中国第一座农民城，被誉为中国农民自主建城的样板。总之，乡镇企业的发展促进了农村城镇化，农村城镇化水平的提高又给大力发展乡镇企业提供了条件和可能，两者相互促进、相辅相成直接导致浙江省的农村城镇化快速起步。另外，在 1989 年前，国家采取措施鼓励农村劳动力流动，实行允许农民进城务工经商、农民自理口粮到集镇落户的政策，浙江省农村劳动力快速转移。

通过这一阶段的改革，实现了从单一的农业生产向多种经营发展、从单一的农业经济向三次产业并举、从单一的集体经济向"国有、集体、民营、个体"四轮驱动、从单一的乡土经济向离土离乡进城办厂务工经商转变，形成了乡镇企业异军突起、小城镇欣欣向荣、专业市场蓬勃发展和千百万农民闯市场的新格局（王立军，2008）。

三、第三阶段：1992—2001 年

1992 年初，邓小平同志视察南方发表重要讲话和同年 10 月党的十四大召开，明确了建立社会主义市场经济体制的改革目标，浙江农村进入了全面实行市场化改革的时期。这个时期的浙江农村改革主要集中在以下几个方面：

一是开展第二轮土地承包工作，土地承包期从"15 年不变"延长到"30

年不变"，不断完善承包关系。同时，村经济合作社制度化，农民专业合作经济组织在政府的推动下获得了较大发展，统分结合的双层经营体制进一步确立。

二是对以粮食为主的农产品流通体制进行改革。1993 年，浙江全面放开粮食购销体制和价格，取消了实行长达 40 多年的粮食统销制度，是全国第 2 个全面放开粮食购销的省份。之后，根据中央的要求，浙江省进行了以"四分开、一完善"和"三项政策、一项改革"为核心的粮食流通体制改革，实行了粮食购销的"两线运行"。由于农产品流通体制的改革，农业生产力水平有了较大的提高，农产品供给短缺局面全面结束，浙江省农业的发展作出了"以市场为导向，大力发展效益农业"的战略决策。

三是积极推进以产权制度改革为核心的乡镇企业改革，乡镇企业发展处于改革提升阶段。政府确立了乡镇企业大发展大提高的发展战略，乡镇企业进行了以股份合作制和股份制改革为主的产权制度改革；个体私营经济出现了蓬勃发展的良好势头。同时，在政府的引导下，乡镇企业逐步由分散走向了集聚；鼓励乡镇企业大力发展外向型经济。经过改革和发展，该阶段成为浙江省乡镇企业发展的第二个高速增长期，到 2001 年，乡镇企业产值、利税等主要经济指标连续多年居于全国首位。

四是着力推进小城镇综合改革，加强中心镇建设。从积极推进小城镇建设和发展的目标出发，通过撤区扩镇并乡，为造就一批实力雄厚的经济强镇创造条件；以小城镇综合改革试点为载体，加快中心镇建设；为加快城市化进程，把培育中心镇，促进小城镇的城市化作为发展方向。同时，放松对小城镇户籍的管制，逐步实施流动人口的就业证和暂住证制度。1995 年苍南县龙港镇率先允许农民进城办理城镇户口，1997 年在全国率先推出购房落户政策，2000 年在全国率先取消进城控制指标和"农转非"计划指标。这些政策的出台，大大推动了浙江农村劳动力的转移。

经过这一阶段的改革，浙江省农村各类微观领域的改革基本完成，社会主义市场经济体制基本建立，市场对资源配置的基础性作用进一步增强，经济发展的质量和效益明显提升。2001 年，全省农业增加值达 1 120 亿元，农村居民人均纯收入为 4 582 元。

四、第四阶段：2002 年至今

进入新世纪以后，浙江省进入了全面建设小康社会的关键时期，如何统筹城乡发展，全面推进社会主义新农村建设，切实满足农民群众全面发展的要求，保障农民群众合法权益已经成为新时期新阶段的主要矛盾，这也正是浙江农村改革在这一阶段的重点。这一阶段，浙江省委、省政府按照党的十六大的部署和胡锦涛"两个趋向"的重要论断，贯彻建设社会主义新农村的战略决策，从浙江省已全面进入以工促农、以城带乡发展新阶段的实际出发，把大力实施统筹城乡方略和推进社会主义新农村建设作为现代化建设的重大战略任务来抓，以建立以工促农、以城带乡的体制机制为重点，出台了一系列统筹城乡"兴三农"的政策和重大改革措施：

一是率先推进农村税费改革。2001 年，浙江省就停征了 25 个欠发达县的农业特产税，2003 年，又对种粮油农户停征农业税，2005 年，浙江省宣布全面停征农业税，使这项延续了几千年的专门对农民征收的税种退出历史舞台。

二是在全国率先推进粮食购销市场化。2001 年，浙江省人民政府下发了《关于加快推进粮食购销市场化改革的通知》（浙政发〔2001〕21 号），在全国率先推进粮食购销市场化改革试点，实行粮食生产、收购、销售市场化。之后，粮食流通体制取得突破性进展，使农民真正成为市场主体。同时，随着农产品流通体制的改革，尤其是粮食流通体制的市场化改革，调动了广大农民的生产积极性，促进了农业结构的战略性调整，实现从"效益农业"到"高效生态农业"的转变，农业现代化进程不断加快。

三是加快土地制度和户籍制度改革步伐。浙江省的户籍制度改革不断加快，2002 年统一实行按居住地登记户口的管理制度。2009 年 6 月通过了《浙江省流动人口居住登记条例》，废除了已实行 14 年的浙江流动人口暂住证制度，实行外来人口居住证制度。持证者将在医疗保险、子女就学、住房保障等方面享受市民待遇。同时规定"流动"一定年限可申请转常住户口，成为全国户籍制度改革的先导。加快了土地流转的步伐，土地经营权物权化、股权化。改革土地征用制度，建立土地征用补偿"区片综合价"制度，提高征地补偿标准；允许农村集体经济组织入股参与开发建设。积极探索"两分两换"的政策。

四是建设统筹城乡的公共服务体系。率先开展城乡统筹就业试点，全省城乡就业政策、失业登记、劳动力市场、就业服务和劳动用工管理"五统一"就业制度基本形成；率先启动省级层面的《基本公共服务均等化行动计划》，全面推进包括最低生活保障制度、被征地农民社会保障制度、农村新型合作医疗制度、农村"五保"和城镇"三无"人员集中供养制度、新型农村养老保险制度等在内的农村社会保障体制改革；大力推进城乡教育均衡化发展、农村公共卫生事业发展、农村文化事业发展。

五是开展农村环境整治和农村新社区建设。为推进社会主义新农村建设，实现村容整洁和改善农村基础设施这一目标。2003年，浙江省委、省政府决定实施"千村示范，万村整治"工程，在这一工程的带动下，大力开展村庄规划编制、村庄环境整治，积极推进中心村建设和示范村创建，全面改善农村基础设施。

六是实施欠发达乡镇奔小康工程和低收入农户奔小康工程。为实现统筹区域发展的要求，实施了"欠发达乡镇奔小康工程"、和"低收入农户奔小康工程"。通过大力推进下山搬迁脱贫，加强贫困农民培训，努力推进产业化扶贫，促进欠发达地区基础设施建设和社会事业发展，切实加大结对帮扶力度等措施，实现扶贫方式从开发扶贫和救助式扶贫向综合性扶贫的提升。

通过梳理改革开放35年来浙江农村改革的历程，我们可以看到，农村的改革，首先是从变革农业经营体制入手。以家庭承包经营为基础、统分结合的双层经营体制迅速取代了以统一经营、统一分配为特征的人民公社经营体制。在不改变土地集体所有性质的基础上，充分发挥了家庭经营的积极性。与此同时，在农产品的收购中不断深化对统派购制度的改革，一方面逐步提高农产品的国家收购价格，一方面逐步扩大自主流通、市场定价的农产品比重，逐步形成了在国家宏观调控下按市场需求调节农业生产、按供求关系确定农产品价格的体制和机制。在重新确立家庭经营在农业中的地位和不断完善国家对农业调控方式的背景下，农村出现了生产要素自由流动和重新组合、经济结构深刻变革的活跃局面：乡镇企业异军突起，小城镇快速发展，外出务工经商的民工潮汹涌澎湃，农村的经济和社会从封闭走向了开放。在废除人民公社体制、撤社建乡的同时，党和国家及时在农村推行村民自治制度。广大农民依法行使民主选举、民主决策、民主管理、民主监督等权利，以村党组织为核心充满活力的村民自治机制已经形成。当前，浙江农业和农村发展的阶段和目标发生了彻底改变，统筹城乡发展、建设社会主义新农村和全面建设小康社会成为现阶段浙江农业和农村发展的首要目标，为此，浙江采取了一系列重大的改革政策和措施。

第二节　农业经营体制改革与政策演变

1978年，党的十一届三中全会召开，浙江农村推行了以家庭联产承包责任制为中心内容的一系列改革，确立和完善了"以家庭承包经营为基础，统分结合的双层经营体制"这一农村基本经营制度。浙江农村统分结合的双层经营体制的改革走过了一个漫长的过程，是随着思想的逐步解放而不断建立起来的，并不断加以完善。其中，家庭承包经营制度的建立，是浙江改革的第一个成功突破口，是浙江农村改革的第一篇章。

一、家庭承包经营制度的建立与完善

（一）家庭承包经营制度的确立

浙江省家庭承包经营制度的确立经历了一个曲折的过程，从不联产到联产，从联产到组到联产到户，从局部地区推行到全面推行。

1. 开始裂变阶段

党的十一届三中全会至 1980 年 8 月，由于"左"的错误思想影响较深，领导思想不是很解放，对中央确定的联产计酬理解不够，怕包工包产到组会引起分小小队，动摇队的基础，因而不赞成联产到组，只主张实行定额计酬和底分活评。1979 年 6 月，浙江省委发布了《关于农村人民公社若干政策问题的补充规定（试行草案）》，该文件指出，生产队根据农业生产需要，可以组织临时的或季节性的田间操作组，建立"任务到组，定额包干，检查验收，适当奖惩工分"的小组责任制。零星作业和小型副业要在集体统一经营下实行个人岗位责任制，可以规定产量（产值），实行超产（值）奖励，也可以交产交钱记工。到 1980 年 8 月，据全省 26.08 万个生产队统计，小段包工的占 62.1%，专业承包到组的占 21.7%，还没有建立生产责任制的占 13.8%。那时政府还不赞成农村搞包产到户或包干到户，但是浙西南一些贫困山区，农民为了摆脱贫困，自谋生路，自发地搞起了包产到户或包干到户。1980 年初，全省搞包产到户、包干到户的有 4 300 多个生产队。

2. 逐步推行阶段

1980 年 9 月，中共中央发出了《关于进一步加强和完善农业生产责任制的几个问题》（中发〔1980〕75 号），提出"吃粮靠返销、生产靠贷款、生活靠救济"的生产队，可以包产到户，也可以包干到户，并在一个较长时间内保持稳定，并且明确指出"在生产队领导下实行的包产到户是依存于社会主义经济，而不会脱离社会主义轨道的，没有什么复辟资本主义的危险"。同年 10 月，浙江省委召开工作会议，传达贯彻了中央这一文件精神，提倡推行专业承包、联产计酬责任制，对于少数贫困落后地区允许搞包产到户。此后，家庭联产承包这一新生事物以不可阻挡之势迅猛向前发展。1981 年 9 月，全省包产、包干到户的生产队已经达到 37.4%。在这一阶段，实行包产、包干到户责任制的，主要集中在温州、丽水、台州、金华等浙江西南和浙中腹地。当时，杭嘉湖、宁绍等沿海经济比较发达地区，由于原来集体经济的基础比较好，不少领导干部思想仍然还没有放开，包产到户、包干到户的很少。

3. 全面推行阶段

1982 年 8 月，浙江省委、省政府召开全省农村工作会议，进一步学习了《中共中央批转〈全国农村工作会议纪要〉》（中发〔1982〕1 号）的精神，联系浙江实际总结了经验，肯定了家庭联产承包责任制，并且提出在经济发达地区同样可以推行，这标志着浙江已经进入了全面推行家庭联产承包责任制的阶段。在这一阶段，大田家庭联产承包责任制在嘉兴、绍兴、杭州、宁波等经济发达地区得以突破和推行，家庭联产承包责任制由粮食生产迅速向经济特产、林业、渔业和开发性农业等领域大面积扩展。截止 1984 年 2 月，全省 35.78 万个生产队中实行包产包干到户的占 99.2%，承包到组的占 0.55%，实行定额包工等不联产责任制的占 0.25%。

（二）确定承包期"15 年不变"，并不断完善承包合同

在家庭联产承包的初期，农村土地承包期普遍过短，一般只有三五年，少数甚至一年一包。农民反映"三年两头动，生产不定心"。不少人用地不养地，搞掠夺性经营。1984 年春，浙江各级领导根据《中共中央关于一九八四年农村工作的通知》（中发〔1984〕1 号）文件精神，在全省普遍进行了延长土地承包期的工作。多数地方，水田的承包期延长到 15 年以上，山林等多年生的作物，延长到 30 年以上。各地调整承包土地，一般掌握"大稳定、小调整"的原则，不搞打乱重分。1984 年，全省首次完成承包土地的调整，各地土地调整面在 10% 左右。同时，针对不少承包合同不规范、不完整等情况，开展了完善承包合同的工作。1987 年浙江省政府印发了《浙江省农业承包合同管理试行办法》（浙政〔1987〕61 号），明确了农业承包合同管理机构和职责、承包合同的签订与履行、承包合同的变更与解除、违反承包合同的责任、承包合同纠纷的调处和仲裁等，使浙江省的农业承包合同有法可依。1991 年 6 月，浙江省农村研究室、浙江省农业厅联合发出《关于加强农业承包合同管理几个问题的通知》（浙农研〔1991〕23 号），进一步加强了农业承包合同管理机构建设和档案管理制度，并且明确各地要认真办理农业承包合同签订和妥善调处农业承包合同纠纷，同时抓好农业承包合同结算、兑现。到 1992 年，全省农业承包合同管理规范化程度进一步提高，规范的农业承包合同达 833.81 万份，占总数的 87.6%，合同兑现率提高到 88.1%。

（三）开展第二轮土地承包工作，土地承包期"30 年不变"

根据中共中央办公厅、国务院办公厅《关于进一步稳定和完善农村土地承包关系的通知》（中办发〔1997〕16 号），1997 年 12 月，中共浙江省委办公厅、浙江省人民政府办公厅下发了《关于搞好第二轮土地承包工作 稳定完善家庭联产承包责任制的若干意见》（省委办〔1997〕70 号），要求在第一轮土地承包到期后，把土地承包期再延长 30 年。同时，要求各地在第二轮土地承包中严格规范土地调整的范围，合理确定土地承包款标准，严格控制和管理"机动地"，正确处理好土地权属关系。1998 年 3 月，浙江省人民政府办公厅转发浙江省农业和农村工作办公室《关于浙江省农村集体土地承包权证发放管理实施意见》（浙政办发〔1998〕39 号），进一步明确了土地承包权证发放管理的主管机关、发放对象、有效期限、发放程序、变动登记、换发收回等。1999 年 6 月，浙江省人民政府农村工作办公室、浙江省妇女联合会联合下发了《关于在第二轮土地承包中切实保障妇女权益的通知》（浙农办〔1999〕37 号），要求各地切实保障对农嫁女、入赘男、离婚或丧偶妇女的合法权益。2002 年 8 月 29 日，第九届全国人民代表大会常务委员会第二十九次会议通过、并于 2003 年 3 月 1 日开始实施的《中华人民共和国农村土地承包法》赋予了农民长期且有保障的土地承包经营权，标志着农村土地承包走上了法制化轨道。2003 年 12 月，中共浙江省委办公厅、浙江省人民政府办公厅下发了《关于进一步稳定完善农村土地承包关系的意见》（浙委办〔2003〕76 号），要求各地切实稳定第二轮土地承包关系，严格按照"四到户"要求落实农户承包地，认真落实"农嫁女"的土地承包经营权，妥善解决"定销户"、"外来户"等历史遗留问题，加强土地承包经营权证和合同的管理，规范土地承包经营权的流转行为，切实加强农村集体土地征用过程中农民的权益保护，进一步落实农村土地承包关系中的有关政策。

（四）切实做好山林延包工作

浙江是一个"七山一水二分田"的省份，林权制度的改革是浙江农村土地制度改革的重要内容。1981 年以来，浙江省全面开展了以"稳定山权林权、划定自留山和确定林业生产责任制"的林业"三定"工作，形成了以家庭承包经营为基础、统分结合的林业双层经营体制，极大地调动了全省广大农民的积极性，林业收入成为浙江省农民收入的重要来源之一。但随着各地山林承包合同已经到期或将陆续到期，少数地方农民保护和开发山林资源的积极性受到影响，乱砍滥伐林木现象逐渐增多，因承包引发的纠纷事件时有发生，给农村社会稳定带来了负面影响。2006 年 1 月，中共浙江省委办公厅、浙江省人民政府办公厅发出了《关于切实做好延长山林承包期工作的通知》（浙委办〔2006〕5 号），要求按照"调查摸底、分类指导、先易后难、全面落实"的要求，积极做好延长山林承包期工作，已经划定的自留山保持长期不变由农民长期无偿使用，已承包到户的责任山继续由原承包户承包再延长50年，通过延包、统一发放《中华人民共和国林权证》，确认并有效保护农民的合法权益，并在明晰产权的基础上，建立和完善森林、林木和林地使用权的流转机制。到2007年底，山林延包工作顺利完成，全省完成换（发）林权证面积576.97万公顷，占应换（发）林权证面积的96.8%；换（发）全国统一式样的林权证425.9万本，占应换（发）林权证的99.0%；共签订责任山承包合同143.9万份，占应签订承包合同147.6万份的97.5%。通过山林延包，稳定和完善了林业生产责任制，对自留山、责任山都依法核发了林权证，规范和重新签订了承包合同，进一步明确了经营主体和责任主体，确认和保护了林农的合法权益，使广大林农真正实现了"山有其主、主有其权、权有其责、责有其利"。

二、农村合作经济组织发展与政策演变

废除政社合一的人民公社体制，实行以家庭承包经营为基础、统分结合的双层经营体制，这是改革开放后我国确立的农村基本经营制度。统分结合的双层经营体制中集体统一经营这一层是由农村合作经济组织来承担的，其中包括村经济合作社和农民专业合作社。

（一）村经济合作社发展与政策演变

村经济合作社是统分结合双层经营体制的产物，是双层经营体制的组织载体，是农民集体所有的土地、山林、水面等资源、生产资料和集体财产的所有者代表和管理组织，是家庭承包经营发展的客观需要。

1. 村经济合作社的制度化

1992年以前，浙江与其他地方一样，没有关于村级集体经济组织的制度规定。为了更好地实行双层经营体制，规范村级集体经济组织的运行，浙江省从本地实际出发，创造性地设置了村级合作经济组织，并加以制度化（卢福营，2009）。1992年7月，浙江省七届人大常委会第二十九次会议通过了《浙江省村经济合作社组织条例》，率先在全国颁布了第一部关于村级经济合作社的地方性法规。2007年9月，浙江省十届人大常委会第三十四次会议修订通过了《浙江省村经济合作社组织条例》，对原条例作了进一步完善。该法规对村经济合作社的成员界定、组织机构、性质特征、职能任务等作了明确规定。根据《浙江省村经济合作社组织条例》规定，以行政村为单位建立村级集体经济合作社，并纳入村级组织体系。村级经济合作社具有生产服务、协调管理、资源开发、兴办企业、资产积累等职能。村经济合作社的工作机构是合作社管

理委员会；社员会议是村经济合作社实行民主管理的权力机构，讨论决定涉及全体社员利益的重大事项；社员会议选举、罢免采用无记名投票方式；村经济合作社应当尊重和支持村民委员会工作，合理安排发展生产和科技、教育、文化、卫生等公益事业以及办理公共事务所需资金。

2. 村经济合作社的股份制改造

村经济合作社的股份制改造是农村实行家庭联产承包责任制改革之后由村经济合作社改革而成的。也就是对合作制进行股份制改造，即在合作经济内部引入股份制机制，它既区别于集体所有制的合作经济，也区别于一般的股份制企业，它既有股份制的投资方式和产权制度的主要规范性特性，又有合作制简单易行和联合劳动等特性。浙江省村经济合作社股份制改革起步较早。温岭市从 1997 年开始，开展了以土地为核心内容的股份合作制改革试点。1999 年在慈溪市周巷镇花墙村诞生了全省第一个村股份经济合作社，而后这一做法在杭州、宁波、台州、绍兴等地不断得到推广。为规范和加快村股份合作经济的发展，2005 年，浙江省委、省政府出台了《关于全省农村经济合作社股份合作制改革的意见》（浙委办〔2005〕39 号），浙江省农业厅下发了《浙江省村级股份经济合作社示范章程（试行）》，对改革的指导思想、基本原则、操作规程进一步提出了明确要求。

村股份合作经济是农民群众在改革实践中的又一伟大创造，它之所以一出现就得到了广大农民和各级领导的支持，并很快在农村风靡起来，是因为村股份合作经济既符合共同富裕的目标，也是社会主义市场经济发展的要求。家庭联产承包责任制的农村第一步改革解决了农民与集体经济的经济关系，但并没有解决集体经济这一层次的经营机制问题，"人人所有、人人没有"的产权虚置问题，"看得见、感觉不到"的农民群众对集体经济发展的关心问题，"既要分配、又要扩大再生产"的发展后劲问题，一直困扰着集体经济的发展。村股份合作经济是在农村合作社组织内，不改变其生产资料公有制的前提，把集体资产量化折股，同时又吸引农民现金入股组建而成的股份合作经济。其主要出发点在于明晰产权关系，保证资产收益，促进要素流动，增强集体经济发展后劲，这样既保证了集体经济的扩大再生产，又保证了农民能从集体经济发展中获得应有的收益。也转换了集体经济的经营机制，理顺了村集体与农民之间的经济利益关系，使村集体经济形成了与社会主义市场相适应的新的经营机制和管理体制。实践中，浙江省村级股份合作制改革有两种主要模式：

（1）村级资产量化型股份合作经济。这一模式主要以宁波鄞州区的村股份合作社为代表，城市化快速推进的城郊大多采用这一做法。这一模式的基本做法是在坚持土地集体所有和集体财产不可分割的前提下，通过对村社所有的资产进行清算核资、折价量化，把部分集体资产的股权量化到每个社员，并吸引社会资金入股，达到了明晰产权、资金共投、劳动合作、利益共享、风险共担，建立起了新型的集体经济组织、集体资产管理体制和运行机制，使之真正成为自主经营、自负盈亏、自求积累、自我发展的市场经济主体。

（2）村企合一型股份合作经济。拥有较强实力骨干村办企业的村大多采用这一模式进行改造。这一模式把村股份合作制改革与以骨干企业为核心组建企业集团的两项改革有机结合起来，创造出了村经济合作社与村企一体化的管理体制相融合的新的经济模式，并在实践中显现出强大的生命力。如杭州市滨江区东冠村组建由 9 家村办骨干企业为核心的东冠集团公司，在村经济合作社改革过程中，明确村集体对集团占大股，达到 1/3 以上，同时鼓励社员和企业职工广泛参股。通过股东大会选举董事长，这样就形成了村集体与母公司，母公司与子公司两个层次明晰的产权关系，形成了村企一体化的新型经营管理体制。

（二）农民专业合作组织发展与政策演变

农民专业合作经济组织的发展，是我国改革开放以来农村微观经济基础变革的重要实践。改革开放后，浙江省是我国最早出现新型农民专业合作经济组织的地区之一，是我国农民专业合作经济组织发展处于前列的地区之一。

1. 自发发展

20 世纪 80 年代初，农村家庭联产承包责任制的建立使农民获得了农业生产的自主权和收益权，社会主义市场经济进程的推进使得农民获得了依照市场经济规律走向市场化、商品化的发展空间。在此背景下，1980 年 3 月，浙江省第一家农民专业合作组织—临海市茶叶协会成立，随后，农民专业合作组织在浙江省逐步发展起来。

1985 年以后，农民合作开始从以技术合作为主向其他方面扩展，新经济联合体和农村股份合作组织就是这类扩展的产物。人们通常把新经济联合体视为农村股份合作组织的发展雏形。同样，农村股份合作组织中的农业类组织，兼有合作制和股份制的属性，具有农民专业合作组织的某些特征，也是农民专业合作组织的发展雏形。值得庆幸的是，当时各类农民专业合作组织的发展雏形，并没有遭到浙江省各级政府的封杀。各级政府不但默许它们的存在与发展，而且实际上还采取了一些扶持措施。

在这种自发发展的背景下，到 1993 年底，浙江省共有各类股份合作企业

6 万余家，其中包括农业股份合作组织 1900 多家，另外还有数目庞大的林业、渔业等大农业领域的股份合作组织（徐旭初等，2009）。

2. 推动发展

1994 年 1 月，农业部和中国科协联合发文《关于加强对农民专业协会指导和扶持工作的通知》，明确了各级农业部门是农民专业协会的行政主管部门。同年，《农民专业协会示范章程》也得以发布，这些标志着我国农民专业合作组织（特别是农民专业协会）开始步入了推动发展阶段。相应的，浙江省农民专业合作组织也随之步入了富有特色的推动发展阶段。

首先，是各级政府特别是农业部门对农民专业合作组织日益重视。浙江省明确了省农业厅为农民专业协会的行政主管部门，有关政府部门对农民专业协会的工作更为重视。其次，浙江农民专业合作组织的形式迅速变化，很快稳定了农民专业合作社形式。农村股份合作组织和新经济联合体出现大规模转型，大都丧失了其原先蕴含的合作社属性。20 世纪 90 年代中后期，浙江省农民专业合作组织的主要形式首先由专业技术协会转变为专业协会，不再突出技术合作的性质。2000 年以后，农民专业合作组织的形式由以专业协会为主开始迅速地向更适应时代要求的专业合作社形式转变，它们变得更加具有营利性。再次，浙江省委、省政府、省人大及农业行政主管部门决定将农民专业合作组织发展纳入法制化轨道，以立法行为促进农民专业合作社健康快速发展。这种做法不仅极大地促进了浙江省农民专业合作社的发展，而且一定程度上推动了我国《农民专业合作社法》的立法进程。

在政府部门的有力推动下，浙江省的农民专业合作组织获得了较大发展。从 1994—2004 年，浙江省农民专业合作组织虽然在总数上并没有显著变化，但是农民专业合作组织的成员总数和每个组织的平均成员数却不断增加。另外，在合作社构成结构上，农民专业合作组织从以松散的专业协会形式为主，转变为以紧密的农民专业合作社形式为主。合作社拥有的服务实体也明显增多，1995 年的 100 多个，1997 年的 240 多个，到 2004 年超过了 1 000 个。合作社所拥有的固定资产也从 1997 年底的 0.9 亿多元，增加到 2000 年底的 5.21 亿元，2004 年更是超过了 10 亿元。

3. 依法规范与持续发展

2004 年 11 月，浙江省第十届人民代表大会常务委员会第十四次会议审议通过了《浙江省农民专业合作社条例》，于 2005 年 1 月 1 日正式实施。这是全国首个关于农民专业合作社的地方性法规。自此，浙江省农民专业合作组织的发展进入依法规范和持续发展的阶段。

为规范农民专业合作组织的发展。2005 年，除了《浙江省农民专业合作社条例》正式实施，浙江省有关部门还制定了《农民专业合作社注册登记的若干意见》（浙工商企〔2005〕8 号）、《浙江省农民专业合作社示范章程》（浙农经发〔2005〕11 号）、《浙江省农民专业合作社财务制度（试行）》（浙财农字〔2005〕94 号）、《浙江省农民专业合作社会计核算办法（试行）》（浙财会字〔2005〕41 号）等法律条文，在注册登记、财务核算等方面建立了制度体系。一系列规范化制度的纷纷落地，为合作社的发展提供了制度保障，使合作社步入了良性发展轨道。同时，2005 年，为促进农民专业合作社的发展，浙江省省委办公厅、省人民政府办公厅制定出台了《关于进一步加快发展农民专业合作社的意见》（浙委办〔2005〕73 号），明确了财政、税收、信贷、用地用电、工商登记和注册以及用人等十个方面的扶持政策。2010 年 10 月，浙江省人民政府下发了《关于促进农民专业合作社提升发展的意见》（浙政发〔2010〕48 号），该文件对依法推进农民专业合作社规范化建设提出了要求，并进一步明确了在税收优惠、财政支持、吸引优秀人才、金融信贷、用地用电和农产品运输、减免有关规费等方面的政策。

值得一提的是，2006 年初，浙江省委、省政府在全省农村工作会议上提出要"积极探索建立农民专业合作、供销合作、信用合作'三位一体'农村新型合作体系"的要求。"三位一体"农村新型合作经济就是以农民专业合作社为基础，以供销合作社为依托，以农村信用合作社为后盾，以政府相关部门的服务和管理为保障，供销合作社、信用合作社、农民专业合作社为强化服务功能、扩大服务供给、提高服务质量而结成的资源共享、优势互补、功能齐全、分工明确的服务联合体。它不是三类合作经济组织构成严格意义上的利益均沾、风险共担的"利益共同体"，更不是三类组织合并为一个组织，而是三类组织组成的"服务联合体"，其基本功能是促进三类组织形成合心、合拍、合力的"服务协调机制"。浙江各地在"三位一体"农村新型合作经济的改革与发展中，探索出了瑞安经验、新昌经验、绍兴经验等行之有效的做法。

第三节　农业市场化改革与政策演变

20 世纪 70 年代末开始建立的家庭承包经营制度，对于调动农民的生产积极性，促进农业生产产生了突出的效果。但作为调动农民生产积极性的必要手段，农业市场化也发挥了重要的影响。浙江省在农业市场化改革的进程中，首先是进行农产品流通体制的改革，逐步实现农产品的市场化流通；其次，积极开展了由农产品购销的市场化改革带动的农业结构的战略性调整与优化；最后，积极实施农业走出去战略，探索新形势下浙江省外向型农业新路子，着力提高开放性农业的发展水平。

一、农产品流通体制改革与政策演变

在计划经济时期，农产品的市场化流通是被长期禁止的。在没有交换和贸易发生的情况下，农产品市场的发育也受到抑制。随着农业改革的推进，浙江省农产品流通体制的改革以渐进的方式逐步展开。

（一）农产品经营逐步放开

1. 减少农产品统派购品种，提高农产品收购价格

1979—1984 年，农产品流通体制由计划调节向市场调节初步松动。从1979 年开始，浙江省调整农产品收购政策，大幅度提高农产品收购价格。1981 年，成为全国最早放开水产品和水果等农产品购销的省份，还全面放开农副产品市场，恢复和发展城乡集贸市场。1983 年 3 月，省政府决定，在完成粮油统购任务后，开放粮食贸易市场，粮油价格实行议购议销。1984 年 3 月，省政府发出《关于调整农副产品购销政策的通知》，缩小一、二类产品，扩大三类产品，允许多渠道经营。这一时期的最大特点就是政府逐步减少了统购统销农产品的数量和品种，到 1984 年底，政府对主要农产品下达的各种指令性计划指标已基本取消。

2. 改革农产品统派购制度，加快农村市场建设

1985 年，浙江决定对农副产品购销政策作重大改革，取消了实行 30 年多年的统派购制度，按照不同情况、分别实行合同定购和市场收购。粮食、棉花、食用植物油料（油）、晒烟等品种改为合同定购，其他农副产品全部放开。但从 1990 年秋粮收购开始，浙江将粮食合同订购改为国家订购，作为农民应尽的义务，必须保证完成。1986—1991 年，浙江省委、省政府先后发出多个通知，要求各地按照"统筹规划、合理布局、发挥优势、讲求实效"原则，兴办城乡市场，同时引导社会力量投资建市场。统购派购制度的取消，加上国家调整一系列农村经济政策，鼓励支持乡镇企业发展，农村市场建设加快，农村大量剩余劳动力开始向农业的深度和广度进军，农村专业户应运而生，促进了农业专业化、商品化进程。到 1988 年，全省农村集市贸易市场达 3 315 个，成交额达 73.42 亿元。

3. 农产品购销市场化改革

1992 年 6 月，浙江省人民政府下发了《关于深化粮食流通体制改革若干意见的通知》，开始粮食流通市场化改革。1993 年报经国务院批准，在全省范围内放开粮食购销和价格，结束了粮食统购统销的传统体制。由于以市场化为目标的农产品流通体制改革并未顺利付诸实施，导致 1994 年的粮食价格大幅度上升及紧跟的通货膨胀，政府再度强化了对农产品流通的介入，从收购到批发恢复了国有粮食部门的统一经营。1998 年，国家对粮食流通体制实行政企分开、按保护价敞开收购农民余粮、顺价销售、粮食收购资金封闭运行等政策。2001 年以来，新一轮的粮食购销市场化改革，把农产品流通体制改革又推向了全面市场化。从 1998 年开始，浙江省实施柑橘运输"绿色通道"。2002年初，省里对国家级、省级骨干农业龙头企业生产、经营的农产品运销常年开通"绿色通道"，免费通行省内除高速公路以外的收费公路。2005 年初，浙江又专门出台《关于印发浙江省鲜活农产品运输"绿色通道"暂行管理办法的通知》（浙政办发〔2005〕8 号），对装运浙江省生产的鲜活农产品的挂浙江省牌照的车辆，免费通行包含高速公路在内的收费公路。

改革开放以来，浙江省不断深化流通体制改革，农产品得到了极大的丰富，农产品市场供求形势发生了根本性的变化，绝大多数农产品供给大于需求，已经告别商品短缺时代，逐渐进入农产品的买方市场，农产品流通体制取得了显著成就：基本打破农产品流通行业垄断和区域条块分割体制，粮食购销市场化改革已经深入开展，多元化农产品市场竞争格局基本形成，多样化的农产品市场流通形式和新型业态不断出现，农产品流通现代化水平显著提高，形成了以市场为导向，以各类农产品贸易市场为主体，贩销户为经营骨干的流通网络，多渠道、多经济成分、多经营方式、多经营环节的农产品流通格局。

（二）新一轮粮食购销市场化改革

粮食的计划经济是国家在农产品购销领域的最后一个堡垒。浙江省从改革开放以来一直注重推进粮食购销体制改革，先后进行过从统购统销到"双轨制"、再到新一轮的粮食流通体制改革的曲折道路。

1993 年，浙江就曾全面放开粮食购销体制和价格，取消了实行了长达 40多年的粮食统销制度，成为继广东省之后的第 2 个全面放开粮食购销的省份。1993 年 12 月，在中共浙江省委办公厅、浙江省人民政府办公厅下发的《关于进一步加快农业和农村经济的若干政策措施》（浙委〔1993〕22 号）中，明确提出"全面放开粮食购销和价格改革，实践证明是成功的，必须坚定不移地坚持下去"。1995—1997 年，由于省里对粮食工作实行统一领导、分级负责、分级管理、分级管理责任制，粮改基本处于停滞状态。1998 年，浙江省人民政府下发《关于进一步深化粮食流通体制改革的通知》（浙政〔1998〕11 号），1998—2000 年，根据中央要求，浙江省进行了以"四分开、一完善"（行政企业分开、粮食储备和经营分开、中央与地方的粮食责权分开、新老财务账目分开，完善粮食价格形成机制）和"三项政策、一项改革"（按保护价收购农民余粮、粮食收储企业实行顺价销售、农业发展银行收购资金封闭运行三项政策，加快国有粮食企业自身改革）为核心的粮食流通体制改革，实行了粮食购销的"两线运行"（粮食经营实行政策性业务与商业性经营两条线运行机制）。2001 年 3 月，按照《国务院办公厅关于浙江省加快推进粮食购销市场化改革有关问题的复函》（国办函〔2001〕17 号）的精神，在周密论证的基础上，浙江省人民政府下发了《关于加快推进粮食购销市场化改革的通知》（浙政发〔2001〕21 号），在全国率先推进粮食购销市场化改革试点。浙江成为全国第一个实行粮食购销市场化改革的省份。

浙江省的粮食购销市场化改革，是按照社会主义市场经济体制的要求，实行粮食生产、收购、销售市场化，目标是充分调动广大农民群众的生产积极性，保护好粮食综合生产能力，实现农业增效、农民增收、粮食供求安全。浙江省粮食购销市场化改革的基本内容是"一取消、二放开、三确保"。"一取消"就是取消粮食订购任务，把农业生产经营自主权真正交给农民，放手让农民按市场导向开展生产经营，大力发展市场适销对路的优质高效农产品生产，努力提高农业效益。"二放开"首先是放开粮食购销市场，实行经营主体多元化。努力建立规范有序、运转灵活、连接省内外的多种形式、多层次的粮食市场体系，将粮食收购企业的审批权下放到县级工商行政管理部门，凡符合国家法律法规规定并依法登记的各类所有制企业，都可以申请从事粮食收购和粮食批发经营。进一步向全国各省开放浙江省的粮食市场，鼓励和支持各类企业到浙江省从事粮食批发、零售、加工等业务。鼓励浙江省粮食加工、流通企业面向全国采购、运销粮食，在省内外粮食生产区建设原料基地，建立稳定的粮食产销关系。其次是放开粮食购销价格，实行随行就市，取消粮食收购保护价和价外加价。在市场粮价过低或过高时，通过政府吸取或抛售储备粮调节市场供求，保持粮食市场稳定。对原承担定购粮任务、一时难以调整种植结构的大户，国有粮食购销企业要主动与其签订购销合同，按合同价收购。"三确保"就是依法保护好基本农田，确保粮食综合生产能力；落实粮食储备和粮食风险基金，确保政府的宏观调控能力；建立粮食市场信息和价格监控体系，确保粮食的市场供给和粮价的稳定（高冰等，2001）。

二、农业结构战略性调整

随着家庭联产承包责任制推行和农产品流通体制的改革，尤其是粮食流通体制的市场化改革，在调动农业生产积极性的同时，也带动了农业产业结构的调整和优化。

经过多年的改革开放，农业生产力有了很大的提高，浙江省农产品供给实现了由长期短缺向基本平衡、丰年有余的历史性转变，但同时"增产不增收"、农产品卖难等问题也开始困扰着各级领导和广大农民。特别是 1997 年以后，农业发展出现了很大的变化，农产品销售困难、价格下跌、农民增收缓慢，农民来自农业的收入大幅度下降。1998 年，中央在认真分析的基础上，作出"我国农业和农村经济的发展进入了一个新的阶段"的重要判断。在这一新的阶段，农产品的供求关系发生了深刻的变化，过去有多少、卖多少，现在是生产出来卖不掉；农产品的供求不再是主要受自然灾害影响，而主要是受市场的影响。1998 年，浙江省委、省政府针对农业和农村经济发展进入新阶段后出现的新情况和新问题，按照江泽民总书记在江浙沪农村考察时提出的"沿海发达地区要率先基本实现农业现代化"的要求，制定了《浙江省农业和农村现代化建设纲要》。2000 年 3 月，中共浙江省委、浙江省人民政府发布《关于大力推进农业结构战略性调整 加快发展效益农业的若干意见》（浙委〔2000〕7号）。自此，浙江省着力调整农业和农村经济结构，大力发展效益农业，实施农产品名牌战略，强化竞争意识，提高市场化程度，在率先基本实现农业现代化方面迈出了坚实的步伐。

（一）大力推进农业区域结构调整，着力形成区域特色农业新格局

浙江积极主动地参与农业的国内国际分工，找准市场定位，调整优化农业区域结构，着力培育特色支柱产业，大力发展区域特色农业。在确保 300 亿斤*粮食生产能力和 50 亿斤可调控库存的前提下，按照市场需求确定年度粮食生产总量。压缩劣质滞销的粮食品种生产，积极发展优质口粮、行业专用粮和种子粮。着力推广高效的粮经结合、种养结合的耕地经营模式，发展市场适销对路的名特优新高附加值农产品，涌现了一批"千斤粮万元钱"的典型，形成了粮、经、饲、肥的复合弹性结构和种养混合结构。加快畜牧业从家庭副业向专业化、规模化生产的转变，努力提高畜牧业在农业中的比重。充分发挥山海资源优势，大力发展山区特色农业和海洋特色农业。加快规模化的特色农业

---

* 1斤＝500克，下同。

基地建设，大力发展规模化、区域化的生产基地，增加名特优产品的产量。浙江省委、省政府还提出了培育特色农业强县、强镇、强村的战略目标，努力形成贸工农一体化的特色块状农业发展新格局，努力提高区域特色农业的发展水平。根据《浙江省农业和农村现代化建设纲要》的要求，确立了"茶叶、水产、畜牧、花卉、食用菌、林业、蔬菜、水果、粮油、蚕茧"等十大支柱产业。

（二）大力推进农业品种品质结构的调整优化，着力提高农产品市场竞争力

优质化是农业结构调整的重要目标。浙江在推进农业结构战略性调整的过程中，不断加大农产品优质名牌战略的实施力度，把实施种子工程作为调整优化农业品种品质结构的首要环节来抓，把节地型、知识密集型和劳动密集型的种养业作为效益农业的新兴产业来发展。浙江省确定了水稻、畜禽、瓜果菜、花卉园艺、名特优水产等五大种子种苗龙头工程，建立了一批繁育基地，省财政专门安排 1 500 万元作为启动资金。把农产品创品牌和农业标准化生产作为优化农业品种品质结构的重要措施来抓。1998 年，浙江省首次评出了 20 个名牌和 951 个优质农产品，带动各地纷纷注册名优农产品商标，制定地方标准，推行农业标准化生产。

（三）大力推进农业产业结构的战略调整，着力发展农业产后加工流通业

把推进农业产业化经营，发展农业产后加工流通业，作为带动农民优化农业生产结构、拉长农业产业链、提升农业产业层次的重要举措，特别是把食品加工业作为浙江工业的一大支柱产业加以重点扶持。从 20 世纪 90 年代末开始就实施"百龙工程"，重点培育产业化龙头企业。2001 年开始，浙江省开展了省、市、县级农业龙头企业的认定工作，加强对省级骨干农业龙头企业的管理和服务，并且制定出台《浙江省农民专业合作社条例》，加快农民专业合作组织建设。2002 年 1 月，中共浙江省委、浙江省人民政府下发《关于加快发展农业产业化经营提高农业竞争力的若干政策意见》（浙委〔2002〕3 号），明确提出要"加快发展一批竞争力和带动力强的农业龙头企业，大力扶持与农民签订订单合同，形成紧密利益关系的农业龙头企业"，省重点扶持一批带动农户 3 000 户以上（欠发达地区 15 00 户以上）的外向型、科技含量较高的加工型龙头企业，扶持一批重点农副产品专业批发市场和示范性农村专业合作组织，省财政专项扶持资金在原有基础上再增加 2 000 万元，并且要求各有关部门要牢固树立"扶持农业产业化就是扶持农业，扶持农业龙头企业就是扶持农民"的思想，不断加大扶持力度，为提高农业产业化经营水平多作贡献。同年 8 月，浙江省人民政府下发了《关于加快发展农产品加工业的通知》（浙政发

〔2002〕18号），提出要"以市场为导向，以增强产业竞争力为核心，坚持发展与提高并重，注重体制创新、技术创新和外向拓展，加快推进农工科贸一体化，通过若干年的努力，把浙江省建成农产品加工业强省"。

同时，采取了建设农产品专业市场、培育购销大户、举办转销活动、开通"绿色通道"等方面措施，积极探索超市、连锁、配送等农产品现代营销方式，搞活农产品流通。同时，积极引导乡镇企业、城镇工商业、外资企业投资农产品加工业。通过上述改革措施，有效地带动了农业产业结构的调整。

三、农业"走出去"战略

浙江农业"走出去"起步较早。早在20世纪80年代就有一批农民发挥种养优势利用外地的市场和资源，积极"走出去"经营农业。进入90年代中期后，随着农业市场化程度不断提高，越来越多的企业和专业大户为了自身的进一步发展壮大，顺应市场经济和现代农业发展的规律，走出县域、市域、省域，甚至到国外发展农产品生产和加工流通业，取得了明显成效。2004年11月4日，浙江召开农业"走出去"工作会议，积极实施农业"走出去"战略，探索新形势下浙江省外向型农业发展的新路子，着力提高开放型农业的发展水平。引导专业大户、龙头企业、农产品加工企业带种子种苗、信息、资金、技术、管理等到省外发展优质农产品基地，促进浙江省农业要素与省外的土地资源、人力资源的优化组合。此后，浙江省农业"走出去"的队伍越来越壮大，地域分布越来越广，投资领域越来越丰富，经营形式越来越多样，经营效益越来越明显。浙江省农业"走出去"足迹已遍布全国除西藏、香港、澳门和台湾以外的30个省（市、区），并逐步向东南亚、南美等境外国家和地区延伸；从种植业向养殖业与捕捞业拓展，从种养捕捞业向加工流通业拓展。

近年来，按照"两头在外"的思路，抓住农业市场化、国际化进程加快的机遇，积极参与农业的国际国内分工，充分发挥比较优势，促进农业要素在更大范围、更高层次上的合理流动和优化配置，推动了开放型农业的加快发展。充分发挥出口主体、出口产品、出口方式和出口市场"四个多元化"的优势，破壁垒、跨门槛、拓市场，农产品出口保持了持续快速增长的势头。"走出去"发展战略全面启动，促进农村劳动力在更大区域内流动。省委、省政府在2008年出台的《中共浙江省委关于认真贯彻党的十七届三中全会精神加快推进农村改革发展的实施意见》中明确指出："鼓励农业龙头企业、农民专业合作社和农业经营能人到省外国外建立农产品生产基地，促进农业要素在更大范围上实现优化配置和省内农业产业转型升级。"从省域外部看，新世纪国家实施了西部大开发战略，西部地区丰富的资源状况对浙江省农村劳动力产生极大的吸引力，一部分农民带着优良的种子种苗、先进的种养技术、充裕的资金和丰富的管理经验，积极"走出去"拓展新的发展空间。

第四节　农村经济改革与政策演变

改革开放 35 年来，浙江农村经济发生了翻天覆地的变化。在农村经济改革发展过程中，依靠全民创业创新的精神，依靠农民主体的工业化、城镇化和农业现代化道路，实现了农村劳动力向二、三产业和城镇的快速转移，这是浙江农民收入持续增长、整个农村经济社会发展快的一个重要因素。

一、农村工业化进程与政策演变

浙江农村工业化是以乡镇企业发展为代表。改革开放以来，浙江乡镇企业保持持续快速发展的势头，总量、质量和效益不断提高，综合竞争力不断增强，成为浙江经济快速发展的主要动力，也是解决农民就业增收的主要途径。浙江经济发展快主要是农村发展快，农村发展快主要是乡镇企业发展快，乡镇企业快速发展是浙江经济后来居上的法宝。从 1997 年开始，浙江乡镇企业总产值超过江苏，全省乡镇企业总产值、营业收入、利润总额、实交税金等主要经济指标已连续多年位居全国第一，成为全国乡镇企业发展的一面旗帜。1978年以来，浙江乡镇企业的发展及政策演变具体可以划分为四个阶段：

（一）社队企业全面启动

早在 1978 年，浙江就成立了社队企业管理局。1979 年，中央发布了《关于加快农业发展若干问题的决定》的文件，明确了农村工业在农村经济发展中的地位，提出了社队企业要有一个大发展；同年，国务院颁发了《关于发展社队企业若干问题的规定（试行草案）》，提出了加快发展社队企业的方针、政策、技术和管理等问题。

浙江省委根据中央文件精神，结合浙江实际出台了贯彻落实的办法，发布的《中共浙江省委 省革委会转发省社队企业管理局关于贯彻执行国务院〈关于发展社队企业若干问题的规定（试行草案）〉的实施办法》（浙省委〔1979〕85 号）中，明确规定各地、市、县要"将社队企业工作列入议事日程，有一位负责同志分管，一年抓几次，有布置，有检查，有措施，经常督促主管部门搞好这项工作"。之后，全省社队企业如雨后春笋般迅速发展，特别是家用电器和纺织印染行业发展更快。同时，大批具有创业意识的浙江农民走出家门、跨越省界、遍及全国，推销浙江生产的各种小商品，同时省内专业市场的迅猛发展，也为社队企业产品的销售搭建了良好的平台，社队企业数量不断增加、生产规模不断扩大。到 1983 年底，全省社队企业总产值达到 80.57 亿元，新吸纳农村劳动力约 80 万人。

（二）乡镇企业大发展

从 1984 年开始，社队企业改称为乡镇企业。在中央 1984 年一号和四号文件的指引下，1984 年，浙江省人民政府下发了《关于加快发展乡镇企业的若干规定》（浙政〔1984〕44 号），文件明确指出"加快发展乡镇企业是浙江省经济发展的重要战略"，"乡镇企业是浙江省国民经济的一支重要力量"，"乡镇企业应该成为浙江省经济发展的战略重点"，并要求"各级政府都要充分认识乡镇企业对于社会经济发展的重要意义，主要领导同志要亲自动手抓乡镇企业"。这一文件的发布，浙江各级党委、政府把乡镇企业列为经济发展的战略重点。而后，浙江省政府先后制定了鼓励乡镇企业发展的若干经济政策，如《关于乡镇企业经济政策的补充规定》（浙政〔1985〕24 号）、《关于乡镇企业若干经济政策的规定》（浙政〔1987〕2 号）、《关于稳定发展乡镇企业若干问题的通知》（浙政〔1990〕10 号）。鼓励乡镇企业之间开展横向联合，全面推行"一包三改"制度，即实行生产经营承包责任制，承包期一般应延长到三至五年；改干部任命制为民主选举或招聘制，改固定工资制为计件或浮动工资制，改固定工制为合同工制。实行了对乡镇企业的减免税政策等，1985 年起对新办的乡镇企业（除生产属于国务院列举不能减免税的产品和经营商业外）自经营投产之月起免征工商所得税一年，从 1987 年起乡镇企业所得税税负超过 30% 的部分实行减半征收；实行集体、联户、个体、私营四个轮子一起转，大中小企业一齐上，不论成分、不限比例，最大限度地调动各个方面发展乡镇企业的积极性。

自此，浙江省出现了农村工业化的高潮，发展速度进一步加快。到 1988年底，全省乡镇企业已经发展到 50.48 万家，从业人数达到 540.3 万人，总产值达到 621.6 亿元。浙江省乡镇企业突飞猛进的发展得到国家领导人的充分肯定，被称为中国农民的伟大创造。乡镇企业的异军突起，既极大地促进了浙江省工业的发展，也成为浙江市场发展的主要推力。同时，浙江东北乡镇企业，出现了个体、私营的产权形式，这后来演变成"宁绍模式"。浙江西南则出现了家庭工业和专业化市场相结合发展农村工业的模式，也就是"温州模式"的前身。促成浙江农村工业高潮主要有三个原因：第一，大量的农村剩余劳动力向非农产业转移，为农村工业的发展提供了较充足的劳动力。第二，凭借自身的优势以及特殊的市场环境，浙江省以生产价格相对低廉的家庭日用消费品为主，具有投入低、市场广阔的特点，因此积累了大量的资金，为农村工业化的发展提供了物质基础。第三，受改革开放政策的影响，外向型经济开始发展起来，浙江省积极吸引外资以及先进的技术和管理经验，大大地推动了农村工业化的发展。

（三）乡镇企业改革提升

经过 20 世纪 80 年代中后期的快速发展，浙江省乡镇企业数量和产值都有了很大的提高，但随着市场化改革的深入推进，乡镇企业产权模糊、政企不分、机制落后、竞争力弱等问题日益显现。同时，1988 年开始，国家对乡镇企业采取治理整顿和"双紧"的方针，乡镇企业发展速度开始放慢。

在上述背景下，如何通过改革增强乡镇企业的竞争力，成为浙江各级政府关注的焦点。1992 年，浙江省政府作出了《关于全力推进浙江省乡镇企业大发展大提高的决定》，决定以深化企业改革为突破口，以推行股份合作制、股份制和个人独资为主要形式，大多数乡镇企业转制为产权清晰的民营企业，进一步激发乡镇企业的发展活力。乡镇企业各种经济成分蓬勃发展，并开始广泛进入各个领域，外向型经济发展势头迅猛，一大批有竞争力的企业在市场竞争中脱颖而出。该阶段乡镇企业的改革与发展主要表现在以下几个方面：

一是以家庭工业为主体的个体私营经济迅速发展。家庭工业是乡镇企业的重要组成部分，是浙江省民营经济的重要组织形式，也是浙江省农民创业的重要形式。在邓小平南方讲话的鼓舞下，浙江个体私营经济出现了蓬勃发展的良好势头。到 1997 年底，全省个体工商户发展到 153.2 万户、256.4 万人，分别比 1992 年增长了 36.3％和 47.3％，个体私营经济发展水平位于全国前列。

二是乡镇集体企业进行了股份合作制和股份制的改革。20 世纪 90 年代后，在进一步加快改革开放和建立社会主义市场经济新的历史条件下，乡镇集体企业既面临发展的重大机遇，也面临着来自多方面的冲击和压力。乡镇集体企业自身存在的政企不分、产权不清、权责不明等体制方面的弊端越来越突出，使得乡镇企业在改革发展初期的机制优势大打折扣，推进产权制度改革已成为乡镇企业生存与发展的必然选择。1993—1996 年，浙江省委、省政府针对乡镇集体企业改革，先后出台了《关于乡镇集体企业推行股份合作制的试行意见》（省委办〔1993〕6 号）、《关于深化乡镇企业改革若干意见》（浙政办〔1994〕7 号）、《关于进一步完善乡村集体企业产权制度改革的若干意见》（省委办〔1994〕39 号）和《关于进一步发展壮大农村集体经济的若干意见》（省委〔1996〕28 号）等文件，经过探索，逐渐确立了乡村集体企业进行股份合作制和股份制的改制形式。

三是乡镇企业由分散到集聚的发展。乡镇企业发展的初期分散于农村的各个角落，形成了"乡乡冒烟、村村点火"的分散发展状况。20世纪90年代后，乡镇企业在政府的引导下逐步由分散走向集聚。乡镇企业的集聚发展促进了乡镇工业区的建设，各地在工业化结合城市化发展方略引导下，兴办了大量的乡镇企业工业区，乡镇工业功能区的发展促进了区域特色产业的形成和提升。同时，乡镇企业的集聚发展，在产业组织形式上也促进了企业的集群化。

四是乡镇企业实施"走出去"发展战略。浙江处于沿海地带，具有发展外向型经济的有利条件。改革开放后，浙江温州和宁波首先被确定为沿海开放城市。浙江省委、省政府一直把引导和扶持乡镇企业发展开放型经济作为实现经济跨越式发展的一项战略举措来抓。进入"七五"时期后，浙江省委、省政府明确提出，必须把发展外向型经济作为战略重点来抓，努力扩大乡镇企业的外向度。1988年，浙江省政府专门召开全省乡镇企业外向型经济工作会议，要求乡镇企业坚定不移地深化改革，加快发展外向型经济。进一步制定和完善了出口激励政策，从税收、信贷、项目审批等方面进行支持。1997年6月，中共浙江省委、省人民政府出台了《关于进一步促进浙江省乡镇企业改革发展与提高的若干政策意见》（省委〔1997〕17号），要求各地"大力发展外向型经济"，"对效益好、创汇多的重点出口生产企业，各有关部门要在信贷、能源、原材料、技术和人才等方面给予重点支持"。这些政策的出台，有力地促进了乡镇企业发展外向型经济。

（四）乡镇企业发展方式的转变

自20世纪90年代末以来，浙江乡镇企业进入转变发展方式阶段。改革开放以来，浙江乡镇企业从人多地少、有轻纺工业基础和小商品生产悠久历史的实际出发，逐步形成了乡镇企业优势行业，如纺织工业、机电工业、化学工业、缝纫工业、建材工业、食品工业等主导产业，这些大多是劳动密集型工业。浙江乡镇企业充分利用农村富余劳动力，利用农民家庭和集体土地等场地条件，以简陋的条件实现了意想不到的发展，有效促进了农村经济发展和农民增收。浙江省的农村工业水平、农村人均收入水平都已位居全国的前几位，但是在发展的过程中，也遗留了很多的问题：乡镇企业污染加重，资源消耗大、利用率低，研发能力薄弱等，这些都严重阻碍了浙江农村工业化的持续健康发展。党的十六大报告提出，我国要在21世纪的前20年基本完成工业化，并且还提出了走新型工业化道路，在农村推进工业化进程时，要以农村新型工业化为要求和目标。为此，浙江省积极解放思想，以可持续发展为视角，乡镇企业及时转变发展方式，促进产业结构的不断优化，资本有机构成不断提高，逐步从高消耗、高污染转变到主要依靠采用先进科学技术和改善经济管理的轨道上来。

二、农村城镇化进程与政策演变

以乡镇企业和专业市场带动小城镇建设是浙江农民的一大创造。改革开放以来，尊重广大农民的创造力，坚持工业化和城镇化互促互进，以农村城镇化推动全省城市化，走出了一条具有鲜明特色的浙江城镇化道路。这就是以农民为主体建设小城镇、发展小城镇，实施小城镇综合改革，大力培育中心镇，不断增强小城镇的功能。

（一）小城镇快速发展，农民城崛起

20 世纪 80 年代中期，浙江省小城镇是在乡镇企业和专业市场快速发展的推动下高速发展起来的。同时浙江小城镇的发展也离不开政策的支持，1984年 8 月，浙江省人民政府下发的《关于加快发展乡镇企业的若干规定》（浙政〔1984〕44 号）中，就明确提出"要吸引农村资金到集镇发展工商企业，特别是乡镇企业和农村专业户服务的各种企业。鼓励农民自理口粮到集镇办厂、开店，举办农工商联合企业"。

这一阶段，浙江省小城镇的发展还有一个显著的特色就是"农民城的崛起与发展"。苍南县龙港镇是改革开放之后崛起的中国第一座农民城，被誉为中国农民自主建城的样板。1984 年，苍南县委、县政府决定开发龙港，陈定模——这个中国第一农民城的缔造者，毛遂自荐到龙港镇担任党委书记，并向县委立下军令状，怀揣着 3 000 元开办费和 7 位自告奋勇的干部，携带着他亲自动手绘制的《龙港建城规划图》，开始了他们的造城运动。他们在长期的城乡壁垒上打开了一个缺口，实行土地有偿使用，引导农民自费造城。1984 年 7月，一则《龙港对外开放的决定》在当地报纸上刊登，同时公布了八项进城优惠政策，并提出"地不分东西，人不分南北，谁投资谁受益，谁出钱谁建房，鼓励进城，共同开发"的口号，同时将图纸上的地块分成若干等级，征收不同的公共设施费。《决定》发出的第 10 天，就有 2 200 户农民申请入城，到第 30天，就有 5 000 户农民申请进镇建房。为方便农民办理手续，专门成立"欢迎农民进城办公室"，实行集中办公。在城市建设方面，除了建房地块拍卖外，市政设施、开发区道路、滩涂开发全部由农民创办；在户籍体制方面，他们根据当年中央一号文件提出的鼓励农民自理口粮进城务工经商的精神，打破传统的城乡农业和非农业户口的划分，创造出一种"自理口粮户"。批准"自理口

粮户"后,又出现了红印户口和蓝印户口。能人的集聚、资金的注入、信息的交汇,给龙港的发展注入了强大活力,反过来促进了乡镇企业和专业市场的发展,龙港迅速成为浙南经济中心和物质集散基地,形成了富有自己特色的再生毛毯、钢材、工业品等十大专业市场。目前龙港成为国家综合改革试点镇、全国农村劳动力开发就业试点镇、全国投资环境百强县、浙江省社会发展综合实验区、浙江省教育强镇和卫生城镇、温州城乡一体化试验区。

龙港人在全国率先推行土地有偿使用,突破户籍制度禁区,吸引农民自理口粮进城,自建住宅落户,自办企业发展,成功地走出了一条农民自费建城的农村城镇化路子,不仅完成了农村向城镇、农民向居民、农业社会向工业社会的转变,而且开始由城镇向城市、居民向市民、工业社会向现代社会的发展和变迁。

(二)实施小城镇综合改革,大力培育中心镇

经过 20 世纪 80 年代中后期的快速发展,浙江的小城镇已达到一定规模。到 1992 年,全省已经有建制镇 894 个,此外还有众多的非建制镇。其中不少小城镇已初具规模,在农村改革与发展中发挥了重要的作用。但是从总体上看,浙江小城镇的建设和发展还存在着布局分散、规模偏小、规划落后、基础薄弱、投入不足、功能不全等问题。为改变这一状况,浙江省积极采取措施,逐步实现了由遍地开花、星罗棋布向统筹布局、重点培育中心镇的转变。

首先,通过撤区扩镇并乡,为造就一批实力雄厚的经济强镇创造条件。由于行政区划太小及发展缺乏整体规划,在改革开放初期小城镇集聚工业、人口的功能大受限制。从浙江的情况看,随着小城镇的蓬勃发展,这种情况也比较突出,最大的特点就是小而散。1992 年,全国上下掀起了"撤区扩镇并乡"热潮。1999 年,浙江省也启动撤区扩镇并乡工作,撤销区公所,扩大建制镇行政范围,合并人口少的乡。通过撤区扩镇并乡,为造就一批实力雄厚的经济强镇创造条件。此后,浙江持续推进乡镇规模调整工作。2001 年,《浙江省政府办公厅转发省体改办等部门关于乡镇行政区划调整工作意见的通知》(浙政办发〔2001〕73 号),要求在经济比较发达、交通便捷的地区,若干个乡镇已经发展连片的,要加大撤并力度;省定中心镇要按功能定位的要求,合理拓展发展空间,增强集聚和辐射力;在大中城市城建规划区内的镇(乡)和县(市)政府驻地镇,要逐步撤镇设立街道办事处;要合理确定乡镇和街道的设置规模,除县(市、区)驻地镇以外,原则上经济发达地区的省定中心镇总人口达到 8 万人以上,面积为 80~150 平方千米;其他地区的省定中心镇总人口为 6 万人左右,一般乡镇总人口为 2 万~3 万人。经过乡镇行政区划的有力调

整，小城镇的布局趋于合理，中心镇地位更加突出。

其次，以小城镇综合改革试点为载体，加快中心镇建设。进入 20 世纪 90 年代以后，浙江省委、省政府高度重视小城镇的发展问题，把小城镇发展作为加快城市化、加速工业化、有效解决"三农"问题的重要途径，按照国务院的部署结合浙江实际开展小城镇综合改革试点。1994 年 11 月，浙江省提出推进小城镇综合改革试点，建设 100 个现代化小城镇，带动农村经济社会的发展。1995 年，浙江就开始对小城镇进行综合改革试点，全国 57 个实行小城镇综合改革试点的镇中，浙江有 6 个镇列入试点。1998 年，全省确定了 112 个综合改革试点镇，其中全国试点镇 28 个。小城镇综合改革试点的主要内容是：推动试点镇户籍制度、行政管理体制、财政体制和投资体制等一系列改革，逐步理顺条块管理关系，适当扩大小城镇政府经济社会管理权限，完善镇级财政体制，加快小城镇基础设施建设，促进农村富余劳动力和各类人才向小城镇合理流动，合理制定小城镇发展规划，为小城镇大发展奠定良好的政策基础。

再次，把培育中心镇列入统筹城乡发展、推进城乡一体化的重要内容。2002 年以来，中央提出了统筹城乡发展的战略决策，标志着我国进入统筹城乡的发展阶段。2004 年，浙江省委、省政府出台《浙江省统筹城乡发展 推进城乡一体化纲要》(浙委发〔2004〕93 号)，把培育中心镇列入统筹城乡发展、推进城乡一体化的重要内容。2007 年，浙江省政府出台《关于加快推进中心镇培育工程的若干意见》(浙政发〔2007〕13 号)，对 141 个试点小城镇的行政管理体制进行了大幅度的改革，改革措施包括建立和完善中心镇的财政体制、扩大中心镇经济社会管理权限、深化投资体制改革、加大用地支持力度、加快推进户籍制度改革等 10 项。随后，浙江省发改委印发了《关于公布第二批全国发展改革试点小城镇名单的通知》，公布了 160 个试点小城镇名单，浙江省又有 14 个镇列入。2010 年，中共浙江省委办公厅、浙江省人民政府办公厅下发了《关于进一步加快中心镇发展和改革的若干意见》(浙委办〔2010〕115 号)，该《意见》提出到 2015 年，将全省 200 个中心镇培育成为县域人口集中的新主体、产业集聚的新高地、功能集成的新平台、要素集约的新载体，成为经济特色鲜明、社会事业进步、生态环境优良、功能设施完善的县域中心或副中心。

通过对中心镇的重点培育和建设，逐步激发了中心镇的发展活力，浙江省小城镇的功能不断完善和拓展。目前，小城镇已成为乡镇企业集聚的载体、农民市民化的重要平台、乡村政治经济的中心、以城带乡的重要枢纽。

三、农村劳动力转移历程与政策演变

农村剩余劳动力向二、三产业转移，农村人口向城镇迁移，农民群体实现分工分业分化，这是发展中国家和地区走向现代化的必然要求，也是传统农业向现代农业转变的必要条件。浙江在 35 年的农村改革发展中，依靠农民主体的市场化、工业化、城镇化道路，实现了农村劳动力向二、三产业和城镇的快速转移，这是浙江农民收入持续增长的一个重要因素。改革开放 35 年来，浙江农村劳动力转移的历程及政策演变大致分为以下四个阶段。

（一）鼓励农村劳动力转移

1978 年起，我国走上了改革开放的道路。家庭联产承包责任制释放出巨大的能量，农业劳动生产率大幅度提高，农村经济由单一的农业经济向农业、工业、建筑、交通、运输、商业等综合产业发展；浙江省乡镇企业的迅速发展为农村劳动力的就地转移提供了广阔的舞台，从而使得一大批农业劳动力迅速向非农产业转移。尤其是 1984 年后，国家出台政策鼓励农村劳动力流动。如 1984 年中央一号文件《关于 1984 年农村工作的通知》中指出："允许务工、经商、办服务业的农民自理口粮到集镇落户。"1984 年 10 月，国务院《关于农民进入集镇落户问题的通知》（国发〔1984〕141 号）中明确规定："凡申请到集镇务工、经商、办服务业的农民和家属，在集镇有固定住所，有经营能力，或在乡镇企事业单位长期务工的，公安部门应准予落常住户口，及时办理入户手续，发给自理口粮户口簿，统计为非农业人口。"1985 年中央一号文件《关于进一步活跃农村经济的十项政策》中明确提出："在各级政府统一管理下，允许农民进城开店设坊，兴办服务业，提供各种劳务。城市要在用地和服务设施方面提供便利条件。"自此，浙江农村劳动力进入快速转移阶段。1979—1988 年的 10 年间，全省农村第一产业劳动力从 1 300.9 万人下降到 1 260.8 万人，占农村劳动力的比重从 1978 年的 88.8％下降到 1988 年的 63.4％，年均下降 2.53 个百分点。考虑劳动力新增因素，这 10 年间全省农村劳动力共转移 562.6 万人，平均每年转移 56.26 万人（顾益康等，2009）。

（二）控制农村劳动力盲目转移

1989—1991 年，由于国家实行经济紧缩和治理整顿，停止了允许农民自理口粮进城务工经商的政策，重新恢复了农产品计划派购，对个体私营经济实行限制政策，对乡镇企业实行信贷紧缩。国家出台政策加强了对农村劳动力流动的限制。如 1989 年 3 月，国务院办公厅《关于严格控制民工外出的紧急通知》和 1989 年 4 月，民政部、公安部《关于进一步做好控制民工盲目外流的

通知》均指出："各地政府需采取有效措施，严格控制当地民工盲目外流。"在上述政策的限制下，浙江省农村劳动力转移速度明显放慢。全省农村第一产业劳动力从 1988 年的 1 260.8 万人上升到 1991 年的 1 348.74 万人，占农村劳动力的比重从 1988 年的 63.4％上升到 1991 年的 65.1％。这三年，全省农村劳动力形成了负转移的情况，1989 年和 1990 年，农村劳动力出现了较大的回流，到 1991 年情况稍微有所好转。

（三）规范农村劳动力转移

1992 年，邓小平同志视察南方并发表重要讲话，把我国改革开放引向一个新的阶段。当年，浙江省作出了《关于全力推进浙江省乡镇企业大发展大提高的决定》，确立了"多轮驱动、多业并举"的基本方针，乡镇企业步入了高速增长期，大量吸纳了农村劳动力。同时，该时期国家对农村劳动力流动的政策，由控制盲目流动到鼓励、引导及实行宏观调控的有序流动。一方面，放松对小城镇户籍的管制，以促进农村剩余劳动力就近有序地向小城镇转移。另一方面，逐步实施流动人口就业证和暂住证制度，以提高农村劳动力转移的组织化、有序化程度。在乡镇企业快速发展和国家政策的引导下，浙江省农村劳动力转移进入第二次高峰。1992—1999 年的 8 年间，全省农村第一产业劳动力从 1 338.56 万人下降到 1 073.58 万人，占农村劳动力的比重从 1992 年的 63.8％下降到 1999 年的 51.4％，年均下降 1.55 个百分点。考虑劳动力新增因素，这 8 年间全省农村劳动力共转移 293.12 万人，平均每年转移 36.64 万人。

（四）城乡劳动者平等就业

进入新世纪以来，浙江农村劳动力进入稳定转移阶段。在这一阶段，省外流入农村劳动力逐步成为农村劳动力转移的主要力量。2002 年，党的十六大召开以后，浙江省明确了"统筹城乡经济社会发展"方略，并且提出了新型城市化与新农村建设双轮驱动推动农村劳动力战略转移和加速农民工分工分业的战略思路，这为农村劳动力转移提供了强大动力。2001 年以来，随着农村外出劳动力的日益增多，浙江省在全国率先开展了城乡统筹就业试点，先后下发了《关于进一步加强和改进对农村进城务工人员服务和管理的若干意见》（浙委［2006］10 号）、《关于全面推进城乡统筹就业指导意见》（浙政发〔2006〕46 号）、《关于解决农民工问题实施意见》（浙政发〔2006〕47 号）等文件，促进城乡劳动者平等就业，让农民成为工业化、城市化的主体。截止 2005 年，已有 35 个县（市）实现了就业政策、失业登记、劳动力市场、就业服务和劳动用工管理"五统一"的就业试点，到 2007 年底，全省城乡"五统一"就业制度基本形成。特别是 2004 年 5 月，中共浙江省委办公厅、浙江省人民政府办公厅出台《关于实施"千万农村劳动力素质培训工程"的通知》（省委办发〔2004〕21 号）以后，全省各地都加强了农民培训工作，浙江的农村劳动力进入了加快转移、稳定转移的阶段。在鼓励全民创业、全面创新和充分就业的政策导向下，浙江农民分工分业进一步加快，一大批进城务工经商的农民成为稳定就业的产业工人，一批农民创业者成为企业新阶层，还有一批专业大户、家庭农场、农业龙头企业的经营者成为新型职业农民和农业企业家。

四、现代农业发展进程与政策演变

改革开放以来，浙江省以建设效益农业和高效生态农业为主导，积极调整产业结构，大胆创新经营机制，切实加强生产能力建设，农业基础条件不断改善，发展实力显著提升，为建设现代农业奠定了良好的发展环境和物质基础。总体来看，改革开放以来，浙江省实现从传统的产量农业到一优两高农业、效益农业和向高效生态的现代农业迈进的历史性转变（顾益康，2008）。

（一）产量农业

改革开放初期，由于长期受"左"倾思想的影响，再加上农业生产技术和管理制度严重落后，农业生产积极性还没有得到充分发挥，农业生产一方面还需要为工业生产提供积累，另一方面还需要维持大量农业人口的生存，浙江的农业生产与全国一样，更高更多的产量是农业生产追求的目标，产量农业成了浙江农业生产战略的合理选择。

1979 年，浙江省根据《中共中央关于加快农业发展若干问题的决定》（中发〔1979〕4 号）的精神，提出浙江的农业生产要在保证粮食增产的基础上，重点扩大棉花等经济作物的种植面积。1981 年，浙江省委、省政府在《关于发展农村多种经营若干问题的通知》（浙委〔1981〕44 号）中，提出"决不放松粮食生产，积极开展多种经营"的农业生产方针和"调整农业生产结构，调整农作物布局，使之合理化"的战略任务。1982 年、1983 年提出确保粮食增产，调减油菜籽面积；1984 年提出农业生产要在保证粮食稳定增长的同时，争取经济作物全面发展的方针。在以粮为主、调整结构的发展阶段，产量农业的核心是增产粮食。

随后，浙江出现了粮食相对过剩的情况，此时，浙江不失时机地提出了"调整好农作物的布局，积极发展经济作物和饲料作物。粮食、棉花种植面积要适当地调减"，并且"要把发展肉、禽、蛋、奶、鱼、果、菜、菌等食品生产，作为发展农村商品生产的重点"。在适度减量、调整结构的发展阶段，产量农业的核心是增产经济作物，途径是调整结构、减少粮食生产，其实质是提高食品产量。

（二）"一优两高"农业

随着大众产品供给的增加和基本满足，人们对优质品种的需求进一步增加。浙江省在"七五"时期，农业政策调整为：粮食作物种植面积基本稳定，提高单产，保证粮食产量的稳定增长；调整粮食作物品种结构，有计划地发展优质稻谷、优质啤酒大麦，注意扩大饲料用粮作物，积极恢复和发展各种名豆和各种名贵杂粮；一年生经济作物稳定棉花生产，适当扩大油菜籽等经济作物；积极发展蔬菜、果品、茶桑、水产等。20 世纪 90 年代，浙江的农业生产目标基本上以提高单产、提高品质为主。1992 年 10 月，浙江省下发了《关于发展优质高产高效农业的通知》（浙政〔1992〕26 号），明确提出要发展"一优两高"农业，即优化农产品的质量、品种和结构，提高农产品的产量，提高农业的综合效益。在稳定粮食、调整品种的发展阶段，产量农业的核心是提高优质品种产量，方法是调整品种结构。在这一阶段，虽然农业生产的高产依然是第一位的，但同时注重农产品的优质和高效。

（三）效益农业

经过 20 世纪 80 年代至 90 年代中期农业经营体制改革和农产品流通体制改革，农业生产力水平有了极大的提高，在 80 年代中期一举解决温饱问题的基础上，到 90 年代中后期农产品供求关系出现了重大转变，农产品供给短缺局面全面结束，"农业增产不增收"的问题日趋突出，以增产为主要目标的"产量农业"发展战略走到了尽头。

20 世纪 90 年代后期以来，浙江省委、省政府针对农业发展面临重大阶段性变化的形势，审时度势地作出了"以市场为导向，大力发展效益农业"的战略决策。1998 年，中央农村工作会议作出了我国农业和农村经济发展进入新阶段的重要判断。为此，中共浙江省九届十四次全会通过了《浙江省农业和农村现代化建设纲要》，提出了率先基本实现农业和农村现代化的目标、指导方针、分三步走的战略步骤和措施。同年，省委、省政府及时提出了大力发展效益农业重大决策，加快推进农业产业、产品和区域结构的调整，在决不放松粮食生产的基础上，引导农民"什么来钱种什么"，大力发展高附加值的经济作物、畜牧业、水产养殖业、旅游观光农业和绿色食品产业，形成平原、山区、海岛、滩涂和城郊等各具特色的效益农业新格局的部署。围绕效益农业发展，积极开展 1 000 万亩*标准农田建设及"三新"技术配套；深化农业产业化经营，扶持壮大龙头企业，组织畜牧业西进东扩工程、蚕桑西进工程、山区海岛兴牧富民工程等建设；实施了粮油、瓜果菜、畜禽等种子种苗工程，开展茶叶无性系良种化工程、柑橘优化改造工程建设，广泛推广农技 110 服务模式；注重农产品质量安全与标准化工作，着力向农业内部结构调整要效益，使效益农业发展水平有效提升。

(四) 高效生态农业

进入新世纪后，浙江省委、省政府针对农业市场竞争力不强、农产品质量安全水平不高、农业资源环境压力加大等问题，顺应经济全球化、工业化、城市化不断加快的趋势和传统农业向现代农业转变的规律，作出了大力发展"高效生态农业"的重大决策（邵峰，2006）。

2003 年，提出了大力实施以"高效"、"生态"为目标，以增强农业的市场竞争能力和可持续发展能力为核心，经济高效、产品安全、资源节约、环境友好、技术密集、凸显人力资源优势的高效生态农业战略，并于 2006 年印发了《浙江省高效生态农业发展规划》。为全面深入推进高效生态农业发展，不断加大农业支持保护力度，强化农业投入；加强农业社会化服务，改革基层农技推广体系，培育社会化服务组织；严格保护基本农田，治理农业面源污染，增强农业可持续发展能力。大力发展城市农业、出口农业，着力健全农业产业化经营、农产品质量安全监管、农业科技创新和推广、农业生态环境建设与保护、农业法律保障和动植物防疫检疫、农村经营管理等"六大体系"，实施强农兴农示范工程，积极开拓农业工作新局面。

2011 年 9 月，浙江省发展和改革委员会办公室发布了《关于印发浙江省现代农业发展"十二五"规划的通知》（浙发改规划〔2011〕914 号），"十二五"规划确定了浙江省"十二五"现代农业发展的指导思想为："坚持以科学发展观为指导，全面贯彻落实'八八战略'和'创业富民、创新强省'总战略，按照工业化、城市化和农业现代化同步推进的总体要求，以建设高效生态农业强省、特色精品农业大省为目标，以强基础保供给、重转型促增收为主线，以粮食生产功能区、现代农业园区'两区'建设为主平台，按照生产规模化、产品标准化、经济生态化要求，深入实施农业产业、主体、科技、基础、管理、服务'六大提升行动'，着力提升农业综合生产能力、市场竞争能力和可持续发展能力，加快建设高效生态、优质安全、经营集约、功能多元、发展

---

*　1 亩＝1/15 公顷，下同。

持续具有浙江特色的现代农业，努力为率先基本实现农业现代化打好基础，为我省科学发展走在前列、全面建成惠及全省人民的小康社会作出新贡献。"规划还明确指出"十二五"期间浙江省现代农业发展的十大主要任务：着力构建现代农业产业体系。包括稳定发展粮油生产，大力提升农业主导产业，积极发展农业新兴产业；加快建设粮食生产功能区和现代农业园区；着力提高科技支撑力；提升壮大农业经营主体；积极培育现代种业；大力推进农业标准化；大力发展循环生态农业；加快改善农业物质装备；健全农业监督管理体系；健全农业社会化服务体系。

第五节　农村基层管理体制改革与政策演变

改革开放以来，伴随着农村经济体制改革的不断深入，我国通过推进乡镇政府改革、实行村民自治、加强党的基层组织建设，农村基层民主政治不断加强，农村基层管理体制和治理方式发生了深刻变化。浙江农村基层管理体制的变迁，是随着浙江经济社会的发展、市场经济体制的改革而不断创新、发展和完善的。20 世纪 80 年代，随着农村家庭承包经营制度的实行和人民公社体制的终结，恢复了乡镇一级政府，实行了村民自治制度，农民开始登上乡村治理的舞台。随着 90 年代体制改革的不断深入和市场经济的加速发展，以民主选举、民主决策、民主管理和民主监督为内容的村民自治快速发展。进入 21 世纪以来，随着统筹城乡发展战略的大力实施，农村税费改革、农村综合改革不断推进，党的执政能力建设不断加强，乡镇政府对乡村社会的管理从直接干预向间接指导、从强迫命令向协调服务转变，村民自治不断完善。

一、乡镇管理体制改革与发展

乡镇政权是国家政权的基础，其执政能力和水平直接关系到党和政府的形象。改革开放 35 年来，浙江的乡镇改革大体可划分为四个阶段。

（一）"社改乡"与"乡政村治"体制建立

随着农村经济体制改革的不断深入，中国亿万农民以前所未有的极大热情关注自己的切身利益，要求用政治上的民主权利来保障经济上的物质利益。在这种情况下，"政社合一"的人民公社体制已失去了权威基础，而变得"无法容忍新兴的社会力量，无法协调和统帅社会"（张厚安等，1995），造成"农村一部分社队基层组织涣散，甚至陷于瘫痪、半瘫痪状态，致使许多事情无人负责，不良现象在滋长蔓延"。1980 年 6 月 18 日，已经挂了 22 年的"向阳人民公社管理委员会"牌子终于被摘下来，换上了"向阳乡人民政府"牌子，建立了乡党委、乡政府和农工商总公司（刘文耀，2000）。由此揭开了全国"社改乡"序幕。

1982年12月，第五届全国人民代表大会第五次会议通过的《中华人民共和国宪法》第95条规定："乡、民族乡、镇设立人民代表大会和人民政府"；第107条规定："乡、民族乡、镇的人民政府执行本级人民代表大会的决议和上级国家行政机关的决定和命令，管理本行政区域内的行政工作"；第110条规定："农村按居住地设立的村民委员会是基层群众性自治组织"，从此确立了"乡政村治"体制模式。1983年10月，中共中央国务院发出《关于实行政社分开建立乡政府的通知》，全国开始废除人民公社，实行政社分开，建立乡镇政府。至此，"人民公社"终于退出了中国和浙江的历史舞台。

（二）简政放权，完善乡镇政府职能

1983年10月，中共中央国务院《关于实行政社分开建立乡政府的通知》规定："省、直辖市、自治区的人民政府决定乡、镇的建制和区域划分。乡的规模一般以原有公社的管辖范围为基础，如原有公社范围过大的也可适当划小。在建乡中，要重视集镇的建设，对具有一定条件的集镇，可以成立镇政府，以促进农村经济、文化事业的发展。"这给地方留下了较大的"操作空间"和灵活性，造成了新建乡的规模普遍偏小，建制镇数量猛增。

面对"社改乡"过程中出现的乡镇及其干部数量的急剧增加，1986年9月，中共中央、国务院联合发出《关于加强农村基层政权建设工作的通知》，要求"提高乡政府的工作效率，减少管理层次，凡是设了镇政府的地方就不再设立乡政府，要坚决撤销那些不必要的临时机构，大力精简以农代干的行政人员。除边远山区、交通不便的地区以外，县以下一般不要设立区公所"。这次改革在短期内起到了一定的"简政"作用。乡镇数量有所减少，但并不意味着乡镇干部数量的减少。《通知》在提出"简政"的同时，根据乡镇既没有自己的财政，也没有归自己管理的职能部门的现状，要求县政权"凡属可以下放的机构和职权，要下放给乡"，"各地要尽快把乡一级财政建立起来"。中央的这个制度安排，初衷是"健全和完善乡政府的职能"。但是，基层政府在政策框架内，以完善一级政权的名义实现了乡镇机构的自我扩张。一方面，乡镇政府从最初的"政社分开"时的党委、政府"两套班子"很快扩大为"五套班子"甚至"六套班子"，即乡镇党委、政府、人大、纪委、人武部，以及一些经济发达地区成立的乡镇经济组织。另一方面，乡镇政府不断科层化，乡镇政府原来的助理员设置逐渐演化为各种部门科室（如经贸、教育、农业、计生、民政等各种"委"、"办"、"科"、"所"）。

（三）撤区扩镇并乡

1992 年春天，邓小平同志视察南方讲话发表以后，犹如春风吹遍了中华大地，在中国掀起了第二次改革浪潮。这一年的撤区扩镇并乡工作正是在全党认真学习邓小平同志视察南方讲话和认真贯彻党的十三届八中全会精神，深化改革，加快对外开放，对内搞活的历史大背景下进行的。

1992 年 5 月 8 日，中共浙江省委、浙江省人民政府发出了《关于做好撤区扩镇并乡工作的通知》（省委〔1992〕13 号）。《通知》指出：在较长一段时间里，我省基本实行县以下设区管乡（镇）的行政区划管理体制，乡（镇）的规模较小。这个体制，是在一定的历史条件下由生产力发展水平所决定的，曾经在贯彻党的方针政策和国家的法律法规，促进经济和社会的发展等方面，起过积极作用。但是随着改革开放的深入和农村商品经济的发展，这一体制已越来越不适应新的形势，运行中的弊端和矛盾日益突出。如，原有的乡、镇规模较小，不利于加快区域经济的发展；县与乡之间有区级派出机关，增加了一个中间环节，不利于充分发挥乡镇的行政职能；浙江作为全国商品经济发达的地区，原有的区、镇、乡区划和规模，已与当前的社会生产力发展不相适应。所以进行合理的调整已势在必行。为此，省委、省政府决定，在永康等 6 个县（市、区）试点的基础上，在全省范围内开展撤区扩镇并乡工作。

（四）新一轮乡镇机构改革

2000 年，党中央、国务院审时度势，先后在安徽、江苏等省开始进行了农村税费制度改革试点。农村税费改革的目的是规范农村分配制度，遏制面向农民的乱收费、乱集资、乱罚款和各种摊派，从根本上减轻农民负担。为配合农村税费改革，2001 年，浙江省委、省政府发布了《浙江省市县乡机构改革实施意见》（浙委〔2001〕5 号），该《意见》指出："乡镇机构改革要与农村税费改革相结合，改革的主要任务是转变政府职能，理顺县乡关系，精简党政机构，规范机构设置，调整事业单位，重点是减少财政供养人员。"经过改革，一般乡镇职能机构设置减少到 5 个左右；除了公安等特殊部门外，县级派驻机构原则上都下放到乡镇，实行条块结合，以块管理为主。同步推进乡镇事业单位改革与乡镇党委机构改革，压缩、归并站（所），综合设置农业服务、文化服务等机构，农村中小学布局得到合理调整，事业单位人员编制得到精简，财政供养人员大量减少。

为了不使农民负担反弹，2004 年 3 月，我国新一轮乡镇机构改革率先在黑龙江、吉林、安徽、湖北四省"破冰试水"，这一阶段的主要任务，一是严格控制乡镇人员编制，二是鼓励地方积极试点，探索积累改革经验。新一轮乡镇机构改革是农村税费改革的重要配套改革和农村综合改革的重要组成部分。2005年，中共浙江省委办公厅、浙江省人民政府办公厅发布《关于开展农村综合改革试点工作的通知》（浙委办发〔2005〕41号），该《通知》指出，改革试点工作的主要内容：一是改革乡镇机构，转变政府职能，整合事业站所，精简机构人员，完善乡镇行政管理体制和运行机制。二是改革农村义务教育管理体制，完善"以县为主"的农村义务教育管理制度，促进城乡教育均衡发展。三是改革县乡财政管理体制，明确责任，分类指导，完善县对乡的财政管理体制，提高乡镇财政保障能力。四是化解乡镇政府债务，清理历史债务，制止新债，建立乡镇项目审批制度。五是建立村级组织运行机制，取消向农民收取村提留款制度，对生产公益项目所需投资投劳推行"一事一议"办法，落实村务公开制度。2005年6月，浙江省选择区域经济各具一定代表性的绍兴、嘉善、北仑、开化四县（区）开展农村综合改革试点。2009年，中共中央办公厅、国务院办公厅正式印发了《中央机构编制委员会办公室关于深化乡镇机构改革的指导意见》，该《意见》对推进职能转变、严格控制机构和人员编制、创新事业站所管理体制、加强组织领导等方面工作提出了要求。《意见》的发布标志着新一轮乡镇机构改革从试点转向全面推开（王东明，2011）。

经过多年的乡镇机构改革，浙江省乡镇机构改革取得了显著成效，在严守机构编制只减不增和确保社会稳定的基础上，加快政府职能转变，走出了一条属于自己的乡镇机构改革之路，实现了"管理农民"到"服务农民"的转变。

二、村民自治的改革与政策演变

改革开放以来，中国农村实行村民自治制度，在农村形成了"乡政村治"的新型治理模式。它将国家的农村基层政权定位在乡镇，在乡镇以下实行村民自治。其核心"是在坚持国家统一领导的同时，重视农民群众的参与，体现了国家与社会的分权原则"。实质是将原来由国家包揽的农村基层公共事务管理权部分下放给农民，使农民群众在获得经济自主权的基础上拥有政治自主权。浙江省村民自治是伴随着国家村民自治的改革而不断建立和完善的：

（一）撤销生产大队，设立村民委员会

1980年2月，广西宜州市屏南乡合寨村（原为宜山县三岔公社合寨大队）的果作村村民，率先建立了全国第一个村民委员会，制定了"村规民约"和"封山公约"，开始按新的村级规章实行自我管理。由于这一做法与国家民主化

目标不谋而合，次年，中共中央和全国人大对其给予了充分肯定，并要求各地有计划地进行试点。1982 年，五届全国人大在修订《中华人民共和国宪法》时把村民委员会写入其中，并定性为乡村基层群众性自治组织。这是我国第一次以根本大法形式对建立村民委员会作出的规定，开创了村民自治这一空前广泛的社会主义基层民主的先河。1983 年，全国人大常委会委员长彭真到浙江进行村委会建设情况调查时，强调要按照《中华人民共和国宪法》规定，采取措施，充分发挥村民委员会的作用，由人民自己办理自己的事情，实现当家做主。同年，中共中央发出《关于实行政社分开建立乡政府的通知》，对村民委员会的性质、任务、组织原则和如何建立等作了比较具体的规定。1984 年，随着政社分设、建立乡政府工作的展开，浙江省有步骤、有组织地开展了村民委员会建立工作，1984 年 9 月，全省以生产大队为单位建立的村委会共有38 866个。

（二）村民自治逐步走向规范化

1987 年 11 月，六届全国人大常委会第二十三次会议通过了《中华人民共和国村民委员会组织法（试行）》（以下简称《村组法（试行）》），对村民自治和村民委员会组织作了具体、明确的规定，并于 1988 年 1 月开始实施。《村组法（试行）》的颁布与实施，"标志着村民自治已经成为国家法律安排的普遍性制度"（卢福营，2006）。为贯彻执行《村组法（试行）》，国家民政部于 1988 年 2 月下发了《关于贯彻执行〈村组法（试行）〉的通知》。根据民政部的部署，浙江省深入开展《村组法（试行）》的宣传活动，并就如何加强村民委员会建设和规范村民委员会工作等问题作了具体部署和安排。在这一过程中，建立、健全村委会下设组织，制定、完善各项规章制度，成为浙江省贯彻实施《村组法（试行）》的工作重点。1988 年 11 月，浙江省七届人大常委会第六次会议通过了《浙江省村民委员会组织法实施办法》，成为紧跟福建省之后全国最早制定实施办法的省份之一（卢福营，2009）。根据全国人大的授权，浙江在这部地方性法规中具体规定了村民委员会的九项职责，候选人的产生、换届选举、选举方式和程序等选举办法，要求村民委员会建立、健全财务管理制度，向村民会议报告收支项目、村民委员会成员的工作报酬或补贴等。在这一制度中，关于村民委员会选举制度的设计和内容在全国居于领先地位。1993 年，民政部下发《关于开展村民自治示范活动的通知》，首次把"村民自治"具体化为"四个民主"（民主选举、民主决策、民主管理、民主监督），表明了对村民自治和基层民主认识的逐步完善和提高。1994 年，中央召开了全国农村基层组织建设工作会议，会议明确提出要完善"村民选举、村民议事、村务公开、村规民约"等项制度。1994 年，第十次全国民政会议正式提出了民主选举、民主决策、民主管理、民主监督等"四个民主"的要求。

（三）村民自治进入法制化新阶段

1998 年，党的十五届六中全会《决定》对实行村民自治作出了高度评价，提出"扩大农村基层民主，实行村民自治，是党领导亿万农民建设有中国特色社会主义民主政治的伟大创造"。1998 年 11 月，九届全国人大常委会第五次会议审议通过修改后的《中华人民共和国村民委员会组织法》，之后，浙江加快了村民自治制度的建设步伐。同年，中共中央办公厅、国务院办公厅联合发出《关于在农村普遍实行村务公开和民主管理制度的通知》，对完善民主决策、民主管理、民主监督提出了更加具体的要求。同年底，浙江省委办公厅、浙江省人民政府办公厅转发了省委组织部、省民政厅《关于在我省农村普遍实行村务公开和民主管理制度的实施意见》的通知，对"四个民主"的含义、内容、实施程序和方法、组织和纪律、责任等作了比较详细的规定。1999 年 10 月，浙江省九届人大常委会第十六次会议通过了《浙江省实施〈中华人民共和国村民委员会组织法〉办法》，与 1988 年《浙江省村民委员会组织法实施办法》相比，前者在直接民主选举制度、民主决策和民主监督制度、村民会议议决事项、村务公开制度等方面作了补充和完善。同时会议还通过了《浙江省村民委员会选举办法》，对村民委员会的选举工作机构及其职责，选民登记，候选人产生，选举程序，罢免、辞职和补选，法律程序等作了明确规定。

（四）村民自治法制建设进入成熟阶段

进入新世纪以来，我国将城乡统筹作为新的国策，强调对农村和农民实行"多予少取放活"的政策。浙江省村民自治工作重心逐渐转移到权利保障上来。以"两公开"、"四民主"为重要抓手，同时，各地政府和群众不断创新基层民主形式。

2002 年 7 月，中共中央办公厅、国务院办公厅下发了《关于进一步做好村民委员会换届选举工作的通知》，第一次以中央文件的形式全面规范了村民委员会直接选举工作，为各地加强农村基层民主政治建设、规范村民委员会选举程序、依法开展村民委员会换届选举工作提供了重要的政策依据。2004 年 11 月，中共浙江省委、浙江省人民政府批转《省委组织部省民政厅关于认真做好 2005 年村党组织村民委员会换届选举工作的意见》（浙委〔2004〕24 号）的通知，以指导 2005 年全省村民委员会的换届选举工作。2005 年 6 月，结合中共中央办公厅、国务院办公厅《关于健全和完善村务公开和民主管理制度的意见》的精神，省委办公厅和省人民政府办公厅下发了《关于进一步健全完善村务公开和民主管理制度的通知》（浙委办发〔2005〕38 号），加快推进了村务公开和民主管理的制度化、规范化和程序化建设。同年，浙江省委办公厅、省人民政府办公厅印发了《浙江省村级组织工作规则（试行）》（浙委办〔2005〕34 号），对村级组织体制和职责、村级组织议事规则、村干部队伍建设、村务公开与村务管理等作了进一步规范，构建了基本完整的村级组织架构和公共权利的运作规则。2011 年，对《浙江省村级组织工作规则（试行）》进行了修订。

结合"四个民主"和法制工作的相关要求，浙江省先后开展了"民主法治示范村"、"财务管理规范化示范村"和"村务公开民主管理规范化建设"等自治示范活动，并出台了一系列规范化、法制化的乡村治理制度。浙江省司法厅、民政厅和省普法教育领导小组办公室在 2004 年印发《浙江省"民主法治村"星级评分标准（试行）》后，2006 年即修订印发了《浙江省"民主法治村"星级暂行标准》；省农业厅、监察厅和财政厅 2006 年印发了《浙江省村级财务管理规范化建设意见》；2006 年，省村务公开和民主管理工作领导小组印发了《关于开展村务公开民主管理规范化建设和示范单位创建活动的通知》和《2006 年全省村务公开和民主管理工作要点》；2007 年省村务公开和民主管理工作领导小组印发了《2007 年全省村务公开和民主管理工作要点》，等等。

在推进村民自治的进程中，浙江省各地政府和群众积极进行了一系列的积极探索，创新基层民主形式。如温岭市的"民主恳谈"，常山县的"民情沟通日制度"，嵊州市的"八郑规程"，天台县的"民主决策五步法"等。积极开展"民主法治村"创建活动，大力推广新时期"枫桥经验"，探索依靠农民群众、加强农村社会管理、维护农村社会稳定的有效机制。

三、农村基层党组织改革与政策演变

农村党的基层组织是农村各种组织和各项工作的领导核心，是党联系广大农民群众最直接的桥梁和纽带。改革开放 35 年来，浙江省农村基层党组织的改革与发展是一个不断提高其领导农村经济社会发展能力的过程，也是其领导核心作用不断得到充分发挥的过程。

（一）调整农村基层党组织的设置

改革开放后，农村实行了家庭联产承包责任制和村民自治制度，为适应经济和社会的变化，农村基层党组织的设置也随之进行了调整。一是村党支部由原来的按生产大队设置改为按行政村设置。二是在农村的新经济联合体中设立党支部。三是在外出务工的流动党员中设立党支部。

（二）确立党组织是农村各项工作的领导核心地位

1990年，中央有关部门在山东召开全国村组织建设工作座谈会，形成了《全国村级组织建设工作座谈会纪要》，莱西会议明确了农村基层党组织的领导核心地位，确立了以村党支部为核心的村级组织配套建设的工作格局。自此，浙江省农村基层党组织的核心领导地位不断得以确立。进入新世纪以来，浙江省农村基层党组织领导核心地位进一步明确。《浙江省关于进一步加强农村基层民主法制建设的意见》（浙司〔2003〕42号）规定：村党组织是村级各种组织和各项工作的领导核心，实行思想、政治和组织领导，讨论决定本村政治、经济和社会发展中的重大问题，领导和推进村级民主选举、民主决策、民主管理、民主监督，负责对村、组干部的管理和监督。2004年，《中共浙江省委、浙江省人民政府批转〈省委组织部省民政厅关于认真做好2005年村党组织村民委员会换届选举工作的意见〉的通知》（浙委〔2004〕24号）指出：村党组织是村级组织和村各项工作的领导核心，提倡村民委员会和村党支委这"两委"班子成员交叉任职，把村党组织领导班子成员按法定程序推荐为村民委员会成员候选人，通过选举兼任村民委员会成员；村民委员会中的党员成员通过党内选举成为村党组织领导班子成员。《浙江省村级组织工作规则（试行）》（2011年）规定，村党组织是中国共产党在农村的基层组织，按照党章要求进行工作，发挥领导核心作用，领导和支持村民委员会、村务监督委员会、村经济合作社以及其他村级组织依法行使职权。建立健全村民委员会向村党组织定期汇报制度。村民委员会对落实村务联席会议、村民（代表）会议决议的情况和重点工作的进展情况，应定期向村党组织汇报，必要时应随时汇报。

（三）加强农村基层党组织建设

农村基层党组织要始终坚持在农村各种组织和各项工作中的领导核心地位，必须根据农村形势的深刻变化，围绕建设社会主义新农村的总体目标，更新观念、强化功能、改进方法、提高能力、更好地发挥作用。进入新世纪以来，浙江省围绕中央提出的农村基层党组织要注重"更新观念、强化功能、改进方法、提高能力"水平的新要求，从2003年起，全面开展了农村党组织以"三级联创"为基本途径，以"先锋工程"建设为载体，以强核心、强素质、强管理、强服务、强实力为主要内容的农村"五好"村党支部建设活动。

三级联创。"三级联创"就是县、乡、村三级联动，共同创建"五个好"村党组织、"五个好"乡镇党委和农村基层组织建设先进县（市）活动。在全省开展这项活动中，明确指出了四条原则：一是坚持围绕中心，促进发展；二是坚持从实际出发，务求实效；三是坚持上下联动，齐抓共管；四是坚持与时俱进，不断创新。开展"三级联创"活动，"创"是关键，"联"是保证，"创"就是要从本地实际出发，制定创建规划，完善推进措施，建立激励机制，努力营造比学赶超的良好氛围；"联"就是县、乡、村三级联动，形成相互衔接、相互促进、环环紧扣、整体提高的工作局面。

先锋工程。就是坚持以党的十六大、十七大精神和"三个代表"重要思想、科学发展观为指导，紧紧围绕浙江省提前实现农业和农村现代化这一目标，认真运用农村"三个代表"重要思想学习教育活动的成功经验，以"三级联创"为基本途径，以强核心、强素质、强管理、强服务、强实力为主要内容，全面提升农村基层党组织建设水平，把农村基层党组织建设成为贯彻"三个代表"重要思想和科学发展观的组织者、推动者和实践者。从 2003 年开始，通过五年的努力，把全省 1 万个村党组织和 500 个乡镇党委，打造成为经济快速发展、"五好"、"六好"成效明显、村镇管理科学规范、精神文明协调共进、农民群众拥护满意的基层党组织。

"五好"党支部。建设"五好"党支部是推进农村基层党组织建设的主要目标。一是建设一个好的领导班子，尤其是有一个好的书记，能够团结带领群众坚决贯彻执行党的路线、方针和政策。二是培养一支好的队伍，共产党员能够发挥先锋模范作用，干部能够发挥示范带动作用，共青团员能够发挥助手和后备军作用。三是选准一条发展经济的好路子，充分发挥当地优势，加快农民脱贫致富奔小康的步伐。四是完善一个好的经营体制，把集体统一经营的优越性和农户承包经营的积极性结合起来，增强经济发展的活力。五是健全一套好的管理制度，体现民主管理原则，保证工作有效运转，使村级各项工作逐步走上制度化、规范化的轨道。"五好"是一个完整的目标体系，建设好领导，特别是选配好支部书记是关键，培养造就好队伍是基础，选准一条经济发展好路子是动力，健全一套好的制度是保证。

村级党组织换届选举是农村基层政治生活中的一件大事，也是农民群众当家做主的一个重要载体。浙江省农村一些地方从上个世纪末开始逐步探索"两推一选"。到 2002 年村级组织换届时，已经有超过 90％的农村用"两推一选"的方法选举村级党组织班子成员。在此基础上，奉化市推行"公推直选"的做法，得到了村民、党员和上级党组织"三满意"的良好效果，并荣获 2003 年度浙江省"组织工作创新奖"。2005 年、2008 年和 2011 年浙江省农村党组织换届选举全面实行"两推一选"，并要求有条件的地方积极探索党员直接选举党组织书记及成员和无候选人党内直选等做法。

第六节 统筹城乡发展与社会主义新农村建设

2002 年，党的十六大提出了"统筹城乡经济社会发展"这一新时期解决"三农"问题、协调城乡关系的重大战略思想。浙江省委、省政府根据这一战略思想，作出了"进一步发挥浙江的城乡协调发展优势，加快推进城乡一体化"的重大决策。它把从根本上解决"三农"问题放到了现代化建设的全局之中，把优化城乡关系作为构建和谐社会建设的重中之重。先后制定了《浙江省统筹城乡发展 推进城乡一体化纲要》（浙委〔2004〕93 号）、《全面推进社会主义新农村建设的决定》（浙委〔2006〕28 号）、《关于认真实施"创业富民、创新强省"总战略加快推进社会主义新农村建设的若干意见》（浙委〔2008〕25 号）、《关于加大统筹城乡发展力度加快农业农村发展的若干意见》（浙委〔2010〕34 号），出台了一系列统筹城乡"兴三农"的政策。

一、率先推进农村税费改革

浙江农村税费改革起步早、力度大。2001 年，浙江就停征了 25 个欠发达县的农业特产税。2001 年 8 月，浙江省委、省政府在《关于加快欠发达地区经济社会发展的若干意见》（浙委〔2001〕17 号）中提出："为扶持欠发达地区加快发展畜牧业和农林特产业，'十五'期间，暂停征收欠发达地区的屠宰税和农林特产税，当地由此造成的财政减收部分，按 2000 年实际数额由省财政实行转移支付予以弥补"。由此拉开了减征农业税收的序幕。

2002 年，全省全面停征农业特产税，361 个欠发达乡镇停征农业税。农村税费改革全面启动。年初，浙江省委、省政府在全省农村工作会议上提出"全省全面停征农业特产税，361 个欠发达乡镇停征农业税"。6 月，省政府办公厅印发《关于做好全省 361 个经济欠发达乡镇农业税减免工作的通知》。同时，《国务院办公厅关于浙江省扩大农村税费改革试点实施方案的复函》（国办函〔2002〕60 号）同意浙江省全面实行税费改革。7 月，浙江省委、浙江省人民政府印发《关于全面进行农村税费改革的通知》（浙委〔2002〕4 号），提出用两年的时间在全省范围内全面完成以"减调改稳、合理负担、转移支付、配套进行"为主要内容的农村税费改革。"减"——减轻农民负担，实行三个取消，即取消乡统筹等面向农民征收的政府性收费和集资，取消屠宰税，取消农村劳动积累工和义务工。"调"——调整农业特产税。对在农业税计税土地上生产的农业特产品，只征收农业税，不再征收农业特产税。"改"——改革和规范村提留。规定村级开支通过向全体村民合理收取一定的村公益事业资金解决，按村民认可的办法确定，征收标准不超过现行村提留负担的数额。"稳"——稳定农业税。农业税继续按现有的负担水平和征收管理办法执行，稳定不变。至 2002 年底，全省农民人均负担从 2001 年的 92 元下降到 2002 年的 52 元。

2003 年，浙江省又对种粮油农户停征农业税。年初，浙江省委、省政府在年初农村工作会议上提出"为增加粮农收入，稳定粮食生产，从今年起，对种植粮油作物的农民免征农业税，免征的税款由各级财政实行转移支付，其中 25 个欠发达县由省财政转移支付"。此后，因农业税在地方税收总量中比重极小，加上操作上的原因，在实际操作中，全省绝大多数市、县停征了农业税，2004 年全省农业税收由 2003 年的 6 亿元下降到 4 000 万元。

2005 年，全省全面停征农业税。2004 年底，浙江省委、省政府在全省经济工作会议上宣布，从 2005 年起，全省全面停征农业税。2005 年 1 月，省政府印发《关于进一步做好农村税费改革工作的通知》（浙政发〔2005〕7 号），对全面免征农业税及相关工作作出了部署。使这项延续了几千年的专门对农民征收的税种退出历史舞台。与此同时，浙江省又把推进农村税费改革与推进县镇政府职能转变、精简县镇机构、减少村干部补贴人数、改革农村教育管理体制、完善县乡财政体制和健全农民负担监督机制结合起来，统筹兼顾，同步推进。

二、改革户籍制度和土地制度

（一）户籍制度改革

随着国家户籍制度改革的不断深入，浙江省在拆除户籍藩篱、打破城乡壁垒方面屡有"大手笔"，户籍制度改革在全国领跑。如 1995 年，国内首座"农民城"——苍南县龙港镇率先允许农民进城办理城镇户口；1997 年，在全国率先推出购房落户政策；2000 年，在全国率先取消了进城控制指标和"农转非"计划指标。

统筹城乡发展后，浙江省的户籍制度改革不断加快，2002 年，规定县（市、区）及以下地区统一实行按居住地登记户口的管理制度；2007 年 7 月 1 日起，浙江户籍证明成为历史，公安机关不再出具户籍证明；2007 年 12 月，开始在部分外来人口较多地区试点居住证制度；并取消农业户口、非农业户口的二元户口性质划分，实行统一登记为浙江居民户口的新型户籍管理制度。嘉兴市作为全国统筹城乡发展综合配套改革试点城市之一，从 2004 年开始实施城乡一体化发展战略。2008 年 10 月 1 日起，嘉兴市建立按居住地登记户口的新型户籍管理制度、城乡统一的户口迁移制度和按居住地划分的人口统计制度，取消农业户口、非农业户口分类管理模式，全市城乡居民户口统一登记为"居民户口"，成为全国各地户籍改革的最新标本（杨丹妮，2011）。2009 年 6月 3 日，省十一届人大常委会第十一次会议审议通过《浙江省流动人口居住登记条例》，该《条例》废除了浙江已施行 14 年的流动人口暂住证制度，实行居住证制度。持证者将在医疗保险、子女就学、住房保障等方面享受市民待遇；同时规定"流动"一定年限可申请转常住户口，成为全国户籍制度改革的先导和突破口。

（二）土地制度改革

跨入新世纪以来，为实现统筹城乡发展，推进社会主义新农村建设，浙江省加快了农村土地制度改革的步伐。

首先，加快了土地流转的步伐，土地经营权物权化、股权化。随着浙江省农村劳动力的快速转移，农村社会保障水平的不断提高，现代农业经营主体对土地流转需求的不断加大，浙江省的土地流转先于全国而较早开始。为引导和规范土地流转，2001 年，中共浙江省委办公厅、浙江省人民政府办公厅颁布了《关于积极有序地推进农村土地经营权流转的通知》（浙委办〔2001〕53号）。根据党的十七大提出的"按照依法自愿有偿原则，健全土地承包经营权流转市场，有条件的地方可以发展多种形式的适度规模经营"精神，2009 年浙江省工商局和浙江省农业厅联手，率先在国内出台了首个规范土地流转的法规——《浙江省农村土地承包经营权作价出资农民专业合作社登记暂行办法》（浙工商企〔2009〕4 号），全国首批 12 家由农户以土地承包经营权作价出资设立的新型农民专业合作社，于 3 月 15 日正式领到了工商营业执照，标志着今后浙江农民手中的土地经营权可以物权化、股权化，而经营权本身及土地的用途却不会发生改变，浙江也将通过土地流转这项新政激活"万亿富农资本"。

其次，改革土地征用制度。2003 年以来，面对农用土地征用中不断暴露的矛盾，浙江省在现行土地制度框架下，对农用土地征用制度进行了一定的改革：一是建立土地征用补偿"区片综合价"制度，提高征地补偿标准。根据《浙江省实施〈中华人民共和国土地管理法〉办法》（2000 年）的规定和效益农业发展、农民收入增加的实际情况，提高了征用耕地年产值标准，并要求随着经济发展进行适时调整。《浙江省人民政府关于加强和改进土地征用工作的通知》（浙政发〔2002〕27 号）规定，城镇建设征用农村集体土地，由市、县政府根据不同地段、地类、人均耕地和经济发展水平等情况，划定区片，进行评估，在充分听取有关方面特别是农民意见的基础上，统一制定分片的"征地综合补偿标准"，并根据经济社会发展等情况作必要的调整。2009 年，《浙江省人民政府关于调整全省征地补偿最低保护标准的通知》（浙政发〔2009〕17号）发布，该《通知》要求从 2009 年 1 月 1 日起，全省实施新的征地补偿最低保护标准。二是允许土地入股参与开发建设。浙江省政府规定，允许农村集体经济组织采用土地入股等形式，参与赢利性水电、交通等项目的开发建设，鼓励企业以合股形式与农村集体经济组织合作，使农民获得长期稳定的收益。通过改革初步建立了土地出让增值的农民共享机制，对缓解土地征用中的矛盾起到了积极作用。

再次，探索"两分两换"的政策。2008 年 4 月，浙江省委、省政府作出把嘉兴作为全省统筹城乡综合配套改革试点地区的决策部署。嘉兴政府抓住这一重大机遇，结合嘉兴实际情况，围绕优化土地使用制度这个核心，以打造城乡一体化先行地为目标，制定了《关于开展统筹城乡综合配套改革试点的实施意见》和《关于开展集约用地试点加快农村新社区建设的若干意见》，并开展"两分两换"试点工作，率先在全省开展了探索和实践。"两分两换"是指将农村宅基地与承包地分开、将农民住房拆迁与农村征地分开；农民以宅基地置换城镇房产、以土地承包经营权置换社会保障，加快农村新社区建设（方芳等，2011）。嘉兴以土地承包经营权置换社会保障有两种基本置换方式：一是在"依法、自愿、有偿"的前提下，采取转包、出租、入股等方式全部流转土地承包经营权，流转期限在 10 年以上的，按照城乡居民社会养老保险中城镇居民的缴费标准和待遇置换社会保障；二是在有农业投资开发公司承接和整片开发的基础上，农民自愿全部放弃土地承包经营权，同时按照被征地农民养老保险政策置换社会保障。以宅基地置换城镇房产有三种置换方式：一是作价领取货币补贴到城镇购置商品房；二是到搬迁安置区置换搬迁安置房或自建联排房；三是有产业用房的，可部分或全部到产业功能区置换标准产业用房。

三、建设统筹城乡的公共服务体系

建设统筹城乡的公共服务体系是新世纪统筹城乡发展的重要内容，浙江省高度重视。2008 年，在全国率先启动了省级层面的《基本公共服务均等化行动计划》，提出到 2012 年，建立健全多层次、全覆盖的社会保障体系，配置公平、发展均衡的社会事业体系，布局合理、城乡共享的公用设施体系，在扩大基本公共服务覆盖面的同时，提高基本公共服务均等化程度。2009 年，《浙江省人民政府关于加快推进基本公共服务均等化进一步改善民生的若干意见》（浙政发〔2009〕16 号）发布，该《意见》对努力稳定和扩大就业、健全社会保障体系、提升教育发展水平、完善城乡公共服务体系、提高农村公共文化服务水平、改善城乡居民生产生活条件、加强环境污染整治、保障社会公共安全等八个方面提出了要求。

(一)全面推进农村社会保障体制改革

党的十六大以后,浙江省委、省政府按照统筹城乡发展的要求,从促进经济社会协调发展的大局出发,不断深化城乡社会保障制度改革。

一是建立健全城乡一体的最低生活保障制度。浙江省于1996年率先在全省建立了覆盖城乡的最低生活保障制度,到1997年底全省有88个县(市、区)落实了这一制度。2001年8月,浙江省政府又以政府令的形式颁布了《浙江最低生活保障制度办法》,最低生活保障制度走向规范化、法制化。2003年,省政府出台《关于加快建立覆盖城乡的新型社会救助体系的通知》(浙政发〔2003〕30号),提出加快构建以最低生活保障为基础,以养老、医疗、教育、住房等专项救助为辅助,以其他救助、救济为补充,与经济社会发展水平相适应的新型社会救助体系。

二是建立健全被征地农民社会保障制度。为了确保被征地农民的权益,2002年,浙江省政府出台了《关于加强和改进土地征用工作的通知》(浙政发〔2002〕27号),文件除了规定合理确定征地补偿标准、及时支付征地补偿费用等外,还要求完善土地征用补偿安置办法、加大被征地农民就业工作力度、建立健全被征地农民基本生活保障制度。2003年5月,浙江省劳动保障厅等五部门联合下发了《关于建立被征地农民基本生活保障制度的指导意见》(浙劳社农〔2003〕79号),明确了被征地农民养老保障各方出资比例。2003年9月,浙江省政府又下发了《关于加快建立被征地农民社会保障制度的通知》(浙政发〔2003〕26号),明确被征地农民社会保障是一个与城镇社会保障体系既有区别又相衔接的制度框架和运行机制。2004年1月,浙江省委、省政府在《关于统筹城乡发展促进农民增收的若干意见》(浙委〔2004〕1号)中提出,要"切实维护被征地农民利益"、"被征地农民基本生活保障问题没有解决的不予审批"。2005年4月,浙江省政府又发出了《关于深化完善被征地农民社会保障工作的通知》(浙政办发〔2005〕33号),提出"从2005年1月1日起,各地对被征地农民要做到即征即保"。

三是建立健全农村新型合作医疗制度。浙江省于2003年8月出台了《关于建立新型农村合作医疗制度的实施意见(试行)》(浙政发〔2003〕24号),提出按"低点起步、扩大覆盖,政府推动、多方筹资,县级统筹、保障适度,先行试点、逐步推广"的原则,到2007年全省基本建立以县为单位的农村大病统筹合作医疗制度，当年确定了 27 个县开始试点。2007 年，浙江省 87 个有农业人口的县（市、区）全部实施了新型农村合作医疗，实现了全省新型农村合作医疗制度的全面覆盖，九成农民享受了新型农村合作医疗。同时，浙江省新型农村合作医疗逐步提高保障水平，从以县为主"大病统筹"发展到全面推行"大病统筹为主、兼顾门诊统筹"，住院补偿比例和门诊补偿比例不断提高。2007 年，浙江省人民政府办公厅下发《关于进一步完善新型农村合作医疗制度的意见》（浙政办发〔2007〕23 号），该《意见》提出要加大政府投入，提高筹资水平，完善合作医疗补偿方案。

四是率先实行农村"五保"和城镇"三无"人员集中供养。2003 年，浙江省委、省政府就提出，要在试点的基础上，实施农村"五保"和城镇"三无"对象的集中供养，力争 3 年内全省集中供养率达到 80％以上，科学规划、合理布局，积极调整利用社会性各方资源，加快农村敬老院、城市福利院等养老基础设施建设，明确农村"五保"对象集中供养经费由县（市、区）、乡镇政府和村集体按比例分担。2006 年 5 月，浙江省政府又下发了《关于促进养老服务业发展的通知》（浙政办发〔2006〕84 号），通知要求全省各地大力发展养老服务业，加快建立与经济社会发展水平相适应、能满足老年人生活需要的养老服务体系。

五是积极推进城镇职工社会保险向农民工覆盖。"十五"时期以来，浙江省在实现职工社会保险制度转轨的基础上，逐步将城镇职工社会保险向农民工覆盖。在城镇职工养老保险的覆盖方面，1997 年，浙江省人大常委会颁布了《浙江省职工基本养老保险条例》，在全国率先将基本养老保险覆盖面扩大到城镇辖区内工商注册登记的各类企业、实行企业化管理的事业单位和与其形成劳动关系的职工以及城镇个体劳动者。2001 年和 2003 年，浙江省政府又先后两次要求完善职工基本养老保险"低门槛准入低标准享受"办法。在城镇职工医疗保险的覆盖方面，2000 年，浙江省政府就发出了《浙江省推进城镇职工基本医疗保险制度改革的意见》（浙政〔2000〕5 号），全面启动了医疗保险制度的社会化改革，建立起了覆盖城镇全体职工的社会统筹与个人账户相结合的基本医疗保险制度，并实现了新旧制度的平稳过渡和保险基金的收支平衡，起到了保障职工基本医疗需求的作用。2002 年，全省有 78 个县（市、区）实现了基本医疗保险制度。在城镇失业保险的覆盖方面，2003 年 9 月，浙江省十届人大常委会第五次会议通过《浙江省失业保险条例》，要求全省做好失业保险的转轨与规范化运作。在此期间农民工逐步享受到了与城镇职工同等的社会保险制度。

六是探索建立新型农村养老保险制度。2004 年，浙江省劳动和社会保障厅发布了《关于积极探索建立农村社会养老保险制度的通知》（浙劳社农〔2004〕35 号），该《通知》要求各地努力建立以个人缴费为主、集体补助为辅、政府适当补贴和统账结合方式的新型农村养老保障制度。2008 年中央一号文件提出"探索建立农村养老保险制度，鼓励各地开展农村社会养老试点"和 3 月份全国人大通过的《政府工作报告》指出"鼓励各地开展农村养老保险试点"之后，浙江省委、省政府在 2009 年 9 月出台了《浙江省人民政府关于建立城乡居民社会养老保险制度的实施意见》（浙政发〔2009〕62 号）。该《意见》规定，"从 2010 年 1 月 1 日起，全省凡符合条件、年满 60 岁的浙江省户籍城乡居民，都可按规定享受政府提供的每人每月 60 元基础养老金"。

（二）大力推进城乡教育均衡化发展

把促进城乡教育公平均衡发展作为促进城乡社会公平和统筹城乡发展的重要基础，浙江省委、省政府于 2002 年和 2005 年相继提出建设"教育强省"和把建设"教育强省"的重点放到农村的目标，并先后出台和实施了一系列举措：

实施全省免费义务教育，提高农村教育质量。2002 年，宁波市在全国首开实行免费义务教育先河，省委、省政府也在 2003 年起对五类困难家庭的学生义务教育阶段和高中段教育实行全部免费，并从 2006 年秋季开始，全省城乡义务教育免收学杂费，成为全国第一个全面实行免费义务教育制度的省份。进入 21 世纪，为加强统筹城乡教育的力度，加快农村教育的发展，浙江省先后出台了《关于确保农村义务教育事业健康发展的意见》（浙委办〔2002〕39 号）、《关于进一步加强农村教育工作的决定》（浙政发〔2004〕47 号）。之后，又实施了农村中小学"四项工程"和现代远程教育工程（2005）、农村中小学教师素质提升工程（2005—2007）和领雁工程（2008），提升农村教师素质，提高农村教育质量。

发展农村职业技术教育，提高劳动者素质。2001 年，浙江省政府召开了全省职教工作会议，出台了《关于加快中等职业教育发展的意见》（浙政发〔2001〕35 号），明确提出职业教育必须"做大做强"。2004 年，浙江省政府召开全省农村教育工作会议，进一步强调职业教育要以就业为导向，以服务为宗旨，加快培养大批高技能人才和高素质劳动者，发挥职业教育在推进城镇化进程和转移农村劳动力中的重要作用。2001—2006 年连续 6 年实现普教与职教之比 1∶1，创出了职业教育的"浙江模式"。2006 年 6 月，省政府下发《关于大力推进职业教育改革与发展的意见》（浙政发〔2006〕41 号），全面实施

"六项行动计划"，推动职业教育改革与发展。

推进农村成人教育，提升农民素质。自 2001 年以来，先后在全省范围组织实施了"百万农民培训工程"、"百万职工双证制教育培训工程"、"千万农村劳动力素质培训工程"和"阳光工程"等四大农民培训工程，大大提高了农村劳动力素质和就业能力，为促进浙江经济的快速发展作出了积极的贡献。

（三）大力推进农村公共卫生事业发展

针对农村市场经济发展后农民"看病难、看不起病"越来越多的情况。跨入新世纪以来，浙江省委、省政府以"三个代表"重要思想和科学发展为统领，先后两次召开全省农村卫生工作会议，并把加强农村公共卫生服务体系建设作为统筹城乡、建设社会主义新农村的重要任务。

2001 年，在全国率先出台了《浙江省卫生现代化建设纲要（2001—2020年）》，2003 年出台了《关于进一步加强农村卫生工作的意见》（浙委〔2003〕21 号），该《意见》提出要"加强宏观管理，优化卫生资源配置，逐步缩小城乡差距，满足农民不同层次的医疗服务需求，从整体上提高广大农民的健康水平和生活质量"。2004 年，浙江省委从建设文化大省，提高综合竞争软实力的战略高度出发，在全国率先提出"卫生强省"的建设构思。2005 年 8 月，浙江省政府召开农村卫生工作会议，出台了《关于加强农村公共卫生服务工作的实施意见》（浙政发〔2005〕50 号），按照"让农民看得起病、有地方看病、加强预防少生病"的要求，作出了实施"农民健康工程"的决策。2006 年，浙江省政府正式颁布《浙江省卫生强省建设与"十一五"卫生发展规划纲要》，"卫生强省"的农民健康工程、公共卫生建设工程、城乡社区健康促进工程、科教兴卫工程、"强院"工程、中医药攀登工程等"六大工程"，被纳入《浙江省"十一五"国民经济和社会发展规划》中，使"卫生强省"建设成为全省各级党委、政府发展卫生事业的共同行动纲领。

经过 10 多年的发展，浙江省农村卫生工作全面加强，公共卫生体系不断完善，城乡社区卫生服务框架基本建立，医疗卫生技术水平和能力显著提高，初步形成了覆盖城乡、功能健全的医疗卫生服务体系。

（四）大力推进农村文化事业发展

进入新世纪，浙江省委、省政府把构建农村公共文化服务体系与社会主义新农村建设有机结合起来，加大文化资源对农村的倾斜力度。

自 2000 年省委提出建设文化大省的目标并制定实施《浙江省建设文化大省纲要（2001—2020 年）》以来，先后出台了《关于加快建设文化大省的决定》（2005）、《关于在全省实施新一轮广播电视村村通工程的通知》（浙委办

〔2006〕66号）、《关于进一步加强农村文化建设的实施意见》（浙委办〔2007〕38号）、《关于实施我省新农村文化建设十项工程的通知》（浙文社〔2007〕36号）、《浙江省推动文化大发展大繁荣纲要（2008—2012年）》、《关于认真贯彻党的十七届六中全会精神大力推进文化强省建设的决定》（2011年）等一系列统筹城乡文化发展的政策文件，对农村公共文化服务体系建设进行了全面的部署，提出"力争在全国率先建成城乡一体化、比较完备的公共文化服务体系，实现基本公共文化服务均等化"的总体目标。全面实施农村文化基础设施建设、广播电视村村通等10项文化惠民重点工程，走出了一条"建、管、用"结合，具有浙江特色的公共文化服务体系发展道路，初步形成了设施比较健全、产品较为丰富、活动比较正常、覆盖较为广泛的农村公共文化服务体系雏形（叶成伟等，2012）。

四、积极开展农村环境整治和农村新社区建设

党的十六大提出了全面建设小康社会的奋斗目标。浙江省委、省政府在2003年决定实施"千村示范、万村整治"工程，即"用五年时间，对全省10 000个左右的行政村进行全面整治，并把其中1 000个左右的行政村建设成全面小康示范村和文明和谐新社区。"在这一工程的带动下，全省各地普遍加强了对农村基础设施建设、村庄建设和生态环境建设，并按照城乡统筹发展、建设社会主义新农村的需要，实施了一系列工程建设，使农村面貌发生了历史性的变化。各地着重抓了以下几个方面的工作：

（一）大力开展村庄规划编制

各地按照"减少村庄数量、扩大村庄规模"的原则，编制县域村庄布局规划；按照有利于提高农民生活质量、传承历史文化和体现人和自然和谐相处的原则，搞好村庄总体规划和村庄建设规划。至2006年，全省所有县（市、区）完成了县域村庄布局规划的编制任务，规划实施到位后，全省的行政村最终减少到2.4万个，还编制了3 048个中心村和16 389个村的村庄总体（建设）规划和整治方案。省市县财政为此安排了近3亿元专项经费用于规划编制的补助，这在浙江省历史上也是第一次。

（二）大力开展村庄环境整治

从示范村和整治村起步，由点到线到面，全面开展垃圾清理、污水治理、改水改厕、河道洁化、"赤膊屋"整治等农村环境整治，形成了平原村庄"户集、村收、镇中转、县处理"、山区村庄"统一收集、就地分拣、综合利用、无害化处理"的垃圾集中收集处理模式，建立了三格式化粪池、无动力厌氧处

理、湿地处理、纳管处理等污水处理方法。2006 年起还实施农村环境"五整治一提高"工程（畜禽粪便污染整治，生活污水处理排放，垃圾固废统一收集，化肥农药污染治理，河沟池塘清淤治污，村镇绿化水平提高），推动农村环境全面改善。

（三）积极推进中心村建设和示范村创建

按照"合并小型村、缩减自然村、拆除空心村、搬迁高山村、保护文化村、改造城中村、建设中心村"的要求，采取拆迁新建、合并组建、移民迁建、保护复建、整理改建等多种类型，推进示范村和中心村建设。稳妥推进行政村撤并，推动宅基地置换和村庄整理，吸引农民到中心村集聚，提高了土地利用率，增加了有效耕地面积，走出了一条资源节约、环境友好的村庄建设路子。提升中心村的服务功能，建设社区服务中心，建成了一大批布局合理、规划科学、服务便利的农村新社区。

（四）全面改善农村基础设施

以布局优化、卫生洁化、河道净化、道路硬化、四旁绿化、路灯亮化等为重点，以各类工程建设为载体，充分发挥村庄整治建设的龙头作用，把推进农村基础设施、社会事业、公共服务等各项建设与推进村庄整治建设有机结合起来，按照"示范整治的点定在哪里，服务和资金配套就跟在哪里"的要求，配套推进"绿化示范村"、"万里绿色通道"、"万里清水河道"、"千万农民饮用水"、"乡村康庄"、"生态富民家园"、"百万农户生活污水净化沼气"、"兴林富民"等工程建设。

五、实施欠发达乡镇奔小康工程和低收入农户奔小康工程

2003 年，中共浙江省委办公厅、浙江省人民政府办公厅发布了《关于实施"欠发达乡镇奔小康工程"的通知》（浙委办〔2003〕14 号）。2003 年以来，按照统筹区域发展的要求，浙江省实施了"欠发达乡镇奔小康工程"、"百亿帮扶致富工程"、"山海协作"工程，不断健全政府扶持、区域协作、社会援助的扶贫机制，着力增强欠发达地区自我发展能力，抓实推进欠发达地区新农村建设，努力使欠发达地区成为全省经济新的增长点。同时，根据低收入农户脱贫奔小康是扶贫工作最大的难点的实际出发，2008 年，浙江省委、省政府又作出了实施"低收入农户奔小康工程"，集中力量，攻克扶贫难点。通过下山搬迁帮扶、培训就业帮扶、产业开发帮扶、基础设施建设、社会救助覆盖、区域协作促进、金融服务支持、社会援助关爱等"八大行动"为主要途径的"低收入群体增收行动计划"，实现扶贫方式从开发扶贫和救助式扶贫向综合性扶贫的提升。

（一）大力推进下山搬迁脱贫

2003 年开始，浙江省政府把每年下山搬迁 5 万人作为十件实事之一，按照"下得来、稳得住、富得起"的要求，把下山脱贫与工业化、城市化结合起来，以高山、远山区域、重点水库库区、地质灾害隐患区域的整体搬迁为重点，依托县城、中心镇和工业功能区建设下山移民小区和廉租房，促进下山农民进城落户、转产转业，实现异地致富。

（二）加强贫困农民培训

按照"政府主导、市场运作、部门协作、企业参与"的方式，加强对欠发达地区农民的技能培训，促进农民就业致富。认真抓好一个全国扶贫培训基地和五个省级扶贫培训基地建设。以实现稳定就业和发展现代农业为导向，加强对低收入农户劳动力的技能培训、就业服务和就业援助，促进低收入农户劳动力外出务工经商和外出务工返乡创业。

（三）努力推进产业化扶贫

充分发挥欠发达地区的比较优势，加大对扶贫龙头企业和专业合作社的扶持力度，并把低收入农户集中村作为扶贫重点。选派优秀科技特派员到欠发达乡镇服务。同时积极利用欠发达地区丰富的人力资源和优美的生态资源，大力扶持欠发达乡镇和低收入农户发展特色种养业、家庭工业、"农家乐"等产业。科学合理地利用贫困乡镇的自然资源，着力发展具有特色优势的效益农业和绿色经济。2008 年，省政府用于"低收入农户奔小康工程"的农户发展专项资金补助超过 5 212 万元，省财政安排 1 500 万元"农家乐"休闲旅游业专项资金，重点向欠发达地区倾斜。

（四）促进欠发达地区基础设施建设和社会事业发展

各地各部门围绕改善欠发达乡镇和低收入农户的生产生活条件，进一步加大投入，加快建设水、电、路、邮、通讯等基础设施。扩大城市对农村的辐射带动作用，加快推进千万农民饮用水工程、村庄整治和农村信息化建设，促进城乡间、区域之间公共资源的均等配置。实施"社会救助覆盖行动"，提高低收入农户保障水平。按照基本公共服务均等化的要求，完善社会救助制度，提高救助水平，扩大最低生产保障、教育救助、医疗救助的覆盖面，加大农村"五保"对象集中供养、住房救助、灾害救助的力度，提高农村医疗服务水平，探索建立农村养老保险制度，降低低收入农户因病因灾返贫致贫的几率。

（五）切实加大结对帮扶力度

建立经济较发达的县乡村与欠发达县乡村的结对帮扶制度，从项目、技术、信息、人才等方面给予帮扶。广泛动员社会力量参与扶贫，组织民营企业、社会各界人士、侨胞、来料加工经纪人挂钩联系帮扶欠发达乡镇的重点村、困难村（浙江省扶贫办公室，2007）。深化省、市、县三级低收入农户集中村结对帮扶工作，充分发挥工会、共青团、妇联、工商联、华侨等组织的优势，动员社会力量参与结对帮扶活动，切实做到低收入农户集中村结对帮扶全覆盖。市、县、乡广泛建立"一户一策一干部"的低收入农户结对帮扶机制，动员机关、企事业单位干部职工与低收入农户形成结对关系，努力做到低收入农户结对帮扶全覆盖。

第二章 三十五年浙江农民的贡献

自 1978 年改革开放以来，浙江经济迅速崛起并呈现持续高增长的趋势，已成为中国东部沿海地区经济发展最快、活力最强的省份之一。截至 2012 年，浙江地区生产总值年均增速达 13.0%，GDP 总量占全国 GDP 的比例由 1978 年的约 3.5% 升至 2012 年的接近 7%。浙江人均 GDP 在 1978 年是 331 元，为当年全国人均 GDP 的 0.87 倍，上升为 2012 年的 63 266 元，为当年全国人均 GDP 的 1.7 倍。浙江城镇居民人均可支配收入从 1978 年 332 元增加到 2012 年 34 500 元，农村居民人均纯收入从 1978 年的 165 元增加到 14 552 元，均居全国省区第一位。

浙江通过 35 年的改革发展，成功地实现了从农业省份向经济强省的转变，经济发展、社会建设、城乡统筹、生态文明建设都取得了显著成绩。

当前，我国正处于新一轮改革的发展阶段，在中国农村改革 35 年之际，回顾总结浙江农村改革发展成功经验，彰显浙江农民为所作出的巨大贡献，特别是农民在改革开放所做的贡献，对于我们在当今坚持走群众路线、坚持以农民发展为主体的中国特色社会主义道路，具有非常重要的现实意义和理论价值。

纵观 35 年波澜壮阔的浙江经济社会发展，农民在其中起到了难以估量的贡献。可以说，35 年的改革开放的历史，就是农民对浙江发展的贡献史，没有农民群众创造与贡献，就没有今天浙江的巨大成就。

第一节 农民对浙江经济发展的贡献

一、浙江农民是浙江市场化改革的首创者和经济发展主动力

与中国其他地方一样，在改革开放之前浙江省长时间处于计划经济发展时期，农村处于人民公社的体制下。在改革开放前夕，虽然经过近 30 年的建设，浙江国民经济整体水平处于较低水平，广大农村仍然处于温饱状态，农民收入很低。

回望改革开放 35 年的发展历程，浙江省 35 年取得的成就，一条基本经验是进行了市场化的改革。而市场化改革的重要动力也是来自农民，由农民率先在农村推动，从而形成了社会主义建设的"农村包围城市"的道路。毫不夸张地说，浙江市场经济是农民走出来的，在全国具有领先地位，而农民是改革排头兵，农民也是改革主力军。

（一）包产到户责任制最早可追溯至浙江温州的农民

中国的改革始于农村，而农村改革则始于 1978 年之后实行的包产到户责任制。而中国首先对包产到户进行探索，则是浙江的农民。在浙江，包产到户更早可以追溯到 1956 年。1956 年刚刚实现高级合作化的温州永嘉，冒着"反党反社会主义"的危险，在 400 多个农业生产合作社推广了包产到户责任制。此举被后人称为"中国第一包"、"中国农村改革的源头"、"中国包产到户的鼻祖"、"温州模式的胎盘"等等。[①] 包产到户是中国农村经济体制改革的重大突破，是农村市场化改革的发端。家庭包产到户责任制的实施是农业生产关系史上的一种创新，突破了一大二公、过度集中的人民公社体制，使农民真正得到了生产经营自主权，从而解放和发展了农业生产力，促使农业生产以前所未有的速度发展，一举彻底解决了长期困扰中国农村集体经济以及整个中国计划经济发展过程中出现的过分集中统一、平均主义、吃大锅饭等问题。因此，包产到户这一制度创新对中国来说意义非常重大。可以说，计划经济体制从此打开了一个大缺口，而这一制度创新主体就是农民。邓小平同志在 1992 年视察南方讲话中明确说明："农村搞家庭联产承包，这个发明权是农民的"[②]。随着包产到户为主的农村改革的深入发展，农村经济开始了从计划经济向市场经济的历史转型，由此引发了中国经济社会体制的历史性变革。早在改革开放初期，中央就高屋建瓴地肯定了联产承包责任制的历史贡献，1983 年中共中央文件《当前农村经济政策的若干问题》指出：联产承包责任制和各项农村政策的推行，打破了我国农业生产长期停滞不前的局面，促进农业从自给半自给经济向着较大规模的商品生产转化，从传统农业向现代农业转化。可以说，农民的包产到户拉开了中国市场化改革的序幕，包产到户对浙江农村改革、农业的发展意义重大而深远。

（二）农民闯市场造就了浙江市场大省的地位

浙江省在全国是资源小省，在改革开放初，经济落后，处于全国平均线之

---

① 李云河. 首创"包产到户"与我的坎坷人生 [J]. 纵横，1998（9）：4.
② 邓小平文选：第 3 卷 [M]. 北京：人民出版社，1993：382.

下。但敢为人先的浙江农民在改革初期，就发扬"千辛万苦、千方百计、千山万水、千言万语"的四千精神为特征的创新创业精神，走南闯北，开拓市场。浙江农民首先创造出了改革开放以来的一批专业市场：义乌中国小商品城、路桥中国日用品城、绍兴中国轻纺城、嵊州中国领带城、杭州四季青服装市场、永康五金市场、桐乡羊毛衫市场等等，这些市场不仅在中国闻名遐迩，甚至在全球也声名远扬。这些市场，都是农民从无到有创造出来。各类专业商品市场，直接推动了市场经济在中国的快速发展，也通过市场有效配置国内外各种生产要素，缓解了浙江省资源缺乏的先天不足，拓展了发展的空间，支撑起浙江市场经济快速发展，也带动着全国经济的健康发展。"哪里有市场，哪里就有浙商"，浙商也已成为市场经济和经济活力的代名词。而没有浙江农民发展，也就没有现在的浙商群体；没有浙江农民创业创富创市场，就不可能有今天浙江的成就。

（三）浙江农村改革催动了城市经济体制改革

农村家庭包产到户责任制的实施、人民公社废止、农产品统购派购制度的改革和浙江乡镇企业的异军崛起，对城市经济体制和国有企业形成了强烈的冲击，并由此引发了城乡流通体制改革、城市国有集体企业改革和整个价格体制改革，形成了农村市场化改革推动城市市场化改革的态势，进而引发全面的市场经济体制的改革。可以说，没有农村市场化改革突破，也就没有今天浙江市场化的进程和中国经济持续高速增长。

回望历史，很显然，浙江农村改革的极大成功，为浙江城市改革提供了重要的实践范本和成功经验。一是在经济体制上，农村冲破"三级所有，队为基础"的框框，实行了家庭承包责任制，把生产资料的所有权和使用权分离开来，这就为城市企业从承包制到股份制的改革提供了实践路径；同时，自负盈亏、自主经营、机制灵活的乡镇企业竞争性的发展也倒逼国有企业经营体制的改革；二是在经营方式上，实行家庭经营和多种所有制共同发展，为国营企业实行各种形式的经济责任制和产权制度改革以及城市多种所有制经济发展提供了参照经验；三是在分配制度上，农村打破了"干多干少一个样，干好干坏一个样"的"大锅饭"平均主义的分配方式，实行家庭承包制，允许一部分人先富起来，这就为城市企业兼顾"公平效率"的分配制度改革提供了经验；四是在流通体制上，取消统购统销体制，放开农产品价格，搞活农村商品流通，这就为改革城市流通体制市场化和城乡一体的流通体制构建起到了引领作用。35 年的事实说明，浙江农村改革的成功经验对浙江城市改革已经起到了并将继续起着极大借鉴和推动作用。可以说，没有农村市场化的改革，就没有城市经济的市场化改革，社会主义市场经济体制的建立实际上也是从农村开始。

二、浙江农民对浙江工业化的贡献

工业化的发展是一个大国现代化发展过程中必经阶段。在改革开放前 30 年中，尽管我国确定了工业化的发展道路，但是计划经济体制下的工业化偏斜战略的实施却始终不能让中国摆脱贫穷落后的经济状况，农村生产力落后，产品短缺状况始终没有根本改变。而改革开放以来，恰恰是由于体制的改变让农民成为工业化的主动力，带动着浙江工业化进入一个崭新的发展阶段，促进了改革开放后浙江经济发展的总量规模、增长速度、物质富裕程度都发生了天翻地覆的变化。

（一）浙江乡镇企业对浙江工业化的贡献。

改革开放以来乡镇企业的异军突起是中国农民的又一个伟大创造。邓小平曾自豪地说："农村改革中，我们完全没有料到的最大收获，就是乡镇企业发展起来了，突然冒出搞多种行业，搞商品经济，搞各种小型企业，异军突起"。异军突起的乡镇企业，转移了农业剩余劳动力，提高了农民收入，推进了农村工业化、城镇化进程，对工业化发展做出了巨大贡献。

1. 乡镇企业对浙江经济总量的贡献

乡镇企业源于原来的社队企业，在计划经济体制下，发展缓慢。改革开放以来，如雨后春笋，在浙江各地四处开花，从小作坊开始起步，快速发展，壮大成长，产生了万向集团、横店集团等著名农民企业家掌舵的跨国经营企业。从改革开放初期开始，浙江乡镇企业在浙江这块市场经济肥沃的土壤上爆发式增长，对浙江经济起到了重要的推动和引领作用，在 1986 年浙江省乡镇企业总产值就达到 250 亿元，乡镇企业在浙江省工农业总产值中"三分天下有其一"。1983—1987 年间，乡镇企业经济总量每年平均递增 50%，上缴税收每年平均递增 30%，乡镇企业总产值从 1982 年占全省工农业总产值的 6%，到 1987 年初上升到 42%，乡镇企业税收已占全省财政的 29%，乡镇企业职工已占农村劳力的 28%。[①] 乡镇企业带动了农村经济的全面发展。2011 年，浙江乡镇企业总产值达到 61 966.8 亿元，占全国乡镇企业 14.3%（中国农业年鉴，2012），其中工业总产值在全国乡镇企业总产值中占 15.6%。

浙江省乡镇企业数量也得到快速发展，在 1978 年只有 7.4 万个，经过 30

---

① 王芳. 我和乡镇企业 [J]. 今日浙江，2009 (21)：25.

多年的发展，数量上不断上新台阶，在 2010 年已达到 111.69 万个。乡镇企业也在不断升级，浙江集群块状经济由此得到发展（图 2-1）。

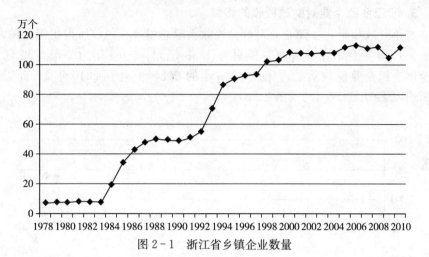

图 2-1　浙江省乡镇企业数量

2. 乡镇企业的对国内劳动力就业的贡献

数量众多的乡镇企业是吸纳农村剩余劳动力的主要力量。从就业人口看，浙江乡镇企业 1978 年是 190.14 万人，1986 年就超过 500 万人，达到 514.51 万人，2003 年就业人口超过 1 000 万人，总数量是 1 082.79 万人，2011 年为 1 426.96 万人，占浙江省总从业人员的 38.9%（图 2-2）。

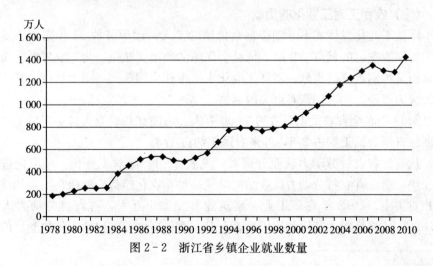

图 2-2　浙江省乡镇企业就业数量

浙江乡镇企业不仅吸引省内的农业转移人口，也大量吸引外地农民工在乡镇企业就业。

3. 浙江乡镇企业对财政税收的贡献

改革开放年来，乡镇企业对社会税收贡献总量和在税收所占比例也在大幅增长。1978 年乡镇企业税收总额只有 1.38 亿元，2010 年为 1 534.35 亿元。在全国乡镇企业税收贡献占比从 1978 年的 6.2% 上升到 2010 年 13.5%。在 2007 年曾经达到 32.4%（图 2-3）。

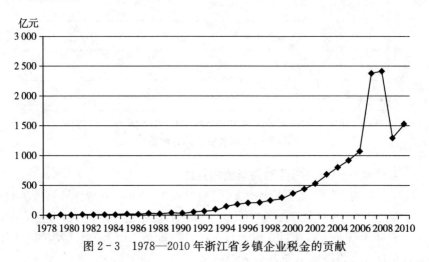

图 2-3　1978—2010 年浙江省乡镇企业税金的贡献

（二）农民工对工业化的贡献

浙江工业化发展离不开创造剩余价值的工人，改革开放 35 年来，一支庞大的特别能吃苦的低劳动报酬、低社会保障的农民工队伍，为工业发展作出了特殊而又特别重要的贡献。浙江工业化水平走在全国前列，很大程度上是广大农民成为产业工人，创造着巨大的财富。

2009 年底全省农民工总数约 2 000 万人，占浙江总就业人口一半以上，其中浙江省籍农民工约占 2/3，外来农民工约占 1/3。[①]

从浙江省农村劳动力就业分部看，见表 2-1。随着工业化、城市化进程的加快，浙江省农村劳动力就业结构呈现一种非农化趋势，就业在工业和建筑业相对集中，2012 年在事工业、建筑业有 1 136 万人，占农村劳动力人数 47.8%，从趋势看，其比例逐年显著上升。而从事农业（包括农林牧渔）的农

---

① 刘淑娟. 浙江农民工流失与财政对策研究 [J]. 价值工程，2011（3）：177.

村劳动力人数综述以及所占比例逐年明显下降，2012 年在从事农业的农村劳动力约 603 万人，占农村劳动力人数 25.3%。

表 2-1　1978—2012 年浙江农村劳动力的就业行业分布

单位：万人

年份	农林牧渔业	工业	建筑业	其他行业从业人员
1978	1 300.00			
1979	1 285.80			
1980	1 257.40			
1981	1 218.30			
1982	1 274.70			
1983	1 279.90			
1984	1 277.90	319.42	55.82	132.76
1985	1 299.10	339.14	63.74	161.82
1986	1 263.70	376.15	68.99	205.66
1987	1 260.40	399.73	72.97	222.00
1988	1 260.80	409.16	76.65	241.09
1989	1 308.50	375.58	75.00	251.92
1990	1 336.50	368.41	74.11	255.78
1991	1 348.74	376.99	74.36	272.03
1992	1 338.56	367.88	78.27	314.67
1993	1 239.16	418.91	87.15	360.42
1994	1 187.43	436.72	91.87	385.28
1995	1 145.87	447.25	99.44	404.46
1996	1 123.06	446.52	104.38	422.07
1997	1 106.59	448.24	102.66	442.12
1998	1 102.70	439.93	102.11	451.76
1999	1 073.58	445.65	104.51	466.34
2000	1 014.93	474.25	110.68	508.58
2001	985.11	531.89	116.49	536.59
2002	929.58	582.40	122.71	550.91

（续）

年份	农林牧渔业	工业	建筑业	其他行业从业人员
2003	872.96	647.41	130.85	568.68
2004	826.63	700.68	138.27	586.76
2005	786.92	754.89	145.37	611.36
2006	732.92	796.18	150.35	624.25
2007	688.04	844.90	158.49	626.78
2008	666.35	849.87	161.81	626.30
2009	653.55	869.20	164.50	634.16
2010	627.43	905.56	166.68	647.13
2011	616.76	944.17	174.81	635.05
2012	603.14	959.93	177.54	639.63

数据来源：历年浙江统计年鉴.

同时，浙江农村外出劳动力总量和比例也在不断上升，在 2012 年总数达到 521 万人，占农村总劳动力的 21.9%，与 1991 年 9.02% 相比，已有大幅提升（表 2-2）。

表 2-2　浙江农村劳动力及转移情况

年份	农村劳动力数量	外出劳动力数量	占农村总劳动力的百分比
1991	2 072.12	186.88	9.02
1992	2 099.38	184.18	8.77
1993	2 105.64	219.43	10.42
1994	2 010.30	224.03	11.14
1995	2 097.02	228.82	10.91
1996	2 096.03	243.61	11.62
1997	2 099.61	259.96	12.38
1998	2 096.5	268.05	12.79
1999	2 090.08	278.43	13.32
2000	2 108.44	367.51	17.43
2001	2 170.08	346.36	15.96
2002	2 185.60	385.65	17.65

（续）

年份	农村劳动力数量	外出劳动力数量	占农村总劳动力的百分比
2003	2 219.90	386.95	17.43
2004	2 252.34	404.44	17.96
2005	2 298.54	417.68	18.17
2006	2 303.70	435.58	18.91
2007	2 318.21	459.25	19.81
2008	2 304.33	456.27	19.80
2009	2 321.41	467.40	20.13
2010	2 346.80	510.14	21.74
2011	2 370.79	513.51	21.66
2012	2 380.24	521.37	21.90

数据来源：历年浙江统计年鉴.

　　根据黄祖辉和刘雅萍 2007 年的调查，现在浙江省籍的农民工大多数集中于劳动密集型产业，从事技术要求低、工作环境差、劳动强度高以及城市居民不愿从事的工作；农民工中男性远多于女性，男性占了 70％以上，男性集中在建筑、工业等重体力行业；大多数农民工难以靠工作年限的增长实现工资报酬、职业身份与地位的上升，只能长期滞留在低声望、低技术、低报酬的层次。[①] 进城的农民工处于就业低端，大部分干的是体力的工作，工资水平普遍较低，且增长速度慢。农民工人均收入实际增长与经济增长不同步，也大大低于城镇职工工资收入从 2001 年到 2005 年，全国城镇职工年均工资增长了 69.3％，以年均 14.1％的速度在快速增长，而同期农民工的年均工资仅增长了 19.5％，年均增长率仅为 6.3％。在 2008—2011 年，农民工月工资分别 1 340 元，2009 年农民工月平均收入为 1 417 元，2010 年为 1 690 元，2011 年为 2 049 元、2012 年为 2 290 元（国家统计局，2012）。而城镇职工年工资 2008 年－2011 年分别是 28 898 元、32 244 元、36 539 元、41 799 元。农民工工资分别占城镇职工工资水平的 50％、52％、55.5％、58.9％。可见，近年来农民工工资与城镇职工工资差距略有缩小，但差距仍较为明显。这种差距除了由农民工的文化程度、职业差异等因素之外，农民工身份也是一个重要原因。

---

　　① 黄祖辉，刘雅萍. 农民工就业代际差异研究——基于杭州市浙江籍农民工就业状况调查 [J].农业经济问题，2008（10）：52.

三、农民对浙江开放型经济的贡献

(一)农民工群体形成了劳动力红利

改革开放以来,中国对外开放快速推进,开放型经济快速发展,国际资本大量的流入,全球 500 强企业纷纷在中国投资,中国成为全球吸引外资最多的国家。中国之所以成为对外资最有吸引力的国家,其最重要的一个因素就是中国拥有庞大的劳动力红利和巨大的市场。

而这方面,既年轻又廉价、又肯吃苦、能加班加点干活的几亿农民工成为最大的比较优势,也使中国成为劳动密集型制造业最有竞争力的国家。浙江的产业也是以劳动密集型为主。

农民工工资低的贡献,由于农民工流动性较大,企业往往不给他们缴纳社会保障资金。2012 年,雇主或单位为农民工缴纳养老保险、工伤保险、医疗保险、失业保险和生育保险的比例分别为 14.3%、24%、16.9%、8.4% 和 6.1%,分别比上年提高 0.4、0.4、0.2、0.4 和 0.5 个百分点。从近五年调查数据看,外出农民工养老保险、医疗保险、失业保险和生育保险的参保率提高 4 个百分点左右,而"五险"中参保率相对较高的工伤保险没有明显提高。[①]

根据城镇职工的养老保险全年国家收入与城镇养老保险人数,2011 年人均养老保险约 5 950 元。农民工参加养老保险 2011 年只有 13.9%,若按浙江农民工总计数量 25 278 万人,我们计算出 2011 年仅仅养老保险少交了 1 024 亿元。

(二)乡镇企业为主体的民营经济推动着开放型经济的发展

浙江民营经济,包括个体户,私营企业,外资经济,以及合作经济,股份制经济中非国家控股的企业,乡镇企业等是在改革开放的大好形势下重新出现和发展起来的,中国的民营企业从无到有,从小到大,发生了深刻变化,在扩大出口、合资合作以及实施"走出去"战略等方面起到重要作用。它与改革开放可以说是同步发展、同步前进,推动开放型经济的发展。

仅仅从乡镇企业来看,体现开放经济的出口额增长明显,在 1985 年是 3.09 亿元,2010 年增长至 8 323.51 亿元。浙江乡镇企业在全国乡镇企业出口比例份额也在不断提高,1987 年为 10.2%,2010 年为 23.3%(图 2-4)。

随着我国企业的不断成长壮大,乡镇企业在全球市场进行扩张,跨国对外投资活动也在不断兴起,见表 2-3。

---

① 国家统计局.2012 年我国农民工调查监测报告 [R].2013.

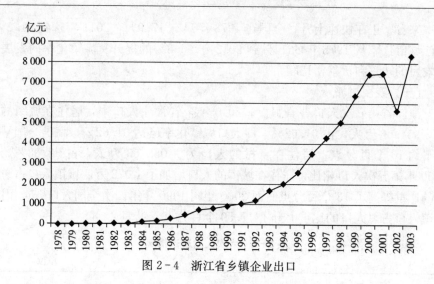

图 2-4　浙江省乡镇企业出口

表 2-3　乡镇企业境外投资情况

年份	在境外办企业单位数（个）		境外办企业累计投资额（万元）	
	全国	浙江省	全国	浙江省
2008	4 727	497	8 738 033	630 127
2009	3 076	360	5 993 977	631 012
2010	4 531	670	7 098 240	384 419
2011	16 300	13 098	9 460 158	5 479 000

数据来源：中国农业年鉴.

　　从表 2-3 可以看到，2008—2011 年四年间，浙江省乡镇企业对外投资活动在全国占据较高的比例。在 2011 年，浙江省乡镇企业无论是境外办企业的数量还是投资金额都达到一个较高水平，数量达到 1.3 万家，投资 547.9 亿元。在全国乡镇企业的比重也很高，在 2011 年数量所占比例约为 80%，投资金额约占全国乡镇企业的 57.9%。贸易、投资和外向型经济的活动推动着浙江开放型经济的发展。

第二节　农民对城镇化和社会发展的贡献

一、农民对城镇化的贡献

　　浙江和中国整体一样，正处于"四化同步"推进的关键时期，从城镇化的比率来看，正在快速上升，全国在 1978 年只有 17.9%，2011 年达到 51.2%。浙江城市化率从 1978 年的 14% 到 2012 年 63.2% 的提升。城镇化率的发展是与农民的转移和贡献密切联系。

(一)农民进城

浙江省第六次人口普查显示，2010 年全省常住人口中，居住在城镇的人口 3 354.06 万人，占 61.62%，即人口城镇化率已达 61.62%，高出全国平均水平约 10 个百分点；居住在乡村的人口为 2 088.63 万人，占 38.38%。与 2000 年第五次人口相比，居住在城镇的人口增加了 1 078 万，城镇人口占总人口的比重提高了 13 个百分点。而 2000 年同 1990 年第四次全国人口普查相比，城镇人口占总人口的比重上升了 17.50 个百分点。见表 2-4。

表 2-4 六次人口普查情况

单位：万人

	第一次	第二次	第三次	第四次	第五次	第六次
总人口	2 241.57	2 831.86	3 888.46	4 144.59	4 593.06	5 442.69
市镇人口	289.27	306.86	999.69	1 516.57	2 235.66	3 354.06
乡村人口	1 925.30	2 525.00	2 888.77	2 628.02	2 357.40	2 088.63
城镇化人口比率（%）	12.90	10.80	25.70	36.60	48.70	61.60

数据来源：浙江统计年鉴 2012.

浙江近 20 年城镇化快速繁荣与发展，与伴随农村改革而产生的农民进城密切相关。农民流动增加，外出人口增多，二、三产业发展，城镇人口随之快速增长。浙江省外出劳动力在 2012 年达到 521 万人，大约是 1991 年的 2.79 倍，从一个较长时间看，农村外出劳动力数量持续增加，而农业转移人口向市民转变数量在不断扩大，加快了浙江城镇化的进程。中国发展研究基金会发布的《中国发展报告 2010》指出，今后 20 年，中国将以每年 2 000 万人的速度，实现农民向市民的转化。也就是说，到 2030 年将有 4 亿农民进城，中国城镇人口中有一半是农村移民。规模庞大的农民向城市迁移，一方面每年为城市创造巨大财富；另一方面，他们在城市工作和生活带来的消费需求，有力地促进了城市经济的发展。

(二)农民是城镇化的主要建设者

城市建设过程中，农民起到了重要作用。农民工在建筑业占 80%，在全国第三产业从业人员中，农民工占 52%，城市建筑、环保、家政、餐饮服务人员 90％都是农民工。如果没有广大的农民工在城市的建设活动，中国不可能有大量的现代化都市的出现。农民是城市建设的主力军，更是小城镇建设发展的主体力量。大量的个体工商户、中小企业和民营经济在小城镇的集聚，成为小城镇发展壮大的最重要的推动力。浙江省小城镇是在乡镇企业和专业市场快速发展的推动下高速发展起来的。农民自理口粮到集镇办厂、开店，举办农工商联合企业，建起农民城。苍南县龙港镇是改革开放之后崛起的中国第一座农民城，被誉为中国农民自主建城的样板。

（三）农民对城镇化贡献了土地资源和土地红利

改革开放 35 年来，我国工业化和城镇化快速推进，农民另一大贡献就是土地资源的贡献和土地红利的贡献。根据《中国国土资源统计年鉴》、《中国国土资源公报》，仅 1999—2012 年，全国非农建设占用耕地 282.54 万公顷。2010 年、2011 年、2012 年近三年，全国耕地转为建设用地 21.19 万公顷、25.30 万公顷、25.94 万公顷。根据现行法律规定，国家为了公共利益的需要，可以依法对集体所有的土地实行征收或者征用并给予补偿。2012 年国家转为建设用地的农用地 42.91 万公顷（2012 中国国土资源公报），若按全年出让国有建设用地招标、拍卖、挂牌出让土地的均价计算（出让面积 29.30 万公顷，出让合同价款 2.55 万亿元），共计 3.73 万亿元。

浙江省建设用地随着城镇化、工业化的快速发展，许多耕地也转化成建设用地，我们统计了 1988—2008 年二十年的数据，浙江省建设占用耕地共计约30.13 万公顷。浙江建设用地价格要大大高于全国平均水平，若以 2012 年全国出让国有建设用地招标、拍卖、挂牌出让土地的均价计算（大约 58 万元/亩），2008 年出让的 1.84 万公顷，大约 1 600 亿元。很显然，低价的土地征用补偿和高价的土地出让形成的土地级差和土地本身为浙江城镇化、工业化发展做出了重要的贡献。

二、农民发展对社会转型的贡献

（一）农民的分工分业分化对社会分层的推动

35 年改革开放，使浙江快速实现从农业社会向工业社会、城市社会的转型，也促进了浙江和中国社会的分层发展。在这一社会转型的进程中，农民的分工、分业、分化起到了特别重要的作用。35 年后的今天，农民已经从单一的农业劳动者阶层转变为包括农业生产经营者、农民工、个体工商户、农民企业家、农村知识分子等。改革开放前，导致农村社会分化的主要因素主要是家庭、出身、亲属等，以及农民参军、考学等。现在农民可以通过当干部、打工、经商、创业、从事专业种养殖等多种途径改变自己的身份。农村正在由"先赋型"社会演变为"后致型"社会。无论是从职业角度，还是从拥有经济资源角度，农民已经不再是原来意义上的农民，农民不再是一致的均质性社会群体，农村也不再是单一的同构性社会。①

1. 农民企业家

农民企业家是农村企业的主要经营者，改革开放以来，一大批农民从市场经济中跌打滚爬、锻炼成长，他们抓住创业机遇，跳出单纯种养业的传统就业空间，从事一、二、三产业，农民企业家不仅自身在转型，也带动了农村社会的转型，使中国朝着现代化中国方向快速发展。据统计，2011 年浙江农村乡镇企业就达 111 万家。这些农民企业家成功的创业经历在农村地区起到强烈的示范效应，发挥了"一人带一群，一群带一村"的作用，激活了大多数农民的创业热情，形成活跃的创业局面，创造了巨大的社会财富。我们说的六百万浙商闯天下，绝大部分是农民企业家。

2. 专业大户、职业农民

改革开放以来，浙江工业化、城镇化高速发展，农业农村转移出来大量剩余劳动力，但也在农业从业人员中形成了以经营农业、农场为主的职业农民，这一新兴群体专业化、科学化、集约化生产的特点非常明显，体现了现代农业发展的方向。相比一般小农户经营，农业专业大户实现了科学管理和生产要素的优化组合，产生了规模效益。根据浙江省农业厅统计，2011 年底，全省合作社达到 25 938 家，合作社社长、理事长几乎都是农民出身；农业龙头企业 6 866 家，也是农民。农业种养大户 22.37 万户，农产品购销专业户 9.07 万户，也基本都是农民分化出来。专业大户、职业农民阶层生活在村庄，利益重心在农业经营，对改进农业劳作的内部条件与改善农业经营的外部环境寄予较高的期望，是农业专业化经营的基本主体，也是村庄公共事务的主要参与者和国家治理乡村可以依赖的重要力量。

（二）农民发展推动我国基层民主政治建设

改革 35 年以来，浙江民主政治取得了巨大发展，也始于农民的政治发展和农村民主政治的推进。随着家庭承包经营责任制的实施和人民公社体制的解体，党和国家就及时地选择了村民自治作为现代中国的村庄治理体制，并做出了具体的制度建构，全国人大制定《中华人民共和国村民委员会组织条例》。经过多年的发展和完善，民主选举、民主决策、民主管理、民主监督的村民自

---

① 韩俊 . 改革开放以来农村经济社会转型研究 ［J］. 经济研究导刊, 2008 (2): 2.

治制度已经深深扎根在中国农村大地。村民自治制度是由中国农民创造的农村基层群众自治制度。与此同时，农村基层民主自治也带动了城市居民社区的民主自治的进程，为我国基层民主政治建设打下扎实的基础，提供了丰富经验。

（三）农民发展推进了政府职能改革

改革 35 年来，农村改革促使政府政企分开、政社分开的现代政府方向转变。农村和城市市场化的改革促使政府在社会主义市场经济体制的进程中处理好政府与市场的关系。计划经济时期政府作为资源配置主要手段的角色发生重要转变，相反，市场机制已成为配置资源的主要手段，政府主要在市场不能有效发挥作用的领域或市场失灵的方面发挥作用，由此相应政府在城市和农村的教育、医疗、养老社会保障制度进行全面改革，以实现向公共服务型政府的转变。浙江政府职能改革相关方面在全国也是走在前列。

第三节 浙江农民发展对中国特色社会主义道路的独特贡献

回顾浙江城乡改革发展 35 年历程，是一条从解放思想到解放农民和解放农村生产力的轨迹，是一条从破除高度集中计划经济体制，千百万农民率先闯市场到建立社会主义市场经济体制的改革过程，是一条从自发突破城乡分割的藩篱到自觉统筹城乡发展的路子。归结起来，就是探索出了一条在中国特色社会主义理论指引下，具有中国特色浙江特点的农民主体的市场化、工业化、城镇化和农业农村现代化道路，形成了具有鲜明特色的大众市场经济模式。其内涵特征是"以民为大、以农为重、全民创业、市场民营、城乡统筹、共创共富"，它充分体现了中国特色社会主义市场经济的本质特点，也是浙江农民发展对中国特色社会主义道路的独特贡献和浙江统筹城乡发展的经验解读。

一、以民为大

"以民为大"就是从实现全体人民自由全面发展是发展市场经济的根本目的和人民大众是推动生产力发展最伟大最根本动力的历史唯物主义思想出发，让人民大众成为市场经济的发展主体，特别是把占人口绝大多数的农民群众作为最大的发展主体和发展动力，把他们当做推动发展的宝贝，而不是发展的包袱，让他们成为市场化、工业化、城镇化中最有活力的商品生产者、资本经营者和创新创业者。

二、以农为重

"以农为重"就是从国家现代化的根本是要解决好农业、农村、农民发展问题的认识出发，牢固确立执政为民重"三农"的理念，致力于激发农民创业积极性，实现农民自由全面发展。从农业是基础产业和弱质产业的特殊性出发，给予特别的保护和支持，促进传统农业加速向高效生态现代农业转变。从农村是落后社区和贫困人口集聚区的实际出发，给予特别的关注和帮助，大力推进新农村新社区建设，让农村居民也能享受到城市居民一样的现代文明生活方式。

三、全民创业

"全民创业"就是让人民大众成为创业、创新、创富的主体，成为推动市场经济发展的最强大动力，以全民创业创新闯市场的机制推动农民分工分业分化，形成百万能人创业带动千万农民转产转业的体制机制，让农民分化成新型农业劳动者、新型产业工人、新型商人和新型企业家，打一场市场经济的"人民战争"，让蕴藏在芸芸众生中的创业人才脱颖而出。这是浙江模式最鲜明的特色之一，也是大众市场经济最重要的动力机制。

四、市场民营

"市场民营"就是把经济市场化与企业民营化有机地结合起来，让市场机制对资源和生产要素的配置起基础性作用，让产权清晰的民营企业和民营经济成为发展市场经济的主体力量。以产业园区为基地、中小城镇为依托、民营企业为主体、专业市场为纽带的特色块状经济为浙江民众提供了十分有效的创业和资本经营平台，促进了人口集中、要素集聚、产业集群和专业化生产、社会化分工，形成了多种所有制共同发展的经济格局，浙江经济也由此拥有了独特的市场竞争力。

五、城乡统筹

"城乡统筹"就是要致力于突破城乡分割的二元经济社会体制的束缚，通过农民主体的市场化、工业化、城镇化的推进，打开城乡封闭的二元体制缺口，实施统筹城乡发展方略和城乡配套的综合改革，坚持新型城市化、新型工业化与新农村建设和农业现代化四轮驱动，推进农民进城创业就业、城市基础设施向农村延伸、公共服务向农村覆盖、现代文明向农村辐射，构建起城乡地位平等、开放互通、互促共进、共同繁荣的体制和机制。

六、共创共富

"共创共富"就是坚持富民为先、共同富裕的理念，营造"人民大众创业创富、人民政府管理服务"的良好机制和社会环境，建立能人率先创业创富带动更多百姓就业致富的先富带后富的共创共富机制；城乡优势互补、城乡互促共进的共创共富机制；投资经营者与劳动就业者联合生产、互利双赢的共创共富机制；人民大众创造财富、人民政府创造环境的共创共富的机制。

浙江 35 年改革发展的历程和成就充分表明，在一个农民占多数、农业经济占主体的发展中国家和地区的现代化道路是：必须把解决"三农"问题放到重中之重的位置，充分发挥农民的主体作用、市场的基础作用和政府的主导作用；必须让农民群众成为工业化、城镇化和农业现代化的主动建设者和创业者；必须把改革的主攻点放到突破城乡分割的二元体制，实施统筹城乡的发展方略，赋予农民平等的发展权利；必须充分尊重农民群众的伟大创造，牢牢把握以农村改革推动城市改革和城乡统筹改革的必然规律。只有这样，才能使社会主义市场经济成为以人民群众为主体的大众市场经济。这是浙江农民对对中国特色社会主义道路的独特贡献。

第三章 三十五年浙江农民经济发展

第一节 农民家庭收入

改革开放以来，我国农民收入增长缓慢，城乡居民收入差距逐年拉大，促进农民增收已成为我国各级政府农业政策的首要目标。2003—2012 年，中央连续出台的 10 个一号文件均锁定"三农"问题，只有增加农民收入，才能从根本上解决"三农"问题的核心，提高农民的生活质量。党的十八大报告也明确提出，解决好"三农"问题是全党工作的重中之重，需要进一步加大"强农惠农富农"政策力度，全面改善农村生产生活条件，着力促进农民增收，保持农民收入持续较快增长。本章根据浙江省统计年鉴数据资料，对改革开放以来浙江省农民家庭经济收入的变迁以及形成原因进行实证分析，据此可以看出沿海经济发达地区农民家庭经济变迁的基本概况。

一、收入总量、结构及差异

（一）收入总量

改革开放以来，浙江农村居民人均纯收入总体上呈现上升的趋势，从 1980 年的 219.21 元，增加到 2011 年的 13 071 元，绝对量上增长了 12 851.79 元，而且在收入的增长过程中，增长的速度呈现快慢交替式变化，呈现阶梯式上升趋势（见表 3-1）。1980—2011 年的收入演变历程表明，农民人均纯收入增长出现两次缓慢增长阶段（图 3-1），一是 20 世纪 80 年代末期；二是 20 世纪 90 年代末期，这两个阶段收入增长缓慢与当时的宏观经济环境有关。进入 21 世纪后，浙江农民人均纯收入进入快速增长速度阶段，2003 年人均纯收入为 5 431 元，较 1998 年的 3 815 元，提高了 42.36％，而较 1990 年则提高了 5.2 倍。2004 年以来，农村居民人均收入的增加速度进一步加快，2004—2011 年的环比增长速度平均达到 1.12。可以看出，随着时间的变化，收入增长速度呈现明显的递增趋势，这与国家废除农业税、加大农业补贴投入等惠农政策是密切相关的。

表 3-1 浙江省农村居民人均纯收入增长与结构变迁

单位：元、%

年份	全年人均纯收入	家庭经营人均纯收入	家庭经营/全年收入
1980	219.21	62.79	0.29
1983	358.86	258.67	0.72
1984	446.37	335.60	0.75
1985	548.60	414.04	0.75
1986	609.31	453.62	0.74
1987	725.13	529.77	0.73
1988	902.36	668.52	0.74
1989	1 010.72	731.82	0.72
1990	1 044.58	748.28	0.72
1995	2 966.00	1 696.00	0.57
1996	3 463.00	1 929.00	0.56
1997	3 684.00	2 011.00	0.55
1998	3 815.00	1 990.00	0.52
1999	3 948.00	1 896.00	0.48
2000	4 254.00	1 918.00	0.45
2001	4 582.00	2 000.00	0.44
2002	4 940.00	2 075.00	0.42
2003	5 431.00	2 336.00	0.43
2004	6 096.00	2 554.00	0.42
2005	6 660.00	2 766.00	0.42
2006	7 335.00	3 030.00	0.41
2007	8 265.00	3 422.00	0.41
2008	9 258.00	3 654.00	0.39
2009	10 007.00	3 788.00	0.38
2010	11 303.00	4 190.00	0.37
2011	13 071.00	4 872.00	0.37

数据来源：浙江省统计年鉴（1981—2012）.

与此同时，浙江省农村居民家庭经营收入也出现了较快增长水平。1983年浙江省农村居民家庭经营人均纯收入为 258.67 元，1995 年增长为1 696元，较之于 1983 年增长了 6.56 倍。2000 年以后，家庭经营收入增长进一步加快，2000—2011 年的 12 年间，家庭经营人均纯收入平均增长速度为 12.83%。从家庭经营人均纯收入占全年人均纯收入的比重来看，从 20 世纪 80 年代初到 90 年代末期，家庭经营纯收入在人均纯收入中占有绝对的比重，而从 1999 年以来，家庭经营纯收入在人均纯收入中占的比重逐年下降，从 1999 年的 0.48 下降到 2011 年的 0.37，这表明，浙江农村居民家庭收入结构已经发生了变化，农村居民家庭人均收入的增长的主要来源由以前的家庭经营转为其他收入增长来源。

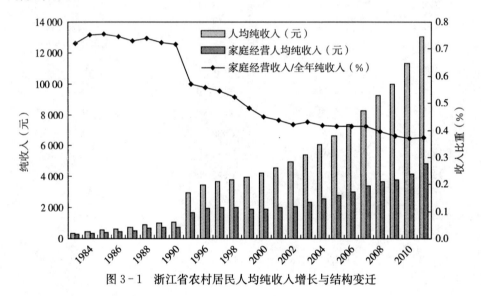

图 3-1　浙江省农村居民人均纯收入增长与结构变迁

（二）收入结构

随着农村经济体制改革，农户家庭经营结构的调整，浙江省农村居民收入的结构同样也在调整。从农村居民收入来源来看，1980—1990 年，来自集体经营和家庭经营的收入是农村居民收入的主要来源，占农村居民纯收入的 90% 左右；而来自经济联合体和其他的收入仅占到 10% 左右。1995—2008 年，工资性收入和家庭经营收入同样也是农村居民家庭收入的主要来源，占农村居民纯收入的 90% 以上，尤其是 20 世纪 90 年代中后期竟高达 95% 左右，而财产性收入和转移性收入占农村居民家庭纯收入比重在这个阶段有所上升，从 1995 年的 5.3% 增加到 2008 年的 9.6%。2009—2011 年，工资性收入和家庭经营收入占农村居民纯收入的比重稍微有所下降，财产性收入和转移性收入占农村居民纯收入的比重进一步增加到 10% 左右。

表3-2 浙江省农村居民人均纯收入的来源及构成

单位：元

年份	全年纯收入	来自集体经营	来自经济联合体	来自家庭经营	来自其他
1980	219.21	141.17	—	62.79	15.25
1983	358.86	61.22	1.45	258.67	37.52
1984	446.37	66.19	6.89	335.6	37.69
1985	548.6	88.57	9.9	414.04	36.09
1986	609.31	102.97	12.01	453.62	40.71
1987	725.13	123.78	19.82	529.77	51.76
1988	902.36	148.88	23.31	668.52	61.65
1989	1 010.72	184.35	20.7	731.82	73.84
1990	1 044.58	200.45	12.4	748.28	83.45
1995	2 966	1 110	81	1 696	79
1996	3 463	1 360	71	1 929	103
1997	3 684	1 496	68	2 011	109
1998	3 815	1 585	108	1 990	132
1999	3 948	1 738	162	1 896	152
2000	4 254	2 001	181	1 918	154
2001	4 582	2 226	—	2 000	—
2002	4 940	2 437	—	2 075	—
2003	5 431	2 613	—	2 336	—
2004	6 096	2 987	296	2 554	259
2005	6 660	3 299	300	2 766	295
2006	7 335	3 646	340	3 030	319
2007	8 265	4 093	399	3 422	351
2008	9 258	4 713	472	3 654	420
2009	10 007	5 195	519	3 788	506
2010	11 303	5 950	561	4 190	602
2011	13 071	6 878	553	4 872	767

数据来源：浙江统计年鉴（1981—2012）.

从浙江省农村居民收入的结构变迁来看（表 3－2），家庭经营收入占农村居民人均纯收入的比重出现下降的趋势，从 20 世纪 90 年代以前的 70％下降到现阶段的 37％左右。工资性收入占农村居民人均纯收入的比重出现逐年增加的趋势，从 20 世纪 90 年代中期的 40％左右增加到现阶段的 50％以上，这说明浙江省农村居民收入的主要来源已从原来的家庭经营收入转到工资性收入上，尤其是以外出务工收入为主的工资性收入稳定上升，并逐渐成为农民增收的主要来源。国家统计局的结果也表明，2009—2011 年，我国农民工资性收入每年呈两位数增长，增长率分别为 38.45％和 21.44％，2011 年农民人均工资性收入达到 7 884.12 元，工资性收入占农户家庭现金收入的比重为 65.72％。与此同时，浙江省农民收入中的财产性收入和转移性收入所占的比重呈现逐年增加的趋势，2008 年以来这两个收入的环比增加速度平均达到 10％，这说明，财产性收入和转移性收入对浙江省居民收入的贡献在增加，不可忽视这两部分的收入来源。

（三）收入差异

伴随着城乡居民收入差距的不断扩大，农村居民内部的收入差距也在逐年拉大。据华中师范大学中国农村研究院发布的《中国农民经济状况报告》显示，2011 年我国农村居民基尼系数为 0.394 9，正在逼近 0.4 的国际警戒线。基尼系数是意大利经济学家 1912 年提出的概念，用来反映收入分配的差异程度。一般情况下，基尼指数在 0 和 1 之间，数值越低，表明财富在社会成员之间的分配越均匀，而数值一旦超过 0.4，则显示贫富差距较大。

根据浙江省的统计数据（表 3－3），将农户家庭收入由低到高排序，再将样本农户数按五等分法分组，其中 1997 年收入最高的 20％样本农户与收入最低的 20％样本农户的全年总收入差距竟达 5.12 倍，1999 年进一步扩大到 5.5 倍。随着浙江省经济发展进程的加快，农村居民收入的增长，农村居民家庭收入差距总体上呈现一定程度的缩小趋势，从 2005 年开始，收入最高的 20％样本农户与收入最低的 20％样本农户的全年总收入差距平均在 4.58 倍，较之于 20 世纪 90 年代末期到的平均水平 5.26 倍有所下降。这说明，浙江省的农村居民内部的收入差距呈现了与全国农村居民内部收入差距不一致的趋势，可能是因为浙江省的经济发展相对较为发达，较之于全国而言，更接近于库兹涅茨提出的经济发展与收入差距变化关系的倒 U 形曲线假说。换句话说，随着经济发展而来的"创造"与"破坏"改变着社会、经济结构，并影响着收入分配，在经济未充分发展的阶段，收入分配将随同经济发展而趋于不平

等，而在经济充分发展的阶段，收入差距在不断缩小，收入分配将趋于
平等。

表 3 - 3　浙江省农村居民人均总收入和纯收入

单位：元

年份	收入等级分组	全年总收入	全年纯收入	劳动者报酬	家庭经营收入	财产性收入	转移性收入
	低 20%收入户	1 918	1 268	399	803	11	55
	次低 20%收入户	3 085	2 385	856	1 440	15	74
1997	中等 20%收入户	4 144	3 316	1 343	1 835	33	105
	次高 20%收入户	5 474	4 463	1 973	2 320	44	126
	高 20%收入户	9 826	7 674	3 220	3 991	163	300
	低 20%收入户	1 890	1 356	510	1 285	8	87
	次低 20%收入户	3 320	2 501	1 062	2 115	23	120
1999	中等 20%收入户	4 171	3 457	1 619	2 343	35	174
	次高 20%收入户	5 482	4 660	2 309	2 922	53	198
	高 20%收入户	9 747	8 350	3 443	5 212	383	710
	低 20%收入户	2 336	1 574	695	1 458	48	136
	次低 20%收入户	3 580	2 737	1 160	2 203	54	163
2000	中等 20%收入户	4 649	3 800	2 018	2 397	61	173
	次高 20%收入户	5 998	5 058	2 654	2 958	90	295
	高 20%收入户	10 750	8 679	3 726	5 535	706	782
	低 20%收入户	3 681	1 864	994	2 399	95	193
	次低 20%收入户	5 387	4 126	2 049	2 907	95	337
2005	中等 20%收入户	7 294	5 942	3 358	3 489	154	292
	次高 20%收入户	10 154	8 228	4 445	5 027	251	430
	高 20%收入户	17 852	14 412	6 181	9 643	998	1 031

（续）

年份	收入等级分组	全年总收入	全年纯收入	劳动者报酬	家庭经营收入	财产性收入	转移性收入
2008	低 20%收入户	5 365	2 766	1 705	3 179	101	381
	次低 20%收入户	7 064	5 879	3 355	3 177	158	374
	中等 20%收入户	9 688	8 325	4 834	4 123	289	442
	次高 20%收入户	13 085	11 273	6 276	5 670	513	626
	高 20%收入户	25 767	19 819	8 025	15 100	1 450	1 192
2010	低 20%收入户	7 744	3 391	1 998	954	100	338
	次低 20%收入户	8 450	6 897	4 003	2 286	186	422
	中等 20%收入户	11 418	9 930	6 220	2 850	370	490
	次高 20%收入户	15 965	13 626	7 740	4 682	655	548
	高 20%收入户	31 564	24 661	10 543	11 167	1 648	1 303
2011	低 20%收入户	7 950	3 687	2 309	283	500	594
	次低 20%收入户	9 776	8 111	4 557	2 727	152	676
	中等 20%收入户	13 521	11 582	7 089	3 449	304	740
	次高 20%收入户	18 238	15 814	9 754	4 921	438	701
	高 20%收入户	36 279	28 404	11 439	14 281	1 510	1 174

数据来源：浙江统计年鉴（1981—2012）.

二、收入变迁的成因

通常情况下，研究农民家庭收入变迁问题时，一方面需要对收入增长及结构进行研究；另一方面更需要对农民家庭的资源利用结构以及家庭劳动力、物质资本储备条件等进行研究。从前面的分析可以看出，改革开放以来，浙江省农村居民的收入水平及结构一直处于不断变化的过程中，事实上这一变迁过程很大程度上是由家庭的劳动力资源及用工投入的变化、家庭物质资本及经营投资构成的变化以及外部环境变化所决定的。为了更好地说明这一问题，进行将从这些方面进行详细分析。

（一）农户家庭劳动力素质的变化

农户家庭收入结构的变迁很大程度上是由于家庭要素资源的变化。农户家庭的最核心资源是劳动力资源，劳动者文化技术素质的提高是农户经济增长的主要推动因素（史清华，2005）。根据浙江省统计数据可以看出，改革开放以来农户家庭人力资本储备明显呈现逐年上升趋势（表3-4）。从20世纪80年代中期到90年代初期，每百个劳动力中不识字或识字很少（简称文盲）所占的比率高达10％以上，并且劳动力的文化程度主要为小学文化程度。自2000年以来，每百个劳动力中文盲及小学文化程度的劳动者比率大幅度下降，而初中及以上文化程度的劳动者比率呈现明显上升的趋势。到2011年，初中文化程度的劳动者比率达到45.25％、高中及以上文化程度的劳动者的比率达到18.24％，与1985年的27.3％和5.66％相比分别提高了17.95个和12.58个百分点，与此相对，而小学及以下文化程度下降到36.21％，其中文盲率下降到6.94％，与1985年相比，小学及以下文化程度了30.83％，而初中及以上文化程度提高了30.53％，尤其是中专和大专文化程度明显提高，从1985年的0.27％显著提高到6.25％，增长了23.15倍。

表3-4 平均每百个劳动力的文化素质（1985—2011年）

单位：％

年份	不识字或识字很少	小学程度	初中程度	高中程度	中专程度	大专程度
1985	22.80	44.24	27.30	5.39	0.19	0.08
1986	21.23	44.16	28.92	5.50	0.13	0.06
1987	20.37	44.26	29.56	5.60	0.16	0.05
1988	19.57	43.89	30.34	5.99	0.16	0.05
1989	18.66	43.46	31.61	5.97	0.24	0.06
1990	15.22	43.33	34.27	6.59	0.47	0.12
2000	6.64	37.07	44.30	9.79	1.80	0.41
2001	6.49	44.30	44.00	11.76	2.51	0.65
2002	6.52	34.45	44.19	11.69	2.44	0.70
2003	6.31	33.77	45.6	11.32	2.13	0.87
2004	7.05	32.86	45.2	11.73	2.12	1.03
2005	6.84	32.25	45.06	12.23	2.17	1.46
2006	6.69	31.34	45.72	12.3	2.28	1.67
2007	6.09	31.51	44.7	12.74	2.7	2.27
2008	5.72	31.28	44.02	12.98	3.11	2.89
2009	5.75	30.48	43.59	13.56	3.23	3.39
2010	5.79	29.79	42.97	13.95	3.29	4.21
2011	6.94	29.27	45.25	11.99	2.00	4.25

数据来源：浙江统计年鉴（1986—2012）.

　　农村劳动者文化素质的提高直接影响着农村劳动力的就业及职业类型，相关学者研究表明，随着农村劳动力文化素质的提高，农村劳动力就业总体上呈现一种非农化趋势。非农就业的增加，劳动者的非农就业报酬较农业部门也明显增加，这也是浙江省农村家庭收入增长和家庭收入结构变迁的一个重要原因。

（二）农户家庭经营投资构成的变化

　　家庭劳动者用工投入的非农化是农户经济增长的一个重要原因，除此之外，农村家庭经营资金投入的变化是推动农户家庭收入变迁的又一重要原因。根据浙江省农村固定观察点数据（表 3-5），可以看出随着农户家庭经营资金投入总量的增长，农户家庭经营资金的投向也呈现明显的非农化趋势，这也是成为推动农户家庭经济增长的又一种重要的保障（史清华，2005）。从表 3-5的统计结果来看，在农户家庭经营投资构成的变化中，浙江省农户家庭经营投资方向呈现非农化与非粮化趋势，且非农化投资倾向力度较大，但结构变迁过程明显减弱。

表 3-5　浙江省农户家庭经营投资构成的变化（1986—2010 年）

单位：%

年份	农业	种植业	粮作种植业	果园种植业	林业	畜牧业	渔业	工业	运输业	商饮服务业
1986	40.18	14.61	10.76	1.66	1.16	15.04	9.38	36.18	13.31	9.13
1987	35.69	11.97	8.76	1.35	0.54	12.91	10.28	49.36	8.35	5.92
1988	38.43	11.7	8.47	1.39	0.32	16.26	10.16	41.92	8.55	10.29
1989	35.97	11.69	8.29	1.74	0.42	14.4	9.47	46.71	8.95	7.40
1990	56.52	16.64	11.70	2.58	0.49	21.24	18.15	23.56	11.32	6.20
1991	55.42	16.44	10.25	3.47	0.75	20.62	17.61	16.68	14.52	12.04
1993	43.16	9.11	5.56	1.71	0.79	20.59	12.66	41.83	6.89	7.63
1995	59.98	7.51	5.10	1.27	0.52	17.72	33.22	22.34	8.92	9.16
1996	44.66	5.78	3.99	0.98	0.40	9.64	28.83	32.81	11.55	10.66
1997	45.31	4.03	2.67	0.71	0.38	8.42	32.49	25.83	7.65	20.43
1998	47.02	3.38	2.15	0.54	0.45	8.42	34.77	15.21	5.57	31.84
1999	48.55	3.63	2.27	0.60	0.26	8.83	35.84	16.78	8.21	26.01
2000	36.42	2.19	1.20	0.40	0.35	5.78	28.09	35.8	6.17	20.81
2002	33.53	2.10	0.68	0.51	0.39	5.36	25.77	29.24	5.54	31.10
2005	32.65	2.06	0.62	0.93	0.46	6.06	24.07	26.75	7.46	32.57
2010	30.47	1.39	0.53	0.98	0.86	8.73	23.22	23.89	8.02	33.09

　　数据来源：浙江省农村固定观察点数据（1987—2011）.

从 1986 年观察初期的资金投向比例来看，农业、种植业、粮作种植业、畜牧业的投资比率分别为 40.18％、14.61％、10.76％、15.04％，到 2010 年则分别下降为 30.47％、1.39％、0.53％、0.86％、8.73％，分别下降了 9.71 个、13.22 个、10.23 个和 6.31 个百分点，与此同时，渔业和非农投资比率则分别提高了 13.84 个和 6.38 个百分点。从非农业资金投入来看，投资比率最高的是家庭工业，上升最快的则是商饮服务业，其投资比率分别由 1986 年观察初期的 36.18％和 9.13％变化到 2010 年 23.89％和 33.09％。由此可见，浙江省农户家庭经营投资方向的变化是显著的，投资方向也是相当明确的，渔业、家庭工业以及商饮服务业成为新世纪浙江省农民增收的重要渠道。

（三）农户家庭资源利用效率的变化

农户家庭的要素资源直接影响到农户家庭收入，因此，可以从农户家庭要素资源的利用效率去研究农户家庭收入的变迁。首先，从农户家庭经营农地利用效率变化来看，随着活劳动使用的机会成本上升，浙江省农地资源的利用效率整体上呈倒 U 形趋势（陈欣欣，2000）。这也意味着，浙江省农民要想增收，必须选择"离土"型经济，事实上从浙江省农户家庭收入的构成也清楚地看出了这点，家庭的农业收入在家庭收入的比重逐年下降，而非农收入呈现逐年递增的趋势。

其次，从农户家庭劳动用工效率来看，农业投工的效率是很低的，农业与非农业用工效率的剪刀差会越来越大，前面的分析也显示，随着家庭劳动力文化素质的提高，劳动力越来越倾向于非农投工，这也是促进农户家庭收入增长和家庭收入结构变迁的一个重要原因。再次，从农户家庭的投资倾向来看，家庭经营投资构成的变化同样是由于农业和非农业投资剪刀差发展趋势所决定的（史清华，2005）。史清华根据浙江 10 村的农户数据研究表明，在沿海浙江，农业投资的回报处于一种恶化趋势，正是这一趋势引导着农户在投资上减少农业份额，增加非农业投资份额，以此来获取最高的投资效率和最大的投资收益。

综上所述，在农户家庭经营过程中，家庭资源利用效率的变化，导致家庭经营结构的变迁，伴随着经营结构的变迁，农户家庭收入也在相应的不断变迁和调整，这也正显示着农民的理性经济行为。

（四）外部经济发展环境的变化

自 1978 年中国经济改革开放以来，农村经济发展所面临的环境也发生了重大的变化。特别是与农户家庭生产密切相关的农业生产资料的供应环境、粮食等农产品的处置环境、劳动力就业环境、农村税费改革及农业补贴政策环境等变化尤其显著①。首先，从粮食等农产品的处置环境来看，由改革开放初期的统购统销、逐渐演变为部分统购、派购、合同定购，以及后来的全面取消。随着定购任务的不断减轻，收购价格的不断市场化推进，农户完成定购任务的积极性明显提高，定购任务的积极完成也为农民在农业生产安排上的动机性增强提供了重要保证，从而使农民有机会优化配置自家拥有的诸如劳动力、土地、资金等要素资源，正是这一政策环境的变化才使农民有了优化家庭生产行为的机会。

其次，从农业生产资料购买环境变化来看，伴随着农产品处置方式的改变，农业生产资料的购买方式也呈现一种"私人经销化"趋势，农业生产资料供应由独家经营逐渐发展到多家共存。史清华根据浙江 10 村农户家庭购买农业生产资料的数据，研究发现 1993 年农户购买生产资料有 59.60% 来自于国有主渠道，而 2002 年来自于这一渠道的比率下降到 16.12%，与此同时，来自于个体经销商的份额则由 1992 年的 27.01% 上升到 2002 年的 47.24%。这表明，农业生产资料经销渠道的变迁是一种国有主渠道的垄断性经销被个体经销商所打破取代的过程，这一变化同时也为农户家庭经济结构的变迁提供了重要基础。

再次，从农村税费改革及农业补贴政策环境等变迁来看，为进一步减轻农民负担，规范农村收费行为，中央明确提出了对现行农村税费制度进行改革，并从 2001 年开始，逐步在部分省市进行试点、推广。农村税费其主要内容可以概括为："三取消、两调整、一改革"。"三取消"，是指取消乡统筹和农村教育集资等专门向农民征收的行政事业性收费和政府性基金、集资；取消屠宰税；取消统一规定的劳动积累工和义务工。"两调整"，是指调整现行农业税政策和调整农业特产税政策。"一改革"，是指改革现行村提留征收使用办法。农村税费改革大大减轻了农民的负担，据有关部门统计，2004 年实行取消农业特产税、部分地区免征农业税、降低农业税税率政策后，由此减轻全国农民负担 294 亿元，农村税费改革的政治、经济影响，不亚于当年的农村实行家庭承包经营，其政治和经济意义都是空前的。

中央政府在减免农业税的同时，也加大了对农业的补贴投入，尤其是对于重要的战略物资粮食，2004 年以来，中央政府相继实施了一系列的粮食补贴政策，包括粮食直接补贴、农资综合直接补贴、良种补贴、农机具购置补贴以及最低收购价等政策措施，综合性收入补贴和生产性专项补贴以及最低收购价

---

① 此部分内容参考史清华教授《农户经济可持续发展研究》专著中的部分内容，在此表示感谢。

政策相结合的粮食补贴政策体系，旨在促进粮食增产和农民增收。实践也充分证明农业及粮食补贴政策的实施效果是明显的，在全球粮食因灾减产、国际农产品市场大幅波动以及宏观经济形势复杂严峻的背景下，我国农业农村经济发展在高基数上再夺丰收，粮食生产实现"九连增"，在粮食连年丰收的同时，农民增收实现了"九连快"，增幅连续 3 年超过城镇居民收入增幅，其中，出售农产品等家庭经营性收入稳定增加，工资性收入成为重要来源和支柱，政策转移性收入和财产性收入明显增加。

三、简要评述

随着农村经济体制的改革，农村居民家庭收入及结构也发生了很大的变化，本章根据浙江省农村固定观察点数据和浙江省统计年鉴数据，实证研究了浙江省居民家庭收入的变动轨迹，研究结构显示：

自改革开放以来，浙江省农村居民收入总体上呈逐年上升的趋势，并且随着时间的变化，收入增长速度呈现明显的递增趋势；伴随着家庭收入的变迁，收入结构同样也处在不断调整的过程中，其中家庭经营收入占家庭总收入的比重出现逐年下降的趋势，而以外出务工收入为主的工资性收入稳定上升，并逐渐成为农民增收的主要来源；与此同时，浙江省农民收入中的财产性收入和转移性收入所占的比重呈现逐年增加的趋势，不可忽视财产性收入和转移性收入对浙江省居民收入增长的贡献。

就全国而言，随着经济发展进程的加快，农村居民内部的收入差距问题也在逐年拉大，但浙江省的农村居民内部的收入差距呈现了与全国农村居民内部收入差距不一致的趋势，农村居民之间的收入总体上呈现一定程度的缩小趋势，可能是因为浙江省的经济发展相对较为发达，较之于全国而言，更接近于库兹涅茨提出的经济发展与收入差距变化关系的倒 U 形曲线假说。

改革开放以来，浙江省农村居民的收入水平及结构一直处在不断变化的过程中，事实上这一变迁过程很大程度上是由家庭的劳动力资源及用工投入的变化、家庭物质资本及经营投资构成的变化、家庭资源利用效率的变化以及外部环境变化所决定的。改革开放以来，浙江省农村劳动力素质在不断提升，就业总体上也呈现出一种非农化趋势，与此同时，随着农户家庭经营资金投入总量的增长，农户家庭经营资金的投向也呈现明显的非农化趋势。此外，农村经济发展环境发生了重大变化，使农民有了优化家庭生产行为的机会，提高了家庭资源利用的效率，导致家庭收入和结构在不断的变迁和调整，这也正显示着农民的理性经济行为。

第二节 农民家庭消费

我国是一个农业人口占绝对比重的农业大国，农村居民生活质量和消费水平的提高对于国家发展和繁荣起着相当重要的作用。农村居民的消费是否稳定增长，农村市场是否旺盛，直接影响着社会经济的持续发展，也关系到全面建设小康社会宏伟目标的实现。改革开放以来，随着我国经济的快速发展，农民家庭收入水平的提高，农村居民消费水平和结构也发生了较大的变化，研究农民家庭的消费行为对于政府启动农村消费市场、制定合理的农村消费政策具有重要的现实意义。本章根据浙江省统计年鉴数据，研究自 1978 年改革开放以来浙江省农村居民家庭消费行为的变迁历程，并探究其原因，以期为政府部门制定合理的拉动农村消费需求的政策提供科学依据。

一、消费总量及差异分析

（一）消费总量

进行农户消费行为的研究，消费总量水平、消费结构及不同收入的居民消费差异研究是最基本的研究范畴。从浙江省历年农村居民人均消费支出总量来看（表 3 - 6），随着农村居民人均纯收入的增长，人均消费性支出总体上也出现逐年增长的趋势。1980 年以前，人均消费支出不足 200 元，到 1991 年人均消费突破 1 000 元大关，达到 1 027 元，到 1995 年再次突破 2 000 元大关，达到 2 378 元，到 2003 年突破 4 000 元大关，达到 4 287 元，较之于 1995 年增长了 80.28%。2005 年，人均消费支出首次突破 5 000 元，达到 5 215 元，之后消费水平出现快速增长的趋势，2007 年人均消费水平达到 6 442，2010 年人均消费水平达到 8 390，2011 年人均消费水平增长到 9 644，较之于 2005 年增长了 84.93%。

表 3 - 6 浙江省农村居民生活水平（1978—2011 年）

单位：元、%

年份	人均纯收入	人均消费性支出	消费支出/纯收入	食品支出	恩格尔系数
1978	165	157	95.15	93	59.1
1980	219	192	87.67	109	56.8
1981	286	267	93.36	147	55.2
1982	346	302	87.28	170	56.3

（续）

年份	人均纯收入	人均消费性支出	消费支出/纯收入	食品支出	恩格尔系数
1983	359	326	90.81	183	56.2
1984	446	369	82.74	202	54.6
1985	549	474	86.34	247	52.1
1986	609	561	92.12	282	50.3
1987	725	659	90.90	320	48.6
1988	902	839	93.02	389	46.4
1989	1 011	927	91.69	445	48
1990	1 099	946	86.08	436	46.1
1991	1 211	1 027	84.81	518	50.5
1992	1 359	1 112	81.82	548	49.2
1993	1 746	1 263	72.34	633	50.2
1994	2 225	1 680	75.51	800	47.6
1995	2 966	2 378	80.18	1 198	50.4
1996	3 463	2 702	78.02	1 367	50.6
1997	3 684	2 839	77.06	1 378	48.5
1998	3 815	2 891	75.78	1 362	47.1
1999	3 948	2 806	71.07	1 293	46.1
2000	4 254	3 231	75.95	1 406	43.5
2001	4 582	3 479	75.93	1 449	41.6
2002	4 940	3 693	74.76	1 508	40.8
2003	5 431	4 287	78.94	1 637	38.2
2004	6 096	4 659	76.43	1 839	39.5
2005	6 660	5 215	78.30	2 011	38.6
2006	7 335	5 762	78.55	2 141	37.2
2007	8 265	6 442	77.94	2 347	36.4
2008	9 258	7 072	76.39	2 690	38
2009	10 007	7 375	73.70	2 756	37.4
2010	11 303	8 390	74.23	2 977	35.5
2011	13 071	9 644	73.78	3 629	37.6

数据来源：浙江省统计年鉴（1979—2012）.

从人均消费支出的变化趋势来看，浙江省农村居民的消费是不断上升的，但人均消费支出占人均纯收入的比重来看，总体上则呈现下降的趋势。从1978 年的 95.15％下降到 1995 年的 80.18％，下降了 14.98 个百分点，2011 年进一步下降到 73.78％，下降了 21.37 个百分点。从恩格尔系数来看，随着人均纯收入的持续增长，浙江省农村居民的恩格尔系数总体上呈现下降的趋势，从 1978 年的 59.10％下降到 2011 年的 37.60％，下降了 21.50％。根据联合国教科文组织划定的标准，60％以上为贫困，50％～60％为温饱，40％～50％为小康，40％以下为富裕，以此为分类依据，从表 3－6 可以看出，浙江省农村居民消费结构自改革开放经历了 3 个阶段：①第一阶段，1978—1986年，恩格尔系数为 50％－60％，属于温饱水平；②第二阶段：1987—2002 年，恩格尔系数为 40％－50％，达到小康水平；③2003—2011 年，恩格尔系数为40％以下，达到富裕水平。不难看出，现阶段浙江省农村居民的消费处于富裕水平，且消费水平在逐年提高。

（二）消费差异

根据凯恩斯的消费函数理论，收入是影响消费的决定性因素，且收入和消费呈正相关关系，收入的多少直接决定了消费水平的高低。随着收入水平的提高，消费也会随之增加，但增加的幅度会越来越少，即边际消费倾向递减。因此，对于不同收入群体来说，消费水平是存在个体差异的，目前我国农村居民内部收入差异显著，相应的支出水平与支出重点也各不相同。根据浙江省统计年鉴数据（表 3－7），将农户家庭收入由低到高排序，再将样本农户数按五等分法分组，其中 1997 年收入最高的 20％样本农户与收入最低的 20％样本农户的全年生活消费支出入差距竟达 3 709 元，2011 年全年生活消费支出差距进一步扩大到 9 930 元，较之于 1997 年差距扩大了 2.68 倍。由此可见，浙江省不同收入等级的农村居民生活消费平均水平存在着明显差距，且差距呈现不断拉大的趋势。

表 3－7　浙江省不同收入等级的农村居民家庭人均总支出状况（1997—2011 年）

单位：元、%

年份	项目	低 20% 收入户	次低 20% 收入户	中等 20% 收入户	次高 20% 收入户	高 20% 收入户
	全年总支出	2 080	2 827	3 500	4 318	7 572
1997	生活消费支出	1 443	2 119	2 635	3 239	5 152
	消费支出/总支出	0.69	0.75	0.75	0.75	0.68

（续）

年份	项目	低20% 收入户	次低20% 收入户	中等20% 收入户	次高20% 收入户	高20% 收入户
1998	全年总支出	2 050	2 810	3 212	4 357	8 237
	生活消费支出	1 490	2 145	2 441	3 335	5 434
	消费支出/总支出	0.73	0.76	0.76	0.77	0.66
1999	全年总支出	1 912	2 976	3 284	4 024	6 455
	生活消费支出	1 414	2 185	2 620	3 224	4 876
	消费支出/总支出	0.74	0.73	0.80	0.80	0.76
2005	全年总支出	4 721	5 171	6 604	8 339	13 795
	生活消费支出	2 806	3 749	4 694	6 020	9 497
	消费支出/总支出	0.59	0.72	0.71	0.72	0.69
2008	全年总支出	6 376	6 762	8 564	10 727	20 369
	生活消费支出	3 603	5 183	6 593	8 100	12 844
	消费支出/总支出	0.57	0.77	0.77	0.76	0.63
2010	全年总支出	8 612	7 884	9 389	13 130	24 478
	生活消费支出	4 113	5 925	7 362	9 743	15 926
	消费支出/总支出	0.48	0.75	0.78	0.74	0.65
2011	全年总支出	10 701	8 966	11 563	14 275	25 382
	生活消费支出	6 309	6 873	8 947	10 846	16 239
	消费支出/总支出	0.59	0.77	0.77	0.76	0.64

数据来源：浙江省统计年鉴（1998—2012）.

从生活消费支出占全年总支出的比重来看，1997—2011年收入最低的20%样本农户和收入最高的20%样本农户的家庭消费支出占总支出的比重总体均呈下降的趋势，其中收入最低的20%样本农户的消费支出比重从1997年的0.69下降到2011年的0.59，下降了10个百分点，而收入最高的20%样本农户的消费支出比重下降了4个百分点。从全年生活消费支出的环比增长率变化来看，收入最低的20%样本农户的生活消费支出的环比增长率总体上呈现增长的趋势，由1998年的103.26%上升到2011年的153.39%，增长了50.13%，而收入最高的20%样本农户的生活消费支出的环比增长率出现了下降—快速增长—再快速下降的趋势，尤其是2005—2010年，随着收入增长的较快，生活消费支出环比增长率下降的速度也较快，从2005年的194.76%下降到 2010 年的 123.99％，下降了 70.76％。

上述分析表明：农村居民内部的收入差距是影响居民内部消费支出差异的重要的因素，且不同收入等级的农村居民消费支出的变动趋势也不尽相同。从 1997—2011 年生活消费支出占全年总支出中的比重来看，虽然总体上各不同收入等级农户均呈现下降的趋势；但从 1997—2011 年生活消费支出的绝对增长来看，低收入农户生活消费支出的环比增长率出现增长的趋势，而高收入农户则出现下降的趋势。

二、消费结构之变迁

研究农民家庭的消费行为，一方面需要研究消费的总量水平及变动趋势，另一方面需要研究农民家庭的消费结构，消费结构是指某项消费支出占总消费支出的比重。改革开放以来，随着农民收入的较快增长，农村消费环境的不断改善，浙江省农村居民消费结构发生了很大变化，消费结构逐步提升。从浙江省农村居民历年消费支出结构来看（表 3－8），农村居民消费水平稳步提高，农村居民生活消费结构向着逐渐降低生存消费比重、不断提高享受和发展性消费比重变化，基本生存资料中的食品支出比重逐渐下降，其他享受和发展性消费支出比重不断提高，消费结构持续优化。

表 3－8　浙江省农村居民历年消费支出结构

单位：％

年份	全年生活消费支出	食品	衣着	居住	家庭设备及服务	医疗保健	交通和通讯	文教娱乐及服务	其他
1985	100.0	66.18	11.42	21.01	0.00	0.54	0.85	0.00	0.00
1990	100.0	65.24	7.73	25.03	0.00	0.92	1.08	0.00	0.00
1995	100.0	51.17	6.71	18.88	6.32	4.40	3.29	5.43	3.80
1996	100.0	51.37	7.18	17.40	6.13	4.28	3.83	6.31	3.49
1997	100.0	49.39	6.24	18.47	5.81	4.95	4.45	6.56	4.12
1998	100.0	48.03	5.78	18.79	5.57	5.57	5.96	6.88	3.42
1999	100.0	47.29	5.56	16.42	6.11	5.89	7.24	7.90	3.58
2000	100.0	43.53	5.17	17.99	4.52	6.19	8.51	10.15	3.93
2001	100.0	41.64	5.23	18.16	4.48	7.24	8.62	11.84	2.79
2002	100.0	41.94	5.76	16.06	4.73	4.65	9.99	14.03	2.84
2003	100.0	38.19	5.34	18.08	4.83	7.14	11.57	12.39	2.45
2004	100.0	39.54	5.57	17.18	5.20	7.01	10.69	12.66	2.15

（续）

年份	全年生活消费支出	食品	衣着	居住	家庭设备及服务	医疗保健	交通和通讯	文教娱乐及服务	其他
2005	100.0	38.57	5.95	16.17	4.97	7.65	11.35	13.02	2.32
2006	100.0	37.16	6.28	18.19	4.76	7.90	11.02	12.55	2.15
2007	100.0	36.43	6.19	19.59	5.25	7.22	11.81	11.42	2.10
2008	100.0	38.03	6.23	20.15	5.00	7.24	10.99	10.36	1.99
2009	100.0	37.36	6.26	18.52	4.80	8.34	11.74	10.89	2.09
2010	100.0	35.48	6.32	21.39	4.76	7.77	12.72	9.54	2.03
2011	100.0	37.63	6.94	17.12	5.47	8.82	13.09	8.62	2.31

数据来源：浙江省统计年鉴（1986—2012）。

（一）食品消费

改革开放以来，在农村居民生活消费支出中，排在农村居民消费结构中首位的仍然是食品消费支出。从食品消费支出占全年生活性消费支出的比重来看，随着农村居民人均收入水平的提高，消费支出占全年生活性消费支出的比重总体上呈现逐年下降的趋势（表 3-8），从 1985 年的 66.18％下降 2011 年的 37.63％，下降了 28.55 个百分点。其中下降幅度最快的时期为 1990—2003 年，消费支出比重 13 年间下降了 27.04％，年均下降 2.96 个百分点。

尽管食品消费支出占农户生活消费支出的比重呈逐年下降的趋势，但消费支出绝对额却呈现阶段性上升趋势（表 3-9）。1985 年，浙江省农村居民人均食品消费支出为 243 元，到 2011 年人均消费支出突破 3 000 元，达到 3 629 元，增长了 13.92 倍，其中增长较快的时期是 2002—2011 年，年增长速度达到 14.08％，较 1995—2002 年的 3.22％高出 10.86 个百分点。

表3-9　浙江省农村居民历年消费支出水平

单位：元

年份	全年生活消费支出	食品	衣着	居住	家庭设备及服务	医疗保健	交通和通讯	文教娱乐及服务	其他
1985	368	243	42	77	—	2	3	—	—
1990	761	496	59	190	—	7	8	—	—
1995	2 341	1 198	157	442	148	103	77	127	89
1996	2 661	1 367	191	463	163	114	102	168	93

（续）

年份	全年生活消费支出	食品	衣着	居住	家庭设备及服务	医疗保健	交通和通讯	文教娱乐及服务	其他
1997	2 788	1 377	174	515	162	138	124	183	115
1998	2 836	1 362	164	533	158	158	169	195	97
1999	2 734	1 293	152	449	167	161	198	216	98
2000	3 230	1 406	167	581	146	200	275	328	127
2001	3 480	1 449	182	632	156	252	300	412	97
2002	3 593	1 507	207	577	170	167	359	504	102
2003	4 286	1 637	229	775	207	306	496	531	105
2004	4 651	1 839	259	799	242	326	497	589	100
2005	5 214	2 011	310	843	259	399	592	679	121
2006	5 762	2 141	362	1 048	274	455	635	723	124
2007	6 443	2 347	399	1 262	338	465	761	736	135
2008	7 073	2 690	441	1 425	354	512	777	733	141
2009	7 376	2 756	462	1 366	354	615	866	803	154
2010	8 390	2 977	530	1 795	399	652	1 067	800	170
2011	9 644	3 629	669	1 651	528	851	1 262	831	223

数据来源：浙江省统计年鉴（1986—2012）.

上述分析结果充分表明：随着农村经济的发展，浙江省农村居民生活水平在不断提高，从食品消费支出占生活性消费支出的比重（即恩格尔系数）来看，自 2003 年开始浙江省农村居民的恩格尔系数下降到 40％以下，农村居民家庭生活水平已经步入富裕水平。

（二）衣着

与食品消费类似，衣着消费作为一种基本生活支出，随着人均纯收入的增加，衣着消费占生活性消费支出的比重总体上呈现下降的趋势（图 3-2），但其中也有阶段性缓慢增长趋势。改革开放初期的 1985 年，衣着消费占生活总支出的比重为 11.42％，此后几乎呈直线下降趋势，快速下降到 2001 年的 5.23％，下降了 6.19 个百分点；然后从 2003 年开始，衣着消费占生活总支出的比重开始出现缓慢增长的趋势，从 2003 年的 5.34％缓慢增长到 2011 年 6.94％，9 年间共增长了 1.59 个百分点。

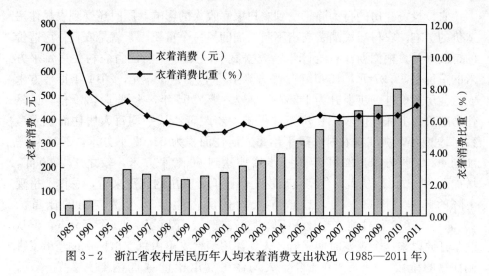

图 3 - 2　浙江省农村居民历年人均衣着消费支出状况（1985—2011 年）

　　从衣着消费的绝对额度变化来看，浙江省农村居民人均衣着消费经历了先缓慢增长再到快速增长的阶段（图 3 - 2）。1985—2011 年，衣着消费进入了缓慢增长阶段，人均衣着消费从 42 元增长到 182 元，增长了 4.34 倍。2002—2011 年，进入了快速增长阶段，人均衣着消费从 2001 年的 182 元增长到 2011 年的 669 元，10 年期间人均衣着消费支出增加了 487 元。

　　随着生活水平的提高，农村居民消费也会越来越追求时尚、品味，可以断定农村居民衣着消费更加注重品味、装饰性，那么这一比例将会随着收入增加而缓慢上升。但这种增长并不是无限制的，因为人所能消费的服装毕竟有限，到达一定阶段之后，将不需要更多的支出比例来实现衣服的美化，人们转而通过其他手段享受服务，追求其他的精神服务。

（三）居住

　　除了食品消费支出之外，农村居民的第二大消费支出是居住消费。随着家庭收入水平的逐年提高，浙江省农村居民人均居住消费支出总体上呈现波动上涨的趋势（图 3 - 3），1985 年人均居住消费支出为 77 元，1995 年人均消费支出增加到 442 元，增加了 5.72 倍；1996—2005 年人均住房消费支出经历了一个缓慢增长的时期，10 年期间仅从 1996 年的 463 元增加到 843 元，增加了 380 元。2006—2011 年，人居住房消费支出经历了一个快速增长的时期，2006 年人均住房支出是 1 048 元，2011 年进一步增加到 1 651 元，增长了 57.53%。很显然，这一变动趋势的形成与农户家庭经济收入增长的趋势相关。

　　农户投资建房的行为除了受到农户家庭收入的影响，同时还受到农村住房造价的影响。农村居民消费支出不断增加的另一个重要因素就是农村住房造价的持续上升。根据浙江省统计年鉴数据显示，1985 年浙江省农村住房每平方米的造价是 52.37 元，1990 年每平方米造价上涨为 330 元，2011 年每平方米农村住房造价进一步上升为 1 352 元，较之于 1995 年，上涨了 4.09 倍。虽然住房造价在上涨，但农户住房条件仍进一步改善，从平均每人居住面积来考察，1995 年，浙江省农村居民平均每人居住面积为 22.07 平方米，2000 年增加到 46.42 平方米，2011 年进一步增加达到 60.8 平方米，较之于 2000 年，增加了 30.97%。从人均住房支出占生活性消费支出的比重来看，总体上呈现下降的趋势（图 3 - 3），1990 年人均住房占生活性消费支出的比重为 25.03%，2011 年住房支出比重下降为 17.12%，下降了 7.91 个百分点，但从改革开放以来这个观察时期来看，人均住房消费支出占总支出比重也经历了徘徊往复的阶段，1996—2004 年，人均住房支出比重一直在 18% 左右浮动，2007—2010 年出现了较快幅度的增长，2010 年达到了 21.39%。总体上来说，浙江省农村居民居住消费支出的比例还是相对稳定在较高水平上，这反映了农村居民普遍重视建房，改善生活居住条件，但同时也可看出，住房消费受多种因素影响波动性较强。

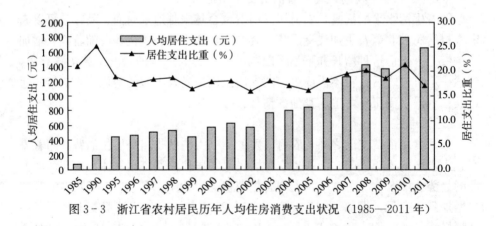

图 3 - 3　浙江省农村居民历年人均住房消费支出状况（1985—2011 年）

（四）家庭设备及服务

　　家庭设备及服务占消费总支出的比重基本维持在 4.5% ～ 6% 左右，1995—2001 年期间出现波动下降的趋势，但下降趋势不明显（图 3 - 4）。1995 年家庭设备及服务占消费支出的比重为 6.32%，下降到 2000 年的 4.52%，此

后出现小幅上涨，上涨到 2004 年的 5.20％，再下降上涨，直到 2011 年的
5.47％。从整体趋势来看，家庭设备及服务消费支出比重波动相对较平稳，且
年际间浮动不大。

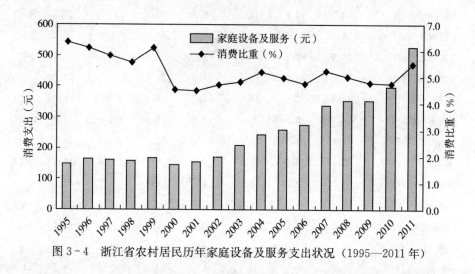

图 3-4　浙江省农村居民历年家庭设备及服务支出状况（1995—2011 年）

从家庭设备及服务消费支出的绝对额来看，人均家庭设备及服务总体上呈
现上涨的趋势（图 3-3），但各阶段的上涨的幅度是有差异的。2002 年以前，
人均家庭设备及服务支出不足 200 元，从 1995 年的 148 元，增加到 2002 年的
170 元，8 年期间仅增加了 22 元。2003—2006 年出现小幅增长的趋势，从
2003 年的 207 元增加到 2006 年的 274 元，4 年期间增加了 67 元，2007 年后，
家庭设备及服务的消费支出出现较快幅度的增长，人均家庭设备及服务的消费
支出从 2007 年的 338 元增加到 2011 年的 528 元，5 年期间增长了 190 元。这
可能是在 2007 年政府出台"家电下乡"、"汽车下乡"等农村消费政策的刺激
下，在农户收入持续增长的保障条件下，诸如家用电脑、小汽车等为主的新型
耐用消费品开始进入农村居民的家庭。

从浙江省农村居民每百户主要耐用消费品拥有量来看（表 3-10），
2007—2011 年，价值较大的新型耐用消费品如家用汽车、家用电脑、空调
机、电冰箱等分别增加了 9.4 台、23.9 台、40.4 台和 18 台，而且这些耐
用消费品未来增长的空间还很大。上述分析结果从分表明，浙江省农村居
民家庭生活质量的确有了显著提高，追求小康与富裕的消费观念已经步入
农村居民家庭。

表 3 - 10　浙江省农村居民家庭平均每百户耐用消费品拥有量（2004—2011 年）

名称	2004	2005	2006	2007	2008	2009	2010	2011
自行车（辆）	161.6	129.0	124.6	125.4	123.0	125.2	125.1	101.0
家用电脑（台）	6.9	10.8	14.3	19.4	23.4	28.6	35.6	43.3
洗衣机（台）	45.6	52.4	55.2	59.7	62.6	65.6	68.3	68.7
电冰箱（台）	56.6	62.2	67.8	75	80.2	85.3	89.4	93.0
摩托车（辆）	52.7	61.0	62.7	57.8	56.9	55.6	54.0	41.3
黑白电视机（台）	33.7	22.0	17.0	11.2	9.2	7.5	6.1	2.1
彩色电视机（台）	116.7	130.0	136.9	144.2	149.6	157.0	161.4	168.5
电话机（部）	88.8	94.4	95.0	93.2	92.2	89.9	88.4	77.7
移动电话（部）	89.7	119.2	134.7	150.3	159.7	176.6	189.1	204.5
家用汽车（台）	1.3	2.9	3.1	4.0	4.7	6.2	7.8	13.4
照相机（架）	8.6	8.7	9.2	9.0	9.6	11.2	12.6	13.9
抽油烟机（台）	30.7	35.4	38.0	43.0	46.0	49.5	52.7	56.3
吸尘器（台）	3.4	3.8	3.6	4.0	4.4	4.7	6.1	5.5
空调机（台）	26.6	36	42.6	54	61.3	69.6	78.6	94.4

数据来源：浙江省统计年鉴（2005—2012）.

（五）交通和通讯

除了食品消费、居住消费支出之外，农村居民的第三大消费支出就是交通和通讯。浙江省农村居民人均交通和通讯消费总体上呈现快速增长的趋势（图 3－5），1985 年人均交通和通讯消费支出为 3.12 元，1995 年增加到 77 元，增加了 24.68 倍；自 1996 年开始人均交通和通讯消费支出经历了一个快速增长时期，1996 年人均交通和通讯消费支出为 102 元，2010 年人均交通和通讯支出突破 1 000 元大关，增长到 1 067 元，较 1996 年相比增长了 10.46 倍。2011 年进一步增加到 1 262 元，较之于 2010 年，增长了 195 元。上述数据表明：随着通讯技术的发展和交通基础设施的完善，交通和通讯消费支出在农村居民生活中显得越来越重要，且呈现快速增长的趋势。

从交通和通讯消费的支出比重来看，1985—2011 年总体上呈现快速增长的趋势。其中 1985 年，农村居民人均交通和通讯消费占生活性消费支出的比重为 0.85%，2003 年增长到 11.57%，2011 年进一步增长到 13.09%，较之于 1985 年增加了 12.24%。尤其是 2000 年以来，随着城乡一体化的不断深入，农村劳动力外出就业的频繁流动，交通和通讯的消费逐渐成为农村居民生活性消费支出的重要组成部分。

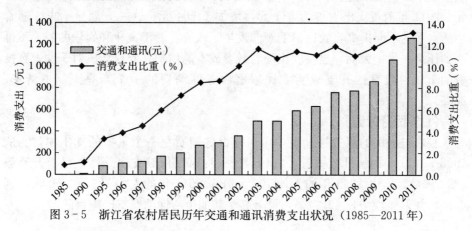

图 3-5 浙江省农村居民历年交通和通讯消费支出状况（1985—2011 年）

（六）文教娱乐用品及服务

文教娱乐用品及服务支出是服务性消费支出的重要组成部分，浙江省的统计数据显示（图 3-6），2002 年以前，农村居民人均文教娱乐用品及服务支出占消费支出的比重总体呈上升趋势，由 1990 年的 5.43％上升为 2002 年的 14.03％，增加了 8.60 个百分点；而 2002 年以后，文教娱乐支出比重总体上呈现下降的趋势，由 2003 年的 12.39％下降到 2011 年的 8.62％，下降了 3.77 个百分点。这可能是因为由于国家加大农村教育投入，普及九年义务免费教育，造成娱乐文教消费 2002 年以后支出比重的下降。

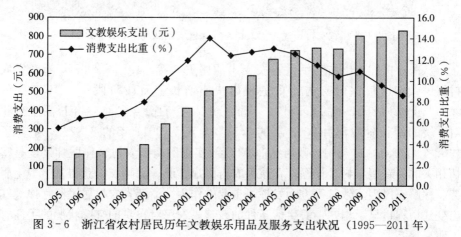

图 3-6 浙江省农村居民历年文教娱乐用品及服务支出状况（1995—2011 年）

从文教娱乐用品及服务支出的绝对数额来看，1995—2011 年，支出总体上呈现不断增加的趋势，1995 年，人均文教娱乐用品及服务的消费支出为 127 元，2011 年消费支出上涨为 831 元，增加了 704 元。这一方面显示出，随着生活水平的不断提高，农民消费观念发生了改变，对于文化和娱乐的需求不再受到压抑；另一方面，也反映出随着教育成本的增加，农村居民对子女教育投资的重视，教育性开支成为农民家庭服务性消费的一个新亮点（史清华，2005）。

（七）医疗保健

在农村居民的服务性消费中，医疗保健消费是一个重要的支出项目。从 1985—2011 年的统计数据看，农村居民人均医疗保健支出总体上呈上升趋势（图 3 - 7），已由 1995 年的人均 103 元升至 2011 年的人均 851 元，升幅达到 726.21％，年均增长 42.71％，显著高于其他生活性消费支出项目的增长。

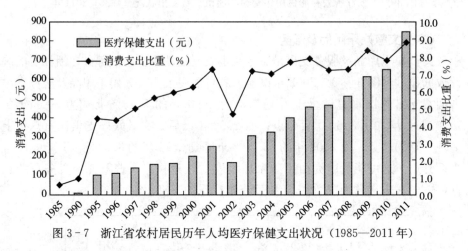

图 3 - 7　浙江省农村居民历年人均医疗保健支出状况（1985—2011 年）

从医疗保健支出占生活性消费支出的比重来看，1985—2001 年浙江省农村居民人均医疗保健支出比重呈现出快速增长的阶段阶段，从 1985 年的 0.54％上涨为 2001 年的 7.24％，上涨了 6.70 个百分点；2003 年以后呈现相对平缓的增长阶段，由 2003 年的 7.14％上涨为 2011 年的 8.82％，上升了 1.68 个百分点，这与中央政府从 2003 年起实施的新型农村合作医疗制度是密切相关的，新型农村合作医疗在改善农村医疗状况、保障农民获得基本卫生服务、缓解农民因病致贫等方面发挥了重要的作用。浙江省农村居民医疗保健支出变迁历程也显示出，随着生活条件的改善，农民对自身的健康状况的关注有了明显提高。

三、消费变迁的特征与成因

农村居民消费对拉动内需、促进经济发展具有重要的作用，研究改革开放以来农村居民家庭消费行为的变迁历程具有很强的现实意义。浙江省是经济相对比较发达的地区，随着经济的发展，农民家庭收入的持续增加，农民家庭的消费可能呈现出与全国其他地方不一致的地方，具体特征与原因总结如下：

（一）消费变迁的特征

1. 浙江省农村居民生活实现小康，但不同收入等级居民消费水平相差悬殊

国际上通常用恩格尔系数来衡量一个国家和地区人民生活水平的状况。根据联合国粮农组织的判断标准，恩格尔系数达到 60% 以上为贫困，50%～60% 为温饱，40%～50% 为小康，40% 以下富裕。以此为判断标准，浙江省农村居民自 20 世纪 90 年代末期以来已基本实现小康，并逐渐步入富裕水平。但不同收入等级的农村居民消费存在着明显差距，且差距呈现不断拉大的趋势。以 2011 年为例，收入最高的 20% 样本农户与收入最低的 20% 样本农户的全年生活消费支出差距竟然高达 9 930 元，较之于 1997 年差距扩大了 2.68 倍。

2. 浙江省农村居民消费水平逐年增长，消费结构不断升级

浙江省的经济相对较为发达，农村居民的收入水平增长较快。随着家庭收入水平的持续增长，农村居民的消费水平总体上也出现逐年增长的趋势。以农村居民人均名义消费支出为例，1980 年以前，人均消费支出不足 200 元，2011 年人均消费水平增长到 9 644 元，增长了 48.12 倍。从农村居民的消费结构来看，排在前四位的分别是食品、居住、交通和通讯以及文教娱乐的消费支出，从变化趋势来看，食品、居住的消费支出比重逐年下降，而交通和通讯、文教娱乐的消费支出比重则出现较大幅度的上升，这显示出，浙江省农村居民的消费结构已经从生存型消费资料为主导的消费结构向享受型和发展型为主导的消费结构转变，消费结构在不断升级改善。

3. 浙江省农村居民消费方式由满足生活需要向追求生活质量提高转变

收入水平决定消费水平，而消费结构的变化是消费方式转变的结果，消费方式的转变反过来又促进消费结构的变化，并转化为拉动消费市场的动力。浙江省农村居民消费方式主要有以下变化：一是在食品结构上，主食消费比重下降，膳食结构向营养、科学型发展；在衣着消费上，农村居民衣着消费从传统的布匹消费向成衣消费转化，衣着品牌意识和时尚意识有所增强；在耐用消费品消费上，价值较大的新型耐用消费品如家用汽车、家用电脑等已成为农民未来的消费热点。二是由重食物消费向物质和服务消费并重转变，服务消费比重逐年上升，医疗保健、交通通讯、文教娱乐支出的比重逐年上升，反映出农民消费观念的积极转变，农民消费由生活需要向追求生活质量提高的转变，消费层次正在朝向发展和享受型转变。

（二）消费变迁的成因

1. 农村居民收入水平的持续增长

农村居民的收入水平是影响消费结构的最基本、最重要的因素，农村居民的购买力往往决定了其消费能力，而购买力主要取决于家庭收入水平。因为随着居民收入水平的增加，其购买力往往会提高，随之居民的消费层次也逐渐的提高，进而会影响居民的消费结构和消费水平。因此，浙江省农村居民的收入水平不断增加是影响其消费变迁的一个重要原因。

2. 农村消费环境的不断改善

农村消费环境是影响农村居民消费的另一个重要因素，20 世纪 90 年代末期以来，随着农村城镇化步伐的加快，省政府加大了对农村水、电、道路等基础设施的建设投入，伴随着农村基础设施的建设，农村的消费环境得到了较大的改善，这在一定程度上也刺激了农村居民增加消费投入和优化消费结构。前面的分析也可以看出，一些与水、电、道路相关的耐用消费品诸如洗衣机、冰箱、空调、家用电脑、家用小汽车等的消费呈现不断上涨的趋势，且必将成为农村居民家庭未来的热点消费。

3. 农村居民消费观念的不断转变

随着收入水平的提高、通讯技术的发展，信息传播速度的加快，农村居民的消费观念也在不断发生变化。从改革开放以来的消费结构变动也可以看出，浙江省农村居民开始从"保守消费者"转为"积极的消费者"，以生存型消费资料为主导的消费结构已经开始发生转变，呈现出以饮食为主向多元化转变的趋势，在医疗保健、交通和通讯、文化教育娱乐用品及服务等项目上的开支逐年增加，农村居民的消费层次正在朝向发展和享受型转变。

4. 农村消费政策的刺激

消费是刺激经济增长的一大动力，而拉动农村市场需求对刺激经济增长就尤为重要。中央政府针对消费水平低、增长乏力的农村消费，采取一系列刺激农村消费市场的政策措施，诸如"家电下乡"、"汽车下乡"、"农机补贴"等惠农政策，这将在一定程度上引导、拓展农村居民消费领域，同时中央政府在"医疗保健"、"文教娱乐"等方面的改革措施一定程度上也影响到农村居民的消费行为，因此，浙江省农村居民的消费结构变迁同样受到上述消费政策的影响。

四、简要述评

本章根据浙江省统计年鉴数据，实证分析了改革开放以来浙江省农村居民家庭消费行为的变迁历程，研究发现，浙江省农村居民消费水平在不断增长，消费结构在不断升级，总体上农村居民消费已从"生存型"消费向"发展型"消费转变，但不同收入等级的农村居民消费差异明显，消费结构优化空间依然很大。

浙江省农村居民消费行为的变迁，是与农村居民收入的不断上涨、农村消费环境的不断改善、农村消费政策的诱导刺激以及农村居民消费观念的不断转变密切相关。因此，要提高农村居民的消费水平，改善农村居民的消费结构，需要发展农村经济，提高农村居民的收入，同时也要加强农村基础设施建设，加大农村教育投资，改善农村消费环境，开发适合农村居民消费的产品和服务。另外，制定符合农村居民消费结构升级的消费政策措施，引导和刺激农村居民的合理消费，对拉动内需、刺激国家经济增长发挥积极作用。

第三节　农民家庭储蓄与借贷

农户家庭借贷行为与储蓄行为是农户经济行为研究中的重要内容，家庭储蓄与借贷行为变化是反映农户经济增长与发展的一项重要内容。随着改革不断深入，农户家庭收入的不断增长以及农村金融体制的不断变革，农户储蓄与信贷行为也相应出现了许多变化，尤其对于经济较发达的地区，农户家庭储蓄与借贷行为的变迁更能折射出农村经济体制改革的成效。本章利用浙江农村固定观察点的数据资料，对改革开放以来的农民家庭储蓄与借贷行为进行比较分析与研究，从另一个侧面揭示浙江省农村经济发展以及农村金融体制改革的效果。

一、农户家庭储蓄

（一）储蓄水平及变动趋势

储蓄是居民将暂时不用或结余的货币收入存入银行或其他金融机构的一种存款行为活动。储蓄作为消费的余项部分和投资的重要来源对经济所起的作用和产生的影响，尤其是当一国由农业国向工业国转换的期间，农村储蓄对整个国家的工业化、城市化进程将起到至关重要的作用。农村居民既是生产经营者，又是消费者，这种双重职能意味着农村居民的储蓄行为对农业生产乃至宏观经济具有重要的战略意义。

本章根据浙江省农村固定观察点的数据，研究改革开放以来，浙江省农村居民家庭的储蓄行为的变迁历程。从表 3-11 可以看出，改革开放以来，浙江省农村居民人均银行储蓄随着人均收入的增长而逐年增加，自 1986 年的 105 元增长到 2012 年的 26 227.42 元。其中，1986—1995 年，农村居民人均银行储蓄快速增长，从 1986 年的 105 元增加到 1995 年的 1 939.01 元，增长了 17.47 倍；1996—2005 年，人均储蓄加速增长阶段，2001 年突破万元大关，达到 10 061.76 元，2005 年增加到 19017 元，较之于 1996 年的 2 502.95 元，增长了 7 558.81 元；2006—2012 人均储蓄增速稍微放缓，从 2006 年的 18 205.99 元增加为 2012 年的 26 227.42，增加了 44.06%，增长了 1.44 倍。

表 3-11　浙江省农户储蓄水平与储蓄面的变化情况

单位：元、%

| 年份 | 人均水平（元） | | | | 利息/纯收入（%） | 利息/储蓄（%） | 储蓄面（%） |
	银行储蓄	手存现金	纯收入	利息收入			
1986	105.00	246.56	862.53	—	—	—	61.76
1987	208.98	376.98	1 181.55	—	—	—	68.09
1988	236.33	531.34	1 489.50	—	—	—	64.65
1989	274.01	547.95	1 307.28	—	—	—	62.57
1990	346.72	693.11	1 444.33	—	—	—	59.95
1991	506.75	695.70	1 730.18	—	—	—	56.57
1993	878.52	667.03	3 110.13	64.44	2.07	7.33	46.60
1995	1 939.01	965.76	6 351.27	96.18	1.51	4.96	44.60
1996	2 502.95	910.36	7 323.73	152.80	2.09	6.10	45.00
1997	3 263.87	1 189.62	7 425.14	156.99	2.11	4.81	46.40
1998	4 627.73	1 063.95	7 121.82	158.27	2.22	3.42	44.20
1999	5 961.45	1 887.93	8 113.35	118.63	1.46	1.99	44.80
2000	7 919.44	1 513.23	9 381.10	123.18	1.31	1.56	49.70
2001	10 061.76	1 202.20	9 730.87	91.69	0.94	0.91	54.69

（续）

年份	人均水平（元）				利息/纯收入（%）	利息/储蓄（%）	储蓄面（%）
	银行储蓄	手存现金	纯收入	利息收入			
2002	11 842.09	1 215.66	9 540.16	78.70	0.82	0.06	57.40
2003	12 936.50	1 052.25	11 642.38	276.42	0.02	0.02	69.20
2004	16 439.98	1 189.32	13 481.12	277.22	0.02	0.02	78.10
2005	19 017.00	1 251.88	15 138.87	532.21	0.04	0.03	75.64
2006	18 205.99	1 295.55	16 364.94	858.12	0.05	0.05	71.80
2012	26 227.42	1 568.05	33 867.37	1 692.72	0.05	0.06	68.67

注：储蓄面＝有储蓄户/全部观察户。
数据来源：浙江省固定观察点数据（1986—2012）.

农民家庭储蓄的变动与其收入水平的增长是密切相关的，从图 3-8 可以看出，人均储蓄和人均纯收入环比增长的变化趋势基本一致。1986—2006 年，农村居民人均储蓄环比增长速度总体上高于人均纯收入的环比增长速度，这可能是因为储蓄的累积效应使得农户储蓄水平及其增长速度增长远远超过收入的增长（史清华，2005）。但 2006—2012 年，人均收入环比增长的速度高于人均储蓄环比增长速度，这可能是因为，人均收入水平达到一定的程度时，人们预防性储蓄的动机下降，而是倾向于增加消费，减少储蓄水平，提升生活质量。

图 3-8 浙江省农村居民人均储蓄与人均纯收入环比增长情况

（二）农户间储蓄行为的比较

农户储蓄水平与家庭收入密切相关，而农户家庭收入水平与家庭主要劳动者的文化程度有很强的相关关系，因此，家庭主要劳动者的文化程度是影响家庭储蓄水平的一个非常重要的影响因素。浙江省固定观察点的数据显示（表3-12），随着农村居民家庭主要劳动者的文化程度的提高，家庭储蓄水平呈现明显上升趋势，并且在这一变化过程中文盲和高中文化程度的农户家庭储蓄差距显著拉大。

表 3-12　不同文化类型的农户家庭人均储蓄水平的变化

单位：元/人

年份	文盲	小学	初中	高中
1986	81.31	109.91	111.55	113.71
1987	145.15	107.47	252.84	333.83
1988	94.93	244.33	286.76	437.85
1989	659.56	295.87	329.73	212.36
1990	217.94	395.50	380.44	290.85
1991	366.54	522.00	549.68	550.76
1993	767.01	827.15	884.53	1456.00
1995	1 486.81	2 048.49	1 484.76	3 965.85
1996	1 513.62	2 767.25	1 764.85	5 686.44
1997	1 554.38	3 153.76	2 373.16	10 240.74
1998	2 360.39	3 966.00	3 906.70	15 203.01
1999	3 641.88	5 949.54	3 951.67	17 226.89
2000	3 176.88	8 629.80	5 696.81	17 921.57
2001	3 912.95	11 179.68	7 905.63	19 164.53
2002	5 908.82	13 132.75	9 103.77	22 701.61
2004	8 750.05	16 256.46	10 030.30	26 500.00
2005	10 629.25	20 585.91	12 906.25	35 760.00
2012	14 875.68	26 849.24	32 500.00	50 000.00

数据来源：浙江省固定观察点数据（1986—2012）。

　　1995 年以前，初中及以下文化程度的农户家庭人均储蓄不足 1 000 元，仅高中文化程度的农户家庭人均储蓄超过 1 000 元；1995—2012 年，各种不同文化程度的农户家庭人均储蓄水平都出现了较大的增长，且文化程度越高的农户增加的幅度越大，其中，文盲程度的农户人均储蓄水平从 1 486.81 元增加到14 875.68 元，增加了 13 388.87 元；小学程度的农户从 2 048.49 元增加到

26 849.24元，增加了 24 800.75 元；初中文化程度的农户家庭人均储蓄从 1 484.76元增加到22 500.00 元，增加了 21 015.24 元；高中文化程度的农户家庭人均储蓄水平从 3 965.85 元增加到 50 000 元，增加了 46 034.15 元。很显然，从上述不同文化程度农户储蓄行为的变化历程可以得出，文化程度较低文盲农户家庭的储蓄水平相对较低，且主要是预防性储蓄；而文化程度较高的高中农户储蓄水平相对较高，且主要是发展性或投资性储蓄。

二、农户家庭借贷

农户的借贷行为影响农村金融市场的规模和结构，也影响农户的生产、生活性现金支出，农户的借贷需求是否被满足，很大程度上直接影响到农户的生产投资规模和消费水平。对于农户借贷行为包括两方面含义，一是，农户借入资金行为；二是，农户借出资金行为。接下来，本文围绕这两方面考察浙江省农户家庭借贷行为的变迁历程。

（一）借贷水平及变动趋势

改革开放以来，浙江省农村居民家庭年末借贷水平呈一种不断上升趋势（表3-13），1986—2012 年，农村居民家庭年末人均借入与借出款分别从176.73 元和 96.34 元增加到 9 030.26 元和 1 956.05 元，增长了 51.10 倍和20.30 倍。从借入款和借出款的增长速度来看，借入款的增长速度一直大于借出款的增长速度，1986—1995 年，农村居民家庭人均借入款年均增长速度为17.04％，而人均借入款年均增长速度为 12.80％，高出 4.24 个百分点。从借入款与借出款的余额（即净借入款）来看，浙江省农村居民家庭人均借入款大于借出款，且随着时间的推移，呈不断上升的趋势，1986 年人均净借入款为80.38 元，2012 年人均净借入款为 7 074.21 元，增加了 6 993.83 元，年均增长速度达到 19.61％。

表 3-13　浙江省农村居民家庭年末借贷水平及变化

单位：元/人

年份	借入款	借款来源（%）		借出款	净借入
		银行信用社	民间		
1986	176.73	8.80	91.20	96.34	80.38
1987	205.32	9.56	90.44	109.29	96.53
1988	394.43	5.36	94.64	125.11	269.32

（续）

年份	借入款	借款来源（%）		借出款	净借入
		银行信用社	民间		
1989	542.55	2.93	97.07	147.08	395.48
1990	557.68	3.07	96.93	153.84	403.84
1991	729.93	3.70	96.30	205.43	524.50
1993	844.05	4.59	95.41	401.89	442.15
1995	1 625.32	15.59	84.41	750.97	864.35
1996	2 427.60	18.79	81.21	1 350.68	1 116.91
1997	2 526.87	9.91	90.09	1 492.39	1 034.49
1998	2 929.85	7.55	92.45	1 496.40	1 433.44
1999	3 037.88	10.16	89.84	1 452.80	1 585.08
2000	2 845.32	11.52	88.48	1 188.77	1 656.55
2001	2 918.94	14.14	85.86	1 240.46	1 678.48
2002	3 334.54	28.13	71.87	1 376.89	1 957.66
2003	3 084.94	38.36	61.64	1 549.36	1 535.58
2004	4 356.33	35.51	64.49	1 605.41	2 750.92
2005	3 716.81	41.79	58.21	1 925.42	1 791.39
2006	3 810.33	48.63	51.37	1 619.85	2 190.48
2012	9 030.26	66.20	33.80	1 956.05	7 074.21

数据来源：浙江省固定观察点数据（1986—2012）.

从农村居民家庭借贷资金来源来看，2006 年以前，民间借贷是家庭借贷资金来源的主体，在 20 世纪 90 年代前期，民间借贷在借款资金中占的比例高达 95％以上，到 20 世纪 90 年代中期，随着我国银行信贷体制的变革，农村居民从银行信用社获取贷款的比例一度快速上升，从 1986 年的 8.80％上升到 1996 年的 18.79％；之后受国家宏观经济政策的影响，农村居民从银行信用社获取贷款的难度加大，来自银行信用社贷款的比率显著下降，1998 年下降到 7.55；进入新世纪后，随着国家对"三农问题"的重视，农村居民从银行信用社获得贷款的机会增加，贷款的比例出现了快速增长的趋势，2006 年达到 48.63％。与此同时，2006 年以后，农村居民家庭借贷资金来源主体由民间借贷转变为银行信用社，2012 年银行信用社的比例高达 66.20％，而民间借贷的比例只占到 33.80％。

(二) 借贷来源及用途

从农村居民家庭年内累计借入款来源来看，2006年以前，私人借款在家庭借入款中占绝对比重，1986—2006年，人均私人借款占家庭人均借入款的比例平均达到78.68%，而来自银行的比例仅占到20.00%。从变化趋势来看，进入20世纪90年代中后期，受国家金融紧缩政策的影响，银行借款的难度加大，民间借款则相对较容易，1996—1998年，来自银行借款的比例从21.46%下降到9.64%，而民间借款从76.01%上升到88.55%；进入21世纪后，随着国家对"三农"政策的调整，农民从银行借贷也相对越来越容易，来自银行贷款的比例显著上升，从2000年的16.02%增加到2006年的46.34%，而民间借贷从82.60%下降到53.58%，但民间借贷仍占绝对比重。随着国家农村金融政策第三次调整（2006年至今），加大了农村金融发展的支出力度，2006年以来，农村居民家庭借款中来自银行的借款占绝对比重，2012年达到66.20%，较之于2006年的46.34%，增加了19.87个百分点（表3-14）。

表3-14　浙江省农村居民家庭当年累计借入水平及构成变化

年份	借入款 (元/人)	借入款来源（%）			借入款用途（%）		
		银行①	私人②	其他	生活	生产	‡农业
1986	129.42	16.47	83.53	—	—	—	—
1987	178.75	17.79	82.21	—	—	—	—
1988	341.60	9.77	90.23	—	—	—	—
1989	329.96	6.50	93.50	—	—	—	—
1990	252.03	12.37	87.63	—	—	—	—
1991	424.10	8.64	91.36	—	—	—	—
1993	1 037.89	6.56	91.25	2.19	24.50	75.50	12.75
1995	2 036.04	18.90	77.98	3.12	16.73	82.05	40.07
1996	2 268.27	21.46	76.01	2.53	25.75	73.75	51.95
1997	1 651.17	17.00	81.23	1.77	35.16	61.61	33.25
1998	2 119.22	9.64	88.55	1.80	31.41	66.09	40.73
1999	1 970.95	15.00	79.41	5.59	22.88	72.21	35.41
2000	2 211.91	16.02	82.60	1.39	21.35	73.67	37.56
2001	2 679.71	19.31	79.58	1.12	17.87	76.89	31.67

（续）

年份	借入款 (元/人)	借入款来源（%）			借入款用途（%）		
		银行①	私人②	其他	生活	生产	♯农业
2002	2 924.30	33.43	63.51	3.06	19.53	69.00	30.97
2003	2 627.77	33.81	65.32	0.87	23.47	76.53	10.03
2004	4 218.04	35.11	64.75	0.14	18.96	81.04	17.44
2005	2 835.02	35.86	62.69	1.45	34.41	65.59	9.89
2006	3 356.19	46.34	53.58	0.09	39.63	60.37	11.06
2012	9 531.75	66.20	33.75	0.05	17.28	82.72	18.30

注：①这里的银行包括银行、信用社以及农村合作基金会获取的贷款。②1986—1991 年的私人借款，包括农户的全部非银行贷款。♯表示前项的其中部分。表中的"—"表示当时未统计。

数据来源：浙江省固定观察点数据（1986—2012）.

从农村居民家庭借入款的用途来看（表 3 - 14），用于生产的借款占绝对比重，虽然年际间波动幅度较大。1993—2012 年，农村居民家庭借款中用于生活所占的比例平均为 24.92%，而用于生产的比例平均为 72.64%，其中生产借款中用于农业生产的比例平均为 27.22%。浙江省农村居民的借款与一些欠发达地区农民的借款用途截然不同，欠发达地区的农民借款主要以生活为主。

上述分析结果表明，随着农村金融政策的调整，农村居民的借贷渠道也越来越通畅，来自银行借款所占的比例也越来越高，而相对利息高、风险大的民间借款在缩减，且家庭所借款项主要是用于生产性资金，发展家庭生产，借款处于一种良性循环。这也从另一侧面反映出浙江省农村居民家庭收入持续增长的原因。

（三）借贷额度分布变化

从有借贷农户家庭当年借贷额度分布来看，1995—2012 年，随着国家农村金融政策的调整，农村居民不仅从银行获得贷款的机会增加，而且获得较大数额贷款的比例也在增加。从银行贷款渠道来看，1995—2000 年，农村居民银行贷款主要是 1 万元以下的贷款，累计平均占到 53.52%；2001—2012 年，农村居民获得数额较大贷款的比例显著增加，尤其是获得 10 万元以上的银行贷款比例显著增加，从 2001 年的 9.40% 增加到 2012 年的 96.68%，而 5 万元以下的贷款则从 2001 年的 29.06% 降到 2012 年的 0.90%。上述变化意味着，农村金融环境的改善，国家金融对农村的支持力度在加大，农户从正规金融渠道获得贷款的能力在提升（表 3 - 15）。

表 3 - 15 浙江省农村居民家庭当年借贷额度分布变化

单位:%

	累计额度（万元）	1995	1996	1998	1999	2000	2002	2003	2004	2005	2006	2012
银行贷款	<5	38.99	33.33	27.97	31.97	30.71	23.66	0.00	0.30	0.00	0.00	0.00
	5~10	16.35	19.33	23.78	18.85	22.05	13.98	0.00	0.00	0.00	0.00	0.00
	10~20	16.35	18.67	16.08	17.21	15.75	18.28	12.70	4.10	0.00	1.42	0.00
	20~50	25.79	20.67	20.98	18.85	20.47	30.11	0.20	12.10	13.30	6.01	0.90
	50~100	5.66	9.33	13.29	14.75	12.60	19.35	32.52	19.40	6.70	0.00	2.41
	100	3.14	6.00	1.40	4.10	6.30	11.83	34.78	64.10	80.00	92.55	96.68
私人借款	<5	40.88	32.00	27.27	32.79	28.35	20.43	1.30	0.00	0.40	0.24	0.11
	5~10	13.21	20.67	24.48	19.67	22.83	13.98	1.77	0.00	1.46	0.58	0.09
	10~20	16.35	18.00	17.48	16.39	14.96	15.05	7.75	0.09	3.28	0.16	2.23
	20~50	23.90	18.67	18.88	21.31	18.90	30.11	27.74	5.20	21.92	13.63	5.89
	50~100	5.03	7.33	10.60	6.56	19.25	17.20	31.95	9.80	37.94	42.36	11.37
	100	0.63	3.33	1.40	3.28	4.72	3.23	29.49	83.99	34.97	39.45	80.29

数据来源：浙江省固定观察点数据（1986—2012）.

从私人借款渠道来看，虽然随着国家农村金融政策的改善，农村居民从私人借款的比例在下降，但从私人借款可获得的额度却越来越大。1995—2000年，从私人借款渠道获得数额主要 1 万以下的借款，平均累计占到 53.23%；2001—2012 年，从私人渠道可获得的借款数额主要在 5 万~10 万元以及 10 万元以上，两者所占比例累计从 2001 的 17.95% 上升到 2012 年的 91.66%，平均累计高达 62.86%。上述变化一方面说明，随着浙江省农村居民收入的增加，民间可以借贷的款项数额也随之越来越大，但另一方面，也暴露出民间借贷的高利息收入带来的高风险性，2011—2012 年浙江温州"资金链"的断裂就是典型的代表案例。

三、简要评述

改革开放以来，随着经济体制和金融制度的变革，农村居民的储蓄与借贷行为也相应发生了改变，本章通过对改革开放以来浙江省农民家庭储蓄与借贷行为的比较分析研究，揭示农村居民家庭储蓄与借贷行为的变迁历程，从另一个侧面揭示浙江省农村居民家庭的经济增长以及农村金融体制改革的效果。研究结论如下：

从农村居民家庭的储蓄行为变迁来看，改革开放以来，浙江省农村居民人均储蓄随着人均收入的增长而逐年增加，且不同文化程度的劳动者家庭的储蓄行为存在显著差别，尤其是文盲和高中文化程度的农户家庭储蓄差距显著拉大。总体而言，文化程度较低的农户家庭的储蓄水平相对较低，且主要是预防性储蓄；而文化程度较高的农户储蓄水平相对较高，且主要是发展性或投资性储蓄。

从农村居民家庭的借贷行为变迁来看，改革开放以来，浙江省农村居民家庭借贷水平呈一种不断上升趋势，并且随着国家农村金融政策的调整，农村居民的借贷渠道也越来越通畅，从以前的民间借贷为主转变为以银行借贷为主，进一步研究发现，家庭所借款项主要是用于生产性资金，发展家庭生产，借款处于一种良性循环。

从农村居民家庭当年借贷额度分布变迁来看，随着国家农村金融政策的调整、农场居民家庭收入水平的快速增长，农户可以从银行借贷和民间借贷渠道获得的借款数额都呈上升趋势。虽然，农户从正规金融渠道获得贷款的能力在提升，民间借贷所占的比率在下降，但从民间可以获得高数额借款应引起高度重视，民间借贷的高利息带来的高风险仍然不容忽视。

第四节　农村劳动力就业

农村劳动力的就业状况直接关系到农村经济的发展、农户家庭的增收。随着农业现代化进程的加快，农业劳动生产率的提高，大量剩余劳动力从农业中转移出来，农村劳动力的就业也必然发生变化，就业呈现非农化、多元化趋势。浙江是我国经济发展水平相对发达的地区，改革开放以来，经济发展水平和农民收入水平都呈现快速的增长，其中一个重要的原因是与农村劳动力就业的贡献密不可分的，本章基于浙江省统计年鉴数据，分析改革开放以来农村劳动力就业结构的变迁，从一个侧面揭示浙江经济快速增长的原因。

一、农村劳动力的规模与素质

（一）规模

研究农村劳动力时首先会研究农村劳动力的规模，从表 3-16 可以看出，自 1985 年以来，随着农村人口的增加，农村劳动力总体上呈现直线式的逐年增加趋势。1985—2005 年增长的速度较快，由 1985 年的 1 863.83 万人增加到 2005 年的 2 298.54 万人，增加了 434.71 万人，增幅达到 23.32%；2006—

2011 年增长的较为平缓，由 2006 年的 2 303.70 万人增加到 2011 年的 2 370.79 万人，增加了 67.09 万人，增幅达到 2.91％。从农村劳动力增加的性别比率来看，女性劳动力增加的幅度高于男性劳动力，1985—2011 年，女性劳动力增加了 307.04 万人，增幅达到 38.05％，与此同时，男性劳动力增加了 200.37 万，增幅达到 18.97％。

表 3-16　浙江省历年农村劳动力的规模变化

单位：万户，万人

年份	农村住户数	农村人口	农村劳动力	按性别	
				男	女
1985	892.23	3 400.40	1 863.83	1 056.49	806.89
1990	1 034.55	3 550.79	2 034.77	1 141.65	893.12
1995	1 066.29	3 588.15	2 097.02	1 146.60	950.42
2000	1 075.96	3 545.48	2 108.44	1 135.82	972.62
2001	1 122.72	3 631.31	2 170.08	1 167.03	1 003.05
2002	1 146.57	3 664.06	2 185.60	1 170.86	1 014.74
2003	1 168.74	3 712.12	2 219.90	1 186.65	1 033.25
2004	1 193.53	3 734.83	2 252.34	1 202.96	1 049.38
2005	1 224.62	3 790.49	2 298.54	1 231.68	1 066.86
2006	1 221.13	3 770.17	2 303.70	1 231.33	1 072.37
2007	1 226.54	3 770.46	2 318.21	1 237.03	1 081.18
2008	1 227.45	3 761.72	2 304.33	1 232.43	1 070.90
2009	1 237.44	3 778.86	2 321.41	1 240.14	1 081.27
2010	1 254.22	3 813.24	2 346.80	1 252.80	1 094.00
2011	1 263.07	3 845.61	2 370.79	1 256.86	1 113.93

数据来源：浙江省统计年鉴（1986—2012）.

从每户拥有的劳动力状况来看，1985—2011 年，户均整半劳动力总体上呈现下降的趋势，从 1986 年的 2.95 人/户下降到 2011 年的 2.41 人/户。从每百个劳动力中外出劳动力人数来看，1985—2011 年总体上呈现波动上涨的趋势。1990—2004 年，每百个劳动力中外出劳动力人数由 5.73 人增加到 12.98 人；2005—2008 年，每百个劳动力中外出劳动力人数由 10.70 人下降到 9.69 人；2009—2011 年，每百个劳动力中外出劳动力人数出现增长的趋势，由 2009 年的 12.87 人增加到 16.17 人。从每一劳动力负担人数来看，总体上呈现下降的趋势，从 1985 年的 2.07 人下降到 2011 年的 1.37 人（表 3 - 17）。

表 3 - 17　浙江省农村居民每户拥有的劳动力状况

单位：人,%

年份	户均整半劳动力	整半劳动力占人口比重	每百个劳动力中外出劳动力人数	每一劳动力负担人数
1980	2.50	—	—	2.07
1986	2.95	64.94	—	1.54
1990	2.92	68.50	5.73	1.60
1995	2.93	73.99	6.80	1.58
1997	2.85	73.70	9.51	1.61
1998	2.85	75.00	9.51	1.62
2000	2.64	72.10	9.37	1.39
2001	2.60	71.56	8.80	1.40
2002	2.59	72.16	9.25	1.39
2003	2.61	73.16	12.68	1.37
2004	2.58	73.08	12.98	1.37
2005	2.60	73.02	10.70	1.37
2006	2.60	73.36	10.81	1.36
2007	2.60	73.53	9.94	1.36
2008	2.58	73.65	9.69	1.36
2009	2.57	73.63	12.87	1.36
2010	2.58	74.09	13.67	1.35
2011	2.41	73.13	16.17	1.37

数据来源：浙江统计年鉴（1991—2012）.

上述分析表明，自改革开放以来，浙江省农村劳动力的规模随着农村人口的增长而逐年增加，且女性农村劳动力的增长快于男性农村劳动力的增长。另一方面，家庭人口负担程度并未随着人口的增加而增加，相反却呈现下降的趋势。正是农村家庭的这一基本变化为浙江经济的增长奠定了良好基础。

（二）素质

农村劳动力素质在某种程度上决定了农村劳动力的就业水平与行业分布。从表 3 - 18 可以看出，1985 年以来，浙江省农村劳动力的文化素质显著提高，平均受教育年限显著增加。随着农村九年制义务教育的普及，1985—2011年，小学及以下文化程度的劳动力所占比重迅速下降，从1985年的67.04%下降到2011年的36.21%，下降了30.83个百分点，尤其是其中的不识字或识字很少（文盲）的农村劳动力所占的比重，从1985年的22.80%下降到6.94%，下降了15.86个百分点。另外，再从初中文化程度的农村劳动力所占比重来看，1985—2011年增长的幅度较快，从1985年的27.30%提高到2011年的45.25%，增加了17.95个百分点。由此说明，农村九年制义务教育对提高农村劳动力的文化素质效果是显著的。

表3-18 平均每百个劳动力的文化素质（1985—2011年）

单位:%

年份	不识字或识字很少	小学程度	初中程度	高中程度	中专程度	大专程度
1985	22.80	44.24	27.30	5.39	0.19	0.08
1986	21.23	44.16	28.92	5.50	0.13	0.06
1987	20.37	44.26	29.56	5.60	0.16	0.05
1988	19.57	43.89	30.34	5.99	0.16	0.05
1989	18.66	43.46	31.61	5.97	0.24	0.06
1990	15.22	43.33	34.27	6.59	0.47	0.12
1995	11.53	38.57	41.61	7.47	0.63	0.19
1998	8.91	38.03	42.58	8.59	1.36	0.53
2000	6.64	37.07	44.30	9.79	1.80	0.41
2001	6.49	44.3	44.00	11.76	2.51	0.65
2002	6.52	34.45	44.19	11.69	2.44	0.70
2003	6.31	33.77	45.60	11.32	2.13	0.87
2004	7.05	32.86	45.20	11.73	2.12	1.03
2005	6.84	32.25	45.06	12.23	2.17	1.46
2006	6.69	31.34	45.72	12.3	2.28	1.67
2007	6.09	31.51	44.70	12.74	2.70	2.27
2008	5.72	31.28	44.02	12.98	3.11	2.89
2009	5.75	30.48	43.59	13.56	3.23	3.39
2010	5.79	29.79	42.97	13.95	3.29	4.21
2011	6.94	29.27	45.25	11.99	2.00	4.25

数据来源：浙江统计年鉴（1986—2012）.

从高中及以上的农村劳动力所占比重来看，增长的幅度也比较明显。其中高中文化程度的农村劳动力由 1985 年的 5.39% 增加到 2011 年的 11.99%，增加了6.60 个百分点，而代表较高文化水平的中专和大专程度的农村劳动力所占比重也出现了较大的增长，由 1985 年的 0.27% 提高到 2010 年的 7.50%。这也充分表明，随着家庭收入水平的提高，农村居民对文化教育程度也越来重视，而这一结果反过来又更进一步推动了浙江省农村经济的发展，促进了农村居民家庭的收入增长。

二、农村劳动力的行业分布与流动

（一）农村劳动力的就业行业分布

随着工业化、城市化进程的加快，劳动力市场二元分割的局面被逐渐打破，浙江省农村劳动力就业结构呈现一种非农化趋势（表 3-19）。直接从事农业（包括农林牧渔）的农村劳动力人数和所占比例逐年明显下降，与此相对，从事非农业的劳动力人数和比例逐年显著上升。

表 3-19　浙江省历年农村劳动力就业行业分布

单位：万人

年份	农林牧渔业	工业	建筑业	其他行业
1984	1 277.90	319.42	55.82	132.76
1985	1 299.05	339.14	63.74	161.82
1986	1 263.70	376.15	68.99	205.66
1987	1 260.40	399.73	72.97	222.00
1988	1 260.80	409.16	76.65	241.09
1989	1 308.50	375.58	75.00	251.92
1990	1 336.50	368.41	74.11	255.78
1991	1 348.74	376.99	74.36	272.03
1992	1 338.56	367.88	78.27	314.67
1993	1 239.16	418.91	87.15	360.42
1994	1 187.43	436.72	91.87	385.28
1995	1 145.87	447.25	99.44	404.46
1996	1 123.06	446.52	104.38	422.07
1997	1 106.59	448.24	102.66	442.12
1998	1 102.70	439.93	102.11	45.76

（续）

年份	农林牧渔业	工业	建筑业	其他行业
1999	1 073.58	445.65	104.51	466.34
2000	1 014.93	474.25	110.68	508.58
2001	985.11	531.89	116.49	536.59
2002	929.58	582.40	122.71	550.91
2003	872.96	647.41	130.85	568.68
2004	826.63	700.68	138.27	586.76
2005	786.92	754.50	145.37	611.36
2006	732.92	796.18	150.35	624.25
2007	688.04	844.90	158.49	626.78
2008	666.35	849.87	161.81	626.30
2009	653.55	869.20	164.50	634.16
2010	627.43	905.56	166.68	647.13
2011	616.76	944.17	174.81	635.05

注：本表中其他非农行业包括批发、零售贸易、住宿、餐饮业。

数据来源：浙江省统计年鉴（1986—2012）.

改革开放以来，从事农业（包括农林牧渔）的农村劳动力人数显著下降（图 3-9），由 1984 年的 1 277.90 万人下降到 2011 年的 616.76 万人，下降了 661.14 万人，下降幅度高达 51.74%，尤其是 1992—2011 年出现快速下降的趋势，年均下降幅度高达 2.70%，这可是因为 1992 以后随着市场化进程的加快，非农就业机会的增加，农村劳动力更容易转向劳动报酬较高的非农行业。

从农村劳动力就业结构变化来看（图 3-9），1999 年以前，从事农业（包括农林牧渔）的农村劳动力占 50% 以上，2000 年以后，从事农业的农村劳动力急剧减少，2011 年下降到 26.01%。与此同时，从事非农行业的农村劳动力占快速增加的趋势，从 1984 年的 28.45% 增加到 2011 年的 73.99%。其中，工业和其他行业的农村劳动力就业比重增加趋势明显，1994 年以前，从事工业的农村劳动力占 20% 以下，1995 年以后，比重迅速增加，2011 年增加到 39.83%。另外，包括批发、零售贸易、住宿、餐饮业的其他行业的农村劳动力就业比重呈现快速增加的趋势，从 1986 年以前的农村劳动力就业比重不到 10%，增加 2011 年的 26.79%。

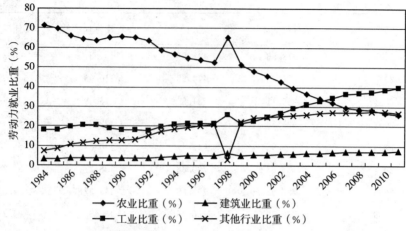

图 3-9　浙江省历年农村劳动力各行业就业比重（1984—2011 年）

（二）农村劳动力外出就业总量及比率

随着随着工业化、城镇化的快速推进，农业比较效益的持续下降，大量农村劳动力选择外出就业。根据浙江省统计年鉴数据（表 3-20）可以看出，自改革开放以来，随着农村劳动力的增加，农村外出劳动力人数也在逐年增加。1985 年农村外出劳动力人数为 160.85 万人，2011 年农村外出劳动力为 513.51 万人，增加了 352.66 万人。从农村劳动力外出就业比重来看，1985—2011 年总体上呈快速上涨的趋势（图 3-10），1985—2002 年，农村劳动力外出就业比重增加的速度尤为显著，从 8.63％增加到 17.65％，增加了 9.02 个百分点；2003—2011 年，从 17.43％增加到 21.66％，增加了 4.23 个百分点。

表 3-20　浙江省历年农村劳动力外出就业情况

年份	农村住户数 （万户）	农村人口 （万人）	农村劳动力 （万人）	农村外出劳动力（万人）	外出就业比重①（％）
1985	892.23	3 400.40	1 863.83	160.85	8.63
1990	1 034.55	3 550.79	2 034.77	188.86	9.28
1995	1 066.29	3 588.15	2 097.02	228.82	10.91
1998	1 073.32	3 579.55	2 096.50	268.05	12.79

①　外出就业比重＝农村实有劳动力中外出劳动力人数/农村劳动力人数，比农村中每百个劳动力中外出劳动力的人数比例稍微偏高一点，之所以采用前者，是因为可获得较全面的数据。

（续）

年份	农村住户数（万户）	农村人口（万人）	农村劳动力（万人）	农村外出劳动力（万人）	外出就业比重（%）
2000	1 075.96	3 545.48	2 108.44	367.51	17.43
2001	1 122.72	3 631.31	2 170.08	346.36	15.96
2002	1 146.57	3 664.06	2 185.60	385.65	17.65
2003	1 168.74	3 712.12	2 219.90	386.95	17.43
2004	1 193.53	3 734.83	2 252.34	404.44	17.96
2005	1 224.62	3 790.49	2 298.54	417.68	18.17
2006	1 221.13	3 770.17	2 303.7	435.58	18.91
2007	1 226.54	3 770.46	2 318.21	459.25	19.81
2008	1 227.45	3 761.72	2 304.33	456.27	19.80
2009	1 237.44	3 778.86	2 321.41	467.40	20.13
2010	1 254.22	3 813.24	2 346.80	510.14	21.74
2011	1 263.07	3 845.61	2 370.79	513.51	21.66

数据来源：浙江省统计年鉴（1986—2012）.

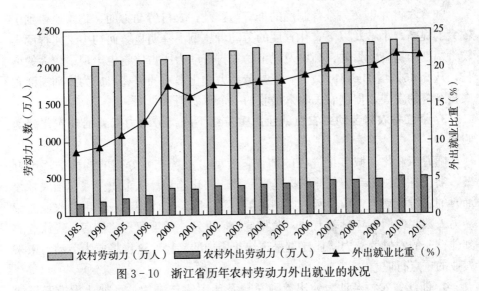

图 3-10　浙江省历年农村劳动力外出就业的状况

根据上面分析显然可以看出，在农业比较报酬逐年下降的情况下，浙江省农村劳动力非农就业和外出就业的逐年增加，成为推动农村省农民居民收入增加的有一个重要原因。而且，根据以往相关学者（史清华等，2005）研究显示，浙江省作为较为发达的沿海地区，近年来，农民出国就业的比重明显上升，这也意味着随着农村劳动力文化素质的提高，浙江农民就业渠道开拓能力也明显提高。

三、就业变迁的特征及成因

（一）特征

自改革开放以来，浙江省农村劳动力及其就业呈现如下特征：

1. 农村劳动力规模随着农村总人口的增加而逐年增加，且女性劳动力增加比例高于男性劳动力增加比例

伴随着农村总人口的快速增加，浙江省农村劳动力总数也快速增加，且2006 年以前，浙江省农村劳动力增加的速度较快，2006 年以后，增长速度稍微放缓。对比农村总人口和农村劳动力增加的比例可以清楚地看出，农村劳动力增加的幅度远远高于农村总人口增加的幅度，而且女性农村劳动力增加的幅度高于男性农村劳动力增加的幅度。

2. 浙江省农村劳动力的文化素质逐年提高，且代表较高文化素质的高中及以上的劳动力比例增幅较大

随着农村九年义务教育制度的推广与普及，农村劳动力的文化素质得到了较大的提高，小学及以下文化程度的劳动者比例下降明显，而初中文化程度则较大幅度的提高。另外，高中及以上的农村劳动力所占比重也出现了较大的增长，从 5.66％增加到 18.24％。正是劳动力文化素质的提高，成为推动浙江省农村经济的发展、促进农民收入增收的一个重要因素。

3. 浙江省农村劳动力农业就业比重持续下降，劳动力就业的非农化趋势明显

随着工业化、城市化进程的加快，劳动力市场二元分割的局面被逐渐打破，浙江省农村劳动力就业结构呈现一种非农化趋势。从事农业（包括农林牧渔）的农村劳动力人数和所占比例逐年明显下降，与此相对，从事非农业的劳动力人数和比例逐年显著上升，尤其是包括批发、零售贸易、住宿、餐饮业的其他行业的农村劳动力就业比重呈现快速增加的趋势，这也将成为劳动力未来就业的重点行业。

4. 浙江省农村劳动力外出就业总量及比率逐年增加，且就业渠道开拓能

力明显提高

随着农业比较报酬的逐年下降，大量农村劳动力选择外出就业。浙江省统计年鉴数据显示，自改革开放以来，随着农村劳动力的增加，农村劳动力外出就业的人数和外出就业的比率逐年增加，1985—2011 年外出就业人数增加了352.66 万人，外出就业比率增加了 13.03％。并且随着劳动力文化素质的提高，劳动力的就业渠道开拓能力也明显提高，近年来，浙江省农民出国就业的比重明显上升。

（二）成因

1. 教育投资的增加极大地提高了劳动者基本素质

劳动者的素质直接决定着其就业能力，浙江省农村劳动力的外出就业总量和比率逐年增加，就业渠道开拓能力明显增强，与农村劳动力文化及技能素质的提高密不可分。随着农村九年制义务教育的普及，浙江省小学及以下文化程度的农村劳动者比率明显减少，初中文化程度的劳动者比率显著提高。另外，随着浙江省农村居民家庭教育投资支出的增加，高中及以上农村劳动力比率逐年显著提高，农村劳动力文化及技能素质的提高导致了农村劳动力就业结构的变迁。

2. 农业和非农行业报酬差异的比较

农业生产过程面临自然和市场的双重风险，是天然的弱质性产业，生产的比较效益低下，而非农产业的劳动报酬相对于农业产业具有绝对比较优势，吸引着农村劳动力从农业产业转向非农产业。随着工业化、城市化进程的加快，劳动力市场二元分割的局面被逐渐打破，综合素质相对较高的农村劳动力必然选择非农就业，因此，随着农村劳动力文化素质的提高，浙江省农村劳动力非农就业比率逐年提高，非农就业化趋势明显。

3. 劳动力外部就业环境的开放

农村劳动力的就业结构变化除了自身素质的变化，另外一个重要的原因就是外部就业环境的变化。改革开放以来，随着国民经济快速发展和工业化进程加快，原有的城乡壁垒坚冰逐渐融化，取消了对农民流动就业的限制，使之成为相对独立的自由劳动力。其次，政策变迁诱致不同经济成分的二、三产业规模和数量迅速扩增，产生了对劳动力的巨大需求。另外，城市用工制度逐步放宽，减少了农民就业的诸多限制，同时，城市食品供应和住房体制的货币化和市场化改革，解决了农民异地生存问题等等。上述劳动力外部就业环境的变化是导致农村劳动力就业结构变迁的另外一个重要原因。

4. 产业结构的升级变迁

劳动力的就业结构变迁与产业结构演进是基本相一致的，产业结构变化的轨迹遵循配第－克拉克定理，即产业结构变化值逐渐从第一产业向第二、第三产业转移，与此同时，相对应的劳动力就业重心也逐渐从第一产业向第二、第三产业转移，浙江省农村劳动力就业行业分布也显示出，从事农业（包括农林牧渔）的农村劳动力就业比重逐年下降，而从事工业、建筑业，尤其是包括批发、零售贸易、住宿、餐饮业的其他行业的农村劳动力就业比重呈现快速增加的趋势，这表明浙江省劳动力的就业结构伴随着沿着一般经济规律演进的产业结构的变迁而变迁。

四、简要评述

劳动力是经济发展中的一个十分重要的要素，农村劳动力的规模、素质及其就业对农村经济发展和农民收入有至关重要的影响，因此分析农村劳动力就业具有很强的现实意义。本章基于浙江省统计年鉴数据，分析自改革开放以来，浙江省农村劳动力及其就业状况，得出如下结论：

浙江省农村劳动力的总数伴随农村总人口的增加而增加，并且女性农村劳动力增加的幅度快于男性农村劳动力。另外，随着九年制义务教育的普及和农村家庭教育投资的增加，浙江省农村劳动力的文化素质显著提高，尤其是高中及以上文化程度的农村劳动力出现了一定程度的增长。农村劳动力的文化素质的提高，非农报酬比较优势的刺激，浙江省农村劳动力的外出就业的总数和比率显著增加，且就业渠道的开拓能力明显提高，农村劳动力就业呈现非农化趋势。

农村劳动力就业特质和就业结构的变迁与农村劳动力的自身素质、非农报酬的比较优势、农村劳动力就业外部环境变化以及整个国民经济的产业结构变迁是密不可分的，因此，把握农村劳动力就业结构变迁的规律，合理有序的组织农村劳动力的流动与就业，对增加农民收入、促进当地经济发展具有十分重要的现实意义。

第五节　农民生活方式

自 1978 年农村改革开放以来，随着经济发展水平的快速提高，农民生活方式也发生了翻天覆地的变化。浙江省作为经济相对发达的沿海地区之一，农民生活方式的变化更为显著。本章主要基于浙江省农村固定观察点数据，分析改革开放以来浙江省农村居民在基本生活条件、农村基础设施条件、社会公共服务条件等方面的变化，展示农民生活方式的变迁历程，从另一个侧面揭示农村经济改革、新农村建设的成效。

一、基本生活条件

生活方式是指为人们满足自身需要，依据一定的文化模式运用各种物质资源和精神文化资源的活动方式。《中国大百科全书·社会卷》对生活方式作了如下表述："不同的个人、群体或社会全体成员在一定的社会条件制约和价值观指引下，所形成的满足自身生活需要的全部活动形式与行为特征的体系。"因此，农民生活方式的变化包括很多方面，其中基本生活条件的变化是最根本的一方面，农民生活条件的变化主要体现在住宅、饮用水、炊事能源、卫生设施以及耐用消费品的变化上，具体分析如下：

（一）住宅

农民生活水平的提高，引起农民物质生活方式的相应变迁，农村生活水平提高最直观、最明显的变化就是住房条件的改善。改革开放以来，随着家庭收入的持续增加，浙江省农村居民加大了住宅方面的建设支出，成为家庭的第二大消费支出。1985—2011 年，浙江省农村居民新建房屋每平方米价值从 52.37元增加到 1 352 元，增加了 1 299.63 元；与此同时，人均年末使用生活用房面积也从 1985 年的 22.07 平方米增加到 60.80 平方米，增长了 38.73 平方米，尤其是钢筋混凝土结构的住房比例大幅度提高，由 1985 年的 9.56％增加到 2011 年的71.32％，提高了 61.76 个百分点。虽然从年内新建住房户数来看，总体上呈现下降的趋势，但从户均年末使用房屋的价值来看，呈现逐年增加的趋势，从1995 年的 4 076.42 元增加到 2011 年 238 530 元，增加绝对额 234 453.58 元。另外，从新建楼房占生活用房的比重来看，从 1986 年的 79.50％增加到 98.59％，增加了 19.09 个百分点（表 3 - 21）。

表 3 - 21 浙江省历年农村居民家庭房屋状况

项目	年内新建房屋户数（户）	新建房屋每平方米价值（元）	人均新建生活用房面积（平方米）	其中新建楼房面积（平方米）	人均使用生活用房面积（平方米）	其中：砖木结构	混凝土结构	户均年末使用房屋价值（元）
1985	244.00	52.37	1.64	1.23	22.07	16.39	2.11	4 076.42
1988	196.00	107.79	1.61	1.28	25.98	17.28	4.55	6 166.68
1989	183.00	125.91	1.43	1.08	27.09	17.85	5.04	6 994.14
1990	198.00	118.06	1.87	1.66	29.26	19.57	6.82	12 204.68
1995	137.00	330.00	1.64	1.06	34.14	16.33	14.14	26 492.00
1996	134.00	311.00	1.60	1.21	35.87	16.12	16.33	28 223.00

（续）

项目	年内新建房屋户数（户）	新建房屋每平方米价值（元）	人均新建生活用房面积（平方米）	其中新建楼房面积（平方米）	人均使用生活用房面积（平方米）	其中：砖木结构	混凝土结构	户均年末使用房屋价值（元）
1997	99.00	301.00	1.40	0.44	37.30	15.41	18.57	33 000.00
1998	101.00	358.00	1.21	0.41	38.53	15.63	20.01	34 337.00
1999	92.00	332.00	1.25	0.81	40.27	16.15	20.62	35 778.00
2000	94.00	393.00	1.44	1.34	46.42	22.50	21.53	45 461.00
2001	52.00	433.00	0.98	0.91	47.82	22.11	23.44	48 788.00
2002	67.00	493.00	1.11	1.05	49.52	20.95	26.05	53 149.00
2003	72.00	468.00	1.26	1.20	50.73	21.69	27.30	59 156.00
2004	45.00	546.00	0.62	0.59	51.29	20.88	28.55	65 569.00
2005	105.00	553.00	1.07	1.01	54.98	16.20	36.49	78 179.00
2006	114.00	594.00	1.27	1.19	55.57	17.26	36.19	84 157.00
2007	325.00	732.00	1.38	1.36	57.06	16.89	37.41	94 340.00
2008	78.00	878.00	0.99	0.95	58.50	17.13	39.91	98 988.00
2009	106.00	979.00	1.09	1.06	59.29	17.42	40.47	108 764.00
2010	73.00	1032.00	1.06	1.04	58.53	15.62	41.76	123 991.00
2011	96.00	1352.00	1.42	1.40	60.80	16.11	43.36	238 530.00

数据来源：浙江省统计年鉴（1986—2012）.

另外，浙江省的农业普查数据显示，2006 年末，农村居民平均每户拥有住宅面积 175.46 平方米。99.0% 的住户拥有自己的住宅，其中，拥有 1 处住宅的 780.54 万户，占 87.8%；拥有 2 处住宅的 93.74 万户，占 10.5%；拥有 3 处以上住宅的 5.91 万户，占 0.7%。住宅类型主要为楼房。其中，居住楼房的 758.55 万户，占 85.3%；居住平房 129.00 万户，占 14.5%；居住其他类型住房的 1.91 万户，占 0.2%。住宅结构主要为砖混和砖木结构。住宅为砖混结构的 535.63 万户，占 60.2%；砖木结构的 275.86 万户，占 31.0%；钢筋混凝土结构的 51.92 万户，占 5.8%；其他结构的 26.05 万户，占 2.9%。这意味着，浙江省农村居民的居住条件得到极大的改善，由原来的砖瓦房变成了象征城市生活的居民楼，现在农村一幢幢新房已处处可见，它们不仅外观新颖漂亮，而且室内装潢考究，设施齐全、美观舒适。

（二）饮用水

水是人们生活的必需品，饮用水的质量直接关系到人们的健康。从浙江省固定观察点 10 个村的数据显示（表 3 - 22），2003—2012 年，缺水村的比率由

10%下降到 0%，饮用安全水的总户数由 2 169 户增加 2 545 户，增加了 17.33%，其中，饮用自来水的总户数由 2 919 户增加到 3 360 户，增加了 15.11%。

表 3－22 浙江省历年农村居民饮用水状况

年份	缺水村的比率（%）	饮用"安全水"的总户数（户）	每个村饮用"安全卫生水"的户数（户/村）	饮用自来水的户数（户）	平均每个村饮用自来水的户数（户/村）
2003	10	2 169	216.9	2 919	291.9
2004	10	2 307	230.7	2 496	249.6
2005	20	2 439	243.9	2 866	286.6
2006	20	2 507	250.7	2 732	273.2
2007	10	2 409	240.9	3 434	343.4
2008	0	2 433	243.3	3 462	346.2
2009	0	2 232	223.2	3 518	351.8
2010	0	3 179	317.9	3 673	367.3
2011	0	2 658	265.8	3 686	368.6
2012	0	2 545	254.5	3 360	336.0

数据来源：浙江省固定观察点数据（2003—2012）.

从每个村的情况来看，平均每个村饮用"安全生水"的户数和饮用"自来水"的户数都是逐年增加的，2003—2012 年，平均每个村饮用"安全生水"的户数和饮用"自来水"的户数分别增加了 37.6 户和 44.1。浙江省第二次农业普查数据显示，2006 年使用管道水的住户达 741.33 万户，占 83.4%；喝净化处理过的饮用水农户为 527.29 万户，占 59.3%；喝井水的农户为 301.84 万户，占 33.9%；仅有 7.99 万个住户反映获取饮用水存在困难，占 0.9%。上述数据充分表明，浙江省农村居民饮用水的条件越来越改善，饮用水的质量也越来越好。

（三）炊事能源

炊事能源与农户的生活水平紧密相关，它关系到农户的食物利用条件、健康水平和获取经济收入的机会（肖运中，2010）。目前，农村住户炊事使用的能源主要为煤气、液化气，沼气、煤炭、柴草及其他。从浙江 10 村农村固定观察点的数据来看（表 3-23），浙江省农村居民主要使用的炊事能源为煤气、液化气，平均占到 80% 以上，且 2004—2012 年使用该炊事能源的农户数出现递增的趋势。

表 3-23　浙江省农村居民主要的炊事能源

年份	项目	煤气、液化气	沼气	煤炭	柴草	其他
2004	农户数	390	1	9	89	11
	比率	0.78	0.00	0.02	0.18	0.02
2005	农户数	405	0	4	74	18
	比率	0.81	0.00	0.01	0.15	0.04
2006	农户数	424	0	1	69	6
	比率	0.85	0.00	0.00	0.14	0.01
2007	农户数	416	0	4	65	10
	比率	0.84	0.00	0.01	0.13	0.02
2008	农户数	392	3	0	83	15
	比率	0.80	0.01	0.00	0.17	0.03
2009	农户数	408	7	1	64	20
	比率	0.82	0.01	0.00	0.13	0.04
2010	农户数	414	6	0	58	21
	比率	0.83	0.01	0.00	0.12	0.04
2011	农户数	430	6	0	45	18
	比率	0.86	0.01	0.00	0.09	0.04
2012	农户数	442	4	0	40	12
	比率	0.89	0.01	0.00	0.08	0.02

数据来源：浙江省固定观察点数据（2004—2012）.

与此同时，使用柴草的农户出现逐年递减的趋势，2004 年使用柴草的农户为 89 户，2012 年减少到 40 户，减少了 55.06%，而作为清洁能源的沼气使用的农户比率仅占 1% 左右。随着农民家庭收入水平的提高，污染较大的煤炭炊事能源，近几年农户基本放弃使用了，上述炊事能源使用的变化显示出农村居民生活水平的提升，但同时作为清洁无污染的沼气能源应进一步鼓励居民使用。

（四）卫生设施

农村卫生设施的使用情况直接影响农村居民的居住环境，浙江省农村固定观察点数据显示（表3-24），浙江省农村居民使用的主要卫生设施是室内厕所，占到大约80%以上，2004—2012年，使用室内厕所的农户从332户增加到442户，增加33.13%。而使用室外厕所的比率显著下降，从2004年的115户下降到2012年的42户，减少63.48%。农户无厕所的基本很少，呈现逐年下降的趋势，近几年只占到总农户数的1%。

表3-24 浙江省农村卫生设施条件

年份	项目	室内厕所	室外厕所	室外公共厕所	无厕所	其他
2004	户数	332	115	21	24	8
	比例	0.66	0.23	0.04	0.05	0.02
2005	户数	361	100	10	18	12
	比例	0.72	0.20	0.02	0.04	0.02
2006	户数	380	90	10	18	2
	比例	0.76	0.18	0.02	0.04	0.00
2007	户数	373	95	4	16	7
	比例	0.75	0.19	0.01	0.03	0.01
2008	户数	393	74	4	12	10
	比例	0.80	0.15	0.01	0.02	0.02
2009	户数	417	60	3	7	13
	比例	0.83	0.12	0.01	0.01	0.03
2010	户数	426	53	3	6	11
	比例	0.85	0.11	0.01	0.01	0.02
2011	户数	437	46	3	6	7
	比例	0.88	0.09	0.01	0.01	0.01
2012	户数	442	42	3	5	6
	比例	0.89	0.08	0.01	0.01	0.01

数据来源：浙江省固定观察点数据（2004—2012）.

浙江省2006年的农业普查数据显示，浙江省农村居民使用水冲式厕所的达到515.54万户，占58.0%；使用旱厕的达到85.07万户，占9.6%；使用简易厕所的达到288.85万户，占32.5%。上述变化充分显示出，随着经济发展水平的提高，农村居民的卫生设施条件在逐年改善，农村居民的生活质量水平也在逐年上升。

（五）耐用消费品

农村居民家庭耐用消费品的拥有量在某种程度上反映出家庭的经济状况和生活条件。浙江省统计数据显示（表 3 - 25），浙江省农村居民随着家庭收入的提高，拥有耐用消费品的数量和质量都呈现逐年增加的趋势，尤其是在2007 年政府出台"家电下乡"、"摩托车下乡""汽车下乡"等农村消费政策的刺激下，诸如家用电脑、小汽车等为主的新型耐用消费品开始进入农村居民的家庭。

表 3 - 25   浙江省农村居民家庭平均每百户耐用消费品拥有量（2004—2011 年）

名称	2004	2005	2006	2007	2008	2009	2010	2011
自行车（辆）	161.6	129.0	124.6	125.4	123.0	125.2	125.1	101.0
家用电脑（台）	6.9	10.8	14.3	19.4	23.4	28.6	35.6	43.3
洗衣机（台）	45.6	52.4	55.2	59.7	62.6	65.6	68.3	68.7
电冰箱（台）	56.6	62.2	67.8	75	80.2	85.3	89.4	93.0
摩托车（辆）	52.7	61.0	62.7	57.8	56.9	55.6	54.0	41.3
黑白电视机（台）	33.7	22.0	17.0	11.2	9.2	7.5	6.1	2.1
彩色电视机（台）	116.7	130.0	136.9	144.2	149.6	157.0	161.4	168.5
电话机（部）	88.8	94.4	95.0	93.2	92.2	89.9	88.4	77.7
移动电话（部）	89.7	119.2	134.7	150.3	159.7	176.6	189.1	204.5
家用汽车（台）	1.3	2.9	3.1	4.0	4.7	6.2	7.8	13.4
照相机（架）	8.6	8.7	9.2	9.0	9.6	11.2	12.6	13.9
抽油烟机（台）	30.7	35.4	38.0	43.0	46.0	49.5	52.7	56.3
吸尘器（台）	3.4	3.8	3.6	4.0	4.4	4.7	6.1	5.5
空调机（台）	26.6	36	42.6	54	61.3	69.6	78.6	94.4

数据来源：浙江省统计年鉴（2005—2012）.

从浙江省农村居民每百户主要耐用消费品拥有量来看（表 3 - 25），2007—2011 年，价值较大的新型耐用消费品如家用汽车、家用电脑、空调机、电冰箱等分别增加了 9.4 台、23.9 台、40.4 台和 18 台，而且这些耐用消费品未来增长的空间还很大。上述分析结果充分表明，浙江省农村居民家庭生活质量的确有了显著提高，追求小康与富裕的消费观念已经步入农家。

二、基础设施建设

农村基础设施是发展农村生产和保证农民生活而提供的公共服务设施的总称，包括交通邮电、农田水利、供水供电、商业服务、园林绿化、教育、文化、卫生事业等生产服务设施和生活服务设施。它们是农村中各项事业发展的基础，也是农村经济系统的一个重要组成部分。党中央、国务院高度重视农业和农村基础设施建设，2004 年以来，连续十个中央一号文件均把加强农业和农村基础设施建设作为推进农村改革发展的重要举措，不断加大"三农"投入力度，支持农村基础设施建设，着力改善农村生产生活条件。

（一）交通道路

"农村要致富、必须先修路"，农村的交通、道路与农民生产、生活息息相关。一般而言，随着经济的发展，农村的交通、道路也会相应的得到改善。浙江省经济相对较发达，交通、道路的投资建设也相对较为完善。据浙江农业普查数据显示（表 3 - 26），2006 年末，97.6％的村和 88.7％的自然村通公路。76.3％的村进村公路路面以水泥路面为主，66.4％的村村内道路路面以水泥路面为主，58.3％的村村内主要道路有路灯。60.0％的村有列入"乡村康庄"工程改造的乡村公路。2006 年末，乡镇政府所在地距县城在一小时车程内的占84.5％，距一级公路或高速公路出入口在 50 千米之内的占 83.4％。

表 3 - 26　有交通设施的村比重

单位:％

	全省	浙东北	浙西南
通公路的村	97.6	99.6	96.6
通公路的自然村	88.7	96.5	80.6
按进村公路路面类型分:			
水泥路面	76.3	68.5	80.6
柏油路面	15.5	28.5	8.3
沙石路面	6.7	2.8	8.8
砖、石板路面	0.2	0.1	0.2
按村内主要道路路面类型分:			
水泥路面	66.4	72.5	63.1
柏油路面	3.3	7.7	0.9
沙石路面	24.8	18.4	28.3
砖、石板路面	1.2	0.6	1.5
村内主要道路有路灯的村	58.3	66.2	53.9

数据来源：浙江省第二次农业普查数据.

（二）电力通讯

随着社会的不断进步，电力和通信成为人类生活必不可少的依赖品，尤其是对于信息稍微滞后的农村居民来说，电力、通讯是农民生产和生活方式的重要组成部分。近年来，随着国家"农村电网"的改造，电力通信新技术的发展，农村的电力、通讯业得到了较快的发展。浙江省农业普查数据显示，截止到 2006 年末，99.0％的乡镇已经完成农村电网改造，75.2％的乡镇有邮电所；100％的村和 99.6％的自然村通电；99.4％的村和 95.6％的自然村通电话（表 3 - 27）。

表 3 - 27　有电力、通讯设施的乡镇或村比重

单位：％

	全 省	浙东北	浙西南
已经完成农村电网改造的乡镇	99.0	98.7	99.2
有邮电所的乡镇	75.2	96.2	61.8
通电的村	100	100	100
通电话的村	99.4	100	99
通电的自然村	99.6	100	99.1
通电话的自然村	95.6	99.6	91.3

数据来源：浙江省第二次农业普查数据.

（三）文化教育

解决好农业、农村和农民问题，是全党和全国工作的重中之重。发展农村文化教育，是全面建设小康社会的内在要求，是树立和落实科学发展观、构建社会主义和谐社会的重要内容，对于促进农村经济发展和社会进步，提升农民生活水平具有十分重要的现实意义。随着政府不断加大对文化教育设施建设的投入，农村的文化教育基础设施建设得到了较大的发展提高。

浙江省作为经济较为发达的省份，文化教育基础设施建设的投入力度更大，文化教育基础设施建设的水平也更高。截至 2006 年末，浙江省 76.4％的村在 3 千米范围内有小学，70.1％的村在 5 千米范围内有中学。58.7％的村从"千万农村劳动力素质培训"工程中直接受益。99.0％的村和 95.7％的自然村能接收电视节目，91.2％的村和 86.8％的自然村安装了有线电视，91.5％的村能接收广播节目，77.8％的村安装了有线广播，77.4％的村能用 ADSL、LAN 等宽带方式上网，85.1％的村开通农民信箱。30.2％的村有幼儿园、托儿所，30.3％的村有体育健身场所，21.8％的村有图书室、文化站，74.6％的

村有老年活动室，22.0％的村有农民业余文化组织。此外，14.8％的乡镇有职业技术学校，37.0％的乡镇有公园（表3－28）。

表3－28　有文化教育设施的乡镇或村比重

单位:％

	全 省	浙东北	浙西南
有职业技术学校的乡镇	14.8	21.3	10.7
有公园的乡镇	37.0	58.3	23.4
有广播、电视站的乡镇	86.7	93.5	82.4
能接收电视节目的村	99.0	99.7	98.6
安装了有线电视的村	91.2	98.5	87.1
能用 ADSL、LAN 等宽带方式上网的村	77.4	91.6	69.6
开通农民信箱的村	85.1	95	79.7
有幼儿园、托儿所的村	30.2	38.8	25.5
有体育健身场所的村	30.3	40.5	24.8
有图书室、文化站的村	21.8	33.8	15.2
有农民业余文化组织的村	22.0	30.5	17.3
能接收电视节目的自然村	95.7	99.3	91.9
安装了有线电视的自然村	86.8	97.7	75.5

数据来源：浙江省第二次农业普查.

(四) 环境卫生

"生产发展、生活富裕、乡风文明、村容整洁、管理民主"是社会主义新农村的五条标准，其中，村容整洁是建设社会主义新农村的基本要求，村容整洁主要体现在生态环境良好，生活环境卫生。因此，农村环境卫生建设是一项事关农民群众生活质量和身体健康的基础工程，是一项事关生态环境保护与推进新农村建设的民生工程，更是一项建设美丽乡村、构建和谐社会的政治工程。

浙江省历来十分重视农村环境卫生工作，大力投资整治农村环境卫生，浙江农村环境卫生基础设施建设也得到了较大的改善，据浙江省第二次农业普查数据显示，在所普查的 754 个镇中，83.4％的镇实施集中供水，30.6％的镇生活污水经过集中处理，83.8％的镇有垃圾处理站。另外，53.0％的村饮用水经过集中净化处理，38.3％的村从"千万农民饮用水"工程中直接受益，61.9％的村实施垃圾集中处理，9.0％的村有沼气池，47.1％的村有公共厕所（表3－29）。

表 3 - 29 有卫生处理设施的镇或村比重

单位:%

	全 省	浙东北	浙西南
实施集中供水的镇	83.4	92.5	73.8
生活污水经过集中处理的镇	30.6	37.7	23.2
有垃圾处理站的镇	83.8	87.6	79.8
饮用水经过集中净化处理的村	53.0	71.5	42.8
实施垃圾集中处理的村	61.9	86.0	48.7
有沼气池的村	9.0	8.1	9.4

数据来源:浙江省第二次农业普查.

近年来,浙江提出了建设"美丽乡村"的宏伟蓝图,2008 年,率先在安吉县进行"美丽乡村"试点建设,提出 10 年左右时间,把安吉县打造成为中国最美丽乡村,效果显著,反响强力。"十二五"期间,浙江省进一步制定了《浙江省美丽乡村建设行动计划》,"美丽乡村"建设已成为中国社会主义新农村建设的代名词,全国各地正在掀起美丽乡村建设的新热潮。美丽乡村建设对农村环境卫生基础设施的完善带来契机,是提升农民生活质量的一个重要举措。

三、社会公共服务

经济的持续增长引发城乡差距式发展,统筹城乡发展成为理论和实践研究的热点,而实现城乡发展的一个重要内容就是统筹农村社会公共服务。农村社会公共服务的发展程度对于促进城乡协调发展具有重要的推动作用,本节主要从农村居民社会保障与参保情况、农村医疗与社会福利机构以及农村金融商业机构与市场建设几个方面,实证分析浙江省农村社会公共服务的变化,从另一个侧面揭示农民生活方式的变迁历程。

(一)社会保障与保险

农村社会保障制度是农民生存和生活的"安全网",是我国整个社会保障体系建设的重要组成部分,农村社会保障关系到广大农民的切身利益,关系到农村经济发展和社会稳定,关系到新农村建设的全局。随着国家"三农"投入力度的加大,农村社会保障也更加全面和完善,目前,农村居民可以享受的社会保障项目包括:农村五保户待遇、农村优抚待遇、农村贫困户救济等内容。

浙江 10 村农村固定观察点的数据显示,2003—2012 年,浙江省农村居民中享受五保户的人数、享受优抚待遇的人数以及得到贫困救济的人数逐年增加，尤其是得到贫困救济的人数从2003年的51人增加为2012年的71人，增加幅度高达39.22%。这意味着浙江省农村社会保障的覆盖面在扩宽，社会保障的水平在提高。

参与农村社会保险是农村居民降低风险损失的重要途径，当前，农村居民可参与的社会保险包括：商业保险、新型农村养老保险、行业互助保险以及农村新型合作医疗保险等项目。随着国家对农村保险补贴力度的加大，农村居民参保的人数和户数也越来越多，从浙江10村农村固定观察点的数据来看（表3－30），参与农村社会保险各个项目的人数和户数总体上都呈增加的趋势，尤其是参与农村养老保险的人数和农村合作医疗保险的户数分别从2003年的1 097人和1 630户增加到2012年的3 699人和2 345户，分别增加了3.37倍和1.43倍。这也反映出，浙江省农村保险体系的进一步发展和完善。

表3－30　农村居民的社会保障与参保情况

单位：人、户

年份	享受"五保户"人数	已享有优抚待遇的人数	全村贫困户数	其中得到救济的人数	全村失去劳动能力的人数	已经参加商业保险的户数	已参加新型农村养老保险的人数	已参加行业互助保险的户数	参加新型农村合作医疗的户数
2003	7	39	53	51	87	645	1 097	0	1 630
2004	10	39	78	76	86	838	1 208	0	998
2005	9	28	84	84	91	814	1 553	75	2 986
2006	6	39	66	63	91	808	1 376	507	3 272
2007	10	45	80	78	95	822	1 503	485	3 672
2008	10	48	65	86	103	850	1 890	601	3 387
2009	16	47	71	76	105	763	1 820	539	3 042
2010	16	50	69	82	110	945	3 209	539	3 148
2011	16	52	66	83	133	989	3 183	20	3 219
2012	16	54	54	71	43	842	3 699	17	2 345

数据来源：浙江省农村固定观察点数据（2003—2012）.

（二）医疗和社会福利机构

村级卫生所和乡镇医院是农村卫生体系建设的重要环节，直接关系到能否向广大农民群众提供优质的医疗卫生保健服务。随着经济发展水平的提高和农村社会保障投入力度的加大，农村卫生医疗机构建设也进一步提高。据浙江省第二次农业普查数据显示（表 3-31），截至 2006 年末，浙江省 99.5% 的乡镇有医院、卫生院，且 67.1% 的村距离医院、卫生院在 3 千米以内。49.8% 的村有卫生室，51.2% 的村有有行医资格证书的医生，且农村儿童接种疫苗和农村育龄妇女接受生育检查的比率已达到 95% 以上。

表 3-31　有医疗和社会福利机构及人员的乡镇或村比重

单位:%

	全 省	浙东北	浙西南
有医院、卫生院的乡镇	99.5	100	99.2
有敬老院的乡镇	77.0	94.3	65.9
按村到医院、卫生院的距离分			
1 千米以内	10.2	10.9	9.8
1~3 千米	56.9	59.1	55.6
4~5 千米	15.5	15.5	15.5
6~10 千米	11.8	10.8	12.4
11~20 千米	4.8	3.4	5.6
20 千米以上	0.8	0.3	1.1
有卫生室的村	49.8	64.0	42.0
有行医资格证书医生的村	51.2	66.3	42.9

数据来源：浙江省第二次农业普查.

（三）金融商业机构与市场建设

浙江省经济相对较为发达，其金融商业机构与市场建设也比较完善。截至 2006 年末，浙江省 62.4% 的乡镇有综合市场，37.6% 的乡镇有专业市场，28.4% 的乡镇有农产品专业市场，而且 12.0% 的乡镇有年交易额超过 1 000 万元以上的农产品专业市场（表 3-32）。

表 3-32 有金融商业机构、市场的乡镇或村比重

单位:%

	全 省	浙东北	浙西南
有综合市场的乡镇	62.4	88.0	45.9
其中:有年交易额超过 1 000 万元以上综合市场的乡镇	29.7	47.8	18.1
有专业市场的乡镇	37.6	47.8	31.1
其中:有年交易额超过 1 000 万元以上专业市场的乡镇	18.4	25.1	14.2
有农产品专业市场的乡镇	28.4	35.2	24.1
其中:有年交易额超过 1 000 万元以上农产品专业市场的乡镇	12.0	16.8	8.9
有储蓄所的乡镇	86.2	99.2	77.8
有 50 平方米以上的综合商店或超市的村	35.5	48.0	28.6
有连锁超市放心店的村	44.7	65.4	33.4

数据来源:浙江省第二次农业普查.

从金融机构来看,2006 年末,已有 86.2% 的乡镇设有储蓄所,且农村居民储蓄手续相对简单便捷。从村级市场来看,35.5% 的村有 50 平方米以上的综合商店或超市,44.7% 的村有"千镇连锁超市万村放心店"工程的连锁超市放心店。

四、简要评述

改革开放以来,农村经济快速发展、农民收入持续增长,经济发展带来了农民生活方式的改变。本章基于浙江省的统计数据,分析改革开放以来,农村居民基本生活条件、农村基础设施条件、社会公共服务条件等方面的变化,反映农民生活方式的变迁历程,展示农村经济改革、新农村建设的成效。研究结论如下:

从农村居民基本生活条件来看,浙江省农村居民的住宅、卫生设施、炊事能源、饮用水都得到极大改善,一些诸如汽车、电脑等新型耐用消费品开始步入农家,表明农民生活水平和质量都得到了较大的提高,向着小康或富裕水平迈进。

从农村基础设施建设来看,浙江省农村的交通道路、电力通讯、环境卫生都得到了显著提高，农村居民物质富裕的同时，精神文化生活也得到进一步发展，农村的文化教育设施水平显著提高，更加丰富农村居民的精神文化生活。

从社会公共服务来看，浙江省农村社会公共服务涵盖的内容更全面，其覆盖面也更广，社会保障收益的农村居民也更多，农村居民参与社会保险的积极性也更高，这些都更好的促进农村社会服务体系发挥作用，服务广大农村居民。

第四章 三十五年浙江农民政治发展

第一节 浙江农民政治发展的历程

农民政治发展，主要是指由传统社会向现代社会转型过程中，以农民为主体，其政治权利的获得和增进、政治参与的扩大和深入的过程与结果。

35年来浙江省农民政治发展是全国35年农民政治发展不可分割的一部分，同时它又具有自己鲜明的个性与创造。回顾与梳理党的十一届三中全会以来浙江省农民政治发展的历程，就离不开在广大农村实施的村民自治制度。为此，以村民自治为核心，以现代国家和农民社会两个支点为分析框架，35年来浙江农民政治发展经历了三个历史阶段。

一、第一阶段：农民政治发展路径的试点探索阶段

党的十一届三中全会后，随着农村经济体制的改革、家庭联产承包责任制的实行，我国过去的人民公社体制已失去了存在的合理性，它不仅无法继续承担整合农村社会的作用，而且"无法容忍新兴的社会力量"，并在客观上使农村一些社队基层组织处于涣散，甚至瘫痪、半瘫痪状态。1983年，撤社建乡、政社分开后，队（村）一级的农村基层处于管理的真空状态。为此，出于社会治理的需要，1979年广西壮族自治区罗城县和宜山县的一些村，农民自发地组织起来，创立了村民委员会这一组织形式。虽然当时他们创建村民委员会仅仅是为了使农村日常生活中的一些问题得到解决，但这一新生事物一经产生就因其较强的适应性和创造性而很快在其他农村地区蔓延开来。这一农民自发创造的自主管理形式引起了当时主管中央政法工作的彭真同志的重视，并肯定了人民在组建村级管理组织时的自主权、选举权等。"村民自治的最大特点就是自组织，它来自于乡村社会内部，是一种群众性的自我整合。这种整合所产生的后果首先就在于建构农民的主体性，农民在自我整合中是'自治者'，而不

是'他治者'。"① 当然，由于中国历史上缺乏民主传统，农民对民主的学习、理解和接受还有一个过程，同时，村民自治作为一种历史上前所未有的民主化治理机制，还需要与政权和政党治理机制相互对接和磨合，需要完成自发性民主到制度性民主的转型，要国家的动员、推动，以此实现对乡村社会的有效治理和整合。1981 年 6 月召开的中国共产党第十一届中央委员会第六次全体会议通过的《中国共产党中央委员会关于建国以来党的若干历史问题的决议》，将逐渐建设高度民主的社会主义政治制度，作为社会主义革命的根本任务之一，决议明确指出："在基层政权和基层社会生活中逐步实现人民的直接民主"。1982 年 9 月召开的中共十二大指出．"社会主义民主要扩大到政治生活、经济生活和社会生活的各个方面，发展各个企业、事业单位的民主管理，发展基层社会生活的群众自治"，首次提出了"基层社会生活的群众自治"。据此，在 1982 年宪法中．对于村民委员会的设置、产生和职责作了规定，这是我国第一次以法律的形式充分肯定了村民自治。1983 年 10 月 12 日，中共中央、国务院发出了《关于实行政社分开建立乡政府的通知》，其中对村民委员会作了细致的规定，认为它"是基层群众性自治组织，应按居民居住状况设立。村民委员会要积极办理本村的公共事务和公益事业，协助乡人民政府搞好本村的行政工作和生产建设工作，村民委员会主任、副主任和委员要由村民选举产生；各地在建乡中可根据当地的情况制定村民委员会的工作简则，在总结经验的基础上，再制定全国统一的村民委员会组织条例。"这个《通知》推动了村民委员会组织在全国范围内的普遍建立。此后，全国农村开始进入撤销人民公社和生产大队、生产队建制，普遍建立乡镇政府和村民委员会的阶段。有学者考证，全国范围村民委员会的普遍建立，主要集中在 1982—1984 年，尤以 1984 年为盛（赵秀玲：《村民自治通论》，中国社会科学出版社 2004 年版，第 39 页）。

1987 年《村民委员会组织法（试行）》正式通过颁行，农村自发的"草根民主"逐渐纳入国家规划的轨道，村民自治活动也从自发状态逐渐获得了应有的体制地位、社会利益与经济支持。在国家相关职能部门的关注、动员和示范下，村委会选举中规范化程度有所提高，竞争性也逐渐加大。为此，浙江省在全国较早地于 1988 年 11 月 28 日制定并通过了《浙江省实施〈中华人民共和国村民委员会组织法（试行）〉办法》。

但这一阶段取得的预想效果是有限的，一方面，这一时期国家的关注基本上还是停留在观望、试验或仅仅是重塑国家与农民关系的尝试阶段，在政策上

还基本上是放任式的；另一方面，制度文本与实践对接产生了困难，一些原则性规定很难把握，也难以操作，同时一种制度从文本层面顺利地走到实践层面，其间还涉及利益的较量、心理层面的认知及诸多环节的完善。诸如此类因素，不仅没有引导农村民主政治顺利进入国家民主政治整体框架中，还造成了亿万农民群众经济上和政治上双重贫困现象的出现。这种现状，需要国家重新思考农村民主政治的发展道路。

二、第二阶段：国家规范和农民选举权利确立阶段

从1987年起，在《中华人民共和国村民委员会组织法（试行）》的框架下，由于国家的积极推动，村民自治工作得以顺利推进，以村民自治为主要内容的基层民主政治建设成为了社会主义民主政治建设中的一道亮丽的"风景线"。1997年，党的十五大对以村民自治为主要内容的基层民主给予了高度的评价，指出"扩大基层民主，保证人民群众直接行使民主权利，依法管理自己的事情，创造自己的幸福生活，是社会主义民主最广泛的实践"。20世纪80年代末至90年代末的10年中，农村民主政治进程何以会经历上述所分析的阵痛，实际上很大程度上与国家没有有效地找到与农村自发民主的结合点有关。所以，针对村民自治实践中存在的诸多问题，1998年11月九届全国人大常委会根据十五大精神，总结《村民委员会组织法》（试行）实施10年来的经验，于1998年11月修订通过了《中华人民共和国村民委员会组织法》。这部法律的通过，标志着中国的村民自治进入到一个国家整体谋划和深入推进的全新阶段，村民自治在国家整个民主政治发展战略中也获得了应有的地位。1998年之后，国家又根据实际情况，以不同的形式发布文件来引导村民自治的发展。这一阶段，国家特别注重农民民主选举权利的真正落实。2002年，中央下发了《中共中央办公厅、国务院办公厅关于进一步做好村民委员会换届选举工作的通知》，明确指出"由村民直接选举村民委员会，是法律赋予村民的一项基本民主权利．是基层民主的重要体现。搞好村民委员会换届选举，必须充分发扬民主，切实保障广大村民在选举各环节中的权利，使村民委员会的选举真正体现农民群众的意愿。"

1998年《中华人民共和国村民委员会组织法》颁布实施不久，浙江省于1999年10月新制定了《浙江省实施〈中华人民共和国村民委员会组织法〉办法》和《浙江省村民委员会选举办法》。

三、第三阶段：国家推进和选举后民主发展阶段

鉴于国家对作为自治组织的村民委员会选举中的作弊现象难以遏制，选举

后又大量存在村干部个人专断的局面，国家力求从选举后的"后三个民主"上寻求突破。2004 年，为了推动"民主决策、民主管理、民主监督"等"后三个民主"的发展，中央又下发了《中共中央办公厅、国务院办公厅关于健全和完善村务公开和民主管理制度的意见》，明确提出了"进一步健全村务公开制度，保障农民的知情权；进一步规范民主决策机制，保障农民群众的决策权；进一步完善民主管理制度，保障农民群众的参与权；进一步强化村务管理的监督制约机制，保障农民群众的监督权"。2007 年党的十七大更是将基层民主当作人民民主的基础性工程提了出来，列入中国特色社会主义政治发展道路的重要组成部分。2009 年中央又退出了"四议两公开"即"4＋2"工作法，即农村所有村级重大事项都必须在村党组织领导下，按照"四议"、"两公开"的程序决策实施。"四议"：党支部会提议、"两委"会商议、党员大会审议、村民代表会议或村民会议决议；"两公开"：决议公开、实施结果公开。进一步加强了"民主决策"和"民主管理"。

在中央精神的鼓舞下，浙江省农民进行了一系列的自治制度创新。1999年 6 月，浙江省温岭市创新推出了乡村两级"民主恳谈会"。随着时间的推移，以"群众出题目，政府抓落实"、"一期一主题"为基本形式的"民主恳谈"活动逐步朝制度化、规范化和程序化方向发展，并成为村、镇、企业和市职能部门作出重要事项决策的必经程序。"民主恳谈"为广大农民直接参与基层社会公共事务的决策和管理提供了渠道，它扩大了基层民主，为农村基层社会的民主管理、民主监督和民主决策提供了一种新形式。2004 年 3 月，温岭的"民主恳谈"荣获第二届"中国地方政府创新奖"优胜奖。温岭市并没有因此止步，而是把"民主恳谈"向纵深推进。2005 年 7 月，温岭市新河镇为了探索建立财政预算制度化的公众参与机制，启动了"参与式预算改革"项目。本项目主要通过公众与政府对话、协商，参与政府预算编制。在每年人代会召开之前，镇政府组织本镇公民自由、平等参与，并邀请财政预算相关的各界专业人士参加预算编制过程。它扩大了公众参与，落实了公众的知情权、参与权、表达权和监督权，为公民自由、广泛、直接、平等地参与社会公共事务决策、管理和监督提供了新的渠道，增强了民意表达和公众在决策过程中的影响力，培育了公民精神，使社会公众的民主意识和民主观念不断增强、民主习惯不断形成、行使民主权利的能力不断提高，为良好的民主政治文化的形成奠定的坚实的基础。2010 年 1 月，"参与式预算改革"又获第五届"中国地方政府创新奖"提名奖。

2004 年 4 月，浙江省武义县的后陈村在全国率先建立了村民监督委员会，

8月在全县推广，努力把村民的民主监督权权利落到实处。2006年1月，武义县后陈村的村民监督委员会荣获第三届"中国地方政府创新奖"入围奖。到2009年底，浙江省3万多个行政村全部成立村务监督委员会，2010年7月浙江省委发布了《浙江省村务监督委员会工作规程（试行）》。同年10月，新修订的《中华人民共和国村民委员会组织法》吸纳了浙江省的经验，明确提出"村应当建立村务监督委员会或者其他形式的村务监督机构，负责村民民主理财，监督村务公开等制度的落实，其成员由村民会议或者村民代表会议在村民中推选产生，其中应有具备财会、管理知识的人员。村民委员会成员及其近亲属不得担任村务监督机构成员。村务监督机构成员向村民会议和村民代表会议负责，可以列席村民委员会会议。"

早在2005年8月，浙江省天台县专门下发了《关于进一步推进村级民主决策规范化建设的意见》，把民主恳谈会、村民提案制、村务大事民决、村干部创业承诺制、村民廉情监督站等这些基层民主建设的方方面面的制度，系统地穿连在一起，推出"民主提案、民主议案、民主表决、创业承诺、监督实施"为主要内容的村级民主决策"五步法"。类似的创新，在浙江不一而足。

第二节 浙江农民政治发展的内容

一、村级民主自治

论及35年浙江农民政治发展，首先应当提到的就是村民自治。

村民自治，就是在一个行政村的范围内，由村民依法办理自己的事情，实行村民自我管理、自我教育、自我服务。它是35年来，中国农民、也是浙江农民政治发展的最显著成就；也是35年，农民政治发展的最主要领域。这种政治发展，突出地落脚在农民政治权利的确立和保障这一政治发展的根本性问题上，因而，具有了非同一般的历史意义。

村民的自治权利，主要体现并贯穿在"民主选举、民主决策、民主管理、民主监督"四个环节。

（一）民主选举权

世界民主化进程中，人们对于选举权利的争取为后世的民主运动展现出一幅幅波澜壮阔的历史场面。在很多民主理论家那里，选举之于民主的价值犹如阳光之于大地、罗盘之于水手，有的理论家更直接将民主定义为选举，如熊彼特。民主选举实践对于我国的村民自治也有着不同凡响的意义？首先，民主选举破天荒地赋予中国广大农民自主地直接选举自治体领导人的权利。它在中国几千年的历史上是第一次。说其意义非凡，还因为这种权利的取得，覆盖了中国绝大多数地域和 70％～80％的人口，即中华人民共和国的绝大多数公民。其次，民主选举实践构筑了村级公共权力的合法性基础。众所周知，村庄治理的核心是村级公共权力，治理的有序进行和预期目标的实现都指向村级公共权力的运作。而村民自治中的民主选举首先解决的就是村级公共权力属于谁、由谁行使以及如何委托等一系列问题。再次，民主选举实践夯实了村级民主政治生活的群众基础。顾名思义，村民自治即村民的自治，村民的认知水平和参与水平直接关系到村民自治的深度，因而村民自治的群众基础必须夯实。民主选举是村民自治中的首要环节，在民主选举过程中，村民的参与意识和水平都能够得到锻炼、提高乃至型塑。

2010 年 10 月 28 日公布施行的新修订的《中华人民共和国村民委员会组织法》第一条、第二条和第四条从原则上规定了在村民自治中村民享有的民主权利，第十一条至第二十条则具体规定了村民自治的民主选举办法，包括村民委员会的直接选举、换届选举、选举资格、候选人条件、选票统计、结果公布、村民对委员会的罢免权、贿选等的处理及补选等内容，这些规定为村民切实行使选举权与被选举权，依法自我民主管理提供了依据。

《村委会组织法》第十一条规定，村委会由村民直接选举产生，每届任期 3 年，届满应当及时举行换届选举。村民委员会的选举一般要经过下列几个步骤。①成立"村选举委员会"。这是村委会选举的领导机构，由 3～5 名成员组成。《村委会组织法》规定，选举委员会由主任和委员组成，由村民会议、村民代表会议或各村民小组会议推选产生。②提出初步候选人。修订的《村民委员会组织法》第十五条规定，选举村民委员会，由登记参加选举的村民直接提名候选人。在实践中，初步候选人的提名方式一般有以下几种：一是由 10 人以上的选民联名提出候选人；二是由村民小组来提名；三是由选民自荐。③确定正式候选人。按照差额选举的要求，村委会主任和副主任的正式候选人通常比应选名额多 1 人，而村委会委员的正式候选人则往往比应选名额多 2～3 名。修订的《村民委员会组织法》亮点之一是对村委会组成人员候选人条件提出了德才兼备的要求，即村民提名候选人，应当从大局出发，推荐那些奉公守法、品行良好、公道正派、热心公益、具有一定文化水平和工作能力的村民。④投票选举。实践中，各地村委会选举投票一般都要召开全村选民大会，即"选举大会"。选举大会由村民选举委员会主持，其程序一般为以下流程：清点参加会议的人数→宣布选举大会开始→村民选举委员会负责人讲话→推选唱票人、计票人和监票人→介绍选举形式→检查密封票箱→核对选票数→分发、讲解选票→选民填写选票→选民投票→销毁剩余选票→开箱验票→整理选票→唱票、计票→宣布选举结果→封存选票、填写选举结果报告单→当场公布选举结果。

自 1988 年《中华人民共和国村民委员会组织法（试行）》正式施行以来，我国绝大多数农村已进行了 8 次以上村委会换届选举。浙江省绝大多数农村于 2011 年完成了第九届村民委员会换届选举。村委会选举工作的深入开展，对保障我国村民实行自治、发展基层民主发挥了重要作用。2005 年 3 月 27 日，杭州市余杭区唐家埭村举行了一次首开全国先河的村委会选举——"自荐海选"。早在 2002 年，余杭就已推行"海推直选"。这种选举方法摒弃了原先由组织提名候选人的程式，改由村民自己选取心目中的村委会班子成员。这是一个进步，但在实践中，"海推直选"亦暴露出因选举目标不确定、投票过于分散而选不出"当家人"的尴尬。为此，更为周详缜密的"自荐海选"模式便应声出炉。这种选举模式由具备条件、有意竞选的选民在选票下方按"自荐"职务、姓氏笔画排列印上"自荐"人名单，这就避免了"海推"时的"无目标、无序选"的弊端。整个选举工作须经过推选村民代表、推选村民小组长、村民会议授权、推选村选委会、讨论选举办法、选民登记、自荐报名、办理委托、竞职演讲、投票选举等十个环节。由于相较"海推直选"有更突出的现实操作意义，这次大胆的制度试验得到逐步完善和推广。

（二）民主决策权

村民自治本质上要求村民自我教育、自我管理和自我服务，即要求村民的自主治理，但自主治理指向的并非私人事务，而是专指村级的公共事务，因而公共决策的质量至关重要。影响公共决策质量的重要因素之一就是决策的民主化程度。村级民主决策，是村民民主自治的集中体现。科恩将民主决策视为民主的本质内容，他认为，"民主是一种社会管理体制，在该体制中社会成员大体上能直接或间接地参与或可以参与影响全体成员的决策。"[1] 可见，决策的民主程度就决定着民主本身的程度。这种观点充分地阐明了民主决策在民主实践中至关重要的地位和作用。如果一种制度是民主的，是自治的，那么必然要求公共事务的决策是经由民主讨论作出的，"合法决定不是一个必须根据'所

---

① 　科恩．论民主［M］．北京：商务印书馆，2007：273.

有人意志'做出的决定，而是所有人参与政治过程的结果"。①

《村组法》确立了以"村民会议、村民代表会议、村民委员会"为主要形式的民主决策形式。村级民主决策，主要有两大类型，一是"村民直接参与本村重大事务的决策，即由村民群众作为决策主体共同决定村级重大事务"；二是"村民委员会在广泛吸纳村民群众意见的基础上，根据民主自治原则进行决策，处理日常村级事务"。

村民自治的民主性首先体现在第一方面。在村庄重大事务的决策上，现阶段的主要形式是村民会议和村民代表会议。村民会议由本村十八周岁以上的村民组成，作为村级自治组织权力机构，拥有本村最高决策权。《村组法》第十六条规定了村民会议对村民委员会的罢免权；第二十三条规定了村民会议对村民委员会的工作拥有审议权；第二十四条规定了涉及到村民利益必须由村民会议决策的事项；第二十七条赋予了村民会议制定和修改村民自治章程、村规民约的权力。所以村民会议是最能直接表达和反映村民意志的民主决策形式。村民代表会议也是现阶段农村民主决策的一种主要形式。《村组法》第二十五条规定了在人数较多或者居住分散的村可以采取这种形式，如此便克服了村民会议难以召开的问题，更加实用和灵活。所以，从职权上看，村民代表会议具有代议性；但从程序上看，村民代表会议又是村民群众更广泛、更深入地参与决策的有效形式。村民议事没有法律上的依据，《村组法》也没有作出具体规定，但在农村的民主决策实践中，这种形式也影响着村级的公共决策。村委会在处理日常事务时的民主性，《村组法》规定：村民委员会决定问题，采取少数服从多数和坚持群众路线的原则。不论从国家机关工作原则的辐射效应，还是从村委会权力合法性考虑，村委会的决策和工作本身就应该体现着民主。

2005 年 8 月，浙江省天台县专门下发了《关于进一步推进村级民主决策规范化建设的意见》，把民主恳谈会、村民提案制、村务大事民决、村干部创业承诺制、村民廉情监督站等这些基层民主建设的方方面面的制度，系统地穿连在一起，推出"民主提案、民主议案、民主表决、创业承诺、监督实施"为主要内容的村级民主决策"五步法"。其具体含义是指村级重大事务民主决策具体分五步进行：一是民主提案。年初或届初村级各种组织或村民围绕本村的村计大事及热点、难点问题，提出提案。二是民主议案。村党组织统一受理提案，对一般事务召集村"两委"联席会议作出决定，对村级建设规划、村集体

---

① 戴维·赫尔德. 民主的模式 [M]. 北京：中央编译出版社，2004：382.

经济所得收益的使用、村集体经济项目的立项、征用土地各项补偿费的分配使用方案、村公益事业的经费筹集方案等涉及村民利益的重大事务则召开民主恳谈会、党员议事会等广泛征求党员、群众的意见，研究确定需提交表决的事项，并拟定表决方案。三是民主表决。召开村民会议或村民代表会议，对村内重大事务进行表决，并形成书面决议。四是创业承诺。表决通过的事项，作为村干部创业目标，由村"两委"公开作出承诺，并落实责任人，组织实施。五是监督实施。村"两委"通过村务公开、年中创业承诺汇报、年底述职评议等方式，接受村民的监督和质询。充分保障了村民在村务决策中的提议权、发言权、表决权，以及监督权。这项工作也得到了上级机关的肯定，中央组织部、浙江省委组织部、新华社有关信息和刊物作了专题介绍，"五步法"也被评为全省组织工作创新奖，并被浙江省委作为保持共产党员先进性四项长效机制之一在全省发文推广。

（三）民主管理权

村民自治的民主价值不仅反映在民主选举中，也不仅集中体现在民主决策中，事实上，如果不加以任何限制的话，在管理学意义上，决策和监督本身就是管理的一个环节；在政治学意义上，选举也可以作为管理的一种方式。而在村民自治机制中，不同于民主选举、民主决策和民主监督，民主管理实践以自我教育、自我管理、自我服务为主要目的，具有特殊的意义。民主管理体现了村民自治的价值追求。村民自治的内在价值在于自治，以村民自治为核心的基层民主政治建设的方向自然是自治民主，自治和民主是内在统一的。"民主的实质是社会成员参与社会的管理，它就是自治。"[①] 作为自治的对立面，"他治是以命令关系的形式出现的，主要依靠公民承认自己从属的地位，同时承认其上级的统治权威"，而"民主社会成员在确定他们作为一个社会应该做什么或应该是什么样式时，不承认有任何上级"。[②] 根据《村组法》的精神，村民成为村庄事务管理的主体，可以凭借村民会议、村民代表会议和村委会等组织形式，通过制定和修改村民自治章程、村规民约，以及审议、评议村干部的工作和业绩等方式，行使创制权、审议权和监督权等各项法定权力，实现对村庄公共事务的民主管理。在这个意义上，村民自治机制中的村民通过民主管理实践实现了历史上从未实现的自治。民主管理还体现了村庄治理的目的追求。从长远的国家战略层面讲，村民自治的目的在于促进国家民主政治建设，实现依法

---

① 科恩. 论民主 ［M］. 北京：商务印书馆，2007：273.
② 科恩. 论民主 ［M］. 北京：商务印书馆，2007：276.

治国，构建政治文明社会。就最为直接的现实村治而言，村民自治的目的在于保障村民切实的法定民主权利，村民自主管理村庄公共事务，达到村庄治理的稳定、有序和良性状态，即村庄治理达到善治。村民自治的民主限度就在于它不是国家层面的民主，而是村庄地域内的村民自我教育、自我管理、自我服务的民主自治机制。村民的自治权力不能逾越特定的村庄范围而无限延伸，也不能逾越公共和私域的界限而毫不自律。所以，村级民主管理制度赋予了村民以管理主体的角色，同时也树立了"互约性原则"，村民既要行使自己的权利，更要履行自身的义务。此外，治理的核心是指为了实现与增进公共利益，众多的行动主体彼此合作，在相互依存的环境中分享公共权力，调和不同的甚至相互冲突的利益，并采取联合行动管理其共同事务的持续的过程。当村民就共同的公共事务进行旨在谋求公共利益的管理行为时，村民之间的联系就更为紧密，交往能力也会得到提高，结果村级公共权力便很难为少数人所垄断。而事实上，村民个体参与管理能力的提升以及村民个人利益多元化的满足也必须在村民集体管理的过程中才能实现。在实现村庄治理的善治意义上，村民民主管理承载了村民自治的直接诉求。2004 年，中央又下发了《中共中央办公厅、国务院办公厅关于健全和完善村务公开和民主管理制度的意见》，要求村党组织、村民委员会依据党的方针政策和国家的法律法规，组织全体村民结合实际讨论制定和完善村民自治章程、村规民约、村民会议和村民代表会议议事规则、财务管理制度等，明确规定村干部的职责、村民的权利和义务，村级各类组织的职责、工作程序及相互关系，明确对经济管理、社会治安、移风易俗、计划生育等方面的要求。用制度规范村干部和村民行为，增强村民自我管理、自我教育、自我服务的能力，增强干部群众的法制观念和依法办事能力。

浙江省农村普遍制定了村民自治章程和村规民约，作为村民自治的细则依凭。浙江省民政厅 2009 年还印发《浙江省村民代表会议工作规程（试行）》，为具有代议性的村民代表会议制定"游戏规则"。值得一提的是，浙江农村在制定自治章程和村规民约时，既充分遵守国家法律法规，有充分挖掘本土本村文化资源，力求自治章程和村规民约的可适用性，最大限度地发挥自治章程和村规民约的治理效应。浙江省淳安县枫树岭镇下姜村展览馆里，藏着 7 本《姜氏宗谱》，翻开《姜氏宗谱》第 2 本第 50 页，赫然写着 600 多年前洪武年间的48 字祖训：敬祖宗，孝父母，友兄弟，教子孙，睦家族，和邻里，慎交友，择婚姻，扶节操，恤孤弱，禁溺女，宜禁之，勤生理，戒赌博，急赋税，杜奢华。"祖训代代相传，成为人人遵守的村规民约，每一句都提醒大家时刻做好人做好事，潜移默化地影响着村民的生活，造就了当地淳朴的民风。"党总支书记说。举例来说，村里规定：每人每年给父母 600 斤稻谷、10 斤菜油、10 斤猪肉、10 斤黄豆、180 元钱，冬夏季各一套衣服，保证一年四季柴火，冬天要给老人备足木炭，保证老人取暖所用等。形成了全村人孝敬父母的好风尚。

（四）民主监督权

"权力导致腐败，绝对权力导致绝对腐败。"公共权力本是基于公共利益的需要而产生的，在所有权和行使权分野的基础上，公共权力的行使存在一个人格化的过程，行使者的主观因素成为公共权力运行的一个非制度性障碍，公共权力的异化由此在公利和私利的较量中发生。在村民自治过程中，村级公共权力必然存在，民主监督不可或缺。民主监督是村民自治的重要环节和重要保障。《村组法》并未规定所有村级公共事务都须遵循"一事一议"原则，村民会议和村民代表会议等组织讨论处理的是属重大或特大的村务，除此之外，大量的日常性村务更需要经常性处置，事实上这种处置权必然也必须落在村委会及村干部身上，同时这也是其法定的职责所在。虽然《村组法》规定村委会的工作作风和村干部的工作方法要民主，要走群众路线，但是由于种种原因在实践中缺乏有效的实现机制。因此，在村干部的职权范围内滋生了一些公权私化的现象。如果这种现象不被加以控制和根除，村干部与群众的矛盾、村干部内部的矛盾就会产生，村干部的权力合法性就会遭到质疑甚至剥夺，村级民主政治的形象也会受到损耗。所以，民主监督实践承担着保障村民自治有序进行的职能。

就目前而言，村务公开、财务监督和群众评议是民主监督实践的主要内容。《村组法》规定村务公开是村委会工作的义务，如果村务不公开，或者公开的村务内容失实，那么村委会要接受制裁。村民在村务公开环节具有知情权和质询权，并受法律保护。因此，在制度框架内，村务公开是村民民主监督的重要依据。2004 年《中共中央办公厅、国务院办公厅关于健全和完善村务公开和民主管理制度的意见》对村务公开的内容、形式、时间、程序、监督等作出了详细的规定。内容上，要求国家有关法律法规和政策明确要求公开的事项，如计划生育政策落实、救灾救济款物发放、宅基地使用、村集体经济所得收益使用、村干部报酬等，应坚持公开。要继续把财务公开作为村务公开的重点，所有收支必须逐项逐笔公布明细账目，让群众了解、监督村集体资产和财务收支情况。同时，要根据农村改革发展的新形势、新情况，及时丰富和拓展村务公开内容。要将土地征用补偿及分配、农村机动地和"四荒地"发包、村集体债权债务、税费改革和农业税减免政策、村内"一事一议"筹资筹劳、新型农村合作医疗、种粮直接补贴、退耕还林还草款物兑现，以及国家其他补贴农民、资助村集体的政策落实情况，及时纳入村务公开的内容。农民群众要求公开的其他事项，也应公开。形式、时间、程序上，要求各地应坚持实际、实用、实效的原则，在便于群众观看的地方设立固定的村务公开栏，同时还可以通过广播、电视、网络、"明白纸"、民主听证会等其他有效形式公开。一般的村务事项至少每季度公开一次，涉及农民利益的重大问题以及群众关心的事项要及时公开。集体财务往来较多的村，财务收支情况应每月公布一次。要推进村务事项从办理结果的公开，向事前、事中、事后全过程公开延伸。要充分利用现代科学技术，不断创新村务公开的有效形式和手段。

村务公开的基本程序是：村民委员会根据本村的实际情况，依照法规和政策的有关要求提出公开的具体方案；村务公开监督小组对方案进行审查、补充、完善后，提交村党组织和村民委员会联席会议讨论确定；村民委员会通过村务公开栏等形式及时公布。监督上，要求设立村务公开监督小组，建立村务公开监督制度，村务公开监督小组成员经村民会议或村民代表会议在村民代表中推选产生，负责监督村务公开制度的落实，村干部及其配偶、直系亲属不得担任村务公开监督小组成员，村务公开监督小组，依法履行职责，认真审查村务公开各项内容是否全面、真实，公开时间是否及时，公开形式是否科学，公开程序是否规范，并及时向村民会议或村民代表会议报告监督情况。对不履行职责的成员，村民会议或村民代表会议有权罢免其资格。

财务监督是民主监督的重点。公共权力包含三个基本要素，即人权、财权和事权。在村民自治中，人权掌握在选民手中，村民又以村民会议或村民代表会议等组织形式享有村庄事务的最高决定权，但决定的执行权仍然掌握在村干部手中，包括财务的决定和使用。公权私化，以权谋私的现象大多在这一环节出现。如果财务监督不力，那么民主监督实践也就流于形式。《中共中央办公厅、国务院办公厅关于健全和完善村务公开和民主管理制度的意见》要求成立村民民主理财小组，建设村民民主理财制度。民主理财小组成员由村民会议或村民代表会议从村务公开监督小组成员中推选产生。民主理财小组向村民会议或村民代表会议负责并报告工作。民主理财小组负责对本村集体财务活动进行民主监督，参与制定本村集体的财务计划和各项财务管理制度，有权检查、审核财务账目及相关的经济活动事项，有权否决不合理开支。当事人对否决有异议的，可提交村民会议或村民代表会议讨论决定。村民有权对本村集体的财务账目提出质疑，有权委托民主理财小组查阅、审核财务账目，有权要求有关当事人对财务问题作出解释，防止集体资产流失，确保村集体资产保值、增值。还要求规范农村集体财务收支审批程序。财务事项发生时，经手人必须取得有效的原始凭证，注明用途并签字（盖章），交民主理财小组集体审核。审核同意后，由民主理财小组组长签字（盖章），报经村党组织、村民委员会负责人审批同意并签字（盖章），由会计人员审核记账。经民主理财小组审核确定为不合理财务开支的事项，有关支出由责任人承担。财务流程完成后，要按照财务公开程序进行公开，接受群众监督。

施行民主评议村干部工作制度。群众民主评议民主评议对象为村党组织班子成员、村民委员会班子成员、村集体经济组织班子成员、村民小组长以及享受由村民或集体承担误工补贴（工资）的其他村务管理人员。民主评议由乡级党委、政府具体组织，通过村民会议、村民代表会议或与村民座谈等形式进行。民主评议一般每年进行一次，要把群众满意与否作为衡量村干部是否合格的标准，评议结果要与村干部的使用和补贴（工资）标准直接挂钩。对连续两次被评为不合格的村干部，是村党组织成员的，按党内有关规定处理；是村民委员会班子成员或村集体经济组织班子成员的，责令其辞职，不辞职的启动罢免程序；其他村务管理人员，由村民委员会召开村民会议或村民代表会议作出处理决定。对在村级重大事务决策和管理中违反程序，独断专行，以及因工作失误造成重大损失，或村务公开不及时、不全面、弄虚作假、侵犯农民民主权利的干部，村民会议或村民代表会议有权提出批评并要求限期改正；对拒不改正的，是村党组织班子成员的，按党内有关规定给予相应的党纪处分，是村民委员会班子成员的，依法予以罢免。

1998 年 9 月，浙江省委组织部、省民政厅为贯彻《中共中央办公厅、国务院办公厅关于在农村普遍实行村务公开和民主管理制度的通知》，下发了《关于在我省农村普遍实行村务公开和民主管理制度的实施意见》。《意见》在中央精神的基础上，有许多富有地方特色的创造。关于实行"村务公开、民主管理"制度的指导思想和目标要求，提出了总的目标要求：到 1998 年年底，所有行政村都建立村务公开制度，在此基础上，经过三年努力，到 2000 年底，全省所有行政村都建立和实行民主选举制度，并力争全省有 90% 的村建立、健全和实行民主决策、民主管理、民主监督的基本制度。根据新的形势，规定了村务公开的六个方面的主要内容；细化了村务公开的基本程序步骤和方法；明确了村民公开监督小组的四项权利与两项义务；要求按照法律法规，健全村民委员会民主选举制度；不但规定了必须由村民会议或村民代表会议民主讨论决定的 10 项村级重要事项，以建立健全民主决策制度，而且，详细规定了村民（社员）会议或村民（社员）代表会议讨论决定重大事项的基本程序；要求制定和完善村民自治章程，建立健全民主管理制度；切实加强群众对村干部的民主监督，建立健全包括民主评议村领导班子和村干部制度在内的民主监督制度。2005 年 6 月，为贯彻中央的《关于健全和完善村务公开和民主管理制度的意见》，中共浙江省委办公厅、浙江省人民政府办公厅发出《关于进一步健全完善村务公开和民主管理制度的通知》。《通知》根据中央文件的精神，结合浙江的实际，简明而突出地点名了浙江省在村务公开和民主管理上要抓的工作重点。它们是：进一步明确村务公开总体要求，切实做到村务公开的内容、形式和程序"三个到位"，重点推进财务公开；进一步健全村党组织领导的充满活力的村民自治机制，重点加强村民代表会议、村务公开监督小组、民主理财小组"三个组织"建设；进一步完善村务公开和民主管理各项制度，重点推进民主议事协商、集体财务审计监督、民主评议村干部的"三项制度"建设和创新。

2004 年 4 月，浙江省武义县的后陈村在全国率先建立了首个村民监督委员会。后陈村，全村 347 户，近 900 名村民。2004 年前，该村因当地工业迅速发展土地被大量征用，村集体能支配的征地款达上千万元。由于监督缺失、村干部滥用权力，导致财务不公开、决策不民主产生的村务纠纷不断。现实困境"逼迫"下，2004 年，武义县在该村试点，在原有村级组织架构基础上，增设了一个民主监督常设机构——村务监督委员会，迈出了中国建立村级监督组织的第一步，8 月在全县推广。村务监督委员会由三位成员组成，经由村民代表会议选举产生并对其负责，对村务管理和监督制度落实情况行使监督。村两委成员及其直系亲属不能担任监委会成员。监委会有权列席村务会议，受理群众举报，对财务开支凭证进行稽核，对村委会违反制度的行为提出修正建议并可要求村委会召开村民代表会议进行裁决。党支部在行使村务管理时也必须接受监委会的监督。由此，形成了以"两项制度、一个机构"（《村务管理制度》、《村务监督制度》和村务监督委员会）为框架的村务管理、监督制度体系。

武义县"村务监督委员会"制度的创新之处在于：①创新了村务监督的载体，保障了村民的监督权，完善了监督机制。使村务监督由单纯财务监督向全面监督拓展，由同体监督向异体监督转变，由事后监督向全程监督延伸，由乡镇或街道对村干部的垂直监督向监委会为主的水平监督转换。②构建了村级权力的制衡机制，从现实体制上保证了村民代表会议的村务管理最高权威的地位。监委会与村两委彼此相对独立、互不从属、人员回避，在职能上实现了村务监督与村务管理的分离。并且明确规定了村民代表会议是村委会和监委会的最终裁决机构。③形成了一个能自主运作、自我化解矛盾的闭合系统，实现了村级民主管理的系统化。通过村务管理、村务监督两项制度和三委并列的组织体系，形成了村级管理的闭合系统：当村务管理出现问题时，监委会向两委提出建议，如被采纳，矛盾自行化解；如意见不一致，监委会可提请村委会召开村民代表会议裁决，由于双方意见都可能被村民代表会议否决而影响自身的威信，这样既会促使两委认真对待监委会的建议，也可预防监委会滥用监督权。在村委会拒绝召开村民代表会议的情况下，监委会可直接向县乡村务公开的指导机构寻求行政救济。另外，罢免制度的存在还可防止监委会与村两委合流的同体化现象。这样村级民主管理的组织、管理、监督和救济制度相互衔接，形成了完整的制度系统。

"村务监督委员会"制度实行以来，产生了三个明显效果：①较大幅度地减少了村务管理中各种问题和矛盾，村干部违法违纪现象大大减少，威信得到提高。如2004年下半年武义县纪委收到的来自村民的信访件较2003年下半年同比下降32％，且多针对的是实施此种制度以前所存在的问题。②有效改变了村级财务混乱的状况，促进村集体资产的增收节支。例如，在后陈村，自2004年6月18日监委会正式运作之后，村里的招待费锐减，从过去每年二三十万元减到只有几千元，两项制度实施头一个月，工程招标节省20多万元，直接增收节支90多万元。成立来的6年里，村监委会对4 000余张2 405万余元财务发票进行审核和公开，审核纠正不规范票据42笔，拒付不合理开支3.8万元。在监委会的督促下，通过民主决策，还较为合理地解决了如何使用土地征用款的问题。③为基层政府、村庄精英和普通村民的良性互动关系提供了平台。监委会实际上是个吸纳潜在的上访组织者这样的体制外精英的机构，促成了制度化的参与渠道，普通村民可以借此有效地监督两委。武义县纪委有关负责人说，后陈村监委会这些年来共对60余项累计金额2000余万元的村级工程建设项目进行全程监督，实现村级工程建设"零投诉"。2010年，浙江省在全省实现了村民监督委员会的全覆盖。同年7月，浙江省委发布了《浙江省村务监督委员会工作规程（试行）》。同年10月，新修订的《中华人民共和国村民委员会组织法》吸纳了浙江省的经验，明确提出"村应当建立村务监督委员会或者其他形式的村务监督机构，负责村民民主理财，监督村务公开等制度的落实。"

2006年1月，武义县后陈村的村民监督委员会荣获第三届"中国地方政府创新奖"入围奖。

二、提升选举权利

35年来，浙江农民政治发展不仅表现在村级事务的自主管理上，而且鲜明地体现在对国家层面政治生活深入参与权利的获得上。首先是国家政权机构的选举权。它又体现在两个方面，一是政权机构选举层级的提高，从直接选举乡镇人大组成人员（代表），到县级人大组成人员（代表）的普选；二是农民代表在上到全国人民代表大会下至地方各级人民代表大会中代表份额的增加。

在中国历史上农民从未拥有过平等的选举权。中国历史悠久，在漫长的封建社会中，农民虽然被士大夫阶层列为农、工、商之首，但却没有选举权可言。官吏的选拔、任用在隋以前多以门第、声望为依据，在隋以后则多依照科举制度进行。1911 年，孙中山主持制定的《中华民国临时约法》第二章第十二条规定："人民有选举及被选举之权"，首次规定了公民（当然也包括农民）的选举权。1912 年 8 月 27 日袁世凯就任临时大总统，颁布了临时参议院制定的《中华民国国会组织法》、《参议院议员选举法》和《众议院议员选举法》，对取得选举权（被选举权条件更为严苛）的条件规定如下：①每年纳直接税 2 元以上；②有 500 元以上的不动产；③小学以上毕业；④具有小学以上文化水平。这直接把当时占人口最大多数的农民排除在外了。孙中山去世以后，蒋介石鼓吹法西斯主义，在国民参政会中国民党以外的党派代表长期被压制在 10％以下，群众代表即使在法律上也不得承认。抗日战争结束后，蒋介石迫于国内外压力，于 1947 年进行了所谓的政府"改组"，吸收了青年党和民社党少数政客入阁，组成所谓的"多党政府"。1948 年又包办召开"行宪国大"，其中既无共产党和民主党派代表，也无群众代表，更无农民代表。中国共产党领导下的政府选举始于 1931 年成立中华苏维埃共和国以后，这个时期的选举制度、程序、方法都极具特色。由于按照当时的普遍习惯把选举也搞成了"选举运动"，展开了广泛的宣传和鼓动，所以第一届选举的参选率就达到了 80％以上。1933 年 8 月工农民主政府中央执行委员会颁布的《苏维埃暂行选举法》中规定工人比别的居民要享受优越的权利（包括选举权），考虑到当时根据地内并无工业，所以事实享受到这一权利的最广大的群体是农民。但在法律上，农民的选举权是低于工人的。

新中国成立后，在一届全国人大一次会议之前，1953 年 2 月 11 日，中央人民政府委员会第二十二次会议通过的《中华人民共和国全国人民代表大会及地方各级人民代表大会选举法》，首次规定了城乡人民代表所代表的人口数的不同；在民族自治州、县的人民代表大会中，每一农村人大代表代表的人口数四倍于城市人大代表；在省、自治区的人民代表大会中，每一农村人大代表代表的人口数五倍于城市人大代表；在全国人民代表大会中，每一农村人大代表代表的人口数八倍于城市人大代表。在当时，邓小平同志作了这样的说明：

"这些在选举上不同比例的规定,就某种方面来说,是不完全平等的,但是只有这样规定,才能真实地反映我国的现实生活,才能使全国各民族各阶层在各级人民代表大会中有与其地位相当的代表,所以它不但是很合理的,而且是我们过渡到更为平等和完全平等的选举所完全必需的。"同时,"城市是政治、经济、文化的中心,是工人阶级所在,是工业所在,这种城市和乡村应选代表的不同人口比例的规定,正是反映着工人阶级对于国家的领导作用,同时标志着我们国家工业化的发展方向。因此,这样规定是完全符合于我们国家的政治制度和实际情况的,是完全必要的和完全正确的。"刘少奇同志在1954年《关于中华人民共和国宪法草案的报告》中又再次重申了这种观点:"由于现在的各种具体条件,我们在选举中……还必须规定城市和乡村选举代表名额的不同人口比例……我们的选举制度是要逐步地加以改进的,并在条件具备以后就要实行完全的普遍、平等、直接和秘密投票的制度。"[①] 根据我国历年来人口普查、抽查以及统计公报公布的数据,我国城镇和乡村的居民人数比例,1954年是13.26:86.47。这一规定在1979年修改《选举法》时并未改变,到了1982年,我国城乡人口比例为20.6:79.4,基本上为4:1,但《选举法》的规定并没有做出修改。直到1995年八届全国人大常委会第十二次会议通过的《关于修改〈中华人民共和国全国人民代表大会和地方各级人民代表大会选举法〉的决定》才有所改变。

1995年2月28日,八届全国人大常委会第十二次会议通过的《关于修改〈中华人民共和国全国人民代表大会和地方各级人民代表大会选举法〉的决定》(下称《决定》),对此有所改变。《决定》对自治州、县、自治县"农村每一代表所代表的人口数四倍于镇每一代表所代表的人口数的原则"不变,但对省级及全国人大的农村代表和城市代表所代表的人口数的比例有所改变。《决定》第4条规定:"第十二条'省、自治区的人民代表大会代表的名额,由本级人民代表大会常务委员会按照农村每一代表所代表的人口数五倍于城市每一代表所代表的人口数的原则分配'改为第十四条,其中'五倍'改为'四倍'。"第6条规定:"第十四条'省、自治区、直辖市应选全国人民代表大会代表的名额,由全国人民代表大会常务委员会按照农村每一代表所代表的人口数八倍于城市每一代表所代表的人口数的原则分配'改为第十六条,其中'八倍'改为'四倍'。"这种城市人大代表代表的人口数与农村人大代表代表的人口数的

---

① 中共中央文献研究室.建国以来重要文献选编[M].第4册.北京:中央文献出版社,1993:28.

1∶4的规定，在 2004 年 10 月 27 日十届全国人民代表大会常委会第十二次会议通过的《关于修改〈中华人民共和国全国人民代表大会和地方各级人民代表大会选举法〉的决定》中没有改变。其中第十六条规定："省、自治区、直辖市应选全国人民代表大会代表的名额，由全国人民代表大会常务委员会按照农村每一代表所代表的人口数四倍于城市每一代表所代表的人口数的原则分配。"对县乡、省级也做了相同的比例规定。

实际上，历届全国人民代表大会代表中农民代表的比例比法定的比例还要低。据统计，一届全国人大有农民代表 63 人，占代表总数的 5.14%；二届全国人大有农民代表 67 人，占代表总数的 5.46%；三届全国人大有农民代表 209 人，占代表总数的 6.87%；四届全国人大有农民代表 662 人，占代表总数的 22.9%；五届全国人大有农民代表 720 人，占代表总数的 20.59%；六届全国人大有农民代表 348 人，占代表总数的 11.7%；七届全国人大农民代表与工人代表合计占代表总数的 23%；八届全国人大有农民代表 280 人，占代表总数的 9.4%；九届全国人大有农民代表 240 人，占代表总数的 8%；十届全国人大有农民代表与工人代表共 551 名，占代表总数的 18.46%。[1] 这种情况的确在选举权上构成了对农民的不平等。

第十七届党代会上，胡锦涛同志明确提出："要逐渐实现城乡按相同代表比例选举人大代表。"2010 年 3 月 14 日，第十一届全国人民代表大会第三次会议通过了《全国人民代表大会关于修改〈中华人民共和国全国人民代表大会和地方人民代表大会选举法〉的决定》，新修改的《选举法》第十六条规定："全国人民代表大会代表名额，由全国人民代表大会常务委员会根据各省、自治区、直辖市的人口数，按照每一代表所代表的城乡人口数相同的原则以及保证各地区、各民族、各方面都有适当数量代表的要求进行分配"。地方各级人民代表大会，也实行城乡按相同人口比例选举代表。史称实现"同票同权"。历经了五十多年，中国农民选举权的平等成为法定权利，这标志着我国民主法治的进步，极大地促进了我国政治民主的建设。

从 2011 年 7 月开始到 2012 年上半年止，按照新《选举法》精神，浙江省县乡两级人大换届选举工作全面展开并圆满完成。共选出县级人大代表21 285 名，乡级人大代表 58 914 名。新当选的县乡两级人大代表是在各自岗位上表现出色的优秀代表，他们中有刻苦钻研的一线工人，有带领群众脱贫致富的村干部，也有热心公益的企业家。与上一届相比，代表结构进一步优化，特别是

---

① 高艳辉. 对农民选举权利不平等的实证分析［J］. 甘肃政法学院学报，2008（6）：38－41.

一线工人和农民比例明显上升。在县、乡人大代表中，一线工农比例占 48％、72.6％，分别比上届提高 9.3、0.71 个百分点，干部所占比例分别比上届下降 3.20、0.77 个百分点。全省 90 个县（市、区）、943 个乡（镇），选举县级人大代表的选区总数为 10 784 个，选举乡（镇）人大代表的选区总数为32 767 个。选举县级人大代表参选率为 94.49％；选举乡级人大代表参选率达到 94.39％。为解决选民对人大代表候选人"不熟悉"的问题，代表候选人从"纸上"来到选民面前，接受选民"面试"，成为本次换届选举的一大特色。县人大代表正式候选人中，与选民见面的有 25 836 名；乡人大代表正式候选人中，与选民见面的有 74 153 名，比例都占 80％左右。

广大农民平等选举权的获得，使宪法精神得到了真正落实，也符合《公民权利和政治权利国际公约》。我国《宪法》第 33 条规定："凡具有中华人民共和国国籍的人都是中华人民共和国公民。中华人民共和国公民在法律面前一律平等。"《宪法》第 34 条紧接着又规定："中华人民共和国年满 18 周岁的公民，不分民族、种族、性别、职业、家庭出身、宗教信仰、教育程度、财产状况、居住期限，都有选举权和被选举权，但是依照法律被剥夺政治权利的人除外。"这里涉及到平等权的概念。平等权是指公民平等地享有权利，不受任何差别对待。《公民权利和政治权利国际公约》对公民的政治权利和人身权利进行了系统而完整的规定。《公民权利和政治权利国际公约》第 2 条规定："每一缔约国承担尊重和保证在其领土内和受其管辖的一切人享有本公约所承认的权利，不分种族、肤色、性别、语言、宗教、政治或其他见解、国际或社会出身、财产、出生或其他身份等任何区别"；第 25 条规定：公民"在真正的定期的选举中选举和被选举，这种选举应是普遍的和平等的并且以无记名投票的方式进行，以保证选举人的意志的自由表达""一人一票的原则必须得到执行，每个选民的投票必须是等值的"。①

三、参与政府治理

35 年来，浙江农民对地方政权政治生活话语权的不断提升，还表现在对政府过程的更广泛的参与上。政府过程指政府决策的运作过程，主要包括政府的政策制定与执行等功能活动及其权力结构关系。农民对政府过程的广泛的参与，就是指农民作为重要主体，对国家政策制定过程和执行过程等的广泛参

---

① 陈光中.《公民权利和政治权利国际公约》批准与实施问题研究［M］.北京：中国法制出版社，2002：459.

与，特别是对涉及到本群体利益政策制定与施行的参与。这是观察农民发展状况的重要视点。

浙江农民对对政府过程参与的扩大，不仅表现在政府机构与部门就"三农"政策拟定与实施的广泛的基层调研，农民代表在各级党代会和人民代表大会上随着代表人数的增加拥有了更有力的诉求权和影响力，等等，这些传统的形式和平台上，而且，探索、形成了一些具有时代特征的新的参与形式。

一种重要是创新形式，就是浙江乡村基层的"民主恳谈会"和"参与式预算"，它在农村乡镇政府的公共决策过程中吸纳广大普通农民的深度参与，是乡村底层的协商民主，它给中国式协商民主增添了一种新的形式。浙江温岭的"民主恳谈会"是一个典型。温岭市位于浙江省东南沿海，总面积 920.2 平方千米，人口 111 万，改革开放以来，温岭市的经济发展迅速，为全国"百强县（市）"和"明星县（市）"。

温岭市的民主恳谈活动开始于 1999 年。当时是以"农业农村现代化教育论坛"的形式进行组织的，被称为为"初始形态：思想政治工作的创新载体"。1999 年 6 月，浙江省开展全省"农业农村现代化教育"活动，台州市、温岭市两级市委选取松门镇作为试点。当时，浙江省的农业农村现代化教育即农民的集中性教育已经连续搞了 12 年，虽然不同时期的教育内容有所不同，但教育方式都是一样——召开动员大会、宣传发动，然后给群众上课，这种教育方式群众已深为厌烦，教育成效微乎其微。在松门镇开展"农业农村现代化教育"试点工作的工作组成员在讨论方案时就想：如何找到一个比较好的途径、一种新的方式来开展这种群众反感的教育呢？后来就采用了"农业农村现代化教育论坛"这种形式。"农业农村现代化教育论坛"的创意就在于变"干部对群众的说教"为"干部与群众的对话"，对一些热点、难点问题二者共同商讨、共同解决。论坛的具体形式为：镇里提前五天在每一个村以及镇里的闹市区等处张贴公告，告知群众何时、何地召开何种主题的论坛，请群众自愿参加。论坛召开时，镇里的主要党政领导、职能部门如财税、工商等负责人坐在台上，群众坐在台下，就他们关心的一些问题提出意见，干部解答。那时的主题一般比较宽泛，如发展经济、社会治安等，这就是民主恳谈会的雏形。松门镇第一次"农业农村现代化教育论坛"召开后，引起了巨大的社会反响，群众热烈拥护这种形式。在温岭市委的号召下，向松门镇学习的活动在短短的一个半月时间里在全市全面铺开。如灵山镇的"便民服务台"、泽国镇的"便民直通车"，还有"村官承诺制"、"民情恳谈"等等，虽然名称各式各样，但本质上都跟松门镇的一样，即搞干群对话，解决群众的实际问题。为了统一组织，进一步规范这种民主的形式，不断推广、深化，温岭市委宣传部决定采用"民主恳谈"这个名称在全市统一开展，该名称一直沿用至今。可以看出，"民主恳谈会"实际是从原来的工作模式出发不断总结经验、积累发展而来的，它是温岭市委宣传部在开展工作的过程中找到的一种新的形式和载体。后来，随着工作的不断推进，民主恳谈会开始深化，转到了基层民主政治建设的层面。"民主恳谈会"由村级扩展到机关部门、企事业单位、城市社区，而内容与方式亦不断丰富、深化。2002年5月到8月的几个月时间里，温岭市温峤镇就召开过35次层次不一的"民主恳谈会"。2004年3月，温岭民主恳谈获得第二届中国地方政府创新奖优胜奖。2004年，温岭市委出台了《关于"民主恳谈"的若干规定》对各级各类民主恳谈的议题、程序等作出明确规定，民主恳谈开始走向制度化、规范化和程序化。随着时间的推移，以"群众出题目，政府抓落实"、"一期一主题"为基本形式的"民主恳谈"活动逐步朝制度化、规范化和程序化方向发展，并成为村、镇、企业和市职能部门作出重要事项决策的必经程序。"民主恳谈"为广大农民直接参与基层社会公共事务的决策和管理提供了渠道，它扩大了基层民主，为农村基层社会的民主管理、民主监督和民主决策提供了一种新形式。民主恳谈会实际上是政府决策的公开听证会，官员和公民的平等对话会，也是不同利益群体之间的协调沟通会。

2005年7月开始，新河镇人大首次运用民主恳谈方式讨论、审议政府预算。"参与式预算"由此在温岭诞生。"参与式预算"是指人大代表和普通民众可以在镇人代会上"参与"政府预算的审查，他们对政府的"花钱计划"发表意见并促成政府预算的调整。这项改革将协商民主与预算审查结合起来，在国内首开先河。以温岭市泽国镇2008年2月20日和29日举行的镇2008年财政预算民主恳谈会为观察，泽国镇2008年公共预算民主恳谈会的议题是由当地党政官员谋划的。《泽国镇2008年公共预算民主恳谈会导言》对此有明确的说明：本次协商民主恳谈会的议题和任务是以参与式公共财政预算决策机制，组织具有广泛代表性的民意代表，与有关专家进行协商民主恳谈，协助镇政府对2008年镇政府公共财政预算编制作出科学决策。对于现代政府来说，财政预算是至关重要的。财政预算不是简单的资金分配，而是政府的职能怎么样履行的问题，在中国，财政预算的改革不仅涉及到政府职能的转变，更是关系到中国建立起现代意义的公共财政制度的大事。可以说，拿财政预算进行民主恳谈的泽国镇把握住了现代政府一个核心的议题。民主恳谈前泽国镇政府编制出了一本达48页的《泽国镇2008年财政预算支出测算表》，对2008年泽国镇24 852.3万元的财政预算提供了极为详细的预算开支清单，供经随机抽样产生的 197 名民意代表分小组进行恳谈和协商。民意代表认为,这个"测算表"比我们家里开支列出的账目还要细。对比全国人大的预算草案,曾有全国人大代表批评财政部,认为财政部所编制的中央与地方预算实在太粗了,代表没有办法审查。在温岭市,部分乡镇政府明确规定,在民主恳谈会议题的确定中,民众可以联名提出建议,并且如果达到一定人数则可以直接决定恳谈议题。民意代表的确定,泽国镇从全镇 12 万人口中采用科学的随机抽样法中的分层随机抽样方法随机抽选 197 位民意代表,在当地被群众形象地称为"乒乓球摇号"——按照 1 000 人口以上每村 4 人、1 000 人口以下每村 2 人的原则确定了民意代表分配比例,全镇每户人家都分到一个号码,写有哪家号码的乒乓球被抽中,哪家就可派出 1 名代表参会。泽国镇还规定,如果摇号结果是奇数,那么必须由男性代表参加,如果结果是偶数,那么是女性代表参加。会议还邀请了 93 位(实到 63 位)镇人大代表旁听。

恳谈分两轮。第一轮恳谈于 2008 年 2 月 20 日上午开始进行。197 名民意代表中的 175 位民意代表参加了当天的会议。这 175 位民意代表经过抽签又被分成 13 个小组,根据之前所拿到的《泽国镇 2008 年财政预算支出测算表》对 2008 年泽国镇财政预算进行分组讨论。上午和下午分两场召开全体会议,将每个小组讨论会上民众代表意见比较集中的问题提交大会恳谈。小组讨论由经过培训的工作人员主持,之后民意代表带着小组讨论时最关注的问题和意见参与大会讨论。主持人要求发言者阐明所提意见的理由,并在会场上进行"辩论",最后再由政府组成人员与之互动。恳谈后,与会民意代表要再次填写同一内容的调查问卷(第一次在恳谈前进行,第二次在恳谈会结束后进行),并将第二次填写的调查问卷作为政府修改预算的根据。第二轮恳谈,将恳谈延伸到镇人大会议之中。《泽国镇 2008 年预算民主恳谈会导言》中指出了"镇政府想通过协商民主恳谈这种形式,让我们的民意代表来讨论预算决策中主要项目,集中讨论预算方案中的'四个倾斜'。本次协商民主恳谈评议结果将提交镇人大,作为人大审议镇财政预算的重要参考。由镇人大代表组成的监督小组将进行过程跟踪。届时,将以信函的形式向本次民意代表报告执行情况。"在预算审议这一环节中,人大代表与镇主要领导进行民主对话,这个对话邀请了 10 位已参加过预算民主恳谈会的民意代表旁听就 2008 年度镇财政预算人大代表与镇主要领导之间所进行对话、人大代表之间所进行的辩论。当然,根据规则,如同旁听预算民主恳谈会的 63 位镇人大代表,这 10 位民意代表没有举手发言的权利。

泽国镇政府在与人大代表作民主恳谈之前做了一件有意义的事,那就是培训工作。要看懂预算并进行讨论需要相应的知识，但是，目前人大代表不要说是乡镇层级的就是全国人大代表都普遍缺乏这一知识。为此，2008 年 2 月 25 日，浙江省温岭市泽国镇人大主席团从上海市人大那里邀请了两位专家给全镇人大代表进行乡镇人大预算知识和代表履职知识培训。这次培训向代表发放了由温岭市人大常委会和上海市常委会培训工作委员会共同编著的《乡镇人大预算知识简明读本》。《读本》详细介绍了乡镇预算的基本知识，并提供了预算审查的案例以及预算修正案的样本。通过培训使代表们"在人大会的票决之前，对预算报告的审议已进入了角色"。两轮民主恳谈取得了明显成效。第一轮，经过一天的民主恳谈，民意代表对镇政府所作出 2008 年 2.485 亿元的公共财政预算安排作了讨论。2 月 20 日上午，民意代表主要关注和集中讨论的是生态环境卫生、教育投入、农业直接补贴和社会治安等方面，2 月 20 日下午，主要关注和集中讨论的是旧城区的消防、政府运行成本、医疗卫生、城区停车位建设、中心区配套工程、农村困难老人补贴等方面，提出了一些修正意见。这些意见与建议 2 月 28 日，镇人代会召开前夕，得到了政府领导的有效回应：①农村困难老人生活补贴从原先预算 2 万元增加到 10 万元，所增加的 8 万元从中心区市民广场二期建设工程中调出；②从农村基础设施建设"村村有项目"中调出 40 万元作为困难村基础设施补助，"村村有项目"的补贴从原 160 万元调整为 120 万元；③"小型农田水利建设"从原 50 万元的预算提高到 100 万元，所增加的 50 万元从中心市民广场二期工程建设中调出；④中心市民广场二期工程建设的预算从 500 万元调整到 442 万元。这些调整将会反映在人代会的预算草案之中。这就是第一轮民主恳谈的结果与成效。第二轮，2 月 29 日召开镇第十五届人大第二次会议，83 位镇人大代表就 2008 年泽国镇预算草案进行民主恳谈。预算草案的讨论热烈，争论也激烈。泽国镇 2008 年财政预算的票决结果是："总共 93 票，60 票赞成，反对 28 票，弃权 5 票"。只比法定过半数多了 6 票（应到代表 107 名的半数是 54 票）。尽管涉险过关，但这个结果无疑会让在主席台就座的镇政府组成人员惊出冷汗。有专家称，如果再差几票，可能就会酿成全国首起乡镇预算被否决的先例。

2010 年 1 月，浙江省温岭市新河镇的"参与式预算"项目荣获第五届中国地方政府创新奖提名奖。

四、发展民间组织

35 年来，浙江农村以农民为主体的各种非政府、非营利的民间组织迅猛发展，不但在各自的领域积极发挥作用，自主管理自己的事务，丰富乡村的经济文化生活，而且积极参与乡村的政治生活，在乡村的政治过程中积极发挥民间组织的作用，从而极大地提上了新时期我国农民的政治发展水平。

民间组织是人类社会的一种古老的组织形式，可以追溯到人类社会早期就存在的民间互助互济的志愿组织。而今，民间组织不仅仅包括那些参与国际政治经济文化交流的国际性民间组织，还包括在各国民间无处不在、无所不能为的、最具有活力的新型社会组织。据统计，1998 年美国大约共有 120 万个非政府性质的民间组织，为其工作的人员和志愿者占美国人口的 10%。英国民间组织支出在整个 GDP 中占到了 4.3%，有近 100 万人在其中就职，全国约有一半以上的人还经常参加志愿活动。发展中国家中的民间组织也相当活跃，据联合国估计，发展中国家的民间组织所服务的人数在 20 世纪 90 年代初达到 2.5 亿人。长期以来，民间组织并没有一个公认的、权威的定义。根据美国学者莱斯特·萨拉蒙教授的研究，民间组织具有以下的特性：组织性，主要指这些组织都有一定的制度和结构；民间性，即要求这些组织在制度上与国家相分离，非政府附属或控制；非营利性，即这些组织都不向他们的经营者或"所有者"提供分红，同时，他们也不必缴纳一些税收；自治性，即这些组织基本上都是独立处理本机构的事务；志愿性，即这些组织的成员都不是法律强制的，这些机构接受一定程度的时间和资金的资源捐赠。

中国民间的社团组织古已有之。新中国成立后，农村社团组织的发展非常曲折。农村非政府组织发展历程总体上可以分为新中国成立前、新中国成立后至改革开放、改革开放至今这样三个阶段来分析。

（1）20 世纪初至新中国成立时期。西方政治学中关于"国家—社会"二元对立的分析范式可视为构建未来"市民社会"政治诉求的理论依据，是构建农村非政府组织的理论基石。在我国漫长的封建社会历史里，学者秦晖在其著作《传统十论—本土社会的制度文化与其变革》（复旦大学出版社，2003 年版）中概括的"国权不下县，县下惟宗族，宗族皆自治，自治靠伦理，伦理造乡绅"，深刻地描述了中央权力和宗族权力在乡镇及农村地区的边界。在皇权长期的不直接控制而出现的相对真空里，农民自发的各种组织诸如庙会、宗亲会、祠堂、民团、各种名目的互助基金会等在农村地区存在、活跃并发挥着重要的影响。直到国民党政府第一次在农村设立了作为基层政府派出性行政管理机构的村公所之际，这些原始、朴素的农民民间组织仍然持续地发挥着对农民和农村的影响。

（2）新中国成立至改革开放前。新中国成立后，为了动员一切资源以实现军事、工业赶超目标的国防优先和重工业优先的战略，我国在政治上实行以党的一元化领导为核心内容的中央集权管理体制，对社会生活实行了全面干预与深度控制。在农村建立起党的支部，与生产大队一道履行对农村的政治和经济管理，根据社会主义原则对民间结社进行了彻底的清理和整顿，这个过程大约持续到50年代前期。期间有两个方面的变化对非政府组织的发展带来重大的影响。一方面是一部分民间组织的政治化，一些政治倾向明显的团体被定义为"民主党派"，转化为政党组织，如中国民主同盟、九三学社等。另一个重要变化是一部分民间组织、一大批封建组织和反动组织被依法取缔。非政治性开始成为中国民间组织的一个鲜明而重要的特征。在农村地区20世纪80年代以前，传统的农村民间组织如庙会、宗亲会、祠堂、乡贤会等相继被消除，农民自发成立的任何其他组织均不允许存在。所以，严格地说，从1949年到1978年的近30年时间中，农村非政府组织几乎没有任何自我生存与发展的空间与环境。

（3）改革开放开始至今。改革开放以来，浙江的经济体制改革取得了突破性进展，特别是社会主义市场经济体制的率先建立和完善，使浙江的生产力得到了极大的发展。多种所有制、多元化利益主体进入社会，政府部门的部分社会职能逐步向非政府组织转移，群众参与社会管理的积极性高涨，这就为非政府组织的发展奠定了基础。在农村，家庭联产承包制取代了原来的人民公社，家庭的私营经济开始发展起来。人民公社解体和家庭承包制的实行，不仅使农村的经济生活，而且使整个农村的社会政治生活也发生了翻天覆地的变化。其中之一便是农村的民间组织又开始慢慢复苏和生长。改革开放后，农村民间组织的发展大体经过了两个阶段：第一阶段是1978—1992年，一些重要的农村民间组织如村民委员会、庙会、计划生育、治保会、标会（一种私人合作基金会）等开始逐步恢复或不断产生；第二阶段是1992年至今，期间农村非政府组织的自主性大大增强，特别是诸如村民委员会、老年人协会、妇代会这些至关重要的村民组织，开始成为村务管理的主体和影响村民生活的主要因素。

根据我国农村非政府组织的自身性质、发挥职能、服务范围、政府机关的联系紧密程度等方面的不同，农村非政府组织有不同类型划分方法，一般可分为：①政治性团体组织，主要为不同民主党派的基层组织、共青团与妇联等群团组织；②准政府组织，是以村委会为核心的组织，如人民调解委员会、治安保卫委员会、计划生育委员会、经济管理委员会、公共事业委员会等；③社会公共事业单位组织，包括基层财政支持的事业单位如老年人福利院、儿童福利院和民间筹资的非企业组织；④农村社会公益性组织。如妇女协会、老年人协会、扶贫协会、红白理事协会、民间慈善组织、用水者协会、环境保护协会、村级文化（组织包括庙会、灯会、戏会等）；⑤宗教宗族类组织；⑥农村维权性组织；⑦农村经济性合作组织。目前，农村经济性合作组织是中国农村社会中出现最多的一类组织，也是发展势头最为迅速的一类组织。它包括村级的集体经济合作组织、农民专业合作经济组织、农民专业合作社、农民专业协会或专业技术协会、农民合作社之间组建的联合社等组织家庭联产承包责任制后，我国农民在经济上面临的最大问题是，经营规模太小，交易成本过高，无法抵御自然灾害和市场风险。建立各种形式的合作经济组织，是解决这个问题的有效途径。关于新型合作经济组织的定义，目前学界尚未形成共识。这种新型合作经济组织的出现是我国农村非政府组织发展的一个新的现象，对农民经济利益的保障和争取有积极的意义。还可以将农村非政府组织划分为：权力组织（主要包括村民委员会、村计生协会等）、附属性组织（主要包括共青团支部、民兵营、妇代会、治保会等）、服务组织（主要包括村经济合作社、专业经济协会等）三种基本类型。

经过几十年尤其是改革开放以来的发展，我国的农村民间组织已具备了一定规模。20 世纪 90 年代以后，县以下的乡镇和村普遍发展起了众多的民间组织，保守地估计，全国已经登记和未经登记的乡村两级的民间组织至少在 300 万个以上，占全国民间组织总数的 2/3 以上。其中，全国有各种规模和类型的农村妇女专业技术协会 5 万多个、农村妇女专业合作社近万个。至 2005 年底，全国 50％的农村乡镇建立了老年人体育协会，城市社区和农村老年人协会发展到 31.7 万个，农村有将近 50％的行政村尚未建立农村老年人协会组织。已经建立老年人协会的行政村占各省行政村比重超过 50％的省有 17 个，其中上海最高，达到 99.4％，老年人协会几乎覆盖了整个农村；其次为陕西（92.0％）和山东（90.0％）。建立村级老年人协会不足一半的省份有 13 个，其中，最低的海南省只有 5 个村级老年人协会，覆盖率只有 0.2％，其次是内蒙古为 1.6％（西藏缺乏调查数据）。

浙江省广大农村的民间组织发展，除了与全国相似的共性外，还有自己鲜明的个性，它不但集中地呈现在农村专业合作组织迅猛发展上，而且，突出地反映在农村新型融合治理型社会组织的发展上。

以慈溪市为例，慈溪民营经济发达，中小企业众多（3.5 万余家），外来人口集聚（现有 98.2 万人，总人口达 202 万），治安形势复杂（全年刑事、治安案件超过 3 万起，矛盾纠纷达 2 万起），社会管理任务重、压力大。早在 2005 年，慈溪发生了因劳资纠纷引发的千名以上外来人口参与的上访事件。针对外来人口涌入带来的大量治安问题、矛盾纠纷、环境卫生等社会管理问题，慈溪市对坎墩街道五塘新村、掌起镇陈家村把共建共促理念融入"平安村"创建，充分调动新老村民积极投身于平安建设效果显著的做法进行认真总结和疏理，并于 2006 年 4 月率先在坎墩五塘新村创设了"以人际和谐为目的，以村（社区）为单位，由市镇两级党委政府引导推动，村级党组织、村民委员会、经济合作社直接领导，当地群众与外来建设者共同发起，按照国家社团建设有关要求依法成立，具有民间性、共建性、互助性、服务性特点的民间组织——村级和谐促进会"，把外来人口服务管理纳入基层自治范畴，解决村（居）两委会在外来人口管理上的缺位，以破解外来人口管理难题。同年 10 月在全市加以推广，如今慈溪 347 个村（社区）已全部建立和谐促进会。2008 年下半年，进一步深化发展和谐促进会，赋予其更多职能，使这一社会组织的功能由融合为主向参与基层社会协同治理拓展，从而进一步完善了基层社会管理机制，形成了以村（社区）党支部为核心，村（居）民委员会为主体，村（社区）经济合作社为支撑，和谐促进会为依托，企事业单位和社会各界群众广泛参与，基层组织和社会组织协同治理的基层社会管理新机制，丰富了基层自治的载体，实现了社会管理主体的多元化，形成了基层组织和社会组织相结合的基层社会管理新格局，促进了基层社会管理能力的提高。

和谐促进会的成立，让外来人口与本地居民人格平等、地位平等地加入，通过村事共商，平安共创、文化共建、环境共护、困难共帮、和谐共促，提高了外来人口的组织化程度，增强了归属感和认同感，许多外来人口都把它当作自己的"娘家"。同时和谐促进会积极解决外来人口就学、就业、就医、劳资、租房等方面遇到的困难和诉求，广泛吸纳外来人口参与环境卫生、群防群治、矛盾纠纷等公共事务管理，组织开展各类文体活动，满足了外来人口最基本的物质和精神文化需求，促进了新老居民之间的交流沟通，提升了外来人口服务管理水平。基层组织通过和谐促进会这一社会组织，畅通了新老居民诉求表达渠道，挖掘了社会力量的参与，管理服务的方式更趋主动和直接，并促进了"熟人社会"的形成，增强了基层自我管理和服务的功能，为政府分担了部分管理压力。过去基层干部往往信息不灵，工作难以深入，现在全市有新老居民组成的 25 000 余名和谐促进员、13 000 余名片组长（外来人口占一半）和 3 000余家会员企业的志愿参与，使得不少群众的困难在第一时间得到解决。

三年来，基层组织和社会组织协同治理中聘请的和谐促进员共走访群众 12 万余人次，排查化解各类矛盾纠纷 4 万余件，收集上报涉稳信息 2 500 余条，群众意见建议 6 300 余条，504 家需求服务站、20 支 372 人组成的乡音讲师团、185 支 2 978 人组成的和谐促进服务团已为 16 万名外来人口解决就医、就学、租房等实际困难，帮扶困难人员 3 万余名，组织各类文体活动 6 600 余场次，参加者达 200 余万人，开展各类宣讲、培训活动 4 000 余次，参加人数 60 余万人次。同时也使不少外来人口真正融入了本地社会，已有 10 名外来人口走上了村级领导岗位，1 万多名走上了企业管理岗位，7 000 多名办起了工商实业，还有一批外来人口成为"全国技术能手"和全国"五一"奖章获得者。各地基层组织联动和谐促进会发动新老村民建立义务巡防队伍 520 支 8 169 人，有效遏制了案件高发态势，刑事案件发案数连续四年持续下降。20 支共 455 名由优秀外来人口组成的特聘调解员队伍，为防止群体性事件发生发挥了积极作用，2007 年以来未发生有影响的群体性事件，全市 85％的矛盾纠纷都化解在村（社区）一级，成功率达 98％以上，慈溪市连续五年被省委省政府命名为"平安市"。

2012 年 1 月，浙江省慈溪市委市政府的"基层组织和社会组织协同治理模式"项目荣获第六届"中国地方政府创新奖"。

五、赋农民工权利

改革开放以来农民工权利保障分为四个阶段。

（1）对农民工"体制上排斥、经济上不接纳"时期（1978—1983 年）。1978 年 12 月，以党的十一届三中全会为标志，中国进入了改革开放的历史时期。20 世纪 70 年代末，随着家庭联产承包责任制的推行，农民获得了田地，可以自主支配劳动力，这为农民外出务工提供了前提条件。20 世纪 80 年代初，乡镇企业的发展成为农村劳动力转移的主要方式。随着我国经济迅速发展，大量农民涌入城市，在工作机会、公共交通、社会生活等方面，与城市居民产生了一些冲突，"盲流"成为对他们的流行称谓。"盲流"是最具歧视色彩的一种称呼。1984 年，中国社会科学院《社会学通讯》首次出现"农民工"一词，随后这一称谓逐渐被广泛使用。改革开放初期，由于计划经济时期形成的发展战略和城乡分割的就业体制的影响，限制农民进城就业的政策纷纷出台。1981 年 12 月，国务院发出《严格控制农村劳动力进城镇做工和农业人口转为非农业人口的通知》，主要内容包括：严格控制从农村招工；认真清理企业、事业单位使用的农村劳动力；加强户口和粮食管理。在中国农村，1984 年以前的改革，农民向非农产业转移的主要方式不是外出打工，而是去乡镇企业———那是农民在种好责任田之后的一项副业。"离土不离乡，进厂不进城"，曾被誉为中国特色的城市化道路。

（2）对农民工"经济上接纳、体制上排斥"时期（1984—2002 年）。1984

年，国务院颁发了《关于农村进入集镇落户的通知》，允许长期在城镇务工、经商、有固定职业和住所的农民，在自理口粮的情况下迁入城镇落户。《通知》的出台，成为"允许农村劳动力流动"的一个标志。1989年初春，几百万农民南下，成为"民工潮"爆发的标志性事件，交通部门不堪重负，国内媒介上第一次出现了"春运"字眼。20世纪80年代末到90年代初的几年，由于民工潮规模急剧增长，政府开始关注该问题，也制定了相应政策。1994年11月，原劳动部公布了《农村劳动力跨省流动就业管理暂行规定》，这个文件把前几年一些地方政府局部性的农民工流动限制措施上升为全局性政策规定。对进城农民工采取"经济上接纳，体制上排斥"的做法，其结果是恶化了就业环境，阻碍农民变市民，影响了经济发展、社会和谐。对进城农民工在"经济上接纳"，并非政府所为，而是经济发展中农民寻求就业的推动和城市企业的内在要求，是供求决定的市场行为。对进城农民工在"体制上排斥"，却是城市政府基于两种户口、二元分割的管理观念和体制造成的。对进城农民工在"体制上排斥"，违背市场经济规律和城镇化发展方向，脱离了农民工是产业工人、常住人口重要组成部分的经济基础和社会现实。1992年党的"十四大"报告明确提出建立社会主义市场经济的目标，从1993年到2003年，是以建立社会主义市场经济体制为目标的市场化改革阶段。这一时期，国家出台了若干保护农民工权利的法律、法规、规章，农民工受《中华人民共和国劳动法》的保护，并在法律上取得了与城镇职工基本相同的待遇。1997年国务院颁布了《关于建立统一的企业职工基本养老保险制度的决定》，1999年国务院实施了《失业保险条例》等。2001年10月，根据修正的《工会法》第3条规定之法理，农民工应该有权加入工会，其合法权益应与其他职工会员一样受到《工会法》的保护。

（3）对农民工"政治上尊重、政策上扶持"的保护时期（2003—2005年）。2003年以后，我国进入到了社会主义市场经济的改革深化阶段。2003年，中央政府推出了系列惠及"三农"的政策措施，取消对企业使用农民工的行政审批，取消对农民进城务工就业的职业工种限制，取消专为农民工设置的登记项目。各行业和工种尤其是特殊行业和工种要求的技术资格、健康等条件，对农民工和城镇居民应一视同仁。这是一个体现市场经济和城市化发展方向的重要文件，标志着农民流动就业政策的重大转折。2003年，中国工会十四大召开，农民工可以成为工会会员。2004年中央一号文件明确指出"进城就业的农民工已经是产业工人的重要组成部分。"从产业关系看，农民工已经成为新型产业工人。农村剩余劳动力最早是往乡镇企业转移，他们是"离土不离乡"的产业工人。之后，农村剩余劳动力大量地向城镇转移，这时他们是"离土又离乡"的产业工人。2003 年，国务院颁发了《国务院办公厅关于做好农民进城务工就业管理和服务工作的通知》。2004 年 1 月 1 日起施行的《工伤保险条例》，是促进农民工享有社会保险待遇的重大突破。2004 年 6 月，劳动和社会保障部颁发了《劳动和社会保障部关于农民工参加工伤保险有关问题的通知》，对农民工工伤保险问题进行了专门的规定。2003 年 12 月 30 日，劳动和社会保障部第 7 次部务会议通过了《最低工资规定》。2004 年 12 月 21 日，最高人民法院下发了《最高人民法院关于集中清理拖欠工程款和农民工工资案件的紧急通知》（法〔2004〕259 号）。

（4）对农民工"政治上参与、法律上保障"的保护时期（2006 年至今）。2006 年 1 月，国务院颁布了《关于解决农民工问题的若干意见》。《意见》提出了一系列解决农民工问题的措施，为农村劳动力进城就业营造了良好的政策环境，促进了农村劳动力的有序流动，通过实施工资支付保证金制度，强化农民工工资支付监管，维护农民工的合法权益。城乡统筹发展视角下的农民工权利法律保护进入新阶段。在科学发展观的指导下，我国农民工政策发生了根本性转变，全面进入城乡统筹发展、逐步建立城乡一体化劳动力市场机制，从法律上公平保护农民工的合法权益。2007 年 6 月 29 日，第十届全国人民代表大会常务委员会第二十八次会议通过了《中华人民共和国劳动合同法》。2007 年 8 月 30 日，第十届全国人民代表大会常务委员会第二十九次会议通过了《中华人民共和国就业促进法》。2007 年 12 月 29 日，全国人大常委会审议通过《中华人民共和国劳动争议调解仲裁法》。

从政治发展来看，农民工既是产业工人的一部分，又是现阶段农民的重要组成部分。截至 2012 年末，我国农民工总量达到 2.626 1 亿，据 2010 年第六次全国人口普查资料，浙江省 2010 年常住人口为 5 442.69 万人，全省常住人口中省外流入人口为 1 182.40 万人，占 21.72％。可见，浙江省也是名副其实的农民工大省，总计 1 700 万，其中吸纳外地农民工近 1 200 万，浙江省农民工 500 万左右。这是一个膨大而特殊的群体，一方面他们是农村人，保留着农民户籍；另一方面，他们又长期在城市工作，是确确实实的城市工作者，参与城市方方面面的生活，在中国现阶段以户籍作为赋权基础的情况下，他们往往既与乡村社会政治权力的行使发生错位，又被城市社会制度性地屏蔽在外，成为"被权利遗忘的角落"。即使如此，在现有户籍制度尚在加快改革、城乡一体化加快发展的背景下，一些创新措施陆续出台。

首先，是选举权利。调查显示，参加过家乡最近一次村委会选举的仅占

19.3％，而没有参加过选举的则占 79.5％。在参加选举者中，有占 52.4％的人是亲自回村参加选举的；请别人代投的占 15.9％；函投的占 14.5％；通过其他方式投票的占 11.7％。另一方面，农民工城市政治参与的现状却令人担忧，据调查，94％的人没有参加过所在城市社区的居委会选举。为此，2006年下达《国务院关于解决农民工问题的若干意见》，主要从经济和社会方面提出了 40 条政策措施建议；十届全国人民代表大会第五次会议通过关于十一届全国人民代表大会名额和选举问题的决定，规定"第十一届全国人民代表大会代表中，来自一线的工人和农民代表人数应高于上一届。在农民工比较集中的省、直辖市，应有农民工代表。"这意味着对农民工权益的关注和保护由经济与社会层面向政治权利层面递进。根据这一决定的要求，中央和地方进行了积极的探索。在 2010 年的县乡两级普选中，在绍兴县务工 20 年的邹妙琴没想到，自己作为一个外地人，能当选为绍兴县人大代表。浙江省"农民工代表"队伍正在不断扩容，更多地发出声音。在换届选举中，参加选举的流动人口数和当选数比上届都有较大幅度提高。全省约有 180 万外地流动人口在现居住地参加县级和乡级人大代表选举，401 名当选县乡两级人大代表，其中县人大代表 138 名，乡人大代表 263 名。温岭市、义乌市、绍兴县等地还单设流动人口选举区，增加流动人口代表名额。

其次，组织和运作工会的权利。全国总工会副主席张鸣起表示：中国采取了多项措施保障农民工权益，过半农民工已经加入了工会组织，私营企业的工会会员已经达到 5 220.8 万人，农民工会员达到 3 619.7 万人，农民工的入会率达到了 51％。这就使原来一盘散沙的农民工群体有了组织化的力量和集体行动的能力。

再次，参与政府决策的权利。在城市管理中，一些与农民工切身利益密切相关的公用事业问题，在决策咨询、分析论证、公开听证、公示协商的过程中，征询农民工的意见，让农民工参与到市政决策与市政管理的民主协商过程中来，并充分考虑农民工群体的承受能力，以推动城市经济和社会的和谐发展。

六、扩大党内民主

党内民主是党的生命，是党员政治权利保障之依托。党员政治权利保障，包括两个方面，一是党组织的创新设置，让每个党员都有一个便利的权利行使的"家"；二是党员主体地位的确立与发挥，让每一个党员都有参与党内事务成为党内事务主人翁的权利。

35 年来，浙江农村基层党组织设置发生了很大的变化。大致经历了三个阶段。第一阶段是 80 年代，乡镇企业异军突起，迅猛发展，乡镇企业党组织大量涌现；第二阶段是 1992 年农村"撤扩并"后，根据乡镇与行政村之间建立"片"、"办"、"点"等工作机构的新情况，合理设置党组织，解决了乡镇党委管理幅度过大的一些问题；第三阶段是进入 90 年代，特别是党的十五大召开以后，多种经济成分竞相发展，各种新的经济组织和社会组织大量出现，社会主义市场体系逐步建立，农村党员从业的流动性和多样性空前增长，与此相适应，农村基层党组织初步形成了多种设置形式并存的格局。

从现状来看，除了以行政村、乡镇企业等传统设置党组织外，新的探索主要有以下几种类型：

一是根据农村行政区划的变更设置党组织。主要包括：①在行政村建立基层党委或党总支。随着村组合并后，村组规模和数量的变化、行政村规模的扩大、外来务工人员的增多以及党员队伍的壮大，原有的行政村党支部建制已不适应党员管理的需要，为此把符合条件的行政村党支部升格为党委、党总支。②在片总支或区域中心设立党组织。有的乡镇在所在辖区划分若干"片"，每个片建立党总支，管辖几个行政村党组织。对地域相邻、联系紧密、产业关联度大、能形成农村产业发展带的几个村的党组织进行合并，建立中心村党委，辐射周边经济发展。党委下设行政村党支部、龙头企业党支部和产业基地党总支，把若干行政村、企业公司和农村专业组织整合集结，促进区域经济和产业优势聚合，形成区域化党建新格局。③在村民小组中设立党支部。以往一般在村一级设立党组织，现在各地行政区划调整力度加大，有的村民小组的农户数量增加；农民集中居住小区建设加快，农户大幅减少的村民小组增多；发达地区许多农民变成居民，村民小组的内部结构发生变化，有的农村党小组对本组党员的管理鞭长莫及。因此，对于已经设立党委或党总支的村，在村民小组规模较大、农户居住分散、工作量较大的村，增加村民小组的数量并设立党支部；对于合村并组的村，在原来村民小组的基础上联合设立小组党支部；对于规模小、工作量不大的村，依托中心村设立村民小组党支部。对于外来农村人口，单独设立新村民小组党支部。④以自然村为单位建立党组织。有的地方行政村下面管辖多个自然村。由于自然村之间相距较远，党员分散，党支部的管理跨度大，支部建在行政村给活动管理和组织生活带来不便。因此，缩小支部规模，以自然村为单位建立党支部。⑤建立农村功能党小组。农村党员中，技术能手、经营能手、道德模范、管理精英、农村知识分子等各有所长，根据他们的兴趣爱好、职业特征、专业特长设立党小组，可以打破过去单纯以村民小组或居住区划分党小组的固定模式，促进党员与群众的互帮互带。

二是根据农村产业和行业变化设置党组织。主要包括：①在乡村企业中建立党组织。有的地方农村工业发展很快，农民和农村党员主要集中在企业、工厂，田间地头活动时间较少。根据乡办企业、村办企业以及跨村、跨乡、跨县企业小型、分散、经营层次多、调整变化快的特点，灵活设置党组织。②在农村行业协会中建立党组织。农村涌现出来的新经济组织和新社会组织集聚了大量党员，依托规模较大、会员较多的行业协会建立党组织，能有效扩大党的组织覆盖面，把这些党员组织起来有利于发挥他们带领农民致富的优势。③在农村产业链上建立党组织。比如，以若干大型骨干企业为龙头，在一定区域内建立党组织；由大型专业市场管理机构牵头，联合从事生产、加工、流通的农村党员组成新的党组织，或者依托农村各种贸易市场，把市场上个体工商户、建筑开发商中的党员聚集起来，建立党组织；依托产业园区和产业基地建立党组织；在发展前景好的致富项目和服务项目上建立党组织。

三是根据农村党员区域和职业流动设置党组织。主要包括：①在农村社区单独建立党组织。一些城中村的农民生活已经向都市生活方式靠近，社区色彩较浓；城郊村的农民靠近城市，以城带乡步伐加快，有的农村一次性改为街道社区建制，形成过渡阶段的农村社区，农村与社区的特征并存；一些农村土地征用后，农民集中搬迁入住小区，形成农民动迁小区。这些地方，有的十几户聚居，有的几十户聚集，可以依据党员人数的多少设立党小组或党支部。②在农民工集聚区建立党组织。农民工是一个特殊群体，有的亦工亦农，有的保留农民身份但事实上完全成为产业工人，有的农民进入发达地区农村务工，但集中租住在附近的农村，也有农民工集中住在工作区。在这些集聚区和居住区建立党支部或临时党支部，加强对农民工党员的党内关爱，有利于增强党组织的凝聚力。③建立农村党员流动党支部。一些农村党员长期漂泊在外，在产业之间和地区之间流动频繁，由于就业或居住地变化等原因，在较长时间内无法正常参加其组织关系所在地的活动。有的在城市无法过组织生活，有的党员意识淡化。流出地的农村党组织根据外出流动党员的情况，建立流动党支部，采取单位管理、行业管理和社区管理等多种方式与流动党员保持联系，加强教育。

四是农村各党组织之间联合组建党组织。①村村联建。将邻近区域内的若干村党组织联合建立党组织。一是先进村与落后村结对帮扶。这种形式不改变村党支部的设置，只是建立一种紧密的联系制度，由先进村党组织书记兼任落后村党组织书记，带动落后村发展。二是经济强村党组织和弱村党组织合并设置。其特点是打破行政区划设置，强村与弱村合并，经济优势相同、关系紧密的村党支部实行整合共建，成立党支部或党委，但保留各自的村委会。三是自然资源相近的村联合建立党组织，对这些村实行资源整合，形成规模开发与经营，防止同类资源的恶性竞争。②村企联建。将乡镇骨干企业党组织与行政村党组织联合建立党组织，由企业党员厂长或者党组织书记兼任联合后的村党组织书记。把党组织设在行政村，由村党组织对村里和企业的党员进行管理，统一开展党的活动。随着企业所有制的变化，当乡村企业与国有企业联合、兼并，或者与外商合作、合资，或者成为外商投资企业，或者被个人收购、承包而成为个体企业、私营企业，企业党员的规模发生变化后，企业可以与村党组织联合过组织生活。村企联建的另一种方式是把党支部或党总支设在规模较大、效益较好的企业里，村党组织的组织生活放在企业里开展，这种组织设置的特点是以企业带动村庄的发展。尤其是当村办企业甚至村级私营企业发展的规模和速度都超过村，以致村管模式不大适合企业发展的要求，采取这种模式更为合适。村企联建的设置方式既有利于发挥村党支部的作用，又能发挥企业党支部的作用。③村居联建。行政村与邻近的居委会联合建立党组织。随着农村城镇化的发展，农村涌现出高新区、工业园区和龙头企业在农村的生产加工基地，这些区域的党员与行政村紧密相连，在这些小城镇发展较快的村建立村社区联合党组织，有利于整合组织资源。在城郊村和城中村、城乡结合部的党组织，具有区位优势，与城市街道往来密切，可以与居委会党组织实行组织联合。在农村向街道转制过渡的地区，村居联合有利于加快农村城镇化的转型。④村所联建。乡镇站所党组织与村党组织联合建立党组织，如乡镇站所、县以上涉农部门对口联建。这类联合不改变党员的组织隶属关系，主要是工作上的联合，共同开展党的活动。

基层党组织设置变化的另外一个方面，是在农民工集聚的私营企业中普遍建立党组织，实现党组织的全覆盖。1994 年，党中央作出《中共中央关于加强党的建设几个重大问题》决定，要求"各种新建立的经济组织和社会组织日益增多，需要从实际出发建立党的组织，开展党的活动。"党的十七届四中全会进一步提出了在"两新"组织中要加强党的建设的新任务，明确指出："加大在新经济组织、新社会组织中建立党组织的工作力度，探索党组织和党员发挥作用的方法和途径"2004 年 7 月 26—29 日，胡锦涛总书记强调指出，要着眼于巩固党执政的组织基础，大力加强基层党组织建设，特别是要抓好社区、新经济组织、新社会组织的党建工作，切实做到哪里有群众哪里就有党的工作，哪里有党员哪里就有党的组织，哪里有党的组织哪里就有健全的组织生活和坚强的战斗力。各地针对"两新"组织的实际情况，从创新组织设置、健全组织体系方面着手，增强"两新"党组织设置的科学性，对现有的组织设置进行了必要的调整和创新，探索形成"两新"组织党组织设置的几种模式，有效推动了党的组织和工作全覆盖。

（1）在私营经济城建立党组织。私营经济向园区集中，是各地经济工作的一大特色，因此，在私营经济城建立党总支（党委），是加强新经济组织党建工作的一个重要平台。不少地方实施了私营经济城"十个一"党建工作方法，即构建一个组织网络；建立一个党员活动服务中心；发放一张党建服务卡；确保一笔党员活动经费；每年开展一次党组织和党员年检制度；选派一支政治指导员队伍；建立一个网上党建园地；建立一项党员代表会议制度；树立一批新经济组织党建示范点；建立一个业主联谊会。

（2）在商业街建立党组织。各地的商业街上集聚了大量"两新"组织，它们单个组织规模较小，但组织形态较稳定，其中也分散着一定数量的党员。为加强这些"两新"组织的党建工作，对这些党员实施有效的管理，各地逐步推进了商业街党组织的组建工作。

（3）在专业市场建立党组织。各地专业市场集聚了成千上万家商铺，经商务工人员集聚。针对市场内个体私营经济占主导成分且流动党员占有一定比重的特点，各地以改进管理、突出服务为重点，建立市场党组织，把流动党员凝聚在党组织之中，不断增强党组织的创造力、凝聚力和战斗力。广大党员主动挂牌经营，带头践行"不售伪劣产品、价格童叟无欺、文明礼貌服务"，公开接受群众的监督，赢得了消费者的普遍信赖。

（4）在外来民工集居中心建立党组织。在城市民工相对集中的地方，由居住地所属的政府筹建外来民工社区，并建立外来民工党支部。如上海市嘉定区马陆镇通过"政府规划、市场运作"的模式建造了外来农民工居住地——永盛公寓。在总建筑面积61 240平方米的住宅楼，居住着来自全国26个省市的近5 000名外来务工者，其中党员27名。2004年3月，在区委组织部的指导下，镇党委在永盛公寓成立了永盛公寓党支部，并派专职党务干部开展社区党建的日常工作，有效扩大了党在群众中的影响力和凝聚力，从而牢牢巩固党的执政基础。

（5）在投资服务中心建立党组织。利用各镇街道的投资服务中心平时与外资企业沟通联系多、情况比较熟悉的优势，将党组织设立在投资服务中心，有效地把分散在各企业的党员组织起来。

（6）在党员服务中心建立党组织。为解决流动党员管理难、过组织生活难、集中学习难、考察转正难的问题，各地建立了党员服务中心建立、流动党员支部和流动党员学校，通过组织流动党员到流动党员学堂登记，明确学堂的章程和对党员的要求，使流动党员在这里找到了自己的"家"。

（7）在个私协会上建立党组织。组织个体工商户党员按时参加组织活动，并积极投身到全区各项建设工作中来，涌现了一批勤劳致富、富而思源、乐于奉献的好人好事。

35 年来，农村基层党内民主、党员主体地位保障有了实质性的发展。它表现在民主选举、民主决策、民主管理、民主监督的各个领域。就选举权而言，主要体现在乡（镇）、村两级党组织领导班子的直选上。新时期，许多地方都进行了公推直选乡镇党委书记的试验。"公推直选"就是把党委直接提名和委任变为在党组织领导下，党员、群众公开推荐候选人，然后由全体党员直接差额选举产生党组织书记。"公推直选"乡镇党委书记具有党员参与面广、推荐形式多样、报名参选积极、当选人员公认度高，社会关注度高、群众反映好等特点。浙江省虽然不是全国"公推直选"乡镇党委书记最早的地区，却是扎扎实实地推进的地区。早在 2004 年 9 月，浙江省首位由全体党员大会直接差额选举的乡镇党委书记，在衢州常山县龙绕乡产生。2008 年 11 月，长兴县夹浦镇、和平镇在镇党代会公推出 2 名候选人的基础上，通过差额选举产生了镇党委书记。2 名乡镇党委书记的产生，经历了发布公告、"公推"提名、公开民主推荐、全委会表决和常委会票决，广泛推荐，层层筛选，真正把乡镇党委书记人选的提名权交给党员群众。最后确定两个镇各 2 名党委书记候选人预备人选后，4 名候选人又通过了驻点调研、组织竞职演讲、现场答辩三关，最后经过镇党代会代表选举产生。2009 年 11 月 28 日，宁波象山县泗洲头镇的 555 名党员进行投票，从两名候选人（从 102 名符合条件的报名者遴选出）中，选出泗洲头镇党委书记。"公推直选"乡镇党委书记，促使基层党员干部进一步端正执政理念，树立良好的执政作风；增强了基层党组织的公信力、凝聚力、吸引力和号召力，巩固了党在农村执政的组织基础；促使农村基层党组织增强发展党内民主的紧迫性和自觉性，提高了农村基层党组织驾驭社会主义民主政治建设的能力；树立了科学的、民主的选人、用人导向，激发了农村基层党员干部队伍的活力；打造了农村基层党组织的新形象，增强了乡镇党委权力来源的合法性基础。"公推直选"赢得了广大党员的信任和满意，党员参选率高达 98.6％。这说明直选这一新探索，充分调动了广大党员的积极性，密切了干部群众的关系，凝聚了党心、民心，增强了党的执政基础。与此同时，在村级党组织书记的选举中，普遍采取"两推一选"的办法，即村党组织班子成员分别由村党员和村民群众民主推荐，经上级党组织考察后确定候选人选，最后召开村级党组织全体大会选举产生。

第三节 浙江农民政治发展展望

根据学理逻辑与现实逻辑相统一、主观期待与客观可能相统一的原则，提出今后中国农民政治发展的展望。

一、农民自治权利得到全面保障

我国的村民自治自 1989 年实行以来，已有 24 个年头，取得了国内外公认的成就，成为 35 年来我国社会政治发展的一大亮点。但是，现实中，却长期存在着农民的自治权被侵害的现象。村民自治，顾名思义就是在一个村域（行政村）的范围内，由全体村民按照民主的原则，自主决定自己的事情，自主管理自己的事务。村民的自治权主要受到来自两个方面的侵袭。首先是乡镇机构的行政权侵害村民的自治权。乡镇机构总是脱不开旧有的"公社—大队—小队"的思维和行为习惯，把村委会当做自己的下属机构，发号施令、指东使西，而不是当作合作伙伴，相互尊重、协商办事。学界称之为村委会的"行政化"、"二政府"现象。助长这种现象的另一个原因，是村党组织领导村委会的体制。虽然，从制度设计说，村委会对乡镇政府没有隶属关系，即无领导—被领导的关系，但村党组织却是乡镇党委的一个下属组织，有严格的领导—被领导的关系，因此，行政权对自治权的侵害，往往通过乡镇党委→村党组织→村委会的渠道运作。其次，是村级"两委会"对村民自治权利的侵害。如上所述，村民自治是全体村民按照少数服从多数的原则共同治理村务，而现实中，往往是村"两委会"，即村干部，甚至仅仅是村书记、村主任对村庄事务垄断包办，"个别人说了算，广大村民靠边站"。真正的自治权利的主体——村民群众，被排挤在村庄公共事务的决策之外，村民自治演变成"精英治理"、"精英独裁"。

为此，作为中国特色社会主义政治发展道路重要内容之一的中国的村民自治制度，在今后的发展中，必须要在处理好三个重要关系中前行。第一，是乡镇政府与村民自治体的关系，也就是国家行政权与村民自治权的关系。第二，是村庄治理精英与村民群众的关系，即村"两委会"与自治主体——村民之间的关系。第三，是党的组织的权威与自治体组织权威的关系，即村党组织的委员会与村民委员会的关系。

浙江的工作思路应是，首先在第二、三两个关系上取得突破，同时逐步理顺第一个层面的关系。在第二、三两个关系上，浙江省各地已普遍制定了《村民自治章程》，出台《浙江省村民代表会议工作规程（试行）》（2008）、《浙江省村务监督委员会工作规程（试行）》（2010）等，并准备出台《村民代表会议议事规则》等规范性文件。

二、农民自组织能力逐步得到张扬

各种各类的公民组织的涌现，是现代民主社会的基石和标志，在群体和利益多元化的今天，各类公民组织是较之政党反应更迅捷的利益诉求渠道，也只有各利益群体组织的积极参与，政府才能制定出正确有效的政策。

现状来看，我国农民是利益诉求组织化程度最低，因而，组织化利益表达最为孱弱的一个群体，据民政部门统计，约占总数百分之八十以上的民间组织属于非法存在，而这绝大部分来自于农村。大量非法民间组织的存在，一与我国民间组织登记管理制度有关。以农村的老年协会为例，大多未登记过。这些农村老年协会之所以没有登记注册，是因为"社团登记的条件太严，注册费用太高"，农村老年协会大多数没有 3 万元以上的活动资金，也找不到业务主管单位。找到了相应的业务主管单位，登记成本也过高。政府不会因它登记而给拨款；企业向它捐款后，它出示的收据并不能充抵企业所得税；个人向它捐赠后，它的收据也不能抵扣个人收入调节税。二与我国对民间组织的实际的控制状况有关。在我国农村社会中广泛存在的是各种外部生成类民间组织，这类民间组织的产生或是国家规划的统一制度安排，如共青团、妇联、计划生育协会等，具有鲜明的"官民二重性"特点。外部生成类民间组织在国内舞台上占据着主导地位，据调查统计民间组织当中官办占 34%，官民合办占 41%，两样合在一起占 75.8%，行政化倾向非常严重，导致民间组织没有自主性。

目前来看，农村民间组织还不够完善成熟，面临着种种发展困境，但从长远来看，一系列动力机制还是为其发展提供了条件，如国家对乡村社会的再整合为其进一步发展注入了自上而下的支持力量，理性化的农民追求自身利益和维护自身合法权利的需要是各种农村民间组织得以产生和发展的根本动力，在亲缘网络基础上形成的信任、规范、网络为民间组织产生和发展提供了社会资本，而村庄精英人物的参与则直接推动了农村民间组织的发展。具体来说，农村民间组织作为分析国家与社会关系的一个重要因素，其发展有赖于国家或政府自上而下的拉动及民间自下而上的推动。我国农村社会对农村民间组织具有极大的发展需求，因而这就决定了影响农村民间组织发展前景的重要变量乃至决定性因素应当是国家对农村民间组织的态度，即如果国家给农村民间组织采取高度支持的态度，则农村民间组织在上下合力推动之下便会得到快速发展，成为国家与市场之外的重要一极。但如若国家对农村民间组织采取不信任的态度，进行控制乃至打压，则农村民间组织会继续沦为国家的附庸，没有任何独立性可言。农村民间组织作为"第三部门"的重要组成部分，是因应国家政权建构和市场经济发展需求而产生的。在阶层分化和利益多元化的今天，农村民间组织在政府部门和市场部门难以作为的领域发挥了极大功能，诸如为农民提供公共产品和公共服务、维护农民利益、为农民维权提供制度化渠道和组织化力量等。

因而，一方面，国家为了对农村地区进行有效治理，对农村民间组织在诸多方面形成了依赖，会在宏观制度上鼓励一部分与自身利益相契合的农村民间组织如农村经济合作组织等的发展。但另一方面也会对有可能威胁国家或政府利益的农村民间组织如维权组织、农会等进行严格控制。但国家和政府并不是单纯的"经济人"，更是代表公共利益的公共部门，把农村民间组织的发展前景完全纳入国家与民间组织"利益契合"的分析框架也似有不妥，国家对农村民间组织是控制还是支持，除考虑二者利益一致性之外，更应考虑汹汹民意，毕竟在民主趋势之下，国家和政府存在的合法性要以民意为依归。因而，农村民间组织的发展是国家与社会双向互动的过程，对其前景预测也应纳入民主—国家建构与公民社会发展的过程之中。

今后一个时期之内，浙江农村应着重发展两类民间组织。一是农村各类专业合作组织。随着农村合作经济逐渐步入高潮，这类组织必将有一个很大的发展，同时，它也是政府所大力倡导的。二是农村各类社会服务与管理组织。随着城乡一体化进程的加速和新农村社会建设、文化建设逐步推进，对村民自我服务、自我管理的需求日益增长，急需农村各类民间组织的参与和协同。

三、农民参与政府决策的水平明显提升

现状，中国农民参与政府决策的水平是比较低的，反映在层次比较低、范围比较窄、领域比较小、渠道比较单一、效能感较差、制度化程度不够。把占全国人口 70％的中国农民民主权利仅仅限定在他们居住村庄的范围是远远不够的，他们必然要冲出村庄以外，在各级地方政权，直至中央政权的舞台上有自己的话语权。

这种权利，在今后的发展，应表现在几个方面。一是在各级最高权力机关中扩大话语权。我国人大代表的构成的原有状况是，绝大多数代表来自于少数

阶层，如党政机关和国有企事业单位及经营管理者等新阶层，而在人口比重最多的普通工人和农民中产生的代表则是凤毛麟角，制度上的不合理，导致了农民长期以来只能处在公共政策的边缘，其利益也只能处于被安排的状态。铁路、电信、石化等行业和包括政治精英、经济精英、科教精英等的城市群体，已经或正在形成各自独立的利益集团，但占全国人口的 70％，除政府以外，没有一个真正意义上能为其争取权益的利益集团，造成农民在公共政策决策过程中缺乏发言权，在分配与再分配活动中长期处于被动地位。近一届人大，采取了城乡"同票同权"的方针，城乡按相同的人口比例选举相同数量的人大代表，这是一个历史性的进步，将大大增加农民代表在人大代表中的比例，提升农民群体在国家决策中的话语权。当然，接下来，要注意防止城市（镇）"参选代表"下乡挤占农村代表名额的做法。二是在各种协商对话中扩大话语权。以村民恳谈会为代表的政府就重大问题与村民平等协商，听取意见，从发展看，不应局限在乡镇财政预算的话题，而应向其他领域延伸；不应停留在乡镇的层次，而应向县市级政府提升。县市级政府是我国农村地区的主要管辖者，其政府过程与广大农民的利益直接相关，因此，其政策制定和执行离不开农民群众的参与，特别是在农村政策执行过程中政府应通过多种方式与农民就政策的问题的形成、备选方案的拟订、政策方案的选择等进行磋商。三是在各种专门听证会中扩大话语权。政府应针对政策制定与执行的各个环节召开专门的听证会，让农民把对政策执行的意见充分表达出来，让农民有地方说话、敢于说话，各级政府也应及时、准确地把农民的想法、意见与建议汇总上去，并做出及时地回应，尤其是农民利益诉求强烈的问题，应及时解决。在目前的新农村建设中，很多公共政策都涉及了农村公共服务的供给。在政府支持为主导的农村公共服务供给中，应充分尊重农民的意愿，让农民广泛参与到农村公共服务的决策与生产过程中来，发挥农民自身的积极性与创造性，以农民参与为基础，构建新型的农村公共服务供给机制。

浙江省在农民参与乡镇有关政策决策上，已取得了全国领先的地位，如温岭的"民主恳谈会"和"参与式预算"，但在乡镇政府以上的权力机关和行政机关的决策中，如何发挥广大农民的参政议政作用，是一个需要继续探索的问题。

四、农民工"权利死角体"状况逐渐消除

中国的农民工是一个在现有的权利制度运作过程中被实际上排斥在外的"权利死角群体"。一方面，他们难以实施法律所赋予的在家乡即户籍地行使选

举权利的行为；另一方面，也难以实现在工作地、居住地行使民主权利的愿望。我国《选举法》规定：中华人民共和国年满十八周岁的公民，不分民族、种族、性别、职业、家庭出身、宗教信仰、教育程度、财产状况和居住期限，都有选举权和被选举权。但是农民工作为流动人口，他们选举权的实现却面临着困境。《选举法》规定，流动人口原则上在户籍地参加选举，法律虽然规定流动人口在取得户籍地的证明后，可以参加现居住地的选举，但现居住地的人大代表名额是根据当地的户籍人口来确定的，现居住地一般不愿意拿出当地名额来让外来人口当选。即使一些外来人口多的地方放开限制，也有很严格的限定条件，如需在当地居住超过一定年限、收入达到一定数额等等，而符合这些条件的流动人口实际并不多；即便符合，面对一些繁琐的要求，农民工也可能放弃参选。最后，不管通过怎样的方式参加选举，他们所能实现的都是"选举权"，而"被选举权"很多情况下是落空的。

农民工是中国现代化建设中举足轻重的一个重要群体，其"权利死角体"的状况亟须尽快改变。一是与农民工市民化相同步，实现农民工具有或选择有在居住地参加选举的权利，包括县市区、居委会的选举，取消一些限制性条款，简化一些障碍性手续。二是对城市管理的参与权。让农民工参与到市政决策与市政管理的民主协商过程中来，一些与农民工切身利益密切相关的公用事业问题，在决策咨询、分析论证、公开听证、公示协商的过程中，征询农民工的意见，并充分考虑农民工群体的承受能力。三是组织自己的权利。农民工必须组织起来，成立属于自己阶层的工会组织，在社会权利、经济权利、政治权利等方面形成制度化、组织化的表达渠道和规范有序的劳资博弈模式，通过对话、谈判、合作的方式争取和捍卫自己的权利。

五、在"党内民主带动人民民主"上率先新路径

党的十七大报告指出，党内民主是增强党的创新活力、巩固党的团结统一的重要保证。要以扩大党内民主带动人民民主，以增进党内和谐促进社会和谐。尊重党员主体地位，保障党员民主权利，推进党务公开，营造党内民主讨论环境。完善党的代表大会制度，实行党的代表大会代表任期制。十八大报告进一步指出，党内民主是党的生命。这就明晰了中国民主发展的路线图，就是以党员主体地位为基点，以党的代表大会及其党内权力产生为抓手，以党内民主为突破口，以推动整个国家的具有中国特色的民主化进程。农村基层党组织实际上成为党内民主改革的一块重要的"试验田"。20 世纪 90 年代前后，四川、深圳等地都曾进行过轰动一时的乡镇长全体乡民直选，但不久，都因这样

那样的原因中途夭折了。许多人寄予厚望的"第三次农村包围城市"似乎破灭了。

"党内民主带动人民民主"是一种"核心突破"，但党内民主本身也有一个切入点的选择问题，农村基层党组织特别是乡镇党委领导人的直选成为一种新的"基层突破"的选择。浙江积极开展"公推直选"工作，先后在衢州、湖州、宁波、嘉兴进行了"公推直选"乡镇党委书记，取得了相当的成功，积累了宝贵的经验。这些经验不仅将自下向上的推动党的中高层领导班子产生的改革，而且，将为乡镇政府领导人选拔的民主方式改革提供借鉴，从而实现以党内民主带动人民民主的愿望。另外，党内民主的发展还将体现在农民党员在各级党员代表大会，这一党内最高权力机关所占代表份额的增加上。党的十八大2 270人代表中，基层党员占 30.5%，比十七大时提高了 2.1 个百分点。党的十八大决定，要进一步提高工人、农民代表比例。要让更多的基层党员能够参与党内事务与党内决策。

第五章 三十五年浙江农民社会发展

第一节 浙江农民社会发展历程

一、浙江农民社会发展的探索阶段（1978年—20世纪90年代初）

浙江农民教育调整期。改革开放初期，浙江农村基础教育和规模得到了有效调整，从1978年开始至1984年，全省做到了乡乡（1万人左右）有初中，每个县有一所重点中学和一所农村示范性初中，农村学校规模和布局趋向于合理，基本上消除了虚肿现象，规模效益得到提高。1985年，浙江省为全面落实《中共中央关于教育体制改革的决定》，在中央"分级办学、分级管理"改革的框架下，深化农村教育体制改革，在政府体制内创新性地构建农村基础教育"县、乡、村三级办学，县、乡两级管理"的框架，最大限度地调动起各级政府的财政资源，广泛全面地调动起社会性资源，凸显人民教育人民办的体制优势，创造了经济支撑水平还不高情况下率先普及义务教育的典型。在此基础上，浙江农村教育得到了明显改善，农民基础教育迈上了重要台阶。第一个台阶是初等教育的普及。通过全省不懈努力，至1989年，浙江所有县（市、区）都实现了基本普及初等教育的历史任务。第二个台阶则是九年义务教育的实施。1985年9月，浙江省政府宣布实施九年义务教育。全民动员，紧紧把普及农村九年义务教育作为工作的重点和难点来抓，"规划到乡，测算到校"，逐乡逐校地普及达标。1987年8月，原浙江省教委在绍兴县柯桥区，组建农村区域教育改革试验区，启动连续8年两轮的"柯桥实验"。"柯桥实验""以转变教育思想、更新教育观念为先导，以使农村教育适应、服务、促进农村社会主义建设为方向，以建立义务教育阶段素质指标体系及其评估方法为手段，以课程教材改革为核心，以考试招生制度改革为条件，以建立学校与社会双向参与管理体制为运行机制，以建立一支具有一定科研能力和教育教学业务质量较高的教师管理队伍为根本"，取得了多方面的丰硕成果，特别是试验区的教育质量获得大面积提高，为全省农村提供了教育改革和发展的系列化经验。1993年，参加全国课程教材改革研讨会的专家们，在柯桥试验区考察后一致认为，从柯桥试验区看农村区域教育，看到了中国农村教育的希望。

浙江农民的不稳定流动期。浙江本来就是一个人多地少的省份，加上许多地方农田水利灌溉和机械化水平较高，在农村改革以前，农民就有走村串户从事乡村手工业和小商小贩活动的传统。改革开放后，由于家庭联产承包制在农村的全面推广，使得广大农民获得了生存和经营的自主权，农业劳动生产率大幅度提高，同时，乡镇企业的迅速发展为农民就地转移提供了广阔舞台，由此为一大批农民流动到非农领域就业创造了条件。据统计，1979—1988 年，浙江全省农村第一产业劳动力从 1 300.9 万人下降到 1 260.8 万人，占农村劳动力的比重从 1978 年的 88.8% 下降到 1988 年的 63.4%，年均下降 2.53 个百分点。考虑劳动力新增因素，这 10 年全省农业劳动力共转移 562.6 万人，平局每年转移 56.26 万人。[①] 到 1990 年，全省农村外出流动劳动力约为 188.9 万人。

但是，在这其中的 1978—1983 年间，国家限制城镇对农村招工，并加强户口和粮食配给管理、发展多种经营和兴办社队企业，提倡"离土不离乡"的流动，以就地吸纳农村剩余劳动力为主。国务院 1980 年下发的《批转全国城市规划工作会议纪要》提出，发展小城镇支援农业的目标在于"就地消化"农民。浙江省政府 1982 年下发《关于贯彻执行〈国务院关于严格控制农村劳动力进城做工和农业人口转为非农业人口的通知〉的通知》指出，大批计划外流的农民是不合理的。所以，浙江省 1979 年清退了 2.85 万人流动农民，全民所有制单位来自农村的计划外用工由 1978 年的 13.89 万人下降到 11.04 万人。中共中央发出的《关于 1984 年农村工作的通知》指出，国家在 1984—1988 年允许务工、经商、办服务的农民自理口粮到集镇落户，允许农村集体和农民个人从事长途贩运，销售农副产品。这样，由于国家政策的松动，又使农民流动步伐有所加快。但到了 1988 年，国家为了控制宏观经济过热而采取的政策对二、三产业产生了很大影响，对于农民流动再次采取收紧政策。浙江省政府 1988 年发出了《关于坚决制止擅自"农转非"的通知》重申户粮归口管理，要求执行国务院以及省政府不任意扩大"农转非"范围的政策。浙江全省农村第一产业劳动力又从 1988 年的 1 260.8 万人上升到 1991 年的 1 348.74 万人，占农村劳动力的比重从 1988 年的 63.4% 又上升到 1991 年的 65.1%。全省农村劳动力出现了负流动的情况，1989 年和 1990 年出现了较大的回流，到 1991

---

① 顾益康，邵峰. 农民创世纪：浙江农村改革发展实践与理论思考 [M]. 杭州：浙江大学出版社，2009：162.

年情况稍微有所好转。

浙江农民医疗卫生与健康事业发展的徘徊期。由于农村实行了包产到户的改革,集体经济随之逐渐瓦解。这种变革使农村经济乃至整个国民经济发生了一系列变革,使农民自身的生活保障模式从家庭保障演变为土地保障,使农民的保障水平有了一定程度的提高,这种土地保障模式在当时也对农村社会稳定和经济发展起到了积极作用,但集体保障的合作医疗制度却瓦解了。20世纪70年代农村合作医疗制度曾经一度覆盖了90%的农村,但80年代以后覆盖面大幅度降低,后来虽然有一定程度的恢复与发展,但进展缓慢。浙江同全国一样,农村合作医疗和赤脚医生的经济基础遭到了破坏,农村医疗卫生工作失去了经济支撑而迅速衰落。农村医疗卫生服务体系三级中的中下两级发生巨变,大量的乡镇卫生院转型卖掉或者关闭,村级卫生室完全放任自生自灭。农村基层医疗卫生服务体系的损毁和合作医疗制度的衰败导致农村医疗卫生状况急剧恶化,农民医疗卫生健康水平下降和公共卫生危险因素威胁增加。农民的医疗卫生与健康事业直接关系到农民自身的发展,在农村医疗卫生服务体系和合作医疗衰落坍塌后,浙江省政府积极探索在新时期重建农村医疗卫生服务体系的方式,努力推动农村合作医疗的恢复,但实际效果并不明显。

二、浙江农民社会发展的全面进步阶段（1992年—21世纪初）

浙江农民教育全面发展期。进入20世纪90年代,浙江农村初等教育在1989年得到普及,1997年通过国家"两基"总验收,之后,省政府又不失时机地推进高标准、高质量的普及九年义务教育的工作。到2002年,浙江全省70%县（市、区）实现了高标准、高质量普及九年义务教育,各项指标均名列全国前茅。1986年以后,浙江农村成人教育坚持为农业现代化建设服务的办学方向,不断巩固和加强农村成人教育基础,农科教结合,开展多功能、多层次、多形式的办学。到2002年,全省有省级示范性乡镇成人学校128所。1997—2002年,培训农民约1 893.88万人次,全省农村劳动力年平均培训率达到30%以上。实施"百万农民培训工程"为普遍提高农民素质发挥了十分积极的作用,在全国范围产生了广泛的影响。结合浙江和农民实际,实施"百万农民培训工程"是把教育与当前的生产力结合在一起,有利于全面提高农民素质、促进农民全面发展。同时,浙江还逐步开展以构建终身教育体系和建设学习化社会为目标的社区教育实验,并取得了显著成绩,成为全国社区教育的突出亮点,多次受到教育部的好评。

浙江农民流动的有序发展期。为规范农民跨地区流动、促使流动有序化,中央政府从 1992 年以来发布了一系列文件，其中重要的如：1993 年劳动部发布的《关于印发〈再就业工程〉和〈农村劳动力跨地区流动有序化——"城乡协调就业计划"第一期工程〉的通知》；1994 年劳动部发布的《农村劳动力跨省流动就业管理暂行规定》；2000 年劳动和社会保障部办公厅发布的《关于做好农村富余劳动力流动就业工作的意见》等。浙江省 1992 年作出了《关于全力推进浙江省乡镇企业大发展大提高的决定》，确立了"多轮驱动、多业并举"的方针，乡镇企业步入了高速增长期，大量吸纳了农村转移劳动力。据统计，1992—1999 年，全省农村第一产业劳动力从 1 338.56 万人下降到 1 073.58 万人，占农村劳动力比重从 1992 年的 63.8% 下降到 1999 年的 51.4%，年均下降 1.55 个百分点。考虑到新增劳动力因素，这 8 年全省农业劳动力共转移 293.12 万人，平均每年转移 36.64 万人。与此同时，浙江各地在 20 世纪 90 年代也积极试行开放城镇户口，出台了一系列文件，加强对流动农民进城就业的引导。如新昌县于 1994 年 3 月就允许农村劳动力到城镇就业并且有一定生活基础的农民将其户口迁入城镇，允许农村劳动力在县内任何集镇兴办二、三产业，并可落实被称作"蓝卡"的常住户口。新昌县还鼓励贫困山区农民特别是青壮年农民到小集镇或县城安家落户，允许自然条件差且贫困的山村搬迁到集镇从事二、三产业。再如，杭州市除了转发中央和省的文件外，自己出台的较重要的文件有：1995 年 9 月，市劳动局出台（杭州市政府办公厅转发）《关于加强农村劳动力跨地区流动就业管理的实施意见》；1996 年 9 月，市人民政府颁布《杭州市招用外来劳动力管理规定》；1999 年 3 月，市劳动局发布《关于进一步加强外来人员务工管理有关问题的意见》等。所有这些文件共同的基本精神是：①一方面，这些文件没有取消对流动农民进城就业的区别对待，如浙江省杭州市关于招用外来劳动力管理规定中，要求用人单位在招用外来劳动力时，要遵循"先本市后外地，先城镇后农村"的原则，1996 年浙江省杭州市劳动局还发出通知明确公布了不准和限制使用外来劳动力的行业和工种；但另一方面，这些文件中再也没有出现要"严格限制"或"清退"流动农民的字眼。②这些文件建构起了一套管理和调控流动农民进城就业的制度，包括《外来就业登记卡》制度、《外来人员就业证》制度、向使用外来流动农民工的单位征收管理基金以及主要由公安部门执行的以《暂住证》为中心的暂住人口管理制度等。③这些文件在强调管理的同时，也开始注重服务，包括就业信息、技能培训以及劳动保护等。这一阶段，尽管政府在劳动就业工作中没有放弃"先本市后外地，先城镇后农村"的方针，但是，由于城镇拉力、农村推力及政策环境改善的共同作用，特别是由于浙江省作为东部沿海发达省份所表现出来的越来越大吸引力，跨地区来浙江的流动农民越来越多，在浙江省省会杭州市中流动农民所占的比重越来越大。

浙江农村社会保障制度探索期。浙江农村社会保障制度从 1992 年 4 月开始进行试点，该制度是浙江省按照民政部《县级农村社会养老保险基本方案》的要求进行的。1993 年 5 月，浙江省人民政府下发了《关于建立农村社会养老保险制度的通知》，并于 1995 年 1 月印发了《浙江省农村社会养老保险暂行办法》，正式建立农村社会养老保障制度。1997 年浙江农村开始实行最低生活保障制度，但 1998 年中央政府在调研后提出，农村社会养老保障问题较多，存在较大金融风险和社会风险；农村养老保险应按商业原则操作，政府不再直接参与组织。1999 年 7 月，《国务院批转整顿保险业工作小组保险业整顿与改革方案的通知》指出，目前我国农村尚不具备普遍实行社会养老保障的条件，决定对已有的业务实行清理整顿，停止接受新业务，建议有条件的地区应逐渐向商业保险过渡。政府对农村社会养老保障的态度发生动摇，极大地影响了农民的态度，使广大农民群众逐渐失去了对农村社会养老保障的信心，浙江省农村社会保障进入暂停整顿时期。

三、浙江农民社会发展的创新阶段（2002 年至今）

进入 21 世纪，特别是 2002 年党的十六大确定了社会更加和谐的全面小康社会建设目标，浙江省把破除城乡二元社会结构、推进城乡经济社会统筹发展、大力改善民生，作为和谐社会构建的重要抓手，也促使了浙江农民社会发展进入到了一个新的阶段。

浙江农民教育的快速发展期。2002 年和 2005 年，浙江省相继提出建设"教育强省"和把建设"教育强省"的重点放到农村，2005—2007 年各级财政投入资金 32 亿元，启动实施"农村中小学教师素质提升"、"农村中小学食宿改造"、"家庭经济困难学生资助扩面"、"爱心营养餐"四项工程。大规模开展对农村教师的培训，提高农村教师工资和补贴待遇，建立城镇教师支援农村教师工作机制，极大地促进了农民教育的快速发展。

浙江农民的稳定、公平流动期。2001 年以来，浙江省在全国率先开展了统筹城乡就业的试点工作，同时深化与统筹城乡就业相关的户籍、土地、住房等制度改革，为推动农民公平流动、公平就业和进一步分工分业分化提供了政策支持。2002 年党的"十六大"以后，浙江省明确了"统筹城乡经济社会发展"方略，并且提出了新型城市化与新农村建设双轮驱动推动农村劳动力战略转移和加速农民分工分业的战略思路，这为农业劳动力的转移提供了强大动力。特别是 2004 年 5 月中共浙江省委办公室、浙江省人民政府办公厅出台《关于实施"千万农村劳动力素质培训工程"的通知》以后，全省各地都加强了农民培训工作，浙江农民流动进入了稳定、公平的流动阶段。浙江全省农村外出劳动力 2006 年达到 435.6 万人，比 1990 年增加了 246.7 万人，平均每年增加 15.4 万人，外出劳动力占当年就业劳动力的比重由 1990 年的 9.3％上升到 2006 年的 18.9％。据统计，2000—2007 年，全省农村第一产业劳动力从 1 014.93 万人下降到 688.04 万人。因为浙江经济社会整体发展水平较高，有能力为所有的劳动者提供社会保障。而且，浙江也是最先面临劳动力短缺的省份之一，吸引农村劳动力和其他省份劳动力进入浙江省，有利于缓解劳动力短缺、维持高速增长势头，所以浙江省一直保持着对农村劳动力较高的吸引力。同时浙江在全国率先积极推动户籍制度改革，在 2005 年已经统一了城乡户口，像衢州"零门槛"落户政策就规定，在市区范围内居住或有就业岗位的人员及其共同生活的直系亲属，都可以在市区登记为常住户口。2007 年 4 月，浙江省将嘉兴市、嘉善县姚庄镇、南湖区建设街道、余新镇列为试点，在户籍制度改革的过程中，逐步取消城乡之间利益分配的差异，这些有效的政策措施促进了农民的自由公平流动。

浙江农民医疗卫生与健康服务体系不断健全期。2003 年和 2005 年，浙江省委、省政府先后出台了《关于进一步加强农村卫生工作的意见》和《关于加强农村公共卫生服务工作的实施意见》，按照"让农民看得起病、有地方看病、加强预防少生病"的要求，作出了实施"农民健康工程"的决策。不断完善农村公共卫生管理和服务网络，形成了县、乡（镇）、村三级公共卫生服务网络。按照 1 000～1 500 名人口配备一名社区责任医生的要求组建社区责任医生队伍，全面负责和参与责任片区群众的健康体检、公共卫生服务等工作。2003 年 8 月，浙江省被列为全国新型农村合作医疗试点省份，全省确定了 27 个县（市、区）开展试点，覆盖全省农业人口的 30％，参加新型农村合作医疗制度的人数达 831 万人，占试点县农业人口的 82％。2007 年 2 月，浙江出台《浙江省农村公共服务体系建设规划》，提出完善新型农村合作医疗制度，确保 2010 年有 90％以上的农民参加新型农村合作医疗。

农民社会保障体系建设取得显著成效期。2002 年，浙江在全国范围内率先建立了城乡统一的最低生活保障制度，2003 年率先建立被征地农民基本生活保障制度。到 2006 年，全省共有 233.90 万被征地农民纳入保障范围，累计筹集资金 253.77 亿元，其中 88.19 万名符合条件的参保对象已按月领取基本生活保障金或基本养老金，人均保障水平为 190 元/月。到 2006 年底，全省农村养老保障参保人数达到 444 万。面对农村老年人口养老保障需求的不断提高，一些地区对农村社会养老保障制度进行了积极的制度创新，杭州市等地已相继出台新型农村社会养老保障的政策文件。截至 2006 年底，浙江全省新型农村合作医疗制度的参保人数进一步提高到 2 902 万人，参保率为 87.％，人均筹资水平为 60 元，提前达到中央关于 2008 年基本建立农村合作医疗制度的工作要求。2009 年，浙江省颁布《关于建立城乡居民社会养老保险制度的实施意见》，至 2012 年底，全省实现了全覆盖，极大地促进了农民社会保障事业的发展。

浙江农民新社区建设进入积极探索期。从 2003 年开始，浙江省委、省政府开始把实施"千村示范万村整治"工程作为统筹城乡发展、推进城乡一体化的"龙头"工程，抓规划、建设、管理三个重要环节，大力推进传统农民社区向农民新社区的转型。2006 年下半年，浙江省确定 11 个县（市、区）的 46 个村，围绕完善基础设施、深化村民自治、构建服务体系组织等开展农民新社区建设试点工作。2006 年 8 月，省民政厅在认真开展调研和总结省内外农民社区建设经验的基础上，下发了《关于开展农村新社区建设试点工作的通知》，提出了农民社区建设的三大任务，即深化村民自治、完善基础设施建设、构建服务体系。2007 年 7 月，全省有 18 个县（市、区）被国家民政部授予"全国农村社区建设实验县（市、区）"，天台县作为"集镇型"农民新社区模式在全国农民社区建设工作座谈会上做了经验介绍。2008 年 11 月浙江省农民社区建设工作会议在杭州召开，会议表彰了一批全省和谐社区建设工作先进县（市、区）、和谐示范社区。湖州市、杭州市余杭区、慈溪市、衢州市柯城区等单位介绍了建设经验。浙江省委、省政府 2008 年 12 月下发了《关于推进农村社区建设的意见》。至此，全省农民新社区建设全面展开。

为使农民传统社区快速向农民新社区转型，浙江省率先在地方法规中单列出了一章内容，对农民社区建设进行规范。2012 年 5 月，浙江在新修订公布的《浙江省实施〈中华人民共和国村民委员会组织法〉办法》中明确了农民社区的职能定位，农民社区要建立社区服务中心，办理公共事务、组织农村社区居民活动、提供社区服务。农民社区要建立由本社区居民和驻在社区的单位组成的社区议事协商组织，协商决定社区建设的重大事务。规定了农民社区基础设施、公共服务设施建设和开展社区服务所需经费，可以通过政府财政、村集体经济、村民筹资筹劳等方式解决等。

第二节 浙江农民社会发展的现状

一、浙江农民教育发展

让广大农民获得良好的教育环境和机会，提高农民教育水平，是民族振兴和社会进步的基石。为了缩小城乡教育发展差距，浙江较早建立健全了义务教育均衡发展、城乡一体化义务教育保障机制和农村义务教育经费保障机制。在优化学校布局，均衡配置师资、设备、图书、校舍等资源，加大财政转移支付力度，特别是帮助偏远山区、海岛地区、少数民族地区提高义务教育发展水平上走在全国前列。

早在 1997 年，全省农村就普及了九年义务教育，从 2007 年春季学期开始，对义务教育阶段中小学生免收学杂费。2001 年开始，为了提高农民素质，浙江省组织了"百万农民培训工程"，2004 年又开始实施"千万农村劳动力素质培训工程"。2005 年 8 月，浙江省委十一届八次全会通过了《关于加快建设文化大省的决定》，详细制定了"教育强省"的目标体系，把突出农村教育、推动基础教育均衡发展作为其中的重点任务。《决定》提出通过 3 年努力，使 70% 的县、市、区达到教育强县标准；从当年起到 2007 年，省和地方财政每年投入不少于 10 亿元，重点实施贫困学生资助扩面工程、农村中小学食堂宿舍改造工程、爱心营养餐工程、农村教师素质提升工程、教育信息化工程这五大工程，统筹城乡教育发展，优化农村教育布局，改善农村办学条件，提高农村办学水平，确保所有农村孩子"念上书、念好书"。

多年来，浙江积极调整农村中小学布局，不断增加投入，有效整合教育资源，全面建立了覆盖城乡的教育救助制度。据第二次农业普查数据显示，2006 年末，全省 1 215 个乡镇有小学 4 369 所、中学 1 658 所、职业技术学校 245 所；平均每所小学拥有教师 26.1 人，在校学生 495.5 人；平均每所中学拥有教师 64.8 人，在校学生 926.7 人。针对农村基础教育薄弱的情况，浙江省在增加农村教育投入的同时，建立了教育救助制度。从 2004 年开始，浙江教育救助的范围从"最低生活保障的贫困家庭"扩大到"低收入的困难家庭"，同年全省接受教育资助的中小学生扩大到 30 万人，大学生扩大到 5.7 万人，资助金额达 5.6 亿元。2005 年又将免除杂费的对象扩大到农村居民人均收入 1 500 元以下、城镇居民年人均收入 3 000 元以下的低收入家庭子女、少数民族学生，同年全省接受资助的中小学生扩大到 50 万人。2007 年 1 月 22 日召开的浙江省教育局长会议提出，浙江在该年提高农村中小学生均公用经费标准，将农村义务教育全面纳入公共财政保障范围，扩大家庭困难学生的受助面，并专门拿出一笔钱给农村中小学生买书，着力为农村教育"输血"补短。与此同时，全省第二轮教育对口支援也开始开展，教育强县通过"一对一"或"二对一"的方式帮助欠发达县发展教育，以促进全省农民教育均衡发展。同时，建立了家庭经济困难学生帮困制度，实施了一系列保障外来农民工随迁子女、残疾儿童、家庭经济困难学生资助政策，使得特殊教育、外来农民工子女教育、民族教育、继续教育得到显著加强。通过多年努力，全省农村教育办学条件大大改善，教育水平明显提高，城乡、区域、学校间教育差距不断缩小。

2008年1月，浙江省倡导开展了对低收入农户青少年关爱行动，并设立"千里马"医疗救助基金。低收入农户青少年关爱行动主要包括"助困、助学、助医、助业"四大工程。助困工程为义务教育阶段低收入农户青少年提供生活补助，帮助他们解决生活困难；助学工程为义务教育阶段后低收入农户青少年完成高中（职高、中专）和大学阶段学业提供学费帮助；助医工程为低收入农户青少年提供医疗救助及免费健康体检等服务；助业工程为低收入农户青少年自主创业提供资金支持，免费开展简单劳动技能培训，提供家庭来料加工订单，帮助他们实现就地就业和转移就业，争取减免他们的职业资格证书考证费用。

随着浙江省农民教育事业的发展，农民文化教育素质不断提高，据农村住户抽样调查资料，2007年浙江农村劳动力，初中及以上文化程度的劳动力占62.4%，比1985年提高29.6个百分点，不识字或识字很少的劳动力比重则由22.8%下降到6.1%，农村劳动力平均受教育年限由5.8年增加到8.1年。

二、浙江农民社会流动

从浙江农民流动规模看，20世纪80年代，浙江等东部沿海地区在外资的投资带动下，工业企业得到快速发展。再加上浙江浙江省民营企业的大量增加，带动了劳动力需求的不断增长，于是大量浙江农村劳动力特别是青壮年劳动力纷纷流动到外地企业务工或从事个体工商业，同时，外省市的农村劳动力也大量被吸引到浙江企业就业。加之政府在1988年为抑制通货膨胀而实施的治理整顿政策，抑制了乡镇企业的发展，从而更刺激了农民外出寻找就业机会的冲动。1992年，邓小平南方谈话确立了市场经济的发展目标，改革进程加快，从而掀起了中国经济改革的又一次高潮。这使乡镇企业尤其是沿海地区的乡镇企业大踏步发展，各种开发区建设出现热潮，浙江省民营经济得到迅猛发展。这就导致浙江省对廉价农村劳动力的强烈需求，自此，各地农村劳动力流入浙江进入了一个新的高潮。1993 年年底，浙江全省流动农民一下子增加到 219 万人，比上年猛增 35.25 万人，这是浙江农民流动外出务工增速最快的一年，同时，浙江省外的流动农民开始涌向浙江。

进入 21 世纪，浙江流动农民的数量持续增加，据"五普"资料表明，2000 年浙江省外来流动人口为 1 013.26 万人，其中省外流入人口占了 45.95%，省内县（市、市区）流动人口占了 20.36%，本县（市、区）内占了 33.68%。尽管各种统计方法和统计口径存在差异，但是，综合各方面的统计数据的估计分析，可以大致得出：2002—2005 年，浙江省流动农民的规模区间基本上在 1 100 万～1 700 万人。浙江省常用或者说比较正式的官方数据是：浙江省目前流动农民总数在 1 200 万人左右，约占全省 4 700 万常住人口总数的 1/4。流动农民总数中，外来流动农民 800 万人左右，浙江省流动农民 400 万人左右（习近平，2005；陈小恩，2006）。随着浙江经济持续高速增长的趋势以及流动农民就业环境的不断改善，浙江省仍然是外省农民流动的主要流入地。其中杭州、宁波、温州三市是外省农民流动的主要流入地。1%的人口抽样调查统计，近六成外省农民流动到这三个城市就业。主要是这三个城市的区域经济发达，劳动力市场吸纳就业的能力相对较高。浙江农民流动数量最多的前五位分别是杭州、宁波、温州、绍兴和台州，其中前三位均有超过 200 多万以上的农民流入量（陈诗达，2007）。不难预计，未来几年，浙江省农民流动的数量仍将继续增长。事实上，从宁波市 2006 年的调查数据来看，2006 年流动农民规模已达到 284 万，较 2005 年同期上升 21%，而增速则提高了 5 个百分点。

从浙江农民流动的行业及所有制分布看，2004 年和 2005 年，就浙江省宁波市农民流动的产业分布调查结果显示，2004 年宁波市流动农民主要从事的是第二产业，占总人数的 59.97%；从事第三产业次之，占总人数的 30.47%；从事第一产业的人数较少，只占了总人数的 9.56%。2005 年调查数据显示，从事第二产业和第一产业的人员占总人数的比重有所上升，分别为 62.51% 和 11.52%。调查发现，从农民流动所从事的行业来看，浙江省流动农民主要从事制造业，占总调查人数的 42%，在建筑业、餐饮业和家政服务业从业的人员分别占了 6.45%、12.14% 和 3.84%，其中有 7.56% 的流动农民暂时没有固定的行业。与全国的情况大同小异（李群等，2005）。据有关方面统计，目前全国第二产业就业的人员中，流动农民工占 57.6%，其中加工制造业占 68%，建筑业占 80%；在全国第三产业从业人员中，流动农民工占 52%；环保、家政、餐饮服务人员 90% 都是流动农民工（刘维佳，2006）。浙江省大部分流动农民在非公有制经济企业谋职和发展。根据 2005 年全国 1‰人口抽样调查统计，个体工商户和私营企业共吸纳了近九成（87.1％）的流动农民；而进入机关事业单位和国有、集体企业的不到 6％（非农业户籍人员中超过 45％在这三类单位工作）。这说明浙江个体工商户和私营企业就业门槛较低，而因为户籍制度上的障碍和歧视等原因，流动农民较难进入机关事业单位和国有、集体企业工作。可见，在行业分布方面，浙江农民流动主要集中在第二产业制造业以及第三产业的餐饮、批发零售和交通运输业。从农民流动就业单位性质来看，主要集中在个体和私营企业。

从浙江农民流动的途径看，浙江农民流动的外省流出地以安徽、江西为主，均占 20％以上；其次为四川、贵州、湖北、河南、湖南等省，从这些省份流入的农民也占 5％以上。外来流动农民主要流向浙江省的沿海经济发达地区，其中宁波、温州、台州三市约占 65％。浙江省外来流动农民主要流入地的这一结果与 2002 年《浙江人口发展报告》的数据是一致的。另据浙江省城调队对全省 11 个设区市的城市外来流动人口进行的一次抽样调查资料也表明，浙江省城市外来流动农民主要来自安徽、江西、四川。国家统计局浙江调查总队的调查显示，浙江农民流动的途径已经向多渠道发展，虽然老乡带老乡依然是农民流动的重要途径，但随着市场经济的发展，其他途径也应运而生。在被调查的 1 685 名城市流动农民中，依靠在外务工经商的同乡、亲友及定居本地的亲属、朋友找到目前的工作的占 46.6％，自荐到用工单位的占 8.9％，利用劳务市场找到目前的工作的占 8.3％，自主就业的占 7.2％，利用招工广告找到目前工作的占 6.4％，通过职业中介机构介绍找到目前工作的占 6.1％，利用招聘会找到目前工作的占 4.3％，包工头、老板直接招募的占 4.2％，利用报纸、电视、广播等媒体信息找到目前工作的占 2.7％，通过家乡政府组织及所在社区街道介绍找到目前工作的分别是 0.9％、0.5％，利用其他途径找到工作的占 3.9％。

从浙江农民流动的特征看，就流动的一般性个体结构特征而言：①在性别结构方面，男性稍多于女性，但女性比例有略微增加的迹象。这与全国相比存在差异，全国范围的农民流动是以男性为主，2004 年流动农民中男性所占比例为 66％。②在年龄结构方面，浙江省农民流动以青壮年为主。从浙江省宁波市 2004 年的调查数据来看，2004 年流动农民平均年龄约为 31.23 岁，高于全国流动农民 29 岁的平均年龄。③在人力资本结构方面浙江省流动农民平均文化水平与全国相比，相差不大，略微高一点。从调查数据来看，初中及以下文化程度的人员占总人数的 80％；高中及中专文化程度的人员占 15％，大专以上文化程度的人员占 4.6％。2004 年，浙江省城调队也对全省 11 个设区市的 860 位城市外来流动农民进行了一次抽样调查。调查显示，浙江省外来流动农民的文化程度普遍偏低，以初中、小学、高中水平流动农民为主，占总人数的 47.1％、12.4％和 11.9％，另外，中专及职高、大专以上水平流动农民依次占总人数的比重为 5.6％和 3.4％。就全国而言，2004 年，在农民流动就业人员中，文盲占 2％，小学文化程度占 16％，初中文化程度占 65％，高中文化程度占 12％，中专及以上文化程度占 5％。可见，总体上流动农民的文化程度偏低。

除了浙江农民流动的个体结构特征外，浙江等经济发达地区的农民流动还有其自身特点。作为我国东部沿海经济发达的省份，浙江发达的城镇对外来流动农民具有较强的吸引力，是农民流动的主要流入地之一。同时，浙江工商经济发达的农村对外来流动农民也具有较强的吸引力。大批外来流动农民被吸引到农村企业就业，还有相当数量的流动农民承包了农村的"四荒"，搞农业开发。此外，浙江又是一个农民外流活跃的地区，在农村也有非农产业相对落后，农民大量外流的村庄。除务工型农民流动外，浙江农民流动的其他类型，比如，1997 年王汉生等考察过的北京"浙江村"的流动农民，75％来自浙江乐清市、20％来自浙江永嘉县，他们主要从事服装的生产和销售。像这种带着综合性资源的经营者的流动，有浙江温岭种西瓜的农民流动（西瓜农）、浙江宁波、奉化做服装的农民流动（裁缝农）、浙江上虞承包工程的农民流动（工程农）、浙江义乌经营小商品的农民流动（商品农），等等。分析浙江温岭西瓜农的流动，其流动的主体为能人主导的经营组织流动；其流动目的和动机为谋求利益与发展的创业性流动；其流动内容为整合性的生产要素流动；其流动性质为"农—农"间的异地流动；其流动路径和轨迹为以经营市场为目标的多向性流动。

三、浙江农民社会分化

基于农民职业分化而带来了农民的经济、政治、文化等方面的分化，这一变化对农民发展产生着越来越重要的影响。特别是农民的经济分化，对农民发展起着基础性作用。

浙江伴随着农业产业化、农村工业化城镇化、农民市民化的发展，农民阶层构成发生了很大变化。传统的农民阶层已经分化为农业劳动者、农民工、农民知识分子、个体工商户、私营企业主、农村基层管理者等阶层。农民由原来承担多种功能的单一社会地位发展为承担单一功能的多种不同社会地位，导致了农民群体的异质性增加，这主要表现为农民以职业分化为主要特征的水平向度的分化。比如：从事不同职业的农民形成了不同的农民群体，如粮农、菜农、茶农、手工业者等，不同群体的农民有着不同的利益差别，但他们的思想观念、行为方式、社会态度、价值取向没有显著的不同，具有较强的一致性。农民群体的异质性变化，使得农村社会结构也呈现出多元化、复杂化的状态。但是总体上农民群体异质性的增加有利于农业生产的专业化和规模化，提高农业劳动生产率；有利于减少农民数量，增加农民收入，繁荣农村经济；有利于农民抵御各种风险，推动农村社会经济的发展和农民自身的发展。

但是自 1978 年以来，我国城乡人均收入的差距不断扩大，由 1978 年的 2.6 倍增加到 2002 年的 3.1 倍。而在浙江，由于农村经济迅速增长，特别是 1990 年代以来，在其他大部分省份农民收入大幅滑坡的时候，浙江农民人均纯收入继续高速增长，使城市和农村的收入差距总的趋势在缩小，没有像全国大部分省份那样出现城乡分化极为严重的状况。但是，伴随市场经济的发展，浙江农民群体之间的收入差距逐渐扩大，农民群体内部的分化非常严重，在 1978 年农村改革刚开始的时候，浙江农民收入最高和最低的 20％ 的家庭人均纯收入相差约 2 倍，到 1995 年，扩大到约 5 倍。1997 年之后，特别是进入新世纪以来，农民贫富分化加速扩大。农民群体内部之间收入差距的逐渐扩大（有的差距相当悬殊），总体上看，私营企业主和管理者阶层的收入较高，从事种养业的农民收入增长缓慢，尤其是从事农作物种植的农民，收入一度出现了停滞的状态。现在的农村，既有资产千万的人，也有连温饱都难以解决的人。市场经济中，资本具有天然的优势，那些最早积累了一些资金的私营企业主和管理阶层，不仅获得了不菲的职业收入，资金也带来很大收益，所以，农民各阶层之间的经济差别越来越大。同时，浙江城乡居民人均收入的差距基本上保持在 2 倍左右，没有显著的变化。

一定程度的收入差距有利于社会保持活力，但收入差距过大就会带来心理失衡，使一部分农民感到有一种相对剥夺感。最初，这些农民还能忍受这种差距，但是随着这种差距的逐步扩大，农民对这种差距不再宽容，会变得越来越不满。这种不满的外在表现就是农民同村社的干部、管理者、企业主阶层相互间的矛盾和对立不断增多，最集中的表现就是农民同农村管理者阶层的矛盾。农村管理者阶层既是权力精英，同时也是经济精英，掌握着农村绝大部分的权利资源和经济资源。但是，从性质上讲，村干部阶层又具有非官非民、亦官亦民的特点。一方面他们承担着国家管理农村，维护稳定的职能；另一方面，他们又是农民利益的代言人。这种角色决定了他们往往是农村社会矛盾的焦点。

不仅农民对农村管理者不满，就连私营企业主和个体工商户对农村管理者的怨言也颇多，因为他们的发展也受制于管理者阶层对资源的垄断。这种矛盾如果得不到合理疏导，就会引发重大的社会问题，一些地方频发的群体性事件就是这种矛盾的典型表现。

四、浙江农民医疗卫生与健康

根据浙江省 2003 年出台的《关于建立新型农村合作医疗制度的实施意见》，全省从 2003 年开始进行新型农村合作医疗制度的试点工作，到 2007 年基本建立以县（市、区）为单位的农村大病统筹合作医疗制度。浙江从 2005 年开始，由政府出钱，对凡是参加新型农村合作医疗的农民免费进行每两年一次的健康体检（并建立农民健康体检档案）和 12 项公共卫生服务，当年全省各级财政新增投入 17 亿元用于新型农村合作医疗制度、农村公共卫生服务体系和农民健康体检工程。浙江省通过提高财政补贴标准逐步提高农民住院医疗费用报销率和门诊医疗费用报销率，加强乡村医疗卫生机构基本设施和装备建设，提高农村医疗卫生服务能力。到 2008 年底，浙江全省参加新农合农民健康率达到 45％以上（约合 135 万人），2009 年底，达到 90％以上。

浙江在建立和逐步完善新型农村合作医疗制度的同时，还提出了一系列加强农民公共卫生服务的要求和部署，新型的农村公共卫生服务体系初步形成。2005 年 8 月，浙江省政府按照建设"卫生强省"的要求，召开全省农村卫生工作会议，出台了《关于加强农村公共卫生工作的实施意见》，对实施"农民健康工程"、加强农村公共卫生服务做出了全面部署。实施"农民健康工程"的目标是，建立和完善新型农村合作医疗制度、农民健康体检制度和农村公共卫生项目管理制度。同年，浙江省在淳安县开展农村卫生服务运行机制的调研和试点工作，提出了进一步改革农村公共卫生服务运行机制，明确按照农村常住居民人均 15 元以上的标准，由各级政府筹资，设立农村公共卫生服务专项经费，提供直接面向农民的公共卫生服务项目。通过努力，全省农村公共卫生管理网络进一步完善，乡镇公共卫生管理员达 1 440 人，村级公共卫生联络员有 3.3 万人，3 大类 12 项农村公共卫生项目达标率为 90％。浙江在国家基本公共医疗卫生服务项目的基础上，扩大服务范围，增加了服务内容。对重大疾病尤其是传染病（如结核、艾滋病、SARS 等）的预防、监控和医治；对食品、药品、公共环境卫生的监督管制，以及相关的卫生宣传、健康教育、免疫接种等医疗卫生健康公共服务项目稳步推进，公共医疗卫生健康的安全保障力度进一步增强。2011 年，浙江省出台全国首个食品安全地方法规——《浙江省实施〈中华人民共和国食品安全法〉办法》；切实加强以职业病防治（农民工是职业病的高危群体）为重点的卫生综合执法，深入开展粉尘与高毒物品危害治理专项行动，对医疗机构简单执法覆盖率达 100%；医疗卫生应急体系建设扎实推进，医疗卫生应急能力进一步提高；全面贯彻实施《浙江爱国卫生促进条例》，深入开展城乡环境卫生整洁活动，在全国率先启用爱国卫生工作综合管理信息平台。浙江农民医疗卫生与健康服务系统的建立和完善，大大减少了农民传染病的发生和传播，提高了广大农民的健康水平。

2006 年 4 月，浙江省委、省政府出台的《关于全面推进社会主义新农村建设的决定》中，更加详细地阐述了实施"农民健康工程"的要求，提出要扎实推进"农民健康工程"，按照让农民群众"有地方看病、看得起病、加强预防少生病"的要求，进一步完善农村新型合作医疗制度，改革农村公共卫生管理体制和运行体制，构建县、乡（镇）、村三级公共卫生服务网络。每个乡镇要有一所政府开办的卫生院，每个中心村要有一个村卫生室。在 2007 年出台的《浙江省农村公共卫生服务体系建设规划》中，提出到 2010 年确保有 90% 以上的农民参加新型农村合作医疗，并逐步提高政府补贴和农民报销比例；完善农村公共卫生服务网络，农村全科医生岗位培训率达到 90% 以上，乡村医生规范化培训率达 95%。实施农民体育健康工程，建设一批镇、村健身活动场所培训乡村体育骨干；到 2010 年，2 万个村达到小康体育标准。《规划》被浙江省内外专家认为"特别关注民生、突出政府公共服务职能，让公共财政的'阳光'更多照耀农村，确保农民享有更多的权益"。

从 2008 年开始，浙江省全面实施医疗卫生等公共服务城乡均等化行动计划，目标是：让城乡居民都能享受全方位、全过程的均等化公共卫生服务，真正做到"疾病预防立足社区、卫生监督进驻社区、应急行动依靠社区、城市医院牵手社区、责任医生扎根社区"。为保证均等化的全面实施和逐步推进，浙江明确了全年的行动方案和具体指标，包括加快建立城乡统一的的社区公共卫生服务项目管理制度，力争 80% 以上的城乡居民拥有自己的责任医生；完善卫生监督执法网络，100% 的县（市、区）完成派出机构的设置；推动 60% 的县（市、区）设立卫生应急办公室，开展 5 个卫生应急示范县试点；重点做好农村学校食品、传染病、饮用水及小餐饮、小旅馆、小美发美容的卫生监管工作，监督覆盖率达 100%；农村改厕工作力争完成 400 个村的整治，每个村至少建一所卫生公厕，新建的卫生厕所实现 100％无害化；大力推行农村生活垃圾"户分类、村收集、乡转运、县处理"模式。①

五、浙江农民社会保障

1979 年以前，浙江省农民除 20 世纪六七十年代有过较短时期、极低水平的农民合作医疗保障外，基本无养老、医疗等社会保障。改革开放头 20 年农民社会保障有所发展，但项目单一，覆盖面不广。浙江从 1995 年开始正式建立农民社会养老保障制度。从 1996 年，浙江开始探索农民最低生活保障制度，到 1998 年全省全面建立并付诸实施，是继广东、上海之后第三个建立城乡一体化最低生活保障制度的省份。2000 年以后，浙江农民社会保障事业开始大步前进，初步建立了覆盖城乡、形式多样、指标适宜、制度衔接的多层次社会保障体系，在探索建立被征地农民社会保障制度方面走在了全国前列，率先建立了农村五保集中供养制度，率先实现了新型农村合作医疗全覆盖、率先实行了城乡一体的最低生活保障制度，率先建立了城乡居民社会养老保障制度（亦即浙江省新型农村社会养老保障制度）等。

2002—2005 年，浙江相继出台了多个文件保障被征地农民的权益。全省从 2005 年 1 月 1 日起，各地新增被征地农民，必须做到即增即保，被征地农民基本生活保障水平原则上要高于当地城市最低生活保障水平。至 2007 年底，已有 291 万名被征地农民被纳入社会保障范围，其中有 109 万名符合条件的参保人员已按月领取基本生活保障金或基本养老保险金，累计筹集保障金 316 亿元，浙江被征地农民参保人数和保障资金筹集总量占全国的 1/3。2003 年以前，浙江就已经对 49.5％的农村五保对象实行集中供养，供养标准人均 3 200元/年，占上年农民人均收入的 65％。2003 年初，浙江省政府作出全省要在三年内基本实现农村五保对象集中供养的重大决策；同年 9 月，浙江省在试点取得成功的基础上，进一步明确提出力争在三年内集中供养率要达到 80％的目标。农村五保对象集中供养率从 2002 年的 29.85％，提高到 2007 年的94.3％。这一目标到 2009 年已全部实现，全省 5.4 万农村五保对象集中供养率为 94.9％。② 随着浙江省经济社会的发展，浙江不断扩大低收入群体的资助范围，提高资助水平。2007 年，省政府将农村居民资助对象的收入标准从人

---

① 浙江省农村公共服务体系规划［EB/OL］. http：//www. zjol. com. cn，2007-02-12.

② 钱芳. 浙江农村五保和城镇"三无"对象集中供养［EB/OL］. http：//www. js. xinhua-net. com，2009-09-18.

均纯收入1 500元提高到2 000元,并对受资助家庭子女在免除学杂费基础上,还免除课本费和作业本费。

自2003年以来,浙江扎实推进农民工工伤保险和大病医疗保险专项扩面行动,农民工参加工伤保险和大病医疗保险分别达到375万人和296万人,均居全国前列。同时浙江各级政府高度重视并积极推进新型农村合作医疗制度的建立,2007年,浙江全省87个有农业的县(市、区)已经全部实施新型农村合作医疗制度,参保人数达到3 000万人,参保率达89%,87个县(市、区)全部实行小病门诊报销制度。截至2009年年底,全省所有的县(区、市)新型农村合作医疗人均筹资达到140元以上,参合农民3 035万人,参合率92%。与上年比较,新农合参保人数基本持平。2009年浙江新农合人均筹资水平达到179元,全省共有170万人次得到住院报销结算,共报销住院费用43亿元,住院补偿率为36.5%;5 000万人次得到门诊报销结算,门诊费用共报销12亿元,门诊补偿率达到24%,新型农村合作医疗得到农民群众的广泛拥护。[①] 到2010年,新型农村合作医疗已覆盖全省所有含农业人口的县(区、市),参保人数近3 000万,参保率高达92%。[②] 到2011年,浙江新农合累计筹资214亿元,人均筹资标准将达到370元左右,其中各级政府对新农合的注入比例高达70%,个人出资仅占30%,缓解了农民看病贵的难题。新农合从2003年发展至今,为农民报销医药费203亿元,共有1.98亿人次受益。[③] 新农合减轻了农民的医疗负担,缓解了农民"看病难、看病贵"问题,农民参合积极性较高。新农合实施以来,浙江农民健康水平不断提高,2006年平均预期寿命为76.14岁,高于全国平均3岁。[④]

从2007年下半年开始,浙江在杭州、宁波、嘉兴、绍兴等地相继开展城乡居民社会养老保障的试点工作。2007年10月1日起,嘉兴市开始实施《嘉兴市城乡居民社会养老保障暂行办法》,把城乡居民不重不漏、应保尽保地纳入多层次社会养老保障体系,从制度层面构建了"全民社保"体系。在试点成

① 浙江省国民经济和社会发展统计公报(2009)[EB/OL].http://www.zj.gov.cn,2010-03-12.

② 浙江省国民经济和社会发展统计公报(2005—2010)[EB/OL].http://www.zj.gov.cn,2011-05-23.

③ 王蕊.浙江省"新农合"筹资达214亿元[EB/OL].http://zjnews.zjol.com.cn,2011-03-24.

④ 浙江省卫生经济学会.浙江省基本公共卫生服务均等化财政保障体制机制研究报告[R].2008.

功的基础上，浙江省许多地方行动积极，例如奉化市实施《奉化市城乡居民养老保障暂行办法》和《奉化市被征地人员养老保障办法》，实现了被征地人员养老保障、城镇居民养老保障和新型农村养老保险政策"三保合一"，做到了缴费标准、待遇标准、经办机构、操作和管理"五统一"，从而实现了社会养老保障的城乡统筹。从 2009 年开始，浙江正式建立城乡居民社会养老保障制度，把城镇非从业居民和农村居民一起纳入社会养老保障范围，并于 2010 年起在全国率先付诸实践。截至 2011 年 5 月，浙江城乡居民社会养老保障参保人数达到 1 237 万人，参保率达到 85％以上，已领取养老金人数达到 589 万人，养老金发放率达到 100％，实现了社会养老保障的制度全覆盖和人员基本全覆盖，当年 7 月 1 日起，浙江省城乡居民养老保障基础养老金最低标准由每人每月 60 元调整到 66 元①。浙江逐渐迈入"全民社保"的时代。

六、浙江农民社区建设与社区服务

浙江省各级党委、政府积极探索开展农民新社区建设，经过几年的实践探索，率先在全国形成了较为完善的制度框架，取得了显著成效。

编制村庄整治建设规划。按照"减少村庄数量、扩大村庄规模"的要求，编制县域村庄布局规划；按照有利于提高农民生活质量、传承历史文化和体现人与自然和谐相处的要求，编制村庄总体规划和村庄建设规划。至 2006 年，全省所有县（市、区）完成了县域村庄布局规划的编制任务，规划实施到位后，全省的行政村最终将减少到 2.4 万个，还编制了 3 048 个中心村和 16 389 个村的村庄总体规划和整治方案。

促进中心村建设和村庄布局优化。按照"合并小型村、缩减自然村、拆除空心村、改造城中村、搬迁高山村、保护文化村"的要求和县域村庄布局规划，采取拆迁新建、合并组建、移民迁建、保护复建、整理改建等多种类型和宅基地整理置换的途径，积极稳妥推进乡村撤并，促进了村庄布局规划的实施和中心村建设，并以中心村为载体，推进基础设施向农村延伸和公共服务向农村覆盖。

加快农民新社区基础设施的整体配套建设。到 2006 年，浙江全省安排了731 个示范村、整治村的通村公路项目，完成路基、路面建设里程 2 705 千米；改扩建和延伸城市供排水管网 2 000 千米，增加受益农民 220 万人，新建镇乡垃圾中转处理设施 366 个；完成与示范村、整治村相结合的清水河道整

---

① 浙江：7月起提高城乡居民社会养老保险基础养老金［EB/OL］. http：//www. people. com. cn, 2011 - 06 - 28.

治 1 505 千米；实施 700 多个村供水工程，受益行政村 6 600 个，受益农民 524.6 万人。

推动农民新社区的环境建设。把农民新社区环境整治作为一个重点，着力解决"垃圾无处去、污水到处流"的问题。截至 2006 年底，全省新增农村公共厕所 36 647 座，新增垃圾（池、房）484 568 个，新增路灯安装 212 299 盏，消除露天粪坑 241 393 个。全省已累计完成 8 236 个整治村、852 个示范村的建设任务，有 62 748 个自然村实行了垃圾统一收集，有 17 623 个自然村开展了污水治理，分别占自然村总数的 54.5％和 16.1％。

健全农民新社区医疗卫生服务体系。近年来，浙江加强农民新社区的医疗卫生服务体系建设，全面实施农民健康工程，截至 2006 年底，乡镇公共卫生管理员总数达 1 441 人，村级公共卫生联络员有 32 767 人。全省各县（市、区）已建立社区卫生服务中心 1 200 个。占应建社区卫生服务中心总数的 72.6％，社区卫生服务站（室）6 789 个，社区责任医生 26 625 人，每千农村居民拥有责任医生数已达 0.8 人。[①]

加强农民新社区的文化建设。浙江各地深入实施"万个文明单位与万个行政村结对共建文明"，"万场演出进农村"、"百万图书送农村"、"万场电影下农村"的"三万工程"。2006 年底，已经结对共建文明活动的有 9 689 对，向村送图书 93 万册，新建和修建文化活动室 1 800 个，结对双方开展文化活动 8 500 多场。各地还广泛开展农民种文化活动、农民小康健身工程、农民社区体育活动，全省共有 6 个县（市、区）和 111 个乡镇通过省级体育强县、强镇的检查验收。参与创评活动的县（市、区）和乡镇共建有体育馆 25 座、各级文体中心 123 个、行政村篮球场 3 321 个、乒乓球室（含室外）3 289 个、健身路径 3 972 条。

加强农民新社区的治安建设。浙江跳出"就整治抓整治、就建设抓建设"的框框，确立以人为本的社区治安理念，创造良好的社区治安环境。按照提高农民生活质量和协调社会关系的要求，结合农村社区的特点，不断加强农民新社区的治安体制建设，健全社区治安组织机构，开展治安宣传教育，依靠社区群众，协同公安、司法机制，对涉及社区的社会秩序和人民群众生命财产安全问题依法进行治理，实现农民新社区秩序井然、和谐稳定，广大农村居民安居乐业。

---

① 顾益康，邵峰. 农民创世纪：浙江农村改革发展实践与理论思考 [M]. 杭州：浙江大学出版社，2009：191.

第三节　浙江农民社会发展展望

浙江农村改革 35 年来，浙江农民在社会方面的发展取得了重大成就，但仍然面临着一系列严峻的挑战，要使浙江农民实现共享改革发展成果和自由全面发展的目标，任务依然艰巨。

一、当前浙江农民社会发展的机遇与挑战

(一) 浙江农民社会发展的机遇

浙江经济社会的快速转型，公民社会权利需求的快速增加，形成浙江农民社会发展的内在动力。改革开放的伟大实践，已经确认了我国走社会主义市场经济社会道路的必然性，而公民社会权利需求是社会主义市场经济发展的重要组成部分。社会权利 (social right) 也称社会公民权 (social citizenship)，也就是马歇尔所说的公民权的"社会要素" (social element)。在马歇尔这里，公民权的社会要素的具体内涵是"从某种程度的经济福利与安全到充分享有社会遗产并依据社会通行标准享受文明生活的权利。与这一要素紧密相连的是教育体制和社会公共服务体系。"① 当然，跟政治权利一样，对于社会权利的内涵，不同学者有不同的表述。雅诺斯基认为，社会权利支持公民对于社会地位和经济生活的要求，它由四个部分组成。促进能力的权利 (enabling rights) 包括医疗卫生保健、养老金、康复治疗以及家庭或个人咨询服务。机会权利包括学前教育一直到大学研究生教育的各种形式的教育。再分配和补偿权利是对权利受损者的弥补，包括战伤抚恤、工伤抚恤、扶持劣势者计划、失业补偿以及其他对权力受侵者的补偿计划等。② 浙江省委、省政府提出的 2010 年全省基本实现全面小康社会的目标已经基本实现，提出的到 2020 年努力使浙江成为社会和谐程度较高的先进省份，逐步形成全省人民各尽所能、各得其所而又和谐相处的局面，目前正在扎实推进。浙江农民的社会发展紧紧关系到浙江全省人民的社会发展，随着浙江经济社会的转型，其重要地位将更加显现。

浙江国民经济持续快速增长，为浙江农民在社会方面的发展奠定了重要物质基础。改革开放 35 年来，特别是农村改革 35 年来，浙江农村经济持续快速

① T. H. 马歇尔. 公民身份与社会阶级 [M]. 刘训练，译. 南京：江苏人民出版社，2008：11.
② 托马斯·雅诺斯基，布雷恩·格兰. 政治公民权：权利的根基 [M]. 王小章，译. 杭州：浙江人民出版社，2007：22.

发展，预计今后浙江农村经济将继续保持较快的发展速度，整体综合实力将进一步明显增强。这是发展农民社会事业，建设和谐劳动关系的良好时机，也是解决或促进浙江农民的社会发展的有利时机。

　　浙江落实科学发展观、构建和谐社会的战略目标，使浙江农民的社会发展工作成为各级党委、政府工作的重点。科学发展观坚持以人为本价值取向的可持续发展，坚持以人为本，就是要坚持从人民群众的根本利益出发，关心人的价值、权利、利益和自由，关注人的生活质量、发展潜能和幸福指数，促进人的全面而自由发展，这其中内含着广大农民群众的发展。浙江加快推进以改善民生为重点的社会建设，就是要在经济发展的基础上，更加注重包括农民的社会发展在内的社会建设，着力保障和改善民生，推进社会体制改革，扩大公共服务，完善社会管理，促进社会公平正义，努力使全体浙江人民学有所教、劳有所得、病有所医、老有所养、住有所居，推动建设和谐社会。浙江省委、省政府高度重视贯彻落实科学发展观和改善民生问题，为全省社会事业发展确立了具体目标。在更加全面小康社会建设和更加和谐社会建设进程中，浙江省委、省政府将始终把农民的社会发展问题摆在十分突出的位置。

　　（二）浙江农民社会发展的挑战

　　改革开放以来，浙江农民素质有了明显提升，但浙江农民的劳动技能素质总体上还不能适应工业化、城市化、信息化和农业现代化等社会化大生产的需要。农民劳动技能素质的提高取决于两个层面，一方面是农民长期从事的社会生产，另一方面是农民获得教育的程度与机会，或者说农民获取知识、技能的途径。目前浙江农民的生产生活还是以家庭为主体，家庭即是生活的范围，以家庭作为单位进行活动，并与外界发生关系，而且家庭也是农民技能、素质形成的主要所在。农民劳动技能形成的途径还是以传统传授某一种技能为主，如农村中的木工、瓦工、中医以及农业种植技术等，农民获得技能素质的这种方式就决定了其劳动技能的局限性，这极不适应工业化、农业现代化等社会化的大生产需要。农民获得专门教育和培训的机会非常有限，相关政府部门还缺乏将农民的技能培训上升到一定的战略高度，仅限于一些临时性的措施。农民没有经过社会化生产的准备往往就以农民工流动就业的形式被动地投入到社会化大生产当中，这给农民的发展和工业化、农业现代化发展带来了相当大的危害。生产中集中发生的工伤事故、环境污染、浪费严重等，都和劳动者的整体素质不高有很大关系。农民素质的低下也直接制约了产业转型升级，大多数产业只能徘徊在价值链的最低端，这反过来又限制了农民的发展。

　　浙江农民发展的外在条件还不能满足农民发展的内在需求。农民作为现实的人也有其内在的需求，这种需求具有层次性，衣食住行等温饱问题是其生存的基本需求，所以，其第一层次的需求或最低层次的需求是生存需求。此外还有完全需求、致富需求以及精神需求等，也就是作为现实的人与现代人或城市人有同样的追求美好生活的需求。特别是浙江农民在解决了生存问题后，正在追求着自身的发展，所以目前解决浙江农民发展问题是解决农民问题的核心。农民的需求是实在的，如他们也想接受良好的教育、良好的职业技能培训，具有与城市市民一样的社会保障、医疗卫生与健康等公共服务，但是现存的户籍、教育、就业和社会保障等城乡二元结构体系构成了农民发展的现实空间，这一空间在某种程度上依然制约着农民的发展。

浙江农民经济收入差距的扩大化及由此产生的农民阶层的固化，不仅不利于农民的发展，而且还会给农村社会稳定带来潜在的影响。伴随着农民的职业分化，农民群体的结构和特征都出现了较大变化，形成了有差别的社会群体，群体之间的思想观念、行为方式、社会态度和价值观念的差异越来越明显，群体之间的交流和流动越来越困难，并逐渐固化为不同的阶层。在农民发展和分化的过程中，最明显、最直观的分化表现为以职业为基础的农民经济的分化。农民以职业为基础的水平分化是一种积极的社会现象，因为只有实现了农民职业变换和流动，才能推动农村工业化和城市化进程，而且一定的收入差距也有利于社会保持活力。但是，农民经济收入差距的过分悬殊，特别是由此带来的农民阶层的固化，使得农民通过阶层的向上流动来改变自己命运的机会越来越少，这将加深部分农民的挫败感，可能诱发农民阶层之间的矛盾。

二、浙江农民社会发展的对策与建议

浙江农民的社会发展既有难得的历史机遇，同时也需要克服面临的困难与挑战，为使浙江农民社会事业的可持续发展，在未来一个时期，将在以下几个方面实现新的突破。

（一）为农民社会发展提供良好的教育环境和机会

切实加强农村基础教育。农村基础教育在农民发展中起着关键性的作用，为此，浙江在为农民发展提供良好教育的过程中，一是强化政府在农村基础教育发展中的责任。国际经验表明，越是经济发达的国家和地区，基础教育投入就越体现政府为主。浙江省作为我国经济最发达地区之一，政府理应充分承担起对农村基础教育投入的责任，推进基础教育均衡发展，加大对农村基础教育的投入；二是加大对农村地区的转移支付和对口支援力度，促进地区之间的教育均衡。省级财政要加大对经济困难县（市）的财政转移支付力度，支持县级财政对农村基础教育经费支出不低于税费改革前的水平并有所增加，特别是要增加对欠发达地区、海岛区域的教育专项转移支付。继续加强省财政对欠发达地区农村中小学每年安排的专项资金支持、扶持欠发达地区教师队伍建设。三是各级政府要通过增加投入、改善农村基础教育办学条件、配强学校领导班子和师资队伍等措施，切实加强农村学校建设。四是为农民工子女提供免费教育，资助贫困学生完成学业，为弱势群体提供公平的受教育机会。浙江仍需加大力度关注弱势群体，以高度的社会责任感和使命感履行起为流动人口子女提供"同城教育待遇"，让他们真正接受与常住人口子女同等的教育。切实保障经济困难家庭子女受教育的权利，通过在全省范围内推广"教育券"等资助形式，将扶贫助学专项资金直接发放到困难家庭手中，不让一个学生因家庭经济困难而上不了学。

大力发展农村职业技术教育。加强农村职业技术教育有利于提高农民素质，培育新型农民。当代农村，新型农业技术推广、农业机械化程度的提高、农业专业化的增强都对农民从事农业生产提出了更高的要求，农民已不能简单地依靠传统的农业生产方式，而需要更新知识和技能，推进传统农业向现代农业的转变。为此，浙江在加强农村基础教育的同时，还需大力发展农村职业技术教育，加大对农村职业技术教育的投入，规范农村职业技术教育行为，建立农村职业技术教育体系，使农民在获得基础文化知识的同时，得到良好的职业技术教育。一是完善农村职业教育和农民培训管理体制，创新农民职业教育培训管理模式；二是引导企业、社会资本投资农村职业教育和农民培训。农村职业教育和农民培训事业只依靠政府财政投入远远不够，必须借助社会、企业和农民力量来进行；三是建立健全农村职业教育、农民培训与务工就业、劳动力转移相挂钩的公共服务体制和就业机制；四是大力发展和扶持现有的各类职业教育学校，同时改革职业教育的内容，由应试教育教学模式转换为素质和技能教育教学模式。另外，争取在各村建立科技活动站，动员和组织农业科技人员带技术、带成果进村培训，通过他们的培训带动对其他农民的培训，以建立起农民培训的长效机制。

积极推进和普及农村远程教育和成人教育。实践证明，远程教育是一种覆盖面最大、时空利用最充分、最经济有效的农民教育培训方式。现代农村远程教育系统和现代教育技术，可以将新的科学技术和信息在短时间内传递到千家万户和广大学习者中，加速农业知识的更新，促进农业科技成果转化为现实生产力，促进农业和农村经济发展真正转移到依靠科技进步和提高劳动者素质的轨道上来，加速现代农业发展。因此，浙江省各级政府必须要加大农村教育投入，改善农村远程教育网络，以保证远程教育在农村的顺利实施。同时，要重视农村的成人教育，把成人教育学校延伸、扩展到广大农村中去，逐步形成开放式、多层次的农民成人教育体系，造就和培养一批有文化、懂技术、善经营、会管理的新型农民。

（二）进一步提高农民的社会保障水平

尽管浙江在农民社会保障方面已经做出了很大努力，农民的社会保障状况比前几年有了明显好转，但无论是从农民社会保障项目还是保障水平，与城镇居民之间还是存在着不小的差距。尤其是社会保险，农民还是比较薄弱。农民作为自雇者，没有工伤保险，因而他们在劳动中所受伤残全由自己负责。农民没有生育保险，因而农民的生育费用也全由自己承担。农民有土地，不管能否养活自己，都不算失业，因而没有失业保险。农民新型合作医疗制度，近几年有较快发展，但医疗保障水平依然较低。农民新型社会养老保障试点推广迅速，全省目前已经全覆盖，但新旧农保之间以及新农保与其他养老保障之间的关系转移接续问题还没有根本解决，而且浙江农民新型社会养老保障（城乡居民社会养老保障）的保障水平还有待提高。总体来看，农民社会保障状况已经发生了明显改善，但其发展速度与城镇还有差距，尤其是农民社会保障水平依然较低。所以，应当根据加快建立覆盖城乡居民社会养老保障体系的要求，切实加强农民的社会保障工作，其中最为迫切的是提高农民的社会保障水平。

提高农民新型合作医疗保障水平。浙江从 2003 年开始试行新型农村合作医疗制度，目前全省各县（市、区）已经普遍实施了这项制度。可以说，新型农村合作医疗制度已经成为浙江农民的一项社会医疗保障制度。这一制度的实施，为降低农民医药费负担，缓解农村地区因病致贫，因病返贫问题发挥了十分重要的作用。但是，该制度还有许多地方需要进一步完善，还有许多问题需要解决。如：制度定位于"保大"还是"保小"？自愿参保的原则如何理解与贯彻？如何做到筹资的可持续性？医疗费用如何控制？给付的公平性如何体现？定点医院与定点药店如何管理？与其他医疗保障制度如何衔接？等等。其中一个关键的问题是，目前该项制度的保障水平还较低：一是实际受益面不够宽；二是保障程度偏低，即医疗费用实际可报销的比率过低，对于缓解因病致贫的效果不够明显。而这又与制度定位，尤其是筹资水平联系在一起。如果能够提高筹资水平，保障水平就能够相应提高。所以，建议进一步加大各级财政对于农民新型合作医疗制度的投入，大幅度提高筹资水平。

积极探索农民意外伤害保险和生育保险。农民也是劳动者，应当有职业伤害的风险保障机制，可是这方面一直是个空缺。倘若农民劳动受伤，只能由自已负责，主要原因是，无法运用社会化筹资手段，建立社会保险机制。从浙江省的实际情况看，应该积极探索。不一定要采取纯粹的社会保险手段，而是可以采用政府补贴、支持并委托商业保险公司经办的方法来进行。在这方面，浙江省近几年在农业保险、农村住房保险方面已经有了成功的实践经验，可以借鉴。至于生育保险，城镇职工个人并未缴纳保险费，只要用人单位缴费就可以享受待遇。对于农村居民也应该采取类似的政策，比如：对生育期间的医疗费用给予一定额度的报销，并对生育期间因不能参加劳动而给予一定的补助。这样做，对于保障农村育龄妇女的身心健康，实现男女平等、缩小城乡差别都具有重要意义。

完善农民新型社会养老保障制度。从 20 世纪 90 年代中期，浙江开始试行农村社会养老保障制度，但所走的道路曲曲折折。随着 2009 年以来新型农村社会养老保障制度（浙江省城乡居民社会养老保障制度）的试点与推进，农民社会养老保障问题，又被作为一个重要问题提出来。目前，浙江在加快推进城镇化、农业现代化及农业转移人口市民化的进程中，进一步完善城乡居民社会养老保障，着重注意以下问题：一是把 1990 年代开始试行的农村社会养老保障制度和其他陆续在部分地区试行的面向城镇居民或城乡居民的各类社会养老保障制度整合到浙江省城乡居民社会养老保障之中；二是将人口和计划生育等部门实行的计划生育养老保障政策和村干部养老保障制度等整合到浙江省城乡居民社会养老保障制定之中；三是逐步停止被征地农民基本生活保障制度，该制度的参保对象分别进入职工基本养老保障制度和城乡居民社会养老保障制度；四是积极引导未就业的城乡居民特别是 45～59 周岁人员积极参加城乡居民社会养老保障制度，将符合参保条件的城乡居民全部纳入城乡居民社会养老保障范围；五是按照"先保后征"的原则，确保新增被征地农民全部进入相应的养老保障制度。

（三）积极推动农民职业分化，有效控制农民经济过度分化

农民分化促进了农村商品经济的发展，也引发了一些新的社会问题。这些问题若不能妥善地加以解决，则会影响农民的继续分化，从而影响农村社会的发展和稳定。因此，要正确估量农民分化的形势，紧紧把握农民分化的趋势，合理引导农民走向更深层次的分化。当前浙江农民的社会分化处于起步阶段，具有较强的分散性和相似性。尽管在分化的过程中，由于利益和愿望不同，农民之间及农民与国家有关部门之间产生了一些程度不同的矛盾和摩擦，有时甚至发展成了对抗事件，但不能就此而否定农民分化的积极意义。所以，我们要在承认和推动农民社会分化的基础上，花大力气解决出现的问题，把农民分化

伴随产生的社会震荡降到最低限度，努力做到既能够遵循农民分化规律，又能够引导和控制农民经济的过度分化，实现农民社会和经济的可持续发展。

浙江要通过制度变革来积极推动农民的职业分化，需要彻底放开劳动力就业市场，给农民提供越来越多的非农就业岗位，拓宽农民职业升迁的机会和渠道；需要改革土地流转制度和提供教育、劳动培训机会，在推进相应制度变革的同时，增加农民的人力资本和社会资本，提高农民综合素质，努力加快传统农民向现代农民和市民的转变，从而达到农民深层分化的目的。目前来看，职业对农民的社会阶层和社会地位有着非常重要的影响，从某种程度上讲，职业决定了农民的社会阶层。而农民的职业选择不仅取决于农民的个人能力、教育水平和社会阅历，也受到以户籍长大为基础的城乡二元社会结构的影响。因此浙江必须通过统筹城乡发展，提升农民的个人发展能力，消除制度障碍，推动农民分化向深度发展。

现阶段，浙江农民经济收入的过分悬殊诱发了农民阶层之间的矛盾，需要预防或控制农民经济的过度分化现象。由于自然条件、历史条件、产业发展阶段的不同，以及农民家庭和个体之间的差异，必然会带来经济收入的差异。当前浙江需要统筹农民发展，协调利益主体之间的关系，适度扼制经济收入差距的拉大，重视分配领域的社会公平。作为浙江省各级政府部门的当务之急是利用新农村建设的机会，改革县乡财政、行政体制，切实减轻农民负担，促进农村发展，制定合理的价格政策，提高农民收入；通过税收政策、二次分配和转移支付等措施，适当调节收入差距，从而在一定程度上解决农民经济收入差距扩大的问题。但浙江农民分化的问题根本上要通过农民的全面发展去解决，浙江省委、省政府要为农民发展创造公平的环境，使每一个农民都能获得发展的机会。

（四）全面推进农民社区建设与社区服务

为实现传统农民社区快速向现代农民社区的转型，推进规范化农民新社区建设，为广大浙江农民提供有效的社区公共产品和公共服务，还需进行如下努力。

着力推进农民新社区的布局优化。浙江城乡人口布局正处于加速调整时期，这也是公共资源和公共服务渐趋城乡均等化配置的转型时期。浙江农民新社区建设的实质在于顺应城乡统筹发展一体化的需要，通过重构农民社区组织、完善农民社区管理服务，有效增加农民社区公共产品和服务供给，引导广大农民共建共享富裕、民主、文明、和谐的美好新家园。应本着农民新社区建设的这一实质内涵，着力推进社区布局的优化。

全面推进农民新社区环境整治。浙江正处于工业化发展的中期阶段，这一阶段是生产力快速发展的时期，也是资源消耗加剧、环境压力加大的时期。目前全省还有一部分村庄的环境尚未得到有效整治，农民的生产和生活方式尚未明显改变，村庄环境卫生管理的长效机制尚未完全建立，农民新区域的环境整治更是任重道远。因此，应全面推进农民社区和农村区域的环境整治。

不断完善农民新社区的服务和管理。完善的社区服务与管理是农民新社区建设的基本标志。浙江应按照城乡基本公共服务均等化的要求，加快建设以中心村为主要载体的服务设施，强化中心村的服务功能和辐射作用；大力培育农民社区工作者队伍，鼓励和引导县乡公共服务人员和社会志愿者到农民社区担任责任医生、安全协管员、文化指导员、责任农技员等；积极探索建立集体和农民出资、政府补助、社会资助相结合的农民社区服务经费筹措机制；不断创新基层民主形式，提高村民自治水平。

第六章　三十五年浙江农民文化发展

35 年浙江农民文化发展，是广大浙江农民在改革开放的历史进程中，在浙江省委省政府的领导下，在马克思主义理论指导下，思维方式、价值观念、精神追求及其思想道德素质和科学文化素质的发展和进步。35 年浙江农民文化发展，主体是浙江至今人数最多的广大农民；性质是社会主义文化，即中国特色社会主义文化发展的重要组成部分；结构是在马克思主义指导下，以中国传统文化为根基，以中国各省市的文化发展和世界现代文化发展为借鉴，以农村文化为特色的综合性文化；背景是改革开放和中国特色社会主义的伟大历史实践，具体环境是敢闯敢干，走在前列的浙江发展；目标是农民文化事业、文化产业和文化生活获得自由全面的发展。

第一节　浙江农民文化发展历程

党的十一届三中全会以来，浙江农民的文化事业、文化产业和文化生活在中国改革开放中快速发展，35 年走过几个不同的发展阶段，每一阶段都有特定的环境条件、变化动因和发展成果。

一、浙江农民文化发展转折阶段的状况（1978—1986 年）

浙江农民文化，曾经在漫长的农业文明基础上，在儒家文化为主导的传统文化及其浙江区域文化的影响下，在封建时代获得持久而缓慢的发展，尤其是在南宋以后，长期内处在中华民族文化进步的前列。走入近代社会，地处沿海的浙江农民文化开始受到世界文化，尤其是西方文化更多的浸染，文化发展的性质和内涵逐步发生变化。五四运动以后，马克思主义开始在浙江较早传播，新民主主义革命文化也在农民中逐步得到宣传。1949 年，浙江省的艺术表演团体只有 28 家，文化馆和文化站 38 个（文化馆 37 个），公共图书馆 2 个，博物馆 1 个。（"文化、艺术、文物事业单位数"，浙江省统计局编：《新浙江五十年统计资料汇编》，中国统计出版社 2000 年版，第 254 页。）

新中国建立后，马克思主义在意识形态领域的主导地位迅速确立，浙江农民文化开始沿着社会主义方向快速发展，也呈现出"百花齐放，百家争鸣"的良好局面。1957年以后，伴随着阶级斗争扩大化及其"左"倾错误的日益严重，浙江农民文化发展开始偏离正确轨道，农民中蕴藏的大量优秀传统文化资源受到排斥，农民学习吸收的西方文化成果受到批判，农民文化发展受到局限。到"文化大革命"时期，农村文化呈现虚幻的"繁荣"，农民文化发展的大量切实可靠的物质和精神资源受到严重破坏，陷入文化的浩劫之中。浙江处在海防前线，国家的文化建设投资更少，发展速度更慢一些。1978年，浙江省的艺术表演团体只有128家，文化馆和文化站372个（文化馆76个），公共图书馆63个，博物馆19个。（"文化、艺术、文物事业单位数"，浙江省统计局编：《新浙江五十年统计资料汇编》，中国统计出版社2000年版，第254页。）

党的十一届三中全会重新确立了解放思想，实事求是的思想路线，开启了改革开放和社会主义现代化建设的新时期，农民文化发展开始获得新的思想方向。邓小平指出："一个党，一个国家，一个民族，如果一切从本本出发，思想僵化，迷信盛行，那他就不能前进，它的生机就停止了，既要亡党亡国。"（邓小平：《解放思想，实事求是，团结一致向前看》（1978年12月13日），《邓小平文选》第2卷，人民出版社1994年版，第143页。）这一著名论断，振聋发聩，给农民文化发展带来巨大的动力。1979年6月，叶剑英《在庆祝中华人民共和国成立三十周年大会上的讲话》中，第一次郑重提出了精神文明建设问题，指出："我们要在建设高度物质文明的同时，提高全民族的教育科学文化水平和健康水平，树立崇高的革命理想和革命道德风尚，发展高尚的丰富多彩的文化生活。"（中共中央文献研究室编：《三中全会以来重要文献选编》（上），人民出版社1982年版，第218页。）邓小平进一步解释说："所谓精神文明，不但是指教育、科学、文化（这是完全必要的），而且是指共产主义的思想、理想、信念、道德、纪律、革命的立场和原则，人与人同志式的关系，等等。"（邓小平：《贯彻调整方针，保证安定团结》（1980年12月25日），《邓小平文选》第2卷，人民出版社1994年版，第367页。）这些重要论述，为农民文化发展指明了根本方向。

改革初期，广大农村的文化生活就开始受到党中央的高度重视，1980年，中宣部制定了《关于活跃农村文化生活的几点意见》，对农村文化建设和农民文化生活提出了具体要求。浙江作为市场经济的先发省份，文化事业单位开始纷纷效仿经济领域的做法，采取"承包责任制"、"以文养文"、"多业助文"等做法，一些基层文化艺术团体开始走入农村，为农民群众提供文化服务。

1981 年 2 月，全国总工会、共青团、妇联等单位联合发出《关于开展文明礼貌活动的倡议》，倡议在全国人民特别是青少年中开展讲文明、讲礼貌、讲卫生、讲秩序、讲道德和心灵美、语言美、行为美、环境美的"五讲四美"活动，此后又增加了爱祖国、爱社会主义、爱中国共产党的"三热爱"内容。1982 年 10 月，在北京召开了全国农村思想政治工作会议，提出用马列主义毛泽东思想教育农村干部、共产党员和广大农民，号召广大农民努力成为有理想、有道德、有文化、有纪律的新农民。按照党中央的要求，浙江农村的精神文明建设也在全省拉开序幕，争做"四有"公民，创建文明村镇活动在全省农村广泛开展。在全省党员群众中进行的"讲党性、顾大局、同心同德搞四化"的思想教育活动不断向农村推进，党的基本路线教育和形势任务教育也在农村中深入展开。

在 20 世纪 80 年代初期，农民文化生活出现一些新的变化。一是一批新解放出来的新中国成立后拍摄的优秀影片相继在农村放映，包括《早春二月》、《一江春水向东流》、《洪湖赤卫队》等，这虽然不是新影片，但相对于长期处于"样板戏"生活中的农民来说，还是增添了文化新感觉；二是一批传统文学艺术形式得到恢复、整理和传播，包括传统评书、地方戏曲、武术杂技等都开始复苏与活跃，尤其是深受浙江农民喜爱的越剧、黄梅戏等，给广大农民的文化生活带来崭新的气息；三是农村中刚刚开始出现的电视，开始播放的电视剧，让农民们享受到"坐在家里看电影"的欣喜，特别是电视中转播的体育比赛节目，更让农民们感到激越与振奋；四是农村中的文化艺术人才也开始自发地建立自己的团队或组织，开展多种文娱活动。有的地方戏剧人才开始公开或半公开地到一些村屯演出，并受到农民群众的欢迎。部分农村文化青年，开始在业余时间集结起来，进行文化艺术的学习交流活动，尽管多数都没有固定的名称、场所和组织者，但所发挥的文化推动作用却不可小视。在嵊州、长兴等地，农民的自发文化活动起步早，发挥的作用更大。五是科学的春风也开始吹进广大农民的心田，以陈景润、华罗庚、等为代表的献身科学的动人故事开始在农村传播，一批优秀乡村知识分子在农村的教育科技工作中重新受到信赖和重视，农民心目中的先进典型在悄然发生变化，农民精神文化发展的方向和动力也在发生新的变化。

在改革开放初期，农民的文化生活尽管还不丰富，但文化变革的萌芽却让广大农民感受到新希望新欢乐，农民的文化发展开始从长期的"左"倾束缚中解放出来。浙江农民的文化发展与中国传统文化、浙江区域文化以及世界先进文化紧密结合，与经济社会发展紧密结合，在历史转折时期，对促进农村进步，发挥了重要的引领和推动作用。

二、浙江农民文化发展探索阶段的状况（1986—1996 年）

进入 20 世纪 80 年代中期，浙江农民的文化发展也进入新阶段。一方面，广大农民从生活的改善，文化的丰富中切实感受到，自己正走在"希望的田野上"，心情舒畅，充满理想；另一方面，由于农村集体文化设施被挤占或挪用，文化服务能力有所减弱，集体文化活动有所减少，农民的文化发展出现一些新情况。1985 年，浙江农村居民文教娱乐用品及服务支出，人均只有 15 元。（"农村居民人均总支出"，浙江省统计局编：《新浙江五十年统计资料汇编》，中国统计出版社 2000 年版，第 115—116 页。）为此，1986 年 9 月，党的十二届六中全会通过了《中共中央关于社会主义精神文明建设指导方针的决议》，明确提出："在社会主义时期，物质文明为精神文明的发展提供物质条件和实践经验，精神文明又为物质文明的发展提供精神动力和智力支持，为它的正确发展方向提供有力的思想保证。"（《中共中央关于社会主义精神文明建设指导方针的决议》（1986 年 9 月 28 日），中共中央文献研究室编：《改革开放三十年重要文献选编》（上），人民出版社 2009 年版，第 430 页。）1987 年 1 月，中共中央又明确提出，把农村改革引向深入的任务，指出："我们要因势利导，加强四项基本原则的教育，用社会主义思想占领农村阵地，引导农民逐步摆脱小农经济思想的束缚，克服封建的、资产阶级的腐朽思想影响。"（《把农村工作引向深入》（1987 年 1 月 22 日），中共中央文献研究室编：《改革开放三十年重要文献选编》（上），人民出版社 2009 年版，第 452 页。）

在党中央及各级文化部门的引导下，20 世纪 80 年代后期，浙江农民的文化思想呈现出更加活跃的态势。经过改革初期冲荡的浙江广大农民，对党的改革开放政策理解得更加深刻，对中国特色社会主义道路开始有了初步的认识，对外部世界的了解开始快速增多，部分浙江沿海开放地区的农民开始转变思想观念，自觉地走上商品经济和市场经济的道路，这成为浙江农民文化发展的主流。自 1985 年开始，浙江在全国各省市中率先制定了九年制义务教育的地方性法规，实施一系列与经济体制改革相配套的教育体制改革措施，积极推动农村教育综合改革，为农民的文化发展奠定了坚实的知识理论和思想观念基础。1988 年，浙江制定出台了有关文物保护方面的地方性法规，为农民承继传统文化创造了重要条件。

在全国文化热初步兴起的过程中，与城市精英文化仍基于一元化思维的思想论争相比，浙江农村文化自发的多元化倾向已经开始迅速展现，在社会主义、集体主义思想观念继续发挥引领作用的同时，一些来自西方的思维方式、行为方式和价值观念也开始渗透到农村中，尤其是在部分青年农民中影响更大，同时，潜藏于农村社会的传统文化观念习俗，特别是强调理性务实，义利皆本的浙东文化传统也开始复苏甚至活跃起来，宗族文化、民间技艺、地方戏曲等重新得以传承，农村的大众文化出现新景象。

进入 20 世纪 80 年代末 90 年代初期，出现了"一些地方基层组织软弱涣散，思想政治工作薄弱，社会治安不好，封建迷信等社会陋习重新蔓延，农村社会主义精神文明和民主法治建设还不适应新的要求。"（《中共中央关于进一步加强农业和农村工作的决定》（1991 年 11 月 29 日），中共中央文献研究室编：《改革开放三十年重要文献选编》（上），人民出版社 2009 年版，第 606 页。）的情况，制约和影响到农民的文化发展。江泽民指出："在新的时期，教育和提高农民的任务仍然很繁重。越是搞改革开放和社会主义市场经济，越要重视对农民特别是青年农民进行爱国主义、集体主义、社会主义思想教育。农村的思想文化阵地，先进的正确的思想和优良社会风尚不去占领，落后的错误的思想和不良社会风气就必然去占领。"（江泽民：《高度重视农业、农村、农民问题》（1992 年 12 月 25 日），中共中央文献研究室编：《改革开放三十年重要文献选编》（上），人民出版社 2009 年版，第 689 页。）按照党中央的部署，自 90 年代初开始，各省、自治区、直辖市在农村集中进行社会主义思想教育，目的是全面贯彻党的基本路线和党在农村的方针政策，推动农村经济发展，不断提高农民的思想道德素质和科学文化水平，教育农民自觉抵制封建主义残余和资产阶级腐朽思想的侵蚀，破除封建迷信，克服社会陋习，树立社会主义新风尚。

在社会主义思想教育活动中，浙江农村开展了农民喜闻乐见的文娱、体育活动，农村广播电视的内容进一步丰富，农村社会主义文化阵地得到进一步巩固。同时，农民的科学意识、法律意识、健康意识进一步增强，农村的不安定因素，腐朽落后文化活动得到一定程度的遏制，符合社会主义精神文明建设要求的乡规民约开始制定和落实。至 1996 年底，浙江已有 55 个城镇和集镇被省政府授予"浙江东海文化明珠"称号，临安、浦江、东阳、青田、奉化、象山、诸暨等县（市）先后被文化部命名为"中国民间艺术之乡"和"中国民间绘画之乡"。浙江农民文化发展在不断探索中出现新局面。

三、浙江农民文化发展成熟阶段的状况（1996—2005 年）

到 20 世纪 90 年代中期，人们在看到农民文化获得长足发展的同时，也清晰地认识到，农村文化的进步明显落后于经济的进步，而且还出现了道德失范，拜金主义、享乐主义、个人主义滋长，封建迷信活动和黄赌毒等丑恶沉渣泛起的现象。1996年10月，党的第十四届六中全会通过了《中共中央关于加强社会主义精神文明建设若干重要问题的决议》，提出必须坚持党的基本路线和基本方针，加强思想道德建设，发展教育科学文化，以科学的理论武装人，以正确的舆论引导人，以高尚的精神塑造人，以优秀的作品鼓舞人，培育有理想、有道德、有文化、有纪律的社会主义公民，农民的文化发展有了更加明确的指导思想。

1998年10月党的十五届三中全会通过的《中共中央关于农业和农村工作若干重大问题的决定》，提出要以创建"文明户""文明村镇"为主要形式，对农民进行爱国主义、集体主义和社会主义教育，进行社会公德、职业道德、家庭美德教育。强调思想道德教育要贯彻到群众性创建精神文明的各项活动中去，同时要加强农村文化基础设施建设，扩大广播电视覆盖面，组织好文化、科技、卫生"三下乡"活动，鼓励和支持农民业余文化体育活动。1998年11月文化部提出《关于进一步加强农村文化建设的意见》，就农村文化建设和农民文化发展进行了系统论述和完整部署，至此，农民文化发展在思想认识上进入了新层次，在实践上进入了较快发展的阶段。

1999年，浙江省在全国率先提出建设文化大省的战略目标，2000年12月，制定通过了《浙江省建设文化大省纲要（2001—2020）》，强调"农村文化始终是文化工作的重点和基础"，提出"充分发挥县（市）所在地连接城乡的纽带作用，加强集镇文化建设，积极开掘民俗文化、民间艺术资源，建设'一乡一品'农村特色文化。举办形式多样，具有特色的农村文化活动，推动农村旅游文化、商贸文化发展。"对农村文化建设首次做出了比较全面的安排。2005年省委又通过了《关于加快文化大省建设的决定》，开始实施文明素质工程、文化研究工程、文化精品工程、文化保护工程、文化阵地工程、文化产业促进工程、文化传播工程、文化人才工程等八项工程，并进一步明确了浙江农村公共文化服务体系建设的具体目标，浙江农民文化发展开始发生历史性变化。

一是农村文化设施建设快速推进。文化设施是开展农村文化活动的载体，是文化事业发展的重要标志，县级图书馆、文化馆，乡镇文化站及村文化室则是农村基层重要的文化工作网络和文化活动阵地，是农村文化建设中的重点和难点。按照国家要求，浙江各地都把"两馆一站一室"建设列入当地的经济和社会发展总体规划，列入小康目标，列入年度计划，扎实推进。部分经济发达的乡村，积极动员社会力量，支持农村文化设施建设，并与农民自办文化相结合，建设起一批村级的公园或文化宫。

二是文化下乡和文化扶贫活动不断深化。按照中央的要求，浙江省认真总结经验，制定和落实文化下乡计划，动员和鼓励教育、科研、文化单位和广大文化艺术工作者，把为农民服务作为重要任务，投身于文化下乡行列。各文艺团体坚持送戏（节目）下乡，努力解决农民看戏难的问题。各县市群艺馆、文化馆、图书馆、电影公司以及高等院校和科研院所等单位纷纷深入到农村，为农民送书、送电影、送文化科技知识。

三是丰富多彩的农村文化活动的广泛开展。文化建设的根本目的，是丰富人民的文化生活，满足人民日益增长的文化生活需求，促进社会主义精神文明建设。浙江省各级文化主管部门和文化单位，根据广大农民的需要，积极组织开展各种丰富多彩的文化活动，大力扶持民办文艺团体，鼓励农民自编自演，自娱自乐。地方政府大力发展流动性的汽车图书馆，在农村开设书刊流动服务点，发动社会各界捐书助农。

四是农村文化队伍建设稳步推进。发展农村文化事业，提高农民素质，农村文化队伍建设是关键。在世纪之交，根据新形势下农村文化工作的实际，浙江各地纷纷研究制定稳定农村文化队伍的政策，采取各种有力措施，努力解决农村文化工作者面临的困难和问题，力争更充分地发挥农村文化工作者在农村文化建设中的主力军作用。各级文化主管部门制定出农村文化队伍的培训计划，采取函授、选送到文化艺术院校深造、从艺术院团派教员到农村兴趣办培训班等多种形式，为农村文化工作者提供学习机会，提高他们的思想水平和业务能力，以适应新形势下农村文化工作的需要。

五是浙江农民文化发展的影响力快速扩展。世纪之交，浙江专业市场迅速兴起并不断完善，一乡一品、一村一品的特色经济快速形成，在此基础上（并与早期散布全国各地的个体经营活动相结合）逐步遍及全国，甚至伸展到世界各地。"浙江村"、"浙江街"、"温州村"开始把浙江农民的文化品格和文化发展成果带出省外，让全国乃至世界对浙江人有了特有的评价和认识。

自 1996 年至 2005 年的 10 年间，是全国农村文化事业，也是浙江农村文化事业发展较快的阶段，尤其是进入 21 世纪后的几年。2000 年浙江每十万人中受大专及以上教育程度的人数是 3 189 人，同年，北京 16 843 人，上海 10 940 人，江苏 3 917 人，吉林 4 926 人，黑龙江 4 797 人。（《各地区每十万人拥有的各种受教育程度人口比较》，中华人民共和国统计局编：《中国统计年鉴 2001》，中国统计出版社 2001 年版，第 96 页。）浙江省在认识到全省"文化发展滞后"、"与经济发展不相适应"的同时，也开始关注农村文化发展滞后于城市的现象，早在《浙江省文化发展规划（1996—2010）》中，就开始把"逐步形成以市（地）级城市为中心，以县（市）级城镇为纽带，以乡镇为网络，城乡一体的现代文化格局"，作为城乡文化建设的一项基本任务。在世纪之交，中国改革开放快速推进的历史阶段，浙江农村文化事业从思想认识到具体实践，都开始步入较为成熟的时期，农民的文化发展在农村文化发展的大背景下快速向前迈进。

四、浙江农民文化发展繁荣阶段的状况（2005 年至今）

进入新世纪，农民文化需求日益强烈，村级文化设施不足的问题开始凸显。2004 年，浙江全省 35 061 个行政村中，建有文化活动场所的仅有 13 577 个村。并且，这些文化活动场所还会受到资金、管理、服务等多种因素的制约，难以充分发挥其应有的作用。（浙江省百村农民文化生活调查课题组：《2006 年浙江农民文化生活调查课题报告》，浙江省百村农民文化生活调查课题组著：《浙江省新农村文化报告——来自 18 个行政村农民文化生活的田野调查》，中国美术学院出版社 2007 年版，第 9 - 10 页。）另据统计，2005 年，浙江农村人口为 3 790 万，占全省总人口（4 898 万）的 77%，但全省农村文化事业费投入仅为 2.96 亿元，只占全省文化事业费（14.88 亿元）的 19.89%；农村人均文化事业费为 7.81 元/人，仅为全省人均文化事业费（30.38 亿元）的 1/4。（陈立旭 汪俊昌等著：《崇文育人看浙江》，浙江人民出版社 2008 年版，第 197 页。）

2005 年 10 月，党的十六届五中全会通过了《中共中央关于制定国民经济和社会发展第十一个五年规划的建议》，提出要按照"生产发展、生活宽裕、乡风文明、村容整洁、管理民主"的要求，坚持从各地实际出发，尊重农民意愿，扎实稳步推进新农村建设。2005 年 11 月，中共中央办公厅、国务院办公厅制定了《关于进一步加强农村文化建设的意见》，党中央、国务院对加强农村文化建设重要性和紧迫性的认识更加充分，对农文化建设中的体制不顺、机制不活，文化产品、文化服务供给不足，文化活动相对贫乏，城乡文化发展水平差距较大等问题更加重视，开始对农村文化建设进一步作出全面部署。2005 年 12 月，中共中央、国务院制定了《关于深化文化体制改革的若干意见》，明确提出要加大农村文化基础设施建设投入，大力发展公共文化事业，丰富农民群众精神文化生活。

2006 年，浙江省委、省政府通过了《关于全面推进社会主义新农村建设的决定》，提出"推动文化资源向农村倾斜，加强农村公共文化设施建设，基本建成适应广大农民群众需求的农村公共文化服务体系。"这意味着浙江省不仅在文化大省建设的框架，而且在新农村建设的框架下，对农村文化建设进行新的布局。2007 年 3 月，浙江省文化厅下发了《关于实施我省新农村文化建设十项工程的通知》，开始实施农村文化基础设施建设工程、广播电视"村村通"工程、文化信息资源共享工程、文化遗产保护工程、农民体育健身工程、农村电影放映"2131"工程、送戏送书工程、农村文化活动繁荣工程、农村文化队伍素质提升工程、农村文化示范户创建工程等十项重点工程。"十大工程"立足浙江实际，针对农村文化建设存在的突出问题，充分发挥政府主导作用，以重点带全局，以工程促发展，力图全面开创浙江农村文化建设新局面。

在党和政府的引导下，浙江的农民，自 2007 年初就开始了热火朝天的"种文化"活动，一些村镇建立起"种文化·农民新文化运动讲习所"，并推出农民"种文化"百村赛活动。2008 年，《浙江省推动文化大发展大繁荣纲要(2008—2012)》，进一步将农村公共文化服务建设纳入浙江省公共文化服务体系建设的总体战略中，开始以乡风文明建设为主要内容，大力开展乡风评议活动，繁荣农村社区文化。进入新世纪以来，农民的文化生活呈现出新的特点，一是从单纯的文化娱乐，逐步追求文体结合的休闲文化；二是从传统的文化艺术形式，逐步追求新型的文化样式；三是从个体的文化享受，逐步追求群体文化品位；四是从传统的区域文化传播，追求到省外国外展示。（浙江省百村农民文化生活调查课题组：《2006 年浙江农民文化生活调查课题报告》，浙江省百村农民文化生活调查课题组著：《浙江省新农村文化报告——来自 18 个行政村农民文化生活的田野调查》，中国美术学院出版社2007 年版，第 6-7 页。）

自 2012 年，临安市开始进行村级文化礼堂建设，每个村通过新建、改建、扩建的方式，建设起独立的综合性的村级文化礼堂，文化礼堂中包括"两堂五廊"，"两堂"就是礼堂和学堂，用于安排红白喜事，召开村民大会，举办报告会，开展表彰活动、文艺活动等。"五郎"即村史廊、民风廊、励志廊、成就廊和艺术廊，用以树立身边典型，作为学习的榜样。村级"文化礼堂"，构筑起新时期农民群众精神家园，得到社会各界的广泛支持和众多好评。自 2013年，浙江开始在全省尝试推行村级文化礼堂建设。在浙江省委、省政府的领导下，经过广大基层干部和农民群众的不懈奋斗，浙江农民的文化发展开始步入繁荣和谐的新阶段，农村文化开始由县和乡为重心，转向以村为重心，农民文化活动也开始由关注群体进步为主转向对农民个体文化发展的关注。

第二节 浙江农民思想道德素质发展状况

在改革开放的伟大历史实践中，浙江农民继承优秀传统道德和革命道德思想，弘扬浙江精神，逐步确立起中国特色社会主义的理想信念，形成与社会主义现代化事业相适应，有浙江区域文化特征的社会公德职业道德家庭美德，广大农民群众的法律意识法律观念法治精神迅速增强。

一、远大理想科学信念的逐步确立

在新民主主义革命时期，作为中国共产党及红船精神发祥地浙江农民，就已经接受了初步的马克思主义思想影响。新中国成立后，经过长期的社会主义思想教育，浙江广大农民对马克思主义的世界观和方法论已经具有了基本的掌握和运用，对社会主义道路、社会主义理论和社会主义制度的科学性和优越性有了切身的感受。但是，经过20年的"左"倾尤其是十年动乱，农民群众的生产生活受到严重影响，作为海防前线的浙江，遇到的困难更多一些。面对理想和现实、理论和实践的矛盾，社会主义的理想信念问题成为农民思想道德建设的核心问题。

改革开放初期，一些怀疑社会主义，怀疑马列主义毛泽东思想的思潮，开始在一部分人中蔓延。另一方面，面对崭新的历史任务，思想不够解放，不善于研究新情况，解决新问题的情况也同时存在。对此，邓小平同志旗帜鲜明地提出，必须坚持四项基本原则不动摇。在党和政府的领导下，广大农民走在探索中国特色社会主义道路的最前沿。1981年12月，在浙江省制定的《浙江省农村人民公社统一经营、联产到劳责任制试行办法》中就指出："生产队要加强领导，要经常对社员进行四项基本原则教育，进行社会主义、爱国主义和集体主义教育，宣传贯彻党的方针政策，做好思想政治工作。"（中共中央书记处农村政策研究室资料室编：《农村经济政策汇编（1981—1983）》上册，农村读物出版社，1984年版，第298页。）

在改革实践中，浙江广大农民率先闯入商品经济和市场经济的大潮中，以亲身的经历，切身的感受，体会着传统的计划经济和市场经济的差别，并推动着计划经济和市场经济在社会主义制度下的内在融合，为开启中国特色社会主义道路做出了历史性贡献，形成了具有全国影响的温州发展模式，宁波、台州、绍兴、金华等地的经济社会发展也开始各展特色。

自1988年开始，在浙江省委省政府的统一部署下，全省每年根据实际情况确定一个主题，集中一至两个月时间，在广大农村组织党的基本路线教育及思想政治教育。省、市、县都组织强有力的工作组，深入县、乡、村，面对广大农民宣传党的路线、方针、政策，宣讲中央和省委的重大决策，宣传当地的形势和任务，同时结合各地实际，解决一两个突出问题，为群众办实事、做好事。1991年12月，《人民日报》全面介绍了浙江省在农村开展思想教育的做法和经验。此后这项集中教育每年在冬春之际进行，一直坚持到1998年，受教育面每年都在95%左右，最多的一年，省、市、县三级机关共有10万干部下农村，基本做到乡乡有工作组，村村有工作队员。连续十年的农村党的基本路线和思想政治教育，抓住了农村工作和农民思想的关键，对农村两个文明建设，对农民的思想道德发展产生了有力而持久的推动作用。

1998年，《中共中央关于农业和农村工作若干重大问题的决定》进一步强调对进行党的基本路线和方针政策教育，强调思想道德教育要贯穿到群众性创建精神文明的各项活动中去。在开展"讲学习、讲政治、讲正气"党风党性教育活动中，浙江省有2 000多名县以上领导干部带领8万多名机关干部深入基层，进村入户，与群众同吃同住，一面听取基层群众意见，一面宣传党的方针政策，解决群众反映强烈的突出问题，在历时2年多的"三讲"教育中，有33万干部群众以各种形式参与了这次教育，农民群众的思想道德觉悟也在教育活动中得到提升。

为了总结和提升浙江经济社会快速发展的经验，2000年7月，浙江省委十届四次会议确定了"自强不息、坚忍不拔、勇于创新、讲求实效"的浙江精神。2006年2月5日，《浙江日报》发表省委书记习近平的《与时俱进的浙江精神》一文，提出要与时俱进地培育和弘扬"实事求是，诚信和谐，开放图强"的精神。浙江广大农民的思想道德发展，开始将党的理论政策与浙江精神紧密结合。党的十八大将科学发展观确定为党的指导思想，进一步丰富了中国化马克思主义的思想内容，全国人民及其广大农民群众实现民族复兴的中国梦想的愿望更加强烈，在深刻的历史变革中，浙江农民的远大理想科学信念逐步确立。

首先是确立马克思主义的信念。马克思主义作为我们党和国家的指导思想，是由马克思主义严密的科学体系、鲜明的阶级立场和巨大的实践作用决定的，是近代以来中国历史发展的必然结果，是中国人民长期探索的历史选择。确立马克思主义的信念，是牢固树立中国特色社会主义共同理想、坚定共产主义远大理想的理论前提。在长期接受党的思想理论教育的过程中，浙江农民群众对马克思主义的基本原理的学习了解日益完整和深入。

在改革开放和现代化建设的进程中，农民群众的马克思主义信念不断增强。一方面，随着农民接受国民教育水平和层次的提高，随着农民专业技术培训和思想政治理论培训的增多，他们从多种途径获得马克思主义基本理论知识；另一方面，在实际社会生活中，不断创新，走遍全国，视野开阔的浙江农民，在各种思想理论观念的对比中，也能更加充分地感受到马克思主义的科学价值和指导意义。现在，浙江大多数的农民群众都能够比较熟练地运用辩证唯物主义的世界观、阶级分析的方法认识社会历史问题，都能够比较熟练地运用马克思主义的矛盾观点、历史观点和群众观点分析现实问题。

其次，树立中国特色社会主义共同理想。建设中国特色社会主义、实现中华民族伟大复兴，是现阶段我国各族人民的共同理想。这个共同理想集中体现了我国工人、农民和广大知识分子的根本利益和愿望，是保证全体人民团结奋斗、克服困难、争取胜利的强大思想武器。在改革开放的新时期，广大农民尤其是处于沿海发达地区的浙江农民，获得了前所未有的发展机遇，收获了前所未有的发展成果。因此，浙江广大农民对中国特色社会主义有着更为深刻的理解，有着更为坚定的信心，也有着更为满意的心态。

在浙江农村三十几年的快速发展中，在浙江农民生活不断改善的过程中，农民群众真切体会到，中国特色社会主义理论、道路和制度，符合中国国情，符合浙江实际，符合农民的愿望，是农村发展和农民发展的必由之路。在历次抗击自然灾害尤其是抗击台风的斗争中，在加速新农村建设，推动农民致富，促进城乡一体化的进程中，浙江农民群众都能真切感受到中国共产党是全心全意为人民服务的政党，是真心实意为农民谋幸福的政党。在深刻了解中华民族和浙江辉煌的历史基础上，在浙江农村翻天覆地的历史巨变中，农民群众对社会主义中国的未来发展充满信心，而且，这种信心既赤诚又强烈，因为浙江农民从改革开放政策中获得的发展利益更多，看到的历史变化更大。

当然，在改革开放的过程中，在多元文化并存、交融和交锋更为普遍的浙江，部分农民也在一定程度一定时期出现中国特色社会主义理想信念不坚定甚至犹疑动摇的现象。有的人对西方资本主义的理论和制度盲目崇拜，有的人放弃马克思主义信念而在精神上转向各种宗教，有的人沉迷于腐朽奢华的物质生活而淡化艰苦奋斗的社会主义理想，这些消极现象给浙江农民的理想信念提升带来了阻碍。

二、道德修养道德品质的持续发展

高度重视道德教育是中国的历史传统，也是中国共产党的优良传统，早在抗日战争时期，毛泽东就号召大家学习白求恩同志毫无自私自利之心的精神，做"一个高尚的人，一个纯粹的人，一个有道德的人，一个脱离了低级趣味的人，一个有益于人民的人。"（毛泽东：《纪念白求恩》（1939 年 12 月 21 日），《毛泽东选集》第 2 卷，人民出版社 1991 年版，第 660 页。）新中国成立后，在学雷锋、学习焦裕禄等活动中，广大农民群众的思想道德觉悟有了根本性的改变，由传统的封建的小农经济基础上道德观念，转变到共产主义、社会主义和集体主义的道德观念上来。在改革开放初期，部分地区就开始集中进行共产主义道德教育（以北京、上海、天津等十二城市为重点）。1981 年 2 月，中央五部委联合下发了《关于开展文明礼貌活动的通知》，倡议开展以"五讲四美"为主要内容的文明礼貌活动。

在党中央的部署和领导下，自 1981 年初，浙江就开始"五讲四美"活动。1982 年初，浙江省召开"全民文明礼貌月"动员大会，并扎实地开展城乡文明单位创建活动。20 世纪 80 年代，农村的"五讲四美"活动蓬勃开展起来，在举办各种丰富多彩的集中活动的同时，农民群众在日常生活中也都以这些明确的标准来检验自己的行为。在农村经济体制改革出现新气象的同时，农民的道德建设也出现新面貌。

20 世纪 90 年代初，面对有人提出的"道德滑坡"现象，江泽民同志坚定地指出：必须"开展社会公德和职业道德的教育，提倡顾大局、讲风格、助人为乐、无私奉献，培养人民的坚定信念、高尚情操和科学健康的生活方式，而绝不允许拜金主义、享乐主义、极端个人主义等腐朽思想侵蚀人们的精神，污染社会风气，败坏社会秩序。"（江泽民：《在毛泽东同志诞辰 100 周年纪念大会上的讲话》（1993 年 12 月 26 日），中央文献研究室编：《江泽民论社会主义精神文明》，中杨文献出版社，1999 年版，第 24 页。）2001 年 1 月，江泽民同志提出"以德治国"的重要思想，2001 年 9 月，中共中央印发了《公民道德建设实施纲要》的通知，强调加强社会主义思想道德建设，是发展先进文化的重要内容和中心环节。在新的历史条件下，从公民道德建设入手，继承中华民族几千年形成的传统美德，发扬党领导人民在长期革命斗争与建设实践中形成的优良传统道德，借鉴世界各国道德建设的成功经验和先进文明成果，努力建立与发展社会主义市场经济相适应的社会主义道德体系，对形成追求高尚、激励先进的良好社会风气，保证社会主义市场经济的健康发展，促进整个民族素质的不断提高，全面推进建设有中国特色社会主义伟大事业，具有十分重要的意义。并开始在全社会大力倡导"爱国守法、明礼诚信、团结友善、勤俭自强、敬业奉献"的基本道德规范。

2002 年 1 月，浙江省委公布了《浙江省公民道德规范》，在全社会开展"诚实立身、信誉兴业"主题教育。2003 年 9 月，中央精神文明建设指导委员会下发通知，将 9 月 20 日定为"公民道德宣传日"，表明党中央把加强公民道德建设作为发展先进文化的重要内容，摆上工作日程。为了响应党中央的号召，加快推进农村道德建设的步伐，广大农村广泛开展了以"讲文明树新风"为主题的创建文明村镇活动，全国许多农村地区形成了各有特色的道德文明创建活动。2012 年 4 月，由浙江省委正式印发《浙江省公民道德建设纲要》，将朗朗上口的"守规则、重礼仪、懂感恩、讲诚信、有责任、做好事"，18 个字，写入新颁布的"纲要"中，成为浙江省道德风尚的标准和要求。

在这样的时代背景下，浙江农民的道德发展出现许多新景象。1996 年，德清县武康镇太平村农民马福建拿出 1 万元，在村里设立了一个"孝敬父母奖"，开全国民间道德评奖的先河。德清县新市镇年近八旬的"卖炭翁"陆松芳，生活清贫，但得知汶川"5·12"特大地震后，毅然捐款 1 万多元。嵊州市广泛建立了乡村道德讲堂，以"身边人讲身边事、身边人议身边事、身边事教身边人"的形式，让农民更乐于接受道德教育的熏陶，从而引人向善、引人向前、引人向上。2009 年起，杭州萧山区 27 个镇街和区级机关部门陆续建立起"美德档案馆"，各村、社区和企事业单位也建立了"美德档案分馆"，单位有善事义举、百姓有好人好事，都记录在案。在浙江农村，一部分富裕起来的个体、私营企业主热心于乡村的公共事业发展，积极帮助困难群众已经成为一种新的社会时尚，展现着新时期农民道德发展的新境界。

近年来，在社会各界组织的"希望工程"、"春泥计划"、"春蕾计划"、慈善捐助、抢险救灾等各项公益事业中，浙江人展现出乐于奉献、积极向上的道德风貌。2012 年 5 月浙江颁布国内首个省级公民道德建设纲要——《浙江省公民道德建设纲要》，大力开展"乡风评议"活动，普及与农民群众生产生活密切相关的文明礼仪，引导农民群众摒弃不良习俗，逐步在农村形成良好的社会秩序和文明的社会风尚。

经过 30 多年的持续建设，广大农民的社会公德、职业道德和家庭美德都有了快速发展。富裕起来的农民，开始更加关注集体的利益，中国的发展、世界的进步。农村各种合作组织的不断发展，也在客观上推动了农民的社会公德快速提升。在走向市场经济的过程中，在农产品大幅度商业化的过程中，农民进一步体会到了诚信互利的意义，职业道德在实践中得到培育。随着农村民主政治建设的不断发展和对外开放的不断深化，随着优秀传统文化的继承和当代道德模范的大量树立，农民群众更加自由、自主、自立、自信，男女平等、尊老爱幼、夫妻和睦的家庭美德也得到践行。但是，在农民道德发展的进程中，仍然存在着与社会主义市场经济发展、与对外开放交流、与城市化进程、与新农村建设不相适应的一系列问题，需要认真思考并逐步解决。

三、法律意识法治精神的快速发展

在漫长的封建时代，皇权至上，人治为主，生活在社会下层的农民难以感受到法律的尊严。在近代人民革命的历史中，农民群众政治上不断获得解放，但长期的战争环境，法律的推行也受到限制。新中国成立后，维护人民群众根本利益的法律体系逐步建立，而十年动乱也使法制建设受到严重破坏。可以说，中国社会尤其是广大农民的法律意识法治精神缺乏，是制约社会进步和自身发展的重大问题。在改革开放的三十多年里，随着中国法律体系的完善，法律宣传普及的推进，农民群众法律意识法治精神开始有了根本性的变化。在高度重视法制建设且经济社会与法律法规联系更为紧密的浙江，广大农民法律意识法治精神的发展进步更为快速。

在改革初期，邓小平同志就明确提出："为了保障人民民主，必须加强法治。必须使民主制度化、法律化，使这种制度和法律不因领导人的改变而改变，不因领导人的看法和注意力的改变而改变。"（邓小平：《解放思想，实事求是，团结一致向前看》（1978 年 12 月 13 日），《邓小平文选》第 2 卷，人民出版社 1994 年版，第 146 页。）在改革与发展中，我们党就一边完善法律法规，一边推动法律知识和法律意识的宣传教育。走在个体、私营经济发展前列的浙江农民，对法治建设感受得更为真切。20 世纪 80 年代初，温州的"八大王"事件，已经使许多谋求发展的浙江农民群众认识到法治建设的意义，也认识到农民增强法律意识的价值。

1985 年 6 月，中共中央宣传部、司法部在北京召开了全国法制宣传教育工作会议。这次会议的主要任务是提高认识、统一思想，研究部署在全体公民中普及法律常识的工作。1985 年 11 月，中共中央、国务院转发了中宣部、司法部《关于用五年左右时间向全体公民基本普及法律常识的五年规划》。"规划"明确提出"在农村，可以采取干部包片，党员包联系户，宣传员送法上门等方法，有条件的地方也可以用业余法制学校或法律夜校等形式，组织农民学习法律常识"。"从 1986 年起，争取用五年左右时间，有计划、有步骤地在一切有接受教育能力的公民中，普遍进行一次普及法律常识的教育，并且逐步做到制度化、经常化。"1985 年 12 月，全国人大常委会作出了《关于在公民中基本普及法律常识的决定》。由此展开了一场全民普法活动，农民群众开始积极参与到普法宣传教育活动中。在积极推进普法活动的同时，浙江省政法部门先后组织开展了破案追逃、打黑除恶、治爆缉枪、命案侦破、打击"两抢一盗"（抢劫、抢夺和盗窃）等一系列针对性、实效性很强，切实维护群众权益的活动，让广大农民群众从现实中看到法律的尊严，增强了法治建设的信心和勇气。

1988年5月，中宣部、司法部在四川成都召开了全国农村普法工作会议，总结了几年来普法工作的经验，提出了下一步的工作思路。截至1990年，全国7亿多人参加了普法学习，占普法对象总数的93％。广大干部群众不同程度地接受了"十法一条例"（宪法、民族区域自治法、兵役法、刑法、刑事诉讼法、民法通则、民事诉讼法、婚姻法、继承法、经济合同法和治安管理处罚条例）的基本知识的启蒙教育，法制观念和法律意识逐步得到提高，学法、用法、护法的自觉性普遍增强。1991年3月，中宣部、司法部在北京召开了全国制定"二五"普法规划经验交流会，会上对开展"二五"普法作了进一步的思想动员。为了加强农村的法制宣传教育，1992年8月，中组部、中央政策研究室、司法部、民政部在山东联合召开了全国依法治村、民主管理经验交流会，推广了章丘"依法建制、以制治村、民主管理"的经验。1994年8月，中宣部、司法部又在吉林召开了全国百县法制宣传教育工作会议。

在普法学习宣传的过程中，浙江农村采取了灵活多样的方式方法推动学习的深入。有的地区本着农闲多学，农忙少学，雨天多学，晴天少学，晚上多学，白天少学的原则，由领导骨干分别讲课，对不便上夜校的老弱病残和居住分散的就地组织小组学习，对山区居民，采取宣传骨干包院落、包干农户，利用工余时间走家串户宣传法律。部分农村强调结合实际联系突出问题开展普法教育，还总结推广多种普法形式，如开办法制夜校；组织普法工作队；组织宣讲团巡回宣讲；实行普法承包责任制；成立联户学法小组；以校带村；办法制板报、广播讲座、普法"大篷车"等。

1997年党的十五大报告首次提出了实行依法治国基本方略、建设社会主义法治国家。2001年4月，中共中央、国务院转发了《中宣部、司法部关于在公民中开展法制宣传教育的第四个五年规划》。"四五"普法规划明确规定，将我国现行宪法实施日即12月4日，作为每年一次的全国法制宣传日。12月4日，全国普法办公室和中央电视台举办了"法治的力量——'12·4'全国法制宣传日特别节目"。人民日报、光明日报、法制日报、农民日报、中国青年报、中央人民广播电台等新闻单位相继开辟了"12·4"专栏，中国普法网开展了网上法律知识竞赛。整个活动宣传声势大、效果好，在全国上下掀起了学法用法的新热潮。

2006年4月，浙江省委十一届十次全会通过了《中共浙江省委关于建设"法治浙江"的决定》，在"法治浙江"建设的过程中，农村基层普遍开展了"民主法治村"及"民主法治示范村"建设活动，农民参与法制宣传学习人数和热情普遍提高。党的十六大以来，社会主义法治理念开始和科学发展观、构建和谐社会的目标紧密结合，法治文化建设进一步加强。中央关于国民经济和社会发展的第十二个五年规划建议指出："全面落实依法治国基本方略，完善中国特色社会主义法律体系，维护法制权威，推进依法行政、公正廉洁执法，加强普法教育，形成人人学法守法的良好社会氛围，加快建设社会主义法治国家"。根据这一要求，"六五"普法正在不断深化，农民的法律知识法律意识法治精神在继续发展。

经过近30年的法律学习和宣传，广大农民群众已经从普法初期的法律知识的学习启蒙，到法律素质的普遍提高，再到法律意识和法治精神的展现。在学习心态上，从普法初期单纯接受教育，到既接受教育又参与教育，再到既学习用运用。今天的浙江农村，初步形成"学法律、讲权利、讲义务、讲责任"的社会风气，初步形成遵守法律、崇尚法律、依法办事的社会风尚。但是，我们也要看到，农民总体上还是社会各阶层中法律意识和法治精神相对较弱的群体。由于农民自身受教育层次和文化基础的限制，接受法律知识的思想认识和理解能力相对不足；农村开展法律知识学习的条件与城镇相比也有很大差距，法制教育的师资力量明显不足，尤其是山区居民分散居住的环境对学习也会产生制约。从根本上说，没有农民法律素质的提高，就没有全民法律素质的提高，农民法律意识法治精神的发展依旧任重道远。

第三节　浙江农民科学文化素质发展状况

新中国成立后，党和政府一直高度重视农村教育。在改革开放的新时期，农民群众学习科学文化知识的热情更加高涨，环境和条件也在不断改善，相对于经济快速发展，社会快速进步的浙江农村，广大农民群众对提高科学文化素质的理解更为深刻，发展的愿望更为强烈，发展的状况也更为良好。

一、农村基础教育的发展

农村基础教育决定着农民科学文化进步的层次和空间。早在1978年初的全国教育工作会议上，邓小平就站在时代的高度明确指出："我们要掌握和发展现代科学文化知识和各行各业的新技术新工艺，要创造比资本主义更高的劳动生产率，把我国建设成为现代化社会主义强国，并且在上层建筑领域最终战胜资产阶级的影响，就必须培养具有高度科学文化水平的劳动者"。（邓小平：《在全国教育工作会议上的讲话》（1978 年 4 月 22 日），《邓小平文选》第 2卷，人民出版社 1994 年版，第 104 页。）1980 年 12 月，《中共中央、国务院关于普及小学教育若干问题的决定》中明确规定："在 80 年代，全国应基本实现普及小学教育的历史任务，有条件的地区还可以进而普及初中教育。"针对改革初期农村教育出现的失学率偏高，升学率偏低的不正常状况，1983 年，国务院发布《关于加强和改革农村学校教育若干问题的通知》，提出在农村经济迅速发展的新形势下普及初等教育的任务和应当采取的方针和措施。针对农村教育中出现的经费保障不力，办学困难的情况，1987 年 6 月，《国家教育委员会、财政部关于农村基础教育管理体制改革若干问题的意见》中指出：多渠道筹措农村办学经费，是改革农村基础教育管理体制的一项重要任务。征收教育事业费附加，不应视为"加重农民负担"。

1979 年，浙江农村的文盲半文盲的比例还有 33％。省委省政府清楚地认识到，经济的快速增长，在深大程度上是靠短缺经济条件下市场需求拉动和生产规模的外延扩张实现的，人才和科技还依旧落后，严重制约着经济社会的健康发展。所以，很早就把基础教育放到重要地位上来，采取多种措施加强基础教育。到 1992 年 6 月，省委省政府确定了科教兴省的发展战略，要求在 20 世纪末基本形成多层次、开放式的教育体系。1994 年，浙江省政府进一步提出，到 1997 年在全省普及九年制义务教育。1997 年，浙江通过国家"两基"总验收，实现基本普及九年义务教育，基本扫除青壮年文盲，成为继江苏、广东后第三个基本普及九年制义务教育的省份。1998 年，浙江决定在全省开展创建"教育强县"活动，以切实提高广大农民群众的科学文化素质，培养各级各类人才。

进入世纪之交，党中央更加关注农村教育问题。1999 年 6 月，江泽民在第三次全国教育工作会议上讲话时指出："各级政府都要确保农村教育的投入，并不断加大投入的力度。国务院要继续对贫困地区发展农村义务教育给以必要的资助。"（中央文献研究室编：《十六大以来重要文献选编》，中央文献出版社 2005 年版，第 333－334 页。）2002 年 5 月，国务院办公厅下发了《关于完善农村义务教育管理体制的通知》，提出了"实行在国务院领导下，由地方政府负责、分级管理、以县为主"的农村义务教育管理新体制，明确了农村中小学教师工资由乡镇改为县级财政承担，在很大程度上缓解农村财政紧张的压力。

党的第十六大报告指出："教育是发展科学技术和培养人才的基础，在现代化建设中具有先导性全局性作用，必须摆在优先发展的战略地位。"强调"加大对教育的投入和对农村教育的支持。"（本书编写组：《十六大报告辅导读本》，人民出版社 2002 年版，第 36 页。）2003 年 9 月，国务院又颁布了《关于进一步加强农村教育工作的决定》，明确指出："巩固农村教育在全面建设小康社会中的重要地位，把农村教育作为教育工作的重中之重。"同时规定"落实农村义务教育'以县为主'管理体制的要求，加大投入，完善经费保障机制"，"建立健全资助家庭经济困难学生就业制度，保管农村适龄儿童接受义务教育的权利"。

2004 年，浙江成为全国首个基本普及十五年教育的省份，同年，全省已有"教育强县" 53 个，占县（市、区）的 60%。在加强基础建设的过程中，浙江省不断加大政府投入力度，确保农村欠发达地区教育经费需求，保证家庭困难学生接受义务教育的权力。经过不懈努力，2011 年，全省十五年教育普及率 97.6%，九年义务教育完成率 99.2%。

党的十六大以来，在贯彻落实科学发展观，建设和谐社会的进程中，教育成为社会建设的首要内容。党的十七大提出，优先发展教育，建设人力资源强国的战略任务，并强调加强教师队伍建设，重点是提高农村教师素质，强调发展远程教育和继续教育，建设全民学习、终身学习的学习型社会。党的十八大报告则进一步指出：大力促进教育公平，合理配置教育资源，重点向农村、边远、贫困、民族地区倾斜，提高对家庭经济困难学生资助水平，积极推动农民工子女平等接受教育，让每一个孩子都能成为有用之才。

经过党和政府三十多年不懈的努力，伴随着农村基础教育的发展，农民的文化素质有了根本改变。正是教育水平和文化素质的不断提高，才支撑起农村经济社会的快速发展，支持农民在改革开放的进程中能够应对各种复杂的形势和任务。但我们也要看到，相对于加速发展的城镇化和农业现代化，相对于农民全面发展的新要求，农村基础教育的发展依旧不能完全适应农民文化素质发展的要求，还存在着师资力量不足，办学水平不高，设备条件不够，城乡差距明显等诸多问题，需要进一步改进。

二、农民科技能力的发展

当代中国的现代化事业是在科学技术快速进步支撑下发展的，中国的"三农"事业也是在农民科学技术能力不断提高的支撑下发展的。1978 年 3 月，邓小平在全国科学技术大会上以历史唯物主义的科学态度总结到："历史上的生产资料，都是同一定的科学技术相结合的；同样，历史上的劳动力，也都是掌握了一定科学技术知识的劳动力。我们常说，人是生产力中最活跃的因素。这里所讲的人，是指有一定科学知识、生产经验和劳动技能来使用生产工具、实现物质资料生产的人……劳动者只有具备较高的科学文化水平，丰富的生产经验，先进的劳动技能，才能在现代化的生产中发挥更大作用。"（邓小平《在全国科学技术大会开幕式上的讲话》（1978 年 3 月 18 日），《邓小平文选》第 2卷，人民出版社 1994 年版，第 88 页。）从这样的思想认识出发，邓小平作为改革开放的总设计师，始终把科学技术作为生产力，强调实现人类的希望离不开科学，中国要发展离不开科学，第三世界摆脱贫困离不开科学，维护世界和平也离不开科学，直到 1988 年明确提出科学技术是第一生产力的科学命题。邓小平还明确提出将来农业问题的出路，最终要靠生物工程来解决，要靠尖端技术。

在邓小平同志的倡导下，党中央对广大农民的科学技术学习教育一直予以高度重视。1983 年 1 月，中共中央在《关于加强农村思想政治工作的通知》，就明确提出："农民不具备相当的科学文化知识，就不能利用科学技术推进四化建设，就不能从根本上扫除旧社会遗留下来的愚昧落后思想的毒素，树立新风尚、新道德、新思想"。（《加强思想政治工作》（摘要）（1983 年 1 月 20日），中共中央书记处农村政策研究室资料室编：《农村经济政策汇编》，农村读物出版社 1984 年版，第 24 页。）农民作为我国农业生产和经营的主体，是农业科技的接受者和应用者，农业新技术、新成果只有被农民所掌握并应用于生产过程，才能由潜在的生产力转化为现实生产力。

在 20 世纪 80 年代，农民学科学用科学的热情高涨。著名"三农"问题专家杜润生先生在 1982 年曾总结说："农民经过几十年的实践，他们的眼界比以前开阔多了，已经不同于那种个体经济的小天地所局限的农民，不同于马列主义经典作家所描写的被自然经济封闭起来的农民。今天的农民热烈地要求学科学、用科学，而且要求利用国家社会主义建设所提供的新的技术条件，所形成的新的生产力，比如水利、化肥、机械这些东西去发展生产。"（杜润生：《中国农村经济改革》，中国社会科学出版社 1985 年版，第 100 页。）这一时期，浙江农村许多中小学开设与当地农业生产密切相关的课程，传播农业生产新技术，培养了一大批有现代科技思想知识的农村青年。在农村个体和私营企业发展过程中，企业主和企业职工在生产实践中也深切感受到科学技术知识对于生产致富的重要价值，学科学用科学的积极性主动性不断提高，因此，一些成年村民也会进入学校或科技推广部门主动学习新知识新技术，部分民间自发的科技组织在悄然兴起。

1991 年 11 月，《中共中央关于进一步加强农业和农村工作的决定》明确提出抓紧实施科技、教育兴农的发展战略，强调进一步推动"星火"、"燎原"、"丰收"等计划的实施，使科技成果尽快转化为现实生产力，同时，提出要重视推动民间专业技术协会，研究会和科技服务机构的发展，注意培养农民技术员和科技示范户、示范村。"决定"还提出大力发展农村职业技术教育，办好农业广播电视及函授教育，强调农村普通中学要增设农业劳动技术课，各县、乡要举办各种技术培训班，办好农民文化技术学校。按照党中央的要求，浙江组织了形式多样的科技下乡活动。省农委、科技厅等部门经常组织农业技术专家深入农村，解决技术难题，进行技术讲座，技术咨询，技术培训，甚至手把手地传授农业新技术。一些地方和部门开通"农技 110"咨询热线电话服务，为科技下乡活动提供便捷有效的途径。浙江省还充分发挥乡镇科普协会、农村专业技术协会、农村青年星火带头人的作用，抓好农村科技示范户的技术培训，并重点培训一批科技副镇长、科技副村长，形成一支稳定的农村科技促进队伍。

进入 21 世纪，党和政府对提高农民科技文化素质的问题更加重视，2003 年 4 月，农业部制定了《2003—2010 年全国新型农民科技培训规划》，开始实施"绿色证书工程"、"跨世纪青年农民科技培训工程"、"新型农民创业培植工程"、"农村富余劳动力转移就业培训工程"和"农业远程培训工程"等五大"工程"，建立健全农民科技教育培训体系，全面推进新型农民科技培训工作。2005 年 1 月，浙江省委省政府制定通过了《浙江省统筹城乡发展推进城乡一体化纲要》，"纲要"将农民素质提高作为重要内容，开始实施"千万农村劳动力素质培训工程"。

2006 年 6 月，农业部、中国科协会同有关部门共同研究制定了《农民科学素质行动实施工作方案》，目的就是大力开展农民科学技术教育培训和科普宣传，努力培养有文化、懂科技、会经营的新型农民，全面提高农民的科学素质。这一方案，在原有系列"工程"的基础上，又增加了实施农业科技入户示范工程，实施农村实用人才培养百万中专生计划，建设农民科技书屋，同时，编制建设社会主义新农村系列宣传挂图和《现代农业科技知识》、《农民实用法律和政策常识》、《农村生产经营常识》、《村庄规划与建设》等 4 个培养新农民系列读本。

在党中央的统一部署下，浙江省的农民科技教育培训开始加速发展。2004

年开始实施"千万农村劳动力素质培训工程"，据统计，到 2007 年底，浙江全省有 655 万农民参加了政府组织的各类不同层次的培训，期中，136 万人参加了各类农业实用技术的专业化培训；243 万人参加了转移就业技能培训；248 万在岗农民参加了政府和企业组织的岗位技能培训；还有 26 万学生参加了后背劳动力培训。（顾益康主编：《乡村巨变看浙江》，浙江人民出版社 2008 年版，第 243 页。）通过培训，农村劳动力的素质有了显著提高，有力地促进了农村经济的发展。目前浙江全省所有乡镇都建立了成人文化技术学校，有 3 万多个行政村和乡镇企业建立了成人学校或教学点，从农民来说，他们深知科学技术对他们的重要性，他们希望科学技术能够成为他们发展生产，抗击自然灾害能力的有力武器。

经过 30 多年的不懈努力，现在浙江的农民科技教育体系已经比较完整地建立起来。农民可以通过多种方式和途径接受农业科学技术知识的学习培训，有源于网络电视的农业技术讲座，有来自农林高等院校和科研机构的指导专家，有农民身边的农技人员。乡村有农民技术学校、农技推广站；各地农民自己还建立起各种类型的农业科技协作组织；各级政府及文化宣传部门还经常举办各类竞赛活动。但是，我们也要承认，目前部分农民科技文化素质还相对较低，对农业新技术、新成果认识、接受和应用能力较差，影响农民的发展进步。对于快速发展的浙江特色农业来说，对农民的各种专业技术知识的要求更高，尤其是浙江的部分农民企业家及个体私营企业主，掌握的科学文化知识还不能满足企业发展的要求，更加需要快速提升科技水平。

三、农民科学精神的发展

在传统的农业文明进程中，在"七山二水一分田"的浙江，农民有长期精耕细作的优良习惯，这是接受现代科学技术的重要基质。在新中国成立后的农业集体化和农业机械化的进程中，农民也接受了大量新技术，初步认识到科学的力量。20 世纪 70 年代末 80 年代初，科学的春风很快吹进了浙江广大农村，一些科学家的故事开始在乡村中家喻户晓。科学精神从改革初期就初步奠定了比较坚实的根基，这是中国农村改革顺利发展的重要条件也是重要特点之一，同时又是农民科学技术能力发展的重要社会环境因素。

在党的十一届三中全会前后，邓小平就提出"一定要在党内造成一种空气：尊重知识，尊重人才"。"科学，它本是实事求是、老老实实的学问，是不允许弄虚作假的。""我们要提倡百家争鸣的方针，允许争论。""我们要把世界一切先进技术、先进成果作为我们发展的起点。"这些重要的论述，已经揭示了科学精神的本质，成为新时期弘扬科学精神的思想引领。1986 年 9 月，《中共中央关于社会主义精神文明建设指导方针的决议》指出："当今世界，科学越来越成为推动历史进步的革命力量，成为代表一个民族文明水平的重要标志。我们进行现代化建设，应当更加自觉依靠科学，发扬尊重科学、尊重知识的精神，努力在全民族范围内扎扎实实地组织教育科学文化的普及和提高。"

1991 年月，《中共中央关于进一步加强农业和农村工作的决定》指出："要牢固树立科学技术是第一生产力的马克思主义观点，把农业发展转移到依靠科技进步和提高劳动者素质的轨道上来。"1997 年 9 月，党的十五大报告明确提出："努力提高科技水平，普及科学知识，引导人们树立科学精神，掌握科学方法，鼓励发明创造。消除愚昧，反对封建迷信活动。"2000 年 6 月，江泽民强调"弘扬科学精神更带有根本性和基础性。有了科学精神的武装，大家就会更加自觉地学习科学知识，树立科学观念，掌握科学方法。"认为"科学精神的内涵很丰富，最根本的要求是求真务实，开拓创新。"（江泽民：《在全党全社会大力弘扬科学精神和创新精神》（2001 年 6 月 5 日），江泽民：《论科学技术》，中央文献出版社 2001 年版，第 191 页。）2006 年 6 月，农业部、中国科协会同有关部门共同研究制定的《农民科学素质行动实施工作方案》中，明确提出要帮助广大农民树立科学发展观和现代意识，要在农民群众中弘扬科学精神，传播科学思想和科学方法，树立可持续发展观念，树立崇尚科学、移风易俗、遵纪守法、反对愚昧的新风气。党的十八大报告再次重申"普及科学知识，弘扬科学精神，提高全民科学素质。"

自 20 世纪 90 年代起，浙江每年都举办大型的科普宣传活动，针对各种封建观念、迷信思想、邪教主张，深入宣传科学思想、科学方法和科学精神。浙江省的广播电视、报纸杂志等各类新闻媒体也经常针对农民的实际，进行科学思想和科学精神的宣传教育。在党和政府的引导和鼓励下，农民群众潜在的科学意识科学精神被激发出来，初步形成新时期中国农民热爱科学尊重科学学习科学的社会风尚。

在 30 多年农村经济社会快速发展的过程中，农民群众对教育的重视和对科技的向往不断增强，他们在改革开放的现实中真切地感受到了知识的力量，科学的力量。大批的中国农民在并不富裕的家庭背景下，举全家之力甚至不惜背负债务培养子女读书，学习技术，这在世界范围内都是非常值得称道现象。农民自力更生，尊师重教，自我发展的生动故事，在广袤中国的大地的村村寨寨几乎都能找到。浙江表现得更为突出。在绍兴、诸暨、东阳等地的农村，这种科学精神体现得更加充分和典型。对于知识的重视，教育的关注，不仅体现在家长们的愿望中，也体现在孩子们的行动上。这其中有传统观念的因素，但更多的还是科学精神的动因，这也是我们这样一个发展中大国办大教育，能够在异常艰难的条件下不断发展的重要原因。

党的十一届三中全会以来，浙江农民始终站在改革开放最前沿，表现出了极大的首创精神。20世纪80年代初期，温州农民"靠一把剪刀闯天下"，使名不见经传的乡镇企业在中华大地上异军突起；20世纪90年代中期，浙江义乌农民建成"中国小商品城"，实现了小商品与大市场对接，推动农村市场经济体系不断完善。进入21世纪，生态村镇，美丽乡村等新成就被不断创造和展现出来。在中国浙江的农村中潜藏着各类人才，有一批爱读书爱思考爱创造的农民，改革开放中，部分逐步富裕起来的农民开始在闲暇时间做起各种"异想天开"的发明创造活动。这一系列创造性的业绩，再次印证了毛泽东"人民，只有人民，才是创造世界历史的动力"的著名论断，也印证了中国农民蕴藏着丰厚的科学精神和巨大的创新能力。正如习近平同志所说："千百年来，浙江人民积淀和传承了一个底蕴深厚的文化传统。这种文化传统的独特性，正在于它令人惊叹的富于创造力的智慧和力量。"（习近平：《"浙江文化研究工程成果文库"总序》（2006年5月30日），参见顾益康主编：《乡村巨变看浙江》，浙江人民出版社，2008年版，第2页。）当然，我们也要看到，农民科学精神的提升还受到知识水平、传统观念、生活条件等多种因素的制约，还难以真正全面实践，自由追求，还需要党和政府的积极推动。

第四节　浙江农民对传统文化的传承创新状况

没有对传统文化的继承，就很难形成有根基有特色的发展，这是世界各民族各地区尤其是文化悠久的大国或区域发展的共同规律。新时期的浙江农民，继承优秀的传统文化成果，努力地挖掘整理多种历史文化遗产，大胆地进行综合创新，初步形成浙江农村文化发展繁荣的新局面。

一、继承优秀传统文化成果

在近现代中国文化史上，面对以先进科学技术为支撑的西方文化，如何对待中国的传统文化是长期存在争论的问题，在文化高度繁荣的五四时期出现过激烈的反传统倾向。毛泽东主张，从孔夫子到孙中山，一切优秀的文化传统都应该继承。但是，在新中国成立后的"左"倾思想主导下，尤其是文化大革命时期，很多优秀的传统文化被当成"四旧"，予以破坏或清除，给文化发展带来难以估量的损失。改革开放初期，"左"的思想禁锢逐步解除，中国社会不仅开始对世界开放，也开始对历史传统开放。中国农村不仅走在中国改革的前列，也走在继承恢复优秀传统文化的前列。

早在 1981 年的《关于开展文明礼貌活动的通知》中就提出："我们的国家和民族历来有'礼仪之邦'的称誉。我们在社会主义现代化建设中，要继承和发扬中华民族的优良传统，建设高度的社会主义精神文明。"（中共中央宣传部、教育部、文化部、卫生部、公安部：《关于开展文明礼貌活动的通知》（1981 年 2 月 28 日），《三中全会以来重要文献选编》（下），人民出版社 1982 年版，第 679 页。）"浙江是中国古代文明发祥地之一，历史悠久、人文荟萃，素称'文物之邦'，从史前文化到古代文明，从近代变革到当代发展，都为中华民族留下了众多弥足珍贵的文化遗产。勤劳智慧的浙江人民历经千百年的传承与创新，在保留自身文化特质的基础上，兼收并蓄外来文化的精华，形成了具有鲜明浙江特色、深厚历史底蕴、丰富思想内涵的地域文化，这是浙江人民共同创造的物质财富和精神财富的结晶，是中华文化中的一朵奇葩。"（赵洪祝：《〈浙江文化研究工程〉序》（2008 年 9 月 10 日），沈善洪主编：《浙江文化史》上册，浙江大学出版社，2009 年版，第 1 页。）在十一届三中全会前后，浙江农村就开始在比较隐蔽的状态下，在村庄或者家庭里演出当地的传统剧目，不仅吸引了中老年人，也吸引了一些年轻人。20 世纪 80 年代初，农村中自发的传统演出开始走出秘密状态，流传于民间的传统读物开始被公开阅读，农民的思想观念也开始迅速获得解放。在传统文艺作品得以初步恢复的同时，一些民间的传统技艺也逐步得到恢复，如秧歌、剪纸、拉花、蜡像、泥塑、皮影、舞龙、舞狮、草编等技艺渐渐复活，给人们的生活带来新感受。在浙江农村，余杭的滚灯、青田的鱼灯、长兴的百叶龙、诸暨的板凳龙、嵊州的越剧等都在逐步被恢复和继承。

兴起于 20 世纪 80 年代的文化热，虽然重心在知识精英之中，但在思想启蒙的进程中，一批倡导复苏传统文化的学者及其理论，也给农村中传统文化继承的实践以有力支撑。浙江的许多学者积极倡导继承传统文化，重视乡村文化，特别是一些乡村知识分子和乡村文化精英，以自己的知识文化积淀和社会人生积淀，承载起农村传统文化承继的历史重任。

进入 20 世纪 90 年代，党的文化政策更加科学理性，百花齐放百家争鸣的方针进一步落实，尤其是继承优秀传统文化的呼声不断高涨。《中共中央关于加强社会主义精神文明建设若干重要问题的决议》旗帜鲜明地指出："只有深深植根于人民群众的历史创造活动，继承发扬民族优秀文化和革命文化传统，积极吸收世界文化优秀传统，我们的文化事业才能健康发展，愈益繁荣。"
（《中共中央关于加强社会主义精神文明建设若干重要问题的决议》（1996 年 10
月 10 日），中央文献研究室编：《改革开放三十年重要文献选编》（上），中央
文献出版社 2008 年版，第 877 页。）至此，农村传统文化的继承开始在更加宽
松自由的环境下展开。

中国传统文化经典重新受到农民的关注和重视，在一些乡村，传统经典进
入乡土教材，走入学生课堂，走进村民的生活。四书五经，百家经典，都有人
关注。农村中的传统家谱族谱也受到重视，一些以家族为组织形式的文化活动
开始活跃，一些反映农村家族历史文化的书籍开始出现。在部分少数民族地区
或偏远地区的农村，大量具有民族特色和地方特色的文化艺术成果得到继承和
恢复，一些地方以此拓展了发展空间扩大了旅游资源。20 世纪 90 年代在浙江
农村开始兴起的农家乐，很大一部分都会以乡村的传统文化为重要依托，或者
说，传统文化是"乐"的重要元素，临安、安吉等地的农家乐大多如此。

革命文化尤其是"五四"以来中国共产党领导的革命文化传统经过一段时
间的沉淀后，在世纪之交重新开始受到人们的重视，在许多中老年人中更是如
此。革命歌曲、革命电影、革命戏剧、革命故事以及红色经典都开始重新出现
甚至比较活跃，大量革命文化作品（包括艺术作品）在旅游商品市场上占有重
要的地位。在革命文化资源丰富的浙西山区，红军烈士的纪念雕像（如临安光
辉村的公园中就建有当年牺牲在该村的红军小号兵的塑像和纪念碑），周恩来
视察浙西抗日根据地的纪念碑等都得到挖掘和呈现。当地的农民群众会从这些
历史文化中不断汲取革命传统的力量。党的十八大报告进一步明确提出"建设
优秀传统文化传承体系，弘扬中华优秀传统文化"的要求。当然，在继承民族
文化传统和革命文化传统的过程中，也出现了部分以传统排斥现代，以落后甚
至腐朽文化代替优秀传统文化的现象，需要在未来的发展中予以关注。

二、挖掘优秀传统文化资源

中国的传统文化资源大量散布于农村的社会历史之中，传统乡土文化承载
着一个民族的历史和精神，包含许多现代文明的基因。在文化激进和文化浩劫
的历史时期，广大的乡村受到的冲击会相对小一些，尤其是一些偏远的山区受
到的破坏会更小，传统文化资源存留得就更多也更完好一些。在改革初期，人
们还习惯性地过度强调移风易俗，对传统文化保持着高度的警惕。但在农村
中，农民们自发地继承传统文化习俗的同时，也开始了对地方和村庄历史的挖
掘，部分乡村知识分子和文化人成为坚定的文化守望者、挖掘者、整理者，在

浙江的许多历史文化名村的发展历程中都有这些乡村文化人的足迹和独特贡献（在临安，就有一位长期致力于上田村历史文化挖掘整理的文化人，他为上田村的文化发展做出了特殊的贡献）。

20 世纪 90 年代，江泽民同志多次强调民族历史文化传统的意义："要使我们的青年了解祖国的悠久历史和灿烂文化，了解我们党和人民的光辉业绩和优良传统，满怀信心地投身于社会主义现代化建设的伟大洪流。"（江泽民：《努力开创社会主义精神文明建设的新局面》（1996 年 10 月 10 日），《江泽民文选》第 2 卷，人民出版社 2006 年版，第 582 页。）"中国共产党是马克思主义真理的坚定实践者，也是中华民族优良传统的真正继承者。"（江泽民：《大力发扬艰苦奋斗精神》（1997 年 1 月 29 日），《江泽民文选》第 2 卷，人民出版社 2006 年版，第 620 页。）2005 年 11 月，中共中央办公厅、国务院办公厅《关于进一步加强农村文化建设的意见》提出加强对农村优秀民族民间文化资源的系统发掘、整理和保护的任务。并作出授予秉承传统、技艺精湛的民间艺人"民间艺术大师"、"民间工艺大师"等称号，开展"民间艺术之乡"、"特色艺术之乡"命名活动。对农村传统文化生态保持较完整，并具有特殊价值的村落或特定区域进行动态整体性保护。积极开发具有民族传统和地域特色的民间工艺项目和民俗表演项目等一系列规定。

在党中央的指导下，在浙江省委省政府及文化主管部门的领导下，浙江农村的传统文化挖掘工作不断深化。舟山的锣鼓、嵊州的吹打，长兴的百叶龙、奉化的布龙、新昌的调腔、温州的鼓词、绍兴的平湖调、绍兴的莲花落、东阳的木雕、仙居的花灯、湖州的制笔等众多传统文学、艺术、工艺等被挖掘整理出来，并逐步运用于经济社会生活中。对传统节日文化的挖掘也不断丰富着浙江农民精神生活的内涵。对一些重要的传统节日，农民们不断以各种方式充实已有内容，使其变得更加丰富；一些普通甚至影响不大的节日，也被挖掘和充实起来。现在，有一些浙江的城市居民也承认，过节，在城市就是没有在乡村有趣。另外，对传统饮食文化的挖掘也改善了浙江农民物质生活的内涵。一方水土养一方人，一方人群也有一方饮食习俗。在不能解决温饱的条件下，人们无法顾及食物背后的文化。当人们进入小康生活之后，各地的农民都积极挖掘有特色的饮食，使餐桌承载着物质营养和精神营养的双重功能。从金华火腿、绍兴梅干菜、杭州的东坡肉，再到嘉兴粽子，浙江农民群众的饮食文化，借助传统得到不断的改善和升华，以致一些外地游客常常表示，在浙江吃的最好的是在山区的农家乐。

"深入挖掘、整理、探究，不断丰富、发展、创新浙江地域文化，对于进一步充实浙江文化的内涵和拓展浙江文化的外延，进一步增强浙江文化的创新能力、整体实力、综合竞争力，进一步发挥文化在促进浙江经济、政治和社会建设的作用具有重要现实意义和深远的历史意义。"（赵洪祝：《〈浙江文化研究工程〉序》（2008 年 9 月 10 日），沈善洪主编：《浙江文化史》上册，浙江大学出版社，2009 年版，第 1 页。）

2011 年 10 月，党的十七届六中全会通过的《中共中央关于深化文化体制改革推动社会主义文化大发展大繁荣若干问题的决定》，完整地阐述了建设优秀传统文化传承体系的思路和措施，指出："优秀传统文化凝聚着中华民族自强不息的精神追求和历久弥新的精神财富，是发展社会主义先进文化的深厚基础，是建设中华民族共有精神家园的重要支撑。要全面认识祖国传统文化，取其精华、去其糟粕，古为今用、推陈出新，坚持保护利用、普及弘扬并重，加强对优秀传统文化思想价值的挖掘和阐发，维护民族文化基本元素，使优秀传统文化成为新时代鼓舞人民前进的精神力量。"

在改革开放和文化发展的进程中，党和政府对优秀传统文化资源的保护力度不断加大，农民对挖掘利用传统文化资源的认识程度也不断提高。对传统地域文化的挖掘转变了农民心理生活的内涵。在所谓现代文化和城市文化的双重胁迫下，乡土文化及其地域文化常常被视为保守落后的文化，久而久之，形成生活于乡土文化中的农民群众的自卑感，而在大量的乡村特色地域文化挖掘整理出来，展示出来（不少村庄建设起特色鲜明的陈列馆、纪念馆等，杭州、宁波等许多地方挖掘整理出当地的楹联、历史传说，印成文史小丛书等）。现在，浙江已有难以计数的各类乡村历史故事、民间传说、民间工艺、民间艺术被挖掘出来。这些优秀的传统文化的重新展现，丰富了民族文化的内涵，展示了浙江区域文化的特色，也提升了浙江农民群众的文化自觉能力，增强了农民群众的文化自信。当然，我们对乡村文化的挖掘还远远不够，而且一些地方存在严重的文化功利化色彩，一定程度上扭曲了乡村文化的形象，影响了农民文化的健康发展。

三、创新优秀传统文化内容和形式

新时期中国的改革开放事业，在本质上就是一种全面的开拓创新，邓小平在第一个思想解放的宣言书中就明确指出："在党内和人民群众中，肯动脑筋、肯想问题的人愈多，对我们的事业愈有力。干革命、搞建设，都要有一批勇于思考、勇于探索、勇于创新的闯将。没有这样一大批闯将，我们就无法摆脱贫穷落后的状况，就无法赶上更谈不上超过国际先进水平。"（邓小平《解放思想，实事求是，团结一致向前看》(1978 年 12 月 13 日)，《邓小平文选》第 2 卷，人民出版社 1994 年版，第 143 页。) 邓小平的这一重要思想在农村的各项事业包括文化事业中也得到贯彻落实。1983 年 1 月，中共中央《关于加强农村思想政治工作的通知》中就指出："三中全会以来，广大农民在党的正确路线、方针、政策指引下，积极性和主动性空前高涨，不断在创造社会主义的新生活，作出新的贡献。"(《加强农村思想政治工作》(1983 年 1 月 20 日)，中共中央书记处农村政策研究室资料室编:《农村经济政策汇编》(1981—1983)，农村读物出版社 1983 年版，第 43 页。) 这一时期，浙江许多乡村开始总结历史经验，创造性地制定各种乡规民约，开展建立文明村，文明家庭活动，建设文化中心，开展科技文化活动。20 世纪 80 年兴起的弥漫全国的文化热，也同样激起农民尤其是农村知识青年们的文化热情，一些人也投入到文艺创作之中，为新时期农村文化事业奠定了重要的人才基础。新世纪活跃于浙江农村文化建设领域的一大批文化骨干人才，是在 80 年代奠定文化根基或投入文化创造活动的。

20 世纪 90 年代，党和国家更加重视传统文化的继承和创新。江泽民在庆祝中国共产党成立 70 周年大会上的讲话中指出："中华民族是有悠久历史和优秀文化的伟大民族。我们的文化建设不能割断历史。对民族文化传统要取其精华、去其糟粕，并结合时代的特点加以发展，推陈出新，使它不断发扬光大。"(江泽民:《在庆祝中国共产党成立 70 周年大会上的讲话》(1991 年 7 月 1 日)，《人民日报》1991 年 7 月 2 日。) 此后，"创新是民族进步的灵魂，是国家兴旺发达的不竭动力"的著名论断开始被广泛宣传，成为推动中国社会走向学习型创新型国家的思想引擎。党的十七大报告明确指出：中华文化是中华民族生生不息、团结奋进的不竭动力。要全面认识祖国传统文化，使之与当代社会相适应、与现代文明相协调，保持民族性，体现时代性。加强中华优秀传统文化教育，运用现代科技手段开发利用民族文化丰厚资源。

对优秀历史文化传统的继承，必然会走向文化的发展创新。在浙江省德清县农村，人们把村庄的传统历史文化、古今著名人物和现代的"尊老孝亲好儿女"、"互敬互爱好夫妻"、"教子有方好父母"、"团结互助好邻里"、"和睦友爱好家庭"、"文明重德好公民"、"科学种田多面手"、"带头致富领头人"等典型人和典型事都挖掘并汇聚起来，建设起"和美乡风馆"。到 2012 年 3 月，全县共 151 个行政村中已有 42 个村建立了"和美乡风馆"，它既是乡村人文地理和现代化文明的交汇点，又是富有泥土气息的村史民俗馆，同时也成为村民实现自我教育、培育文化道德的理想之地。浙江省临安市的上田村，在本村独具特色的"十八般武艺"和传统深厚的书法艺术的历史积淀下,创造出本村的"上田文武操",成为村民们休闲养生的重要活动形式。在 2007 年的浙江省"农民'种文化'百村赛"中,舟山东极的"农民画比赛";龙游大公村的"百家制'百灯'"比赛;兰溪诸葛村制作孔明锁、孔明扇的手工擂台赛等诸多赛事和大型活动都充分展现了浙江农民的创新能力,让全社会对农民群众的创造力再次重新认识。

中国的农民在传统文化的现代转型和综合创新的历史进程中也做出了自己的重要贡献,不仅促进了民族文化的进步,也加速了自身的文化发展。但我们也要看到,中国农民继承传统,实现文化创新的能力还不强,受到环境和条件的限制还很多,巨大的人力资源,厚重的文化基础还未能充分转化为现实的文化力,还需要党和政府继续推动和鼓励,以加速农民的文化发展。

第五节 浙江农民精神文化生活发展状况

精神文化生活在一定程度上决定着一个民族一个阶层的品格和追求。中国共产党对农民的精神文化生活一直予以高度关注和切实有力的引导帮助,无论是在革命、建设和改革中,都是如此。在改革开放的新时期,浙江农民群众的精神文化生活获得了前所未有的发展和繁荣。

一、农村公共性文化服务的发展状况

在现代社会,人们的精神文化生活越来越呈现出明显的公共性,社会提供的公共文化设施和公共文化服务的地位和作用越来越大。在改革开放初期,党和政府就对农村公共文化服务给予了充分的重视。1983 年 1 月,中共中央在《关于加强农村思想政治工作的通知》,就明确提出:"各级新闻、出版、广播、电视、文化部门,都要面向农村,重视对农村的宣传教育,满足八亿农民健康的和具有高尚情趣的文化生活和农村精神文明建设的需要。鼓励作家和艺术家到农村去体验生活,多创作表现农村题材的作品,编写农村读物。"(《加强思想政治工作》(摘要)(1983 年 1 月 20 日),中共中央书记处农村政策研究室资料室编:《农村经济政策汇编》,农村读物出版社 1984 年版,第 25 页。)这一时期,一大批面向农民的文化读物或文化成果呈现出来。1980 年 4 月,邓小平亲笔题写报名的《农民日报》创刊,农民群众开始有了自己的全国性、中央级、综合性的报纸,各省、自治区、直辖市(包括部分地级市)也纷纷创办地方性的农村报。此后《中国农民》、《新农民》等直接面向农民服务农民的杂志也不断创办，广播电台、电视台服务农民文化生活的节目开始不断增多。尤为可喜的是，自 20 世纪 80 年代开始，一大批农村题材的电影、电视大量拍摄出来，如《喜盈门》、《人生》、《山道弯弯》、《月亮湾的笑声》、《辘轳、女人和狗》、《篱笆、女人和井》等，反映了农村改革的新生活新面貌。改革开放初期的浙江农村，农民自发的经济发展动力强劲，与计划经济体制的矛盾较多，在经济的转型阶段，农民的文化需求也变得日益多样多元。浙江省充分考虑浙江农村发展的实际，通过传统的报纸杂志和现代的电影电视，努力为农民提供更多的科技、教育、文娱、法律等各方面的文化资源，农民的文化发展有了新的变化和更广阔的空间。

20 世纪 90 年代，国家开始倡导文化、科技、卫生"三下乡"活动，文化单位和广大文化艺术工作者坚持面向基层、深入基层、服务基层，把为农民服务作为重要任务，积极投身到文化下乡的行列，群艺馆、文化馆、图书馆、电影公司等单位都要深入到农村去，为农民送书、送电影、送文化科技知识。特别是自 20 世纪 90 年代中期开始探索实施的大学生"村官"政策，形成了知识分子回流农村，服务农民的正式渠道，而且国家还不断加大力度（2010 年中组部计划五年内选聘 20 万名大学生"村官"）。来自城市的文化成果、文化人才开始不断走入农村，受到了广大农民的欢迎，也促进了农民的文化发展。

这一时期，浙江农村文化有快速进步，一个比较突出的亮点就是启动了与全国万里边疆文化长廊工程、创建文化先进县、蒲公英计划相衔接的"浙江东海明珠工程"。这是一项以集镇文化为点，营造海疆和交通干线文化带为线，创造文化先进县的公共文化工程。据《1992—1996 年浙江社会发展状况》统计，在近五年的时间内，兴建了一批文化硬件设施，建设项目 56 个，总投资 12 700 万元。有 55 个城镇和集镇被授予"浙江东海明珠"称号，135 个文化站成为特级文化站。尽管农村公共文化建设有了长足进步，但发展水平与农村经济发展不协调的状况，与群众日益增长的多层次、高水平的文化需求不相称的状况却也凸显出来。浙江省政府部门和农民群众都认识到改善农村公共文化设施，完善农村公共文化的重要性，部分地区的农民群众已经开始自发地建设文化活动场地和设施。1999 年，浙江省在制定文化大省的战略目标时，已经将农村公共文化建设作为重点工作。

进入 21 世纪，在社会主义新农村建设的进程中，国家对农村公共文化事业有了全面部署和总体安排，发展的速度更快。2009 年，浙江有乡镇文化站 1 187 个，群众业余演出团队 4 889 个，民间职业剧团 405 个，明显高于邻省，江苏有乡镇文化站 1 038 个，群众业余演出团队 2 880 个，民间职业剧团 136

个；安徽有乡镇文化站 1254 个，群众业余演出团队 1 898 个，民间职业剧团 227 个。（"各地区农村文化机构"，国家统计局农村社会经济调查司编：《2010 中国农村统计年鉴》，中国统计出版社 2010 年版，第 305 页。）

在快速发展的经济支撑下，在农民群众的强烈期待中，进入新世纪的浙江农村公共文化建设也步入快车道。在《浙江省建设文化大省纲要（2001—2020）》中，已经把农村文化建设的地位突显出来。提出农村文化建设"坚持普及与提高相结合，打基础、建网络、创特色、上水平。"仅 2005 年，浙江全省县级文化馆、乡镇文化站就组织开展各类广场文化活动 8 147 次，组织歌舞、戏曲等文艺团队下乡进村巡回演出 9 500 次。浙江省政府已经把"送文化"作为为民办事的一项重要内容，大力实施文化下乡"三万工程"，即万场演出进农村；八万场电影下农村；百万册图书送农村。到"十一五"末，全省实现了"村村通宽带，家家能上网"的目标。值得注意的是，浙江省还推出了"钱江浪花"艺术团下乡巡演、"雏鹰计划"优秀儿童剧巡演、"唱响文明赞歌"声乐专家辅导团和优秀歌手展演团文化下乡等一批有特色、有影响，群众喜闻乐见的示范性文化下乡活动。

经过多年的努力，浙江基本构建起了县、乡镇、村三级基层文化网络，文化工作面基本覆盖全省农村。"创建文化先进县"、"东海明珠工程"、"非物质文化遗产保护工程"、"文化资源共享工程"、"蒲公英计划"和"知识工程"等系列工程的建设，使农村文化公共设施有了根本性变化。覆盖城乡的公共文化服务体系初步建立，人民群众的基本文化权益得到有效保障。同时也还要看到，与浙江经济大省的地位相比，与浙江农民经济发展的程度相比，农民公共文化的发展在全国的地位还不是很高，与农民的文化需求还有差距，还需要有一个长期的发展过程。

二、农村群众性文化活动的发展状况

农村有自己的文化传统和历史积淀，农民有自己的生活方式和娱乐习惯，外在的支持和帮扶，总归不能代替农民群众自己的独立文化活动。物质生活越来越富裕，政治生活越来越民主的中国农民，对精神富有的追求也越来越强烈。早在改革初期，党中央就把农村文化发展提到重要的战略高度，指出："农村各项文化事业的繁荣和农民文化知识水平的提高，既是发展农村经济加速专业化、社会化生产的重要条件，也是提高农民群众思想觉悟和道德水平的重要条件。"（《当前农村思想政治宣传教育提要》（1983 年 1 月 20 日），中共中央书记处农村政策研究室资料室编《农村经济政策汇编》（1981—1983），农村读物出版社 1984 年版，第 44 页。）1986 年 9 月，《中共中央关于社会主义精神文明建设指导方针的决议》强调，要在广大城乡开展移风易俗的活动，提倡文明健康的生活方式，克服社会风俗习惯中还存在的愚昧落后的东西，但这些文化活动要在尊重健康民俗的前提下，在自愿的基础上，由群众自己来进行。

20 世纪 80 年代，港台流行歌曲、通俗小说和电视剧快速进入内地，作为沿海地区，浙江受到的影响更大，在农村青年中传播得很快，而在中老年农民中则更喜爱传统的文体活动。浙江农民群众的文化生活开始逐步走出"左"倾时期的一元化状态，出现活跃和多样的态势。进入 90 年代，农村群众性的文化活动虽然在部分地区出现一些沉寂局面，产生一些不健康的因素，但整体上还是向前发展的，很多特色鲜明，健康向上的群众文化活动开始与公共文化事业、文化产业结合起来，获得了新的发展动力和发展机制。全国性、地域性的农村文艺比赛或会演开始定期或不定期地开展起来。1998 年的《中共中央关于农业和农村工作若干重大问题的决定》也强调，鼓励和支持农民业余文化体育活动，农村精神文明建设要依靠群众，立足基层。这就为农民群众独立的文化活动提供了必要的思想政策保障。

这一时期，浙江农民群众的文化生活也在不断发展，各地区出现一些有特色有活力的做法。义乌开始每年举办农村文化节，以政府主办，街道承办的方式，活动涉及文艺踩街、合唱比赛、民间艺术表演、书法美术展等。通过举办农村文化节，把舞台搭在农村的广阔天地中，把活动延伸到农民的心坎里，吸引群众广泛参与，文化的价值得到充分体现，也展现了农民群众中蕴藏的丰富而巨大的能量。在全省农村，腰鼓队、舞龙队、舞狮队、武术队、象棋队、老年健身队纷纷建立，并产生越来越大的凝聚力。

进入新世纪以来，群众性的文化活动进一步受到党和政府的关注，活动内容也更加丰富多彩。2004 年，德清县开展了"欢乐德清"系列群众文化活动，由"欢乐田野"、"欢乐广场"、"欢乐社区"、"欢乐行业"、"欢乐企业"、"欢乐工地"、"欢乐校园"等 7 个系列组成，全县每年举办各类文化活动近千项，被誉为来自草根的"同一首歌"。2006 年，义乌市开展学习型社区创建活动，引导农民参与"四个一"活动，即每天读一份报纸、收听（看）一档广播（电视）新闻、每月坚持阅读一本书、每年至少掌握一项实用技术。

2007 年元宵节期间，临安、嘉善、新昌、临海四个县的八个村庄向全省农民发出了"种文化"的倡议，千百年来种惯了庄稼的农民，开开心心地"种"起了"文化"。他们组织起来，唱起田歌、越剧、莲花落，打起腰鼓、跳起街舞，说起道情、讲起故事。农民们自己行动起来，丰富自己的文化生活，创造自己的精神家园。仅半年多的时间，全省就有 61 个县的 115 个村庄加入到这次文化生产活动的百村赛里，并且影响着更多村的农民一起培育着新型的乡土文化幼苗。其中，南湖区博山村的《祥龙庆丰收》、安吉马家弄村的《威风锣鼓》、临安朱村的《龙腾狮跃》、德清金鹅山村的《桑叶龙》等酣畅淋漓地体现了秋收的欢腾。绍兴兰亭村的《书道放歌》、绍兴倪家溇村的莲花落《倪家溇里种文化》、新昌上道地村的《武术表演》、嘉善的《田歌组合》用传统的形式体现了当代农民的精神风采。嘉善洪溪村的《篮球宝贝》和时尚青年的街舞搭配、宁波联群村和大家艺校的《排舞》更是用一种城乡结合的新形式，展现了当下浙江乡村欣欣向荣的繁荣风景。农民群众的文化活动，开始在城乡文化交流，中外文化交流中展现出特有的中国风格，民族风范，乡村风味，并开始走入城市，走向世界。2009 年浙江农民的文教、娱乐用品及服务的人均消费支出提高到 843.34 元，高于全国平均水平（340.56 元）一倍多，仅次于北京（960.41 元）和上海（942.76 元），与江苏接近（818.45 元）（"各地区农村居民家庭平均没人生活消费支出（2009）"，中华人民共和国国家统计局编：《中国统计年鉴》，中国统计出版社 2010 年版，第 368 页。）2009 年农村居民的人均文化教育娱乐用品 116 元，书报杂志 10 元，教育服务费 530 元，旅游休闲娱乐费 93 元。（"农村居民人均总支出（2002—2009 年）"，浙江省统计局编：《浙江统计年鉴 2010》，中国统计出版社 2010 年版，第 198 页。）。

这些群众文化活动，尽管有时也会渗入一些落后的文化因素，带来某些消极的文化影响，但从过总体上看，对于促进传统文化和现代文化，乡村文化和城市文化的融合，完成文化发展中的转型和过渡，对于丰富农民群众的文化生活，还是发挥了重要作用。

三、农村全民性健身运动的发展状况

农民的体育健身活动，在新中国成立后的几十年里，形成了较好的群众基础，毛泽东的"发展体育运动，增强人民体质"的号召，在广大的农村同样得到响应和落实。在改革开放的新时期，党中央对群众的体育健康事业一直高度重视，党的十二大报告将卫生体育列入文化建设的重要内容，强调健康、愉快、生动活泼、丰富多彩的群众性娱乐活动的重要意义。

在浙江，农民的体育文化源远流长，篮球之乡诸暨，在新中国成立前已有深厚的根基，20 世纪六七十年代，诸暨的篮球运动已经开展得红红火火。在临安部分乡村，传统武术活动世代传承，许多农民自发参与活动。在改革初

期，每年一度的乡村运动会可谓是农村里最具影响力的活动，很多中小学校都会组织排练大型体操，各村屯都会组建篮球队、排球队，在运动会上的竞争也很激烈，农民群众会有自发地去参与去观看。这一时期，受到当时中国女排连续夺冠，为国争光的感染，再加之《少林寺》和《霍元甲》等电影电视剧的影响，全国上下的排球热、传统武术热兴盛一时，给开放的中国带来一种崭新的气象，一种青春的活力，一种奋斗的勇气，一种浓烈的爱国热情。1983 年，浙江运动员获得 5 个世界冠军，并在第五届全运会上获得 11 枚金牌、15 枚银牌、12 枚铜牌，获金牌数由第 4 届全运会的全国地 16 位跃居第 7 位，1984 和1985 年，浙江运动员又在世界性比赛中获得 8 个世界冠军，这些在当时看来十分灼人的成就，大大激发了浙江农民群众的体育活动热情。

1988 年创办了中国农民体育协会，同年 10 月，在北京举办第一届全国农民运动会，国家主席杨尚昆、国务院总理李鹏等党和国家领导人出席了开幕式，而后，全国农民运动会每隔四年举办一次。全国农民运动会是仅次于全运会的大型运动会，是五大国家级综合性体育赛事之一，我国是世界上唯一定期举办全国农民运动会的国家。全国农民运动会至今已经举办了七届，在农民运动会上，有越来越多的反应农村生产生活和历史文化的比赛项目，如中国式摔跤、龙舟、民兵军事三项、武术、舞龙舞狮、风筝、钓鱼等，在运动会上还要评选"全国亿万农民健身活动"先进乡镇。目前，浙江省各市区都成立了农民体育协会，大部分地市、县和乡镇也建立了农民体育协会，农民的体育组织机构已逐步形成网络。

1995 年国家颁布了《全民健身计划纲要》，对群众的体育健康事业做出了全面的规划和部署。已经初步富裕起来的浙江农民，对国家全民健身的号召积极响应，一些乡村多方筹措资金建设体育活动场地，购置体育活动设施，广泛开展各种形式的体育健身运动。1998 年，浙江省达到《国家体育锻炼标准》的人数 467 万人，各级体委举办县以上运动会 1 517 次。（"群众体育活动情况"，浙江省统计局编：《新浙江五十年统计资料汇编》，中国统计出版社 2000年版，第 257 页。）在 2005 年浙江省制定的《关于加快建设文化大省的决定》中，已经把"体育强省"作为重要内容之一，农民体育活动的方向更为明确。

2006 年 3 月，国家体育总局制定了《关于实施农民体育健身工程的意见》，制定和完善了我国农村体育事业发展的规划和政策，计划到 2010 年，争取占全国六分之一的行政村建有标准的公共体育场地设施，惠及约 1.5 亿农民。以此为契机，搭建农村体育公共服务平台，构建面向广大农民的体育服务体系，带动农村体育组织建设和体育活动的开展，引导广大农民形成健康、科学、文明的生活方式，使我国农村经常参加体育锻炼的人数明显增加。2009 年在总结行政村"农民体育健身工程"经验的基础上，国家开始在乡镇试点建设"乡镇农民体育健身工程"，内容包括灯光篮球场、门球场、室内体育活动室等。2009 年，浙江省举办以农村为重点的县级群众体育活动 6 647 次，参加人数 212.6 万人。（"群众体育活动和新建体育场地情况"，浙江省统计局编：《浙江统计年鉴 2010》，中国统计出版社 2010 年版，第 506 页。）

在全国农村体育健身重心下移，投入不断增加的过程中，浙江的农民体育健身活动更是快速蓬勃地开展起来。现在，浙江农村的篮球场、乒乓球室及各类体育建设设施等已经普遍地出现在乡村中，成为农民体育活动的有效场所，村民之间、乡村之间以及政府部门组织的体育赛事接连不断。乡村的排舞、街舞活动热情和水平已经不亚于城镇。值得一提的是，在浙江尤其是在以杭州为中心等浙北地区，农民的休闲建设活动也是一种重要时尚，2006 年和 2011 年两届杭州世界休闲博览会的召开，更是推动了这一历史文化久远的休闲文化的普及。"休闲——改变人类生活"的休博会主题，无疑会影响农民的文化体育观念。

在今天浙江的社会主义新农村建设进程中，在乡村的文化礼堂、文化广场、文化大院中，到处都能看到传统的武术活动，能看到现代的球类比赛，也能看待时尚的排舞、街舞甚至拉丁舞。农村的体育健身活动已经和文艺活动更紧密地融合起来，成为农民文化发展的重要内容。当然，我们也要看到，农村体育仍然是我国体育事业的薄弱环节，农村公共体育场地设施建设依旧滞后，城乡差距依旧存在。农民日益增长的体育健身需求同农村公共体育场地设施不足的矛盾还制约着浙江农村体育活动的开展，还需要全社会共同努力，去解决这些矛盾和问题。

第六节　农民文化事业和文化产业发展状况

农村文化事业是农民文化进步的根本条件，农村文化产业是农民文化发展的重要动力，农民自办文化是丰富农民文化生活的必要内容。农村文化事业、文化产业和农民自办文化的发展是农村城镇化和农民现代化建设的题中应有之义，也是社会主义新农村建设的迫切任务。浙江在改革开放的进程中，农村文化事业、文化产业和农民自办文化获得了和谐发展，尤其是农民自办文化更是特色鲜明，成果丰硕。

一、农民文化事业的发展状况

文化事业是社会主义新农村各项事业的重要组成部分，文化事业的发展需要建立在社会经济政治发展的基础上，同时又有自己的相对独立性，对社会经济政治的发展具有重要的引领和推动作用。因此，在新时期农村快速发展的各项事业中，党中央一直高度重视农村文化事业，浙江省委省政府也为发展农村文化事业做出了不懈的努力。

针对改革初期部分农村的文化设施被移用，文化事业受影响的状况，在1983 年 1 月中共中央发出的《关于加强农村思想政治工作的通知》中就指出："农村集、镇不但是经济中心，也应当成为政治文化中心和科技推广中心。五十年代行之有效的报告员、宣传员以及广播站、文化站、电影放映队、俱乐部、展览室、夜校、科技站等形式，要逐步恢复起来并加以发展……以满足八亿农民健康的和具有高尚情趣的文化生活和农村精神文明建设的需要。"（《加强农村思想政治工作》(1983 年 1 月 20 日)，中共中央书记处农村政策研究室资料室编《农村经济政策汇编》(1981—1983)，农村读物出版社 1984 年版，第 25 页。) 1986 年 9 月，《中共中央关于社会主义精神文明建设指导方针的决议》指出：各地都要制定文化事业发展的具体规划，并且像完成经济建设任务一样，确保完成文化建设任务，促进文化事业蓬勃发展。

在党和政府的领导和关怀下，自 20 世纪 80 年代中期开始，农村的各项文化事业开始在艰难的探索中逐步恢复和发展。浙江乡村的广播站、文化站开始结合农村改革的实际和农民的文化需要开展有效的工作，在部分地区尤其是经济发展较快的地区，乡村俱乐部、文化活动室等农民群众的文化活动场所开始恢复、扩展或新设。从全国范围看，浙江的农村文化事业是较早地走向与经济社会紧密结合道路的省份。

进入 20 世纪 90 年代，人们对文化事业重要地位的认识更加深刻。1996年 10 月，《中共中央关于加强社会主义精神文明建设若干重要问题的决议》站在时代的高度深刻指出："发展文学艺术、新闻出版、哲学社会科学等文化事业，满足人民群众日益增长的精神文化需求，对于提高民族素质，促进经济发展和社会全面进步，具有重要作用。改革开放和社会主义现代化建设的伟大实践，为文化建设注入新的活力，同时迫切需要文化事业有一个大的发展。"根据党中央的部署，1998 年 11 月，文化部制定了《关于进一步加强农村文化建设的意见》，明确提出，到 2010 年，全国农村要实现县县有图书馆、文化馆或综合性文化设施，乡乡有文化站，有条件的村积极建立文化室或图书室，满足人们就近、经常和有选择地参加文化活动的需要。2005 年 11 月，中共中央办公厅国务院办公厅《关于进一步加强农村文化建设的意见》，就大力推进广播电视进村入户；积极发展农村电影放映；开展农村数字化文化信息服务；推动服务"三农"的出版物出版发行等几个方面内容作出了具体规定。同时提出，坚持以政府为主导，以乡镇为依托，以村为重点，以农户为对象，发展县、乡镇、村文化设施和文化活动场所，构建农村公共文化服务网络。强调要充分发挥农村中小学在开展农村文化活动方面的作用，提倡中小学图书室、电子阅览室定时就近向农民群众开放，把中小学校建成宣传、文化、信息中心。

浙江各级政府部门对农村文化事业的认识也在不断深化。经济上初步富裕起来的农民群众对农村文化事业的认识也在提高，人们越来越认识和感受到乡村文化在乡村进步中的重要地位，各地区开始积极探索农民文化发展的新途径。浙江嘉兴市秀州区把建设"人文秀州，画乡新区"作为发展文化战略目标，把打造农民画特色品牌作为文化工作重点，1997 年兴建"农民画陈列馆"，并被评为"嘉兴市改革开放 20 年百佳成就之一"，被辟为嘉兴市爱国主义教育基地。2000 年他们又投资 2 800 万元，兴建 7 600 平方米的"秀州·中国农民画艺术中心展示厅"。安吉县 2008 年启动了中国美丽乡村建设，36 座散落在青山绿水之间的民间艺术展示馆把 18 886 平方千米的县域打造成了一座没有围墙的"大博物馆"。这些展示馆"一村一品"，立足于当地的自然和文化遗存，而非千人一面。2012 年 3 月宁波市精神文明建设指导委员会制定了《关于进一步加强农村文化广场建设的意见》提出"七个有"，即有活动场所、有文体设施、有活动计划、有活动载体、有管理人员、有活动资金、有档案资料的总体要求，制定了组织机构健全、活动设施完善、活动开展正常、管理制度健全的 4 项基本标准。

在改革开放的新时期，浙江社会各界的人士响应党的号召，关心支持农村文化，研究探索农村文化，为农民文化发展做出了特殊的贡献。无论是在浙江大学、浙江农林大学、浙江师范大学，浙江省委党校，还是在浙江省政府部门，都有一批赤诚关注农民文化发展的专家学者和党员干部，这是农民文化事业发展的重要依靠力量。

2005 年底，浙江全省 90 个县（市、区）有县级文化馆 88 个，图书馆 76 个，乡镇文化站（挂牌有建制）1 493 个，全省 35 061 个行政村中有 19 395 个有村级文化活动室，已建成各类以农民为对象的农家书屋、图书室、阅览室5 825 个。（陈立旭潘捷军等著：《乡村文明：新农村文化建设——基于浙江实践的研究》，科学出版社 2009 年版，第 91 页。）这标志着浙江的农村文化事业发展已经迈入历史新阶段，近年来，浙江省政府进一步加大对农村文化事业支持的力度，全省文化事业费占财政支出的比重连续多年位居全国第一，基本建成了覆盖省、市、县、乡、村五级的公共文化设施网络，发展的重心也开始向村一级转移，2013 年，浙江省开始尝试推广临安市村级文化礼堂建设的经验，力图在行政村中建设起更加符合农民文化需求的综合性的文化礼堂。

30 多年来，浙江农村文化事业，无论是公共文化服务还是公共文化设施建设都已经有了重大变化，特别是在宁波、温州、杭州等经济发达地区，地方政府和乡村集体的投入力度都很大，有些文化设施建设既有乡村特色，又有现代气派，为农民的文化发展提供了坚实的基础和可靠的保障。但我们也必须看到，目前农民文化发展还不平衡，乡村文化人才制约的问题十分突出，农村文化事业的发展的任务艰巨。作为要率先实现现代化的浙江，加速农民文化发展的使命更为重大。

二、农民文化产业的发展状况

虽然我们从宽泛的意义上说，农村及农民的文化产业可谓历史久远，浙江的历史根基更深，但在严格的现代的意义上看，农民的文化产业是新时期在改革开放的过程中，在计划经济向市场经济转变的过程中逐步发展起来的。直到 2000 年 10 月，党的十五届五中全会通过的《中共中央关于"十五"规划的建议》，才第一次明确使用了"文化产业"的概念，提出要"推动有关文化产业的发展"。2001 年 3 月全国人大通过的国民经济和社会发展"十五"规划纲要正式列入了文化产业的内容。

浙江是农民发展文化产业的实践探索起步最早的省份之一，在 20 世纪 80 年代初期，浙江省德清县洛舍镇的农民就开始利用当地的资源优势制造钢琴。在这样一个小镇，汇集了几十家钢琴生产企业，一台钢琴所需的 2 万多个零部件，在当地能采购到 85％，后来逐步吸引了国内外一些名牌钢琴企业将生产基地转移到德清，出现闻名全国的"农民造钢琴"的奇观。除了这类个别有影响的文化产业探索外，在浙江农村中还出现许多"默默无闻"的文化产业运动。有些地方的乡村农民文化小剧团，在农闲阶段活跃于村庄甚至进入农家，能够获得一定的经济收入。一些地方的农民自己创作生产的年画、剪纸、编织等手工文化艺术产品开始进入商品市场，成为早期商品经济活动的组成部分。

进入 20 世纪 90 年代，农村的文化产业发展，一类情况是出现松散的灵活的多样化的趋势，遍布乡村各地的文化商品、文化市场、文化产业越来越多，文化产业自身的层次以及文化产业和非文化产业的界限都不是很清晰。一类情况是区域化和规模化的文化产业开始出现。从 1995 年开始，浙江横店集团先后建立起广州街、香港街、清明上河图、秦王宫、江南水乡、横店老街、明清街、明清宫苑、明清民居博览城、古战场、枪战片、武打片、室内拍摄基地等 13 个影视拍摄基地。横店影视城，汇集了华夏民族历史文化的精华，每年吸引全国约 1/3 的影视古装戏在此拍摄。仅 2002 年，横店的游客就突破 120 万人次，旅游总收入达到 12 780 万元，吸纳个体工商户 1 009 家，从业人员 5 220 人，营业收入 12 538 万元。影视城基地附近的许多农民都在从事"群众演员"这一新兴职业。（陈立旭、潘捷军等著：《乡村文明：新农村文化建设——基于浙江实践的研究》，科学出版社 2009 年版，第 186－187 页。）在一些传统文化、近代文化以及红色文化积淀深厚，历史遗址、遗迹丰富的地区，都纷纷开始了文化产业的挖掘和创业活动。浙江的杭州、绍兴、湖州等地，都是农村文化产业（或农民参与文化产业）比较活跃的地区。

1998 年 11 月，文化部在《关于进一步加强农村文化建设的意见的通知》中指出："农村各级文化主管部门和单位，要增强产业意识，积极探索发展农村文化产业的途径。农村有着非常丰富的文化资源，既要采取措施，加以保护，又要制定优惠政策，充分开发利用，使资源优势变为产业优势，促进农村文化产业的发展。要重视农村文化的对外交流工作，使独特的民族民间艺术、民间工艺品走向世界，进入国际文化市场。"

新世纪以来，农村的文化产业发展出现新的景象。一是乡土化，即富裕起来的农民对本地的文化需求文化消费在快速提高，令农民们有亲切感、真实感的乡村文化产品或成果，开始赢得重要的市场空间和利润空间，在农村中生产、经营和销售文化产品，已经成为一种重要产业。一是"城市化"，即产生于农村，主体为农民的乡土文化开始向城市渗透。部分乡土文化产品、乡土文化成果开始走进城市人的生活，或者吸引城市居民到农村进行文化消费。并且，乡土文化产业和"农家乐"等乡村旅游融合起来，和地域经济发展融合起来，相互推动，共同发展。一是国际化，即农村历史文化特色鲜明的地方剧团，开始"走出去"，走向国际大舞台，向世界展示中国农民的文化艺术能力。许多农村地方文化产品，在旅游市场深受国外游客的青睐，甚至到国外学习交流的中国领导和学者们，也会经常带给外国朋友一些乡村文化产品。

2002 年浙江召开全省文化工作会议，制定了《关于深化文化体制改革，加快文化产业发展的若干意见》，对文化产业发展做出全面部署，浙江的文化产业发展进入新阶段。2003 年，浙江省被中央确定为文化体制改革综合试点区，农村文化产业发展有了更大空间。近些年来国家对文化产业的关注越来越多，为支持文化产业发展，国家自 2009 年设立了文化产业发展专项资金，以促进文化产业快速发展，农民的文化产业呈现新的机遇和前景。2012 年 2 月的《文化部"十二五"时期文化产业倍增计划》指出："文化产业是社会主义市场经济条件下满足人民多样化精神文化需求的重要途径，是促进社会主义文化大发展大繁荣的重要载体，是国民经济中具有先导性、战略性和支柱性的新兴朝阳产业，是推动中华文化走出去的主导力量，是推动经济结构战略性调整的重要支点和转变经济发展方式的重要着力点。"

当然，我们还必须看到，文化产业是一个包括文化艺术业、新闻出版业、广播电视业、电影业、音像制品业、版权业和演出业等在内的广大的产业系统，农村的文化产业发展，还只是在一部分领域和类别中有一定的地位或优势，而在资金、人才、环境、机制等众多方面都有严重的制约。但农村文化产业有巨大的潜力，农村文化市场也有巨大的潜力，农民文化发展同样有巨大的潜力，浙江在这方面的潜力更为巨大，这也是我们必须正视的事实。

三、农民自办文化的发展状况

鼓励和支持农民依靠自己的力量去发展农村各项事业，满足农民群众的物质文化需要，是中国共产党人的重要传统。在改革开放初期，党中央就明确指出："要加强农村各种文化、卫生设施的建设。这些文化卫生设施，国家办，集体办，更要鼓励和扶持农民自己办。"（《当前农村经济政策的若干问题》（1983 年 1 月 20 日），中共中央书记处农村政策研究室资料室编《农村经济政策汇编》（1981—1983），农村读物出版社 1984 年版，第 16 页。）"所谓农民自办文化，就是指农民个体或群体依靠其拥有的各类文化资源，而进行的以满足自身或群体的精神文化需求或物质利益需要为目标的各类文化实践活动。"（陈立旭、潘捷军等著：《乡村文明：新农村文化建设——基于浙江实践的研究》，科学出版社，2009 年版，第 150 页。）

随着农村经济体制的变革和农民思想观念的解放，一方面是部分地区传统的农村文化服务设施和内容的弱化，另一方面是在宽松政策之下农民文化活动自主权的扩大和积极性的提高。改革初期，浙江农村中就开始出现大量农民自办文化的萌芽形态。在农闲时，每到傍晚就会有许多人习惯性地聚集到某一个家庭中（在家族中的长辈、村干部或村中的文化人家中居多），大家在一起讲讲故事，聊聊新闻，甚至还有人变变魔术，遇有喜庆之事，大家还会唱唱地方戏来祝福，有时乡村干部们也会参与其中，大家也会议论一下乡村的事情，这就形成了浙江公益性农民自办文化的雏形。同时，部分地方戏曲爱好者们开始自己组织起来，搭班演出，部分竹编、雕塑、绘画爱好者们也会自发地聚在一起，切磋技艺，了解市场，这就奠定了浙江农民经营性自办文化的雏形。

进入 20 世纪 90 年代，农民的自办文化进入比较活跃的时期。国有文化企业事业单位，正处在改革调整中，为农村和农民提供的文化服务远远不能满足快速增长的农民文化发展的需求，而且，"下乡文化"的内容，很多也不能切合农村农民的实际，这就为农民自办文化提供了巨大的空间。浙江农民在从事物质商品生产经营的过程中，也较早地熟悉了市场运行的机制和规律，逐步认识了文化商品和文化服务的价值。于是，浙江农村中也开始出现农民经营的书店、音像商店（很多是出售和出租一体化），在一些发达地区的乡镇，综合的文化艺术品商店也大量出现。农村的民间小剧团开始遍布各地，他们的演出，以其贴近农民生活，贴近农村社会，价格低，服务到位，灵活性强等优势，受到农民群众的欢迎。这一阶段，浙江杭州的农民乐队、台州的农民锣鼓队、奉化的布龙演出队等农民特色文艺团队，已经开始在许多地方应邀演出，并获得较好的经济收益。1998 年 11 月，文化部发布的《关于进一步加强农村文化建设的意见的通知》指出：要重视培育和发展农村文化市场，逐步使农民自愿参与文化市场活跃文化生活。要重视农村业余文艺创作队伍建设，加强对业余文艺创作人才的辅导、培养、提高工作，扶持业余文艺作者创作出具有乡土气息和较高艺术质量的文艺作品。

进入 21 世纪以来，党和政府对农民自办文化的认识更为深刻，支持的力度更大。2005 年 11 月，中共中央办公厅、国务院办公厅制定的《关于进一步加强农村文化建设的意见》，集中提出了大力发展农村民办文化的问题，强调："通过民办公助、政策扶持，鼓励农民自办文化，开展各种面向农村、面向农民的文化经营活动，使农民群众成为农村文化建设的主体。积极扶持热心文化公益事业的农户组建文化大院、文化中心户、文化室、图书室等，允许其以市场运作的方式开展形式多样的文化活动。支持农民群众自筹资金、自己组织、自负盈亏、自我管理，兴办农民书社、集（个）体放映队等，大力扶持民间职业剧团和农村业余剧团的发展。引导文化专业户相互联合，进行市场化运作，逐步向个体、私营等非公有制文化企业发展，开发文化资源，变资源优势为产业优势。"至此，农民的自办文化发展有了明确的方向和比较完备的政策体系，开始形成发展和繁荣内在融合的新局面。

浙江的农民自办文化开始进入更加活跃的阶段，以丰富而发达的自办文化为基础的文化比赛和交流活动比比皆是。有全省范围的农民"种文化"百村赛；杭州市农民乐队大赛、"十佳"文化示范户评选；宁波市的农民文化艺术节、"十佳"农民读书之星、"十大"农民艺术家、"十佳"乡村歌手;台州市的农民艺术节;绍兴市的"百村农民乐队擂台赛";舟山市的渔民画节;嵊州市的民间越剧节等。值得注意的是,农民自办文化的公益性和赢利性常常处于共存的状态。如,部分农民文化书屋,既有公益性的公共服务,也同时具有销售文化产品的经营性内涵。

在改革开放的三十多年中,浙江农民的自办文化,从无到有,从小到大,快速发展,丰富了农民群众的文化生活,挖掘了农村传统文化资源,培养了农村文化人才,增加了农民的经济收入,在浙江社会主义新农村建设的历史上,可谓功不可没。但我们也要看到,农民自办文化规模小、群体性差、青年农民参与比例较小、政府有效支持力度不够等诸多问题,需要在未来的发展中不断解决。浙江作为农民自办文化先行的地区,还兼有进一步探索、尝试和总结经验的重任,更需要开拓前进。

第七节　未来浙江农民文化发展展望

未来中国农民的文化发展,会遵循人类社会进步的共同规律,吸收世界各国尤其是发达国家的经验教训,会承继中国历史文化和浙江地域文化的优秀传统,呈现清晰的民族特色和地方特色,同时也必然反映中国特色社会主义理论、制度和道路的内在要求。总之,浙江农民的文化发展应该是世界的普遍性、民族的特殊性、浙江的区域性和制度的规定性相结合的中国特色社会主义的浙江农民文化发展前景。

一、农民文化与市民文化将协调推进

在人类历史上,自从城市出现后,就开始积淀自己相对独立的文化,但在传统农业文明基础上,城市和农村的文化还有许多共同的经济社会基础,当近现代工业文明形成以后,城乡之间的农民文化和市民文化的差别就开始在多层面多角度上呈现出来。近代以来的中国,是在西方的胁迫和引领下走上现代化道路的,是一个非自然的历史过程,城乡文化承继传统,融入世界的进度和程度都不一样。新中国成立后,城乡经济差距不断扩大,文化差距也在扩大,这就产生城乡文化关系多重扭曲,复合并存的历史状态。在改革开放的过程中,农民的文化自觉能力和文化发展愿望都在快速提高,农民文化与市民文化的差距,引起社会的广泛关注。据文化部统计,2002 年城乡居民文化消费差距依然达到 8.7 倍,2011 年,城乡居民文化消费差距依然达到 6.7 倍。

　　进入新世纪，中国的社会主义现代化事业进入了新的历史阶段，2006年1月，《中共中央、国务院关于推进社会主义新农村建设的若干意见》指出："当前，我国总体上已进入以工促农、以城带乡的发展阶段，初步具备了加大力度扶持'三农'的能力和条件。"并提出要积极开展多种形式的群众喜闻乐见、寓教于乐的文体活动，保护和发展有地方和民族特色的优秀传统文化，创新农村文化生活的载体和手段，引导文化工作者深入乡村，满足农民群众多层次、多方面的精神文化需求。这些看似基础和常见的要求，实际已经在新的时代背景下展开，具备了新的时代内涵。

　　2011年10月，《中共中央关于深化文化体制改革推动社会主义文化大发展大繁荣若干重大问题的决定》，进一步提出加快城乡文化一体化发展的要求。认为增加农村文化服务总量，缩小城乡文化发展差距，对推进社会主义新农村建设、形成城乡经济社会发展一体化新格局具有重大意义。提出建立以城带乡联动机制，合理配置城乡文化资源，鼓励城市对农村进行文化帮扶，把支持农村文化建设作为创建文明城市基本指标。强调中央、省、市三级设立农村文化建设专项资金，保证一定数量的中央转移支付资金用于乡镇和村文化建设。《国家"十二五"时期文化改革发展规划纲要》单独列出加快城乡文化一体化发展的内容。党的十八大报告指出："加快完善城乡一体化体制机制，着力在城乡规划、基础设施、公共服务等方面推进一体化，促进城乡要素平等交换和公共资源均衡配置，形成以工促农、以城带乡、工农互惠、城乡一体的新型工农、城乡关系。"

　　这些内容表明，农村文化与城市文化，农民文化与市民文化协调推进，一体化发展已经明确进入国家层面的思考。在《国家"十二五"时期文化改革发展规划纲要》中，多项工程都已经将农民的文化发展和市民的文化发展统一部署。国家每三年表彰一次全国文明城市、文明村镇、文明单位，作为社会主义核心价值体系建设工程的重要内容。在国家公共文化服务建设工程中，广播电视村村通工程、文化信息资源共享工程、农村数字电影放映工程、农家书屋工程等都在快速推进农村文化基础设施和基础服务。而文化数字化工程，通过文化资源数字化、文化生产数字化、文化传播数字化，使城乡文化发展建立在统一的数字技术基础上。国家正在加速推进的大学生"村官"工程，推动和引领着城市知识分子走入农村，化解或融通城乡文化的技术和思想差距。这些自上而下的规划和措施，在多个层面上推进着农民文化与市民文化协调发展。

　　从自下而上的农村文化发展的实际状况和趋势看，有几种情况也已经非常清晰。一是农民工的文化发展已经开始市民化。尽管存在着种种限制和制约，但通过城市政府部门的积极努力和农民工自身的不懈奋斗，在部分地区已经开始形成发展空间共存、生活资源共享、社会责任共担、社会秩序共管、经济繁荣共创的局面。这在浙江宁波、绍兴、义乌等地进展速度更快。新生代农民工的文化生活和文化追求更是和市民趋同。这是数量最大的一部分社会群体。二是大批农民在城镇购房实现城居化。许多以农业生产为主要来源的传统农民，在经济收入提高后，考虑子女教育，养老就医等因素，开始在城镇购房和居住，文化生活逐步市民化。这是数量仍在不断增加的社会群体。三是出现部分市民"村居化"。在城市企业改革过程中，有部分下岗或收入较低的城市职工，利用自己的技术优势到农村创业；有的市民（包括城市文化精英）在农村（主要是城郊）购买住房（包括别墅），平时、周末或假期的大量时间生活在农村；还有的市民到生态环境优美的乡村，去享受"农家乐"的生活，短则几日，长则数月。这些深入农村的市民都会将文化带到农村，影响农民的文化发展。

浙江的农民文化和市民文化协调推进具备了更多的优势。一是浙江社会和谐发展的基础较好。在改革开放中，一直干在实处，走在前列的浙江，在社会和谐发展中，城乡差距和地区差距都相对较小，农村经济社会的发展速度快成果大，在全国的百强县中所占比例一直名列前茅。据《浙江省 2011 年统筹城乡发展水平评价报告》统计，2011 年，全省统筹城乡发展水平得分为 83.69 分，比 2010 年的 79.41 分增加了 4.28 分。按新体系测算和新阶段划分，全省统筹城乡发展水平处于整体协调阶段。二是浙江省委省政府对于未来加快推进文化大省建设，显著提升文化软实力有明确的规划和要求。中共浙江省第十三次代表大会明确提出，要加快建设覆盖城乡的公共文化服务体系，县级图书馆、文化馆和乡镇综合文化站实现全覆盖。《浙江省"十二五"规划纲要》也明确提出城乡区域发展实现新突破；扎实推进"美丽乡村"建设；加快乡镇、中心村综合服务中心建设，提升农村公共服务水平；建设高速信息网，实现城乡有线数字电视整体转换和双向化改造等一系列城乡和谐互动共同发展的部署规划。随着新型城镇化的快速推进，文化信息化的加速发展，制约城乡文化的技术、设施、人才、政策等不利因素在逐步减少，农民文化与市民文化协调推进的局面在逐步形成。三是浙江农民初步具备了城乡文化协调发展的自身条件。浙江农民身上承继了丰厚的中国传统文化和浙江地域文化；近代以来处在沿海边疆地区的浙江，农民接受西方文化及其现代文明成果较多；浙江又有"红船精神"的历史根基，这些历史赋予的文化优势，在改革开放的历史进程中不断得到融汇和升华，浙江农民文化发展能力和愿望也更为突出和强烈，而在实际的生活中，浙江农民的城乡关系心态已经发生了根本变化，乡村农民的自卑感已经在快速减弱，自豪感却在不断增强，这是未来城乡文化和谐共进的重要依据。

二、农民文化请进来与走出去将并行发展

由于近代中国半殖民地半封建的社会性质，农村社会总体的进步远远落后于城市（清末，中国乃至世界，最富裕的地方不是伦敦、纽约，也不是北京、上海，而是散布于晋商集中的山西部分农村）。以农业文明和传统文化为根基的农村和农民，与工业文明和现代文化为根基的城市和市民相比，文化知识、文化理论和文化观念都处在相对落后的地位，成为改造和教育的对象。城乡之间的文化关系，基本的方式是文化成果引进来，文化人才走出去，带来的结果是农民文化自信力的弱化。

中国共产党人对农民问题高度重视，一方面相信农民的革命性和创造力，一方面也承认农民局限性和落后性，在中国革命、建设和改革进程中，将依靠农民和教育农民统一起来。在战争年代的农村革命根据地，运用马克思主义理论和新民主主义革命思想，在不依赖于城市的情况下，推动了农民文化的快速发展。新中国成立后，在特殊的历史条件下，城乡分割的社会格局逐步强化，城乡文化关系也在一些特殊的政策下运行，包括知识青年上山下乡运动等。这一时期，虽然有一些明显"左"的倾向及其消极后果，但是，我们也要承认，在改革开放前的 30 年中，党和国家始终坚持在农民中进行马克思主义、中国化马克思主义和社会主义的思想教育，确立了城乡之间统一的指导思想和价值观念。虽然对待农村文化在政策和做法上有过严重失误，但始终强调马克思主义与中国历史文化相结合，强调群众路线，强调群众的历史主体地位。对于到农村去的城市知识青年，既考虑到他们给农民带去的新思想新知识的意义，更强调知识青年要"接受贫下中农再教育"，不论这种提法和做法有多少不足，但在对待城乡文化关系时，它给了农民群众一定的历史性政治性自信，而不是一味地否定农民的文化地位。这些都为后来的文化发展奠定了不同意义上的根基。

在改革开放的新时期，拉开改革序幕的是农民，推动早期商品经济发展的是农民，积极推进市场经济进步的也是农民，这种现象，仅仅从政策角度已经难以解说。农民中不仅蕴含着革命文化力量，为中国革命走农村包围城市的道路做出了贡献，农民中也蕴含着深厚的文化发展基因，为探索中国特色社会主义建设道路同样做出了贡献。这就让我们认识到，不能简单地运用西方现代化的模式，将农民文化置于落后保守的位置上来看待。而是要看到，自强不息，

厚德载物，守道顺变的民族文化精神，在农民身上有不绝的遗传，在改革开放的时代环境下，这种民族文化精神在不断地发生着现代转化，并与时代精神相融合，正在逐步形成农民特有的文化精神内涵。这是农民文化可以走出去，与城市文化，与世界文化交流对话的重要依据。

在经济贫困，处在温饱线上的农民，还很难将自身所承载的 5000 年文化积淀的资源进行有效的挖掘、运用和展现。新中国成立以来，直至改革开放以来，所形成的是，城市文化对农村文化的输入和帮扶，农村文化对城市文化和世界文化只是一味地单向度的吸收。当代逐步富裕起来的"有文化"的中国农民却开始了自己的文化创造，开始自己播种文化，收获文明。透过近代以来的历史，改革开放的进程，尤其是近些年来农民大量的文化实践，我们可以预见，未来农村、农民的自身文化与外部文化关系将呈现新的前景：为农民送文化和农民自己"种文化"将同时推进。

目前甚至未来很长的时间内，农村文化仍将处于相对落后的地位，即使在经济社会比较发达的浙江也是如此，在部分边远地区、贫困山区更是如此。所以党和政府的实施科技文化卫生"三下乡"，科教文体法律卫生"四进社区"、"送欢乐下基层"等活动仍将持续推行并经常化，农民的文化发展仍将得到城市、政府及外部的帮扶，这是农民文化发展的重要条件。同时，农民借助传统文化，挖掘地域文化及村庄文化，结合乡村生活实际，自己创造出来的具有乡土韵味和乡村风味的文化成果也将大量涌现，并且这种动力和条件越来越强大和充分，这既有源自农民自身精神文化生活内在的需求，也有文化市场完善扩展的外在经济利益驱动，还有政府城乡一体化发展政策的推动。现在，农民们自己"播种"出来的文化成果越来越多，不仅类型多样，而且层次多样。从农家文化大院，城镇文化娱乐场所，直到春晚舞台，都有农民文化创造的成果展现。

农民既然"种"出众多的文化果实，他们就不愿，也不能"独享"，必然要走出乡村，走向城市，甚至走向世界，让大家来"共享"。今天我们能够在乡村、在旅游市场看到的种类丰富的农家风情的手工艺品，在演艺场所看到的农民原生态的演出，在国内外大中城市看到的有中国农村特色的文艺节目，必将会越来越多。当然，在农民文化不断送出去的过程中，更多地还是农民将城市文化、精英文化请进来，是请进来和走出去的并行推进。再进一步说，可能是请进来、走进来、引进来、拿进来与请出去、走出去、带出去、选出去的多层面的融合。当来自不同地区和岗位的人们走进浙江花园村的农业科技示范园，当来自全国各地的参观学习者坐在花园村的影剧院观看村艺术团精彩的演出，人们就很难区分这是"进来"还是"出去"的成果。

对于浙江农民的文化发展来说，一是请进来的基础较好，浙江农村的经济发展较快，农民的富裕程度较高，他们有从外部聘请文化人才，吸纳文化技术的经济基础。浙江的新农村建设，美丽乡村建设已经取得重要成果，乡村的居住条件，生活环境相对于城市，有独特的优势。政府推动外部人才和技术进入农村的决心大，支持力度也大。二是走出去的基础也较好。浙江的商人、企业家（很多是农民企业家）已经遍布全国和世界，他们已经将浙江的生活习俗和人文精神带到了各地，为文化"出行"奠定了重要条件。浙江农民的文艺演出团体早就开始走出浙江，走向城市，走向世界，经过多年的探索，已经积累了比较丰富的经验。未来浙江农民文化请进来与走出去协调发展的脚部必将迈得更快。

三、农民文化事业与文化产业将相互促进

在人类的文明还没有进入到物质产品极大丰富，人们可以各取所需的马克思所说的共产主义社会，或中国传统文化所说的大同社会，当人们的生活还在受市场和价值规律的制约，文化事业和文化产业就会发生密切的联系。就文化事业自身的性质、特点和功能看，它具有重要的社会公共性，需要政府部门统一部署和支持，否则就很难健康发展全面进步。在传统的计划经济体制下，农村的文化事业几乎全部依赖国家和集体经济的支撑，在经济不发达的条件下，文化事业的投入自然就会很少。

改革开放以来，尤其是进入 20 世纪 90 年代以来，随着社会主义市场经济体制的确立，农村文化市场开始运行，原本在国家政策支撑下的农村文化事业开始和文化产业相联系。最初的文化产业，很多是在文化事业之内生成的，如乡村的文化书屋、文化大院允许管理者出售、出租部分文化商品，或者提供部分有偿的文化服务，部分乡村文化管理部门，指导或辅导着一些农民文艺演出团体。这样，文化产业的发展就为文化事业的发展或运行提供了经济或人才上的支持（虽然也会有某些消极的影响）。在党和政府的引导下，经过广大农民群众长期的实践探索，农民文化事业与文化产业相互促进的体制机制将不断呈现出来。

发展农村文化事业是党和国家的一贯政策，发展文化产业是社会主义市场经济条件下满足人民群众多样化精神文化需求的重要途径，并且要推动文化产业跨越式发展。在社会主义新农村建设中，既要构建农村公共文化服务体系，推动农村文化事业进步，也积极扶持农村业余文化队伍，鼓励农民兴办文化产业。一些地方政府和乡村农民群众在实际生产生活中已经开始将文化事业和文

化产业一体思考。在部分文明村镇、文化名村里，一些有特色的地方文化活动，常常是文化事业和文化产业并行的。在农民书画发达的村庄，他们在学习书画的同时，也会考虑书画的销售；在农民戏剧发达的村庄，他们在重视娱乐的同时，也会从事商业性演出。

乡村的文化人才将会在农民文化事业与文化产业发展中发挥骨干和桥梁作用。在我国的乡村中，有可称之为乡村知识分子的教师、医生、农技人员、大学生"村官"，有传统文化技艺传承人、自学成才的各类学有专长的人才。这些乡村文化人才，在经济困窘，文化贫乏的环境下，他们只能各安其位，将知识和才艺作为谋生的手段。在社会主义新农村建设的新的历史背景下，在城乡文化一体化的进程中，乡村文化人才的地位更加突出。早在 2005 年的《关于进一步加强农村文化建设的意见》中，就提出要充分发挥农村中小学在开展农村文化活动方面的作用，把中小学校建成宣传、文化、信息中心。在未来的乡村文化发展中，乡村文化人才必将会在国家政策引导下，成为农民文化事业与文化产业发展的纽带和桥梁，成为农村先进文化建设的骨干。

乡村的农民群众将会在文化事业与文化产业发展中形成双重积极性。传统计划经济体制下的农村社会，农民群众有发展文化事业的热情，但文化事业发展的经济投入、方向类别、程度速度都不能完全掌握在农民自己手中，加之政府的文化投入长期集中在城市，造成农民群众文化事业发展的愿望实现程度过低，积极性受挫，而文化产业的发展又在"左"倾观念之下成为禁区。现在，国家越来越关注农村的文化发展，无论是文化事业和文化产业都给予大力的支持。在未来的农村文化发展中，文化事业的重心将不断向基层推进，距离农民的生活越来越近，农民会真切体会到、更多享受到文化事业发展的成果；随着农村文化市场的扩大，文化产业的重心也将不断向群众靠近，农民也会获得越来越多的文化市场提供的商品和服务。农民群众在文化事业与文化产业发展中的双重积极性，必将成为文化事业与文化产业和谐发展的根本条件和重要动力。

未来浙江农民文化事业与文化产业相互融合、相互促进，共同发展的水平也将会继续走强全国的前列。一是因为浙江农村文化事业已经有了坚实的经济基础，社会保障，农民群众的文化需求日益强烈，文化事业运行的机制更加顺畅；二是因为浙江的文化产业起步早，条件好，得到政府和群众的广泛支持，有市场经济环境和浙江精神文化的深厚基础；三是因为浙江的农民自办文化符合农村文化发展实际，符合农民文化进步实际，有广阔的发展空间。农民文化事业与文化产业将必成为浙江率先实现现代化的有力引擎。

第七章 促进浙江农民全面发展的战略对策

第一节 浙江农民全面发展面临的挑战

一、农民收入持续普遍增长的挑战

（一）缩小城乡收入差距的挑战

改革开放以来，浙江省城乡居民收入都出现了快速增长，但城乡收入差距正成为一个重要和严重的经济和社会问题，缩小城乡差距成为浙江未来发展面临的重要挑战。

1. 城乡居民收入绝对差距

改革开放以来城乡居民收入均取得了较大的增长，1978 年城镇居民的人均可支配收入和农村居民纯收入分别为 332 元和 165 元，到了 1999 年两者分别上升到 5 854 元和 2 210 元，但是两者的实际收入差距出现拉大的趋势。新世纪以来，城乡收入进一步快速上升，到 2011 年城镇居民收入达到 30 971 元，农村居民纯收入增长至 13 071 元，但绝对差距在不断扩大，2012 年城乡居民收入绝对差额达到 17 900 元（表 7-1）。

表 7-1　浙江城乡居民收入差距及恩格尔系数

年份	城镇居民		农村居民		城乡收入差距（元）	城乡收入比
	人均可支配收入（元）	恩格尔系数	人均纯收入（元）	恩格尔系数		
1978	332	—	165	59.1	167	1.95：1
1980	488	—	219	56.8	269	2.23：1
1985	904	51.3	549	52.1	355	1.65：1
1990	1 932	55.1	1 099	46.1	833	1.76：1
1995	6 221	47.0	2 966	50.4	3 255	2.10
2000	9 279	39.2	4 254	43.5	5 025	2.18
2005	16 294	33.8	6 660	38.6	9 634	2.45：1

（续）

年份	城镇居民		农村居民		城乡收入差距（元）	城乡收入比
	人均可支配收入（元）	恩格尔系数	人均纯收入（元）	恩格尔系数		
2010	27 359	34.3	11 303	35.5	16 056	2.42：1
2011	30 971	34.6	13 071	37.6	17 900	2.37：1

数据来源：根据《浙江统计年鉴 2012》整理.

2. 浙江城乡相对收入差距大

从相对收入差距看，浙江经济改革中城乡居民差距的变动，大致呈现先缩小，后扩大再缩小的趋势。1980—1985 年城乡居民差距在缩小，1980 年城乡居民可支配收入比为 2.23：1，1985 年比值下降到 1.65：1 降到近年来的低点。1985 年以后，城乡居民收入扩大阶段，2005 年城乡居民收入一直扩大到 2.45，近几年来，城乡居民收入差距略有回落趋缓，2011 年的城乡居民收入比达到 2.37：1，但城乡居民收入差距没有根本改善。

3. 浙江农村居民之间的收入差距

随着我国城镇化、工业化和农业现代化的快速推进，农村居民加快了分工分业，农民群体相互之间不断分化，农村居民收入来源多元化，农民间的收入差距也有扩大的趋势（表 7 - 2）。

表 7 - 2　2011 年浙江农村居民人均总收入和纯收入

单位：元

指　标	总平均	低收入户（20%）	次低收入户（20%）	中等收入户（20%）	次高收入户（20%）	高收入户（20%）
全年总收入	16 580	7 950	9 776	13 521	18 238	36 279
全年纯收入	13 071	3 687	8 111	11 582	15 814	28 404
工资性收入	6 878	2 309	4 557	7 089	9 754	11 439
家庭经营纯收入	4 872	283	2 727	3 449	4 921	14 281
财产性收入	553	500	152	304	438	1 510
转移性收入	767	595	676	740	701	1 174

数据来源：浙江统计年鉴 2012.

从表 7 - 2 可以看出，农村居民之间收入差距明显。2011 年，高收入户平均每人总收入是低收入户的 4.56 倍，是中等收入户的 2.68 倍。

（二）低收入农户奔小康的挑战

1978 年以前，浙江省的贫困问题主要是由城乡二元结构所造成，农村是普遍贫困的结构性贫困。1978 年，按当时中国政府制定的贫困标准（年人均收入 200 元），浙江省农村贫困人口有 1 200 万人，占浙江省农村总人口的 36.1％，农村贫困发生率高于全国平均水平 5.4 个百分点。[①] 改革开放以后，随着经济体制改革的推进、市场经济的发展和全民创业热潮的兴起，浙江省相继实施"百乡扶贫攻坚计划"、"欠发达乡镇奔小康工程"、"低收入群众增收行动计划"、"山海协作工程"、"重点欠发达县特别扶持政策"等，大力推进产业开发、培训就业、异地搬迁、基础设施、社会救助、金融服务、山海协作、结对帮扶等八大行动，扶贫开发取得显著成就。浙江省成为全国第一个消除贫困县、第一个消除贫困乡镇的省份，成为全国农民收入水平最高（2012 年达到 14 552 元）、扶贫标准最高（2010 年不变价 4 600 元，是全国标准的一倍）的省份。

根据省统计局扶贫统计监测，到 2012 年底，浙江省低收入农户人均纯收入达到 6 260 元，比 2011 增长 18.2％，其中 78.8％的低收入农户（"低保"农户除外为 79.4％）家庭人均纯收入超过 4 000 元。2011 年中央确定了新的扶贫标准 2 300 元，浙江省的扶贫标准为国家标准的 1 倍，定为 2010 年的 4 600 元。浙江目前仍然存在低收入农民奔小康的挑战。

（1）低收入农户数量。按新的标准，浙江省现有低收入农户 176.4 万户，417.4 万人（其中省级扶贫标准以下 134.02 万户、318.30 万人），占农村户籍人口的 12.7％。

（2）空间分布状况。浙江省低收入农户分布主要在 83 个县（市、区），1 249 个乡（镇、街道）和 28 555 个行政村。从地理位置来看，78％的低收入农户分布在中部、西部和南部的山区县。

（3）基本素质状况。总体素质偏低，浙江省低收入农户中，大专以上学历 8.61 万人，占 2.06％，中专学历 4.03 万人，占 0.96％，高中文化 26.26 万人，占 6.29％，初中文化 107.53 万人，占的 25.76％，小学文化 151.87 万人，占 36.38％，文盲和半文盲 107.84 万人，占 25.84％。

（4）就业形势严峻。浙江省低收入农户家庭成员中，从事种养业占 29.66％；从事二三产业占 14.40％；无职业占 2.55％；其他占 42.49％。据了解，从事其他职业的低收入农户不少低收入农户主要以简单的农业生产或者

---

① 顾益康. 浙江 30 年农村改革发展实践的理论分析 [J]. 农业经济问题，2008（10）：13.

打零工为主，基本处于失业和半失业状态，就业形势较为严峻。

（5）住房条件较差。浙江省低收入农户中，65.73％农户房屋结构为砖木或木、竹、草结构，部分房屋破旧不堪，户均面积 84.7 平方米，住房条件较为恶劣。生产生活水平较低。浙江省低收入农户中，人均耕地面积、山林面积、水面面积分别为 1.71 亩、2.12 亩、0.18 亩，可供发展的生产资料非常有限；45.13％的低收入农户仍然以柴草作为主要燃料，有四种以上耐用消费品的低收入农户仅有 9.35％，低收入农户生活条件亟待改善。

（6）健康状况不佳，社会保障水平较低。低收入农户身体健康的占59.7％，体弱多病的 104.92 万人，占 25.1％，长期慢性病的 22.96 万人，占5.5％，患有大病的 12.79 万人，占 3.1％，持证残疾人 27.46 万人，占6.6％，身体素质较弱。浙江省欠发达地区低收入农户，社会保障总体水平依旧较低，还难以达到基本小康的生活水准。

二、现代农业发展面临的挑战

改革开放以来，特别是进入新世纪以来，浙江省现代农业得到快速发展，农业生产规模化、产品标准化、经济生态化水平显著提升，实现了从传统农业向效益农业进而向高效生态农业和特色精品农业的跨越，新型农业经营体系正在形成，已初步探索出了一条符合浙江省情具有浙江特点的现代农业发展道路。但目前现代农业发展面临着诸多挑战和转变。

一是要实现从"无可奈何搞农业"到"心甘情愿搞农业"的转变。不少地方的领导对农业不够重视，讲起来重中之重，实际工作中往往无足轻重。农业经济效益低，社会效益、生态效益高的特点未能得到社会的关注和补偿，社会上还普遍存在瞧不起农民，种田致富不靠谱，搞农业低人一等，当农民没出息的观念。这是凸显了要如何进一步改善农业发展的大环境、进一步提升农业和农民的社会地位、经济地位和政治地位的问题。

二是要实现从"急功近利搞农业"到"专心致志搞农业"的转变。这是凸显了农业体制和产业结构上存在的急需要解决的务农的临时化、副业化和农业产业发展不稳定、不专业、不专注等问题。农地制度改革尚待深化，农民无恒产无恒心的问题突出，大多数农民没有长期从事专业生产的打算和物质基础，还是什么来钱种什么，热衷于多施化肥农药，不愿意施有机肥和培肥土壤，这些现象说明如何创造一个能让农民从三心二意搞农业、急功近利搞农业转到专心致志搞农业的社会经济环境和政策体制环境显得越来越重要。

三是要实现从"老弱小卒搞农业"到"精兵强将搞农业"的转变。这是凸显了农业经营主体上存在的小而弱的农户太多，强而精的农户太少，农业老龄化、兼业化问题的严峻性。很多地方的农业家庭经营已经从老公老婆搞农业变成老公公老婆婆搞农业了，而其子女更不想搞农业，如何加快培育现代农业新型主体，形成"精兵强将搞农业"的新格局，成为一项十分紧迫的战略任务。

四是要实现从"竭泽而渔搞农业"到"循环持续搞农业"的转变。这是凸显了农业生产方式上存在的农业资源环境状况恶化，农业生物资源保护不力，农业资源开发利用不科学等问题的严峻性。加强农业资源环境的保护，促进农业走资源节约型、环境友好型和生态循环型的可持续发展路子，显得越来越紧迫。

五是要实现从"提心吊胆搞农业"到"放心大胆搞农业"的转变。这是凸显了农业生产经营面临着愈演愈烈的市场波动风险、自然灾害风险、生物病害风险、生态环境风险、政策变化风险等五大风险的威胁。今年的禽流感和高温干旱已经给好多的种养农户造成巨大损失，改善农业的基础条件和经营环境、强化政府对农业的调控、支持和保护，化解农业的各类风险，解除农民发展农业的种种后果之忧，提振农民发展现代农业的信心显得特别重要。

六是要实现从"恶恶相报搞农业"到"和谐共赢搞农业"的转变。这是凸显了农业、农产品质量安全问题的严峻性以及构建和谐的城乡供需关系的重要性。当前严酷的现实是，城镇市民总是希望农产品能价廉物美，政府也把控制农产品价格上涨作为遏制通胀的主要手段，但政府和社会又不能替农民解决农资价格和农业成本上升的问题，造成"本分务农难赚钱，老实种田无效益"，再加上社会上还存在一种过度追求"白亮精、绿鲜美"的不科学的消费误区，这种状况迫使和助长了农民不科学不道德不安全的生产加工营销行为，造成了严重的农产品质量安全危机，必须找到解决当前存在的"你可以不吃中药西药，但你必须天天吃农药"的尴尬状况和城乡恶恶相报问题的办法。必须从严格和健全农产品质量安全的依法监管、加强道德诚信建设、健全标准化质量生产体系和构建和谐的城乡供需关系等方面入手，建立农产品质量安全保障体系。

三、农业转移人口市民化的挑战

改革开放以来，随着工业化和城镇化以及农业现代化的快速发展，农业转移人口市民化获得了较快发展，阶段性发展特征明显。1990 年第四次人口普查显示，浙江省总人口 4 144 万，其中城镇人口 1 291 万，农村人口 2 853 万，城镇化率 31.17 %；在 2000 年第五次人口普查时显示，浙江总人口为 4 676

万，其中城镇人口 2 276 万，农村人口 2 400 万，城镇化率 48.67％。十年间，总人口增加了 532 万，年均增长 1.28％；城镇人口增加了 985 万，年均递增 7.63％；农村人口减少了 453 万，年均递减 1.59％，城镇化率提高了 17.5 个百分点，年均提高 1.75 个百分点。而 2010 年第六次人口普查显示，浙江省常住人口为 5 442.69 万人，同第五次全国人口普查相比，十年共增加 765.71 万人，增长 16.37％，年平均增加 76.57 万人，增长 1.53％。浙江省常住人口中省外流入人口为 1 182.40 万人，占 21.72％。同 2000 年第五次全国人口普查相比，城镇人口增加 1 077.55 万人，乡村人口减少 311.84 万人，城镇人口比重上升 12.95 个百分点。浙江省常住人口中，居住在城镇的人口为 3 354.06 万人，占 61.62％；居住在乡村的人口为 2 088.63 万人，占 38.38％（浙江省 2010 年第六次全国人口普查主要数据公报，2011）。浙江省总体上城镇化发展态势在全国居于领先水平，随着我省经济快速稳步发展，城市化水平的不断提高，大批农村剩余劳动力进城，并转变为城镇人口。但是按非农业人口与农业人口的划分，非农业人口所占的比例近 35 年变化增加了约 20 个百分点，1978 年为 11.4％，2011 年为 31.4％。非农业人口所占的比例与城镇化人口的比例差距约 30 个百分点（表 7 - 3）。

表 7 - 3　浙江省历年总户数和总人口数

年份	总户数 （万户）	总人口数 （万人）	农业人口 （万人）	非农业人口 （万人）
1978	897.62	3 750.96	3 321.96	429.00
1979	905.32	3 792.33	3 332.57	459.76
1980	923.58	3 826.58	3 346.40	480.18
1981	965.92	3 871.51	3 362.04	509.47
1982	990.66	3 924.32	3 387.79	536.53
1983	1 014.03	3 963.10	3 413.05	550.05
1984	1 038.85	3 993.09	3 425.47	567.62
1985	1 081.20	4 029.56	3 395.35	634.21
1986	1 122.09	4 070.07	3 417.19	652.88
1987	1 167.30	4 121.19	3 455.14	666.05
1988	1 211.05	4 169.85	3 487.61	682.24
1989	1 240.41	4 208.88	3 515.46	693.42

（续）

年份	总户数 （万户）	总人口数 （万人）	农业人口 （万人）	非农业人口 （万人）
1990	1 259.49	4 234.91	3 538.13	696.78
1991	1 276.80	4 261.37	3 555.37	706.00
1992	1 297.81	4 285.91	3 560.13	725.78
1993	1 311.07	4 313.30	3 563.24	750.06
1994	1 321.54	4 341.20	3 565.19	776.01
1995	1 339.82	4 369.63	3 567.14	802.49
1996	1 353.99	4 400.09	3 570.17	829.92
1997	1 369.79	4 422.28	3 557.19	865.09
1998	1 389.44	4 446.86	3 539.78	907.08
1999	1 410.25	4 467.46	3 519.79	947.67
2000	1 440.40	4 501.22	3 506.20	995.02
2001	1 447.67	4 519.84	3 473.63	1 046.21
2002	1 466.19	4 535.98	3 438.76	1 097.22
2003	1 485.72	4 551.58	3 394.08	1 157.50
2004	1 509.29	4 577.22	3 353.16	1 224.06
2005	1 534.16	4 602.11	3 335.30	1 266.81
2006	1 556.53	4 629.43	3 317.26	1 312.17
2007	1 578.85	4 659.34	3 308.21	1 351.13
2008	1 595.70	4 687.85	3 292.37	1 395.48
2009	1 604.17	4 716.18	3 282.23	1 433.95
2010	1 607.86	4 747.95	3 279.06	1 468.90
2011	1 618.04	4 781.31	3 279.43	1 501.88

数据来源：浙江统计年鉴 2012.

若按城乡二元户籍制度划分，浙江省的城镇化进程滞后严重。可以这样说，浙江约 1 500 万非农业人口生活在城镇里的人没有城镇户口和享有城镇居民待遇，处于所谓"半城市化"状态（王春光，2006）。城镇化是现代化应有之义和基本之策，城镇化是我国最大内需潜力之所在，城镇化的核心是人的城镇化，城镇化的过程是农民转化为市民的过程（李克强，2012）。今后 20 年，中国需要解决 4 亿农民工的市民化问题（中国发展报告，2010），真正的城市化应实现农民工市民化（蔡昉，2013）。2009 年中央经济工作会议已经明确提出"要把解决符合条件的农业转移人口逐步在城镇就业和落户作为推进城镇化的首要任务"，十八大进一步提出"有序推进农业转移人口市民化"的战略任务。浙江省同全国一样，由于现阶段仍然存在城乡二元体制以及过去长期实行实施城市和重工业优先发展战略，户籍与城市居民的利益分配挂钩，户口与就业、医疗卫生、计划生育、义务教育、住房制度等捆绑，造成了户籍城镇化的滞后的格局。同时，从农业转移的人口、家庭需要融入、适应城市的生活，面临转移人口、家庭的现代化问题。

四、城乡基本公共服务均等化的挑战

改革开放以来，浙江农村公共服务实现了从普遍缺失向基本覆盖的跨越。从忽视农村教育到推进城乡教育均衡化，农村办学条件极大改善，办学水平极大提高，农村上学难问题得到有效解决；从看病难、看病贵到农村卫生服务体系基本建立，新型农村合作医疗制度覆盖 90% 以上的农民；农村社会保障制度从无到有、水平从低到高，最低生活保障制度实现了应保尽保，被征地农民实行"即征即保"，城镇职工社会保险加快向农民工覆盖，农村五保对象供养水平不断提高。

虽然总体上基本公共服务水平和能力在提高，但由于长期存在的二元社会经济结构。城乡之间、区域之间公共服务不平衡，城市与农村的基本公共服务水平差距明显。

（一）教育资源分布的非均等化

长期以来，国家教育经费投入明显向城镇倾斜，农村教育投入严重不足，无论是硬件设施还是师资力量，城镇都要远远优于农村。例如，城市中大部分小学教师的第一学历已达到大专以上，而很多农村教师还只能达到中专或者高中；城乡教师待遇差异导致了教师教育教学水平的差异，优秀教师从农村流失，转向城市和经济发达地区，也加剧了城乡教育发展的差距。从表 7 - 4 可见，浙江省 2007 年农村和城市的小学和初中两个义务教育的资源配置中，明显的是城市偏向，生均事业性支出、专任教师高学历和高职比例、生均仪器、生均图书方面的指标中，农村都低于城市。2007 年，农村小学专任教师高学历比重比城市低 11.7 个百分点，初中低 13.3 个百分点。农村小学和初中生均仪器值仅为城市的 63.2％和 74.2％。农村小学和初中生均事业费分别比城市低 15.3％和 39.5％。①

表 7 - 4　2007 年浙江城乡教育资源拥有量统计表

单位：元,％,册

项目	生均事业性支出		专任教师高学历比例		专任教师高级职称比例		生均仪器		生均图书	
	小学	初中	小学	初中	小学	初中	小学	初中	小学	初中
农村	4 906	6 483	75.1	68.2	46.6	5.7	472.2	746.4	20.4	19
城市	5 483	7 574	86.8	81.5	48.9	16.1	744.5	1 003.3	26.6	21.1

数据来源：浙江省发改委课题组．加快推进基本公共服务均等化［J］．浙江经济，2008（13）．

（二）社会保障体系的非均等化

目前，中国城市社会保障制度的框架已经大致建成，进入完善发展阶段。而与此相比，中国广大农村的社会保障建设才刚刚起步，很多地方仍处于极为薄弱乃至空白的境况。例如，农村社会保障仅包括养老、新型合作医疗等社会保险制度，五保供养、低保、特困户基本生活救助等社会救济制度，且农村养老保险制度和社会救助制度仍在探索与完善之中，急需进一步提高标准，完善管理、失业保险、工伤保险、生育保险、住房保障及很多社会福利项目没有或者基本没有。在城市工作的农民工也不完全享受"五险一金"的社保。即便是农村和城市都已建立的社会保障项目，在覆盖率和保障水平方面，城乡之间也存有很大差别。以最低生活保障为例，2011 年，浙江省最低生活保障人数71.09 万人，其中城镇 8.76 万人，农村 62.33 万人，保障资金分别是 4.17 亿元和 14.81 亿元，平均每人保障水平城镇和农村分别是 4 760 元 和 2 376 元，农村保障水平仅及城镇的一半。

（三）医疗卫生服务的非均等化

中国的医疗卫生事业发展城乡之间不平衡。医疗卫生资源配置不合理，卫生服务的提供严重不均等，高新技术、先进设备、优秀卫生人才基本上都集中在城市的大医院，农村和城市社区卫生服务落后的状况十分严重。农村卫生资

---

① 浙江省发改委课题组．加快推进基本公共服务均等化［J］．浙江经济，2008（13）：25.

源严重不足，数量仅为城市的 1/3 左右。据统计，2006 年农村卫生机构数仅为城市的 37.5％，床位数只有城市的 28.5％，卫技人员和医生数仅占城市的 32.1％和 29.7％。① 城乡卫生资源配置不平衡，是造成农民"看病难、看病贵"的重要原因，是公共卫生事业发展中的一个突出问题。

五、城乡公共基础设施建设一体化的挑战

改革开放以来，浙江省城乡公共基础设施建设均取得了长足的进步，但由于历史欠账较多，农村公共基础设施建设与城市变化相比，差距依然较大，城乡基础设施建设非均等化突出。

一是浙江城乡基础设施布局不合理。水、电、路、通讯等公共基础设施供给，在城乡之间存在着较大差距。2006 年乡自来水、燃气普及率与设区市分别相差 20 和 28.3 个百分点，人均道路面积相差 6 平方米，污水处理相差 56.4 个百分点。2007 年有线电视入户率农村仅为城市的 60％左右。②

二是城乡公共基础设施投资总量和建设水准不均衡。在传统的城乡二元体制下，国家对城乡公共基础设施的财政资源配置严重不均衡。城市的公共基础设施由国家来提供，而农村的公共基础设施多由农民自己解决，国家只给予适当补助。改革开放以来，我国经济得到了飞速发展，城市公共基础设施日趋完善，现有的城市公共基础设施基本上能够满足城市居民生产和生活的需要。但在广大的农村地区，水、电、路、卫生院、校舍等农村公共基础设施建设投资总量不足、建设水准。在村庄这一层次，城镇和乡村之间差别也很明显，见表 7 - 5，表 7 - 6。

表 7 - 5　村内基本文教卫生及商业服务设施

单位：％

普查区类别		有幼儿园、托儿所的村占比	有体育健身场所的村占比	有图书室、文化站的村占比	有卫生室的村占比	本村拥有 50 平方米以上的综合商店或超市的村占比
平均所占比例		30.2	30.3	21.8	49.8	35.5
社区类型：	＃村委会	29.9	30.1	21.5	49.6	35.1
	居委会	58.9	53.5	47.4	74.9	73.7

---

① 浙江省发改委课题组. 加快推进基本公共服务均等化［J］. 浙江经济，2008（13）：25.

② 浙江省发改委课题组. 加快推进基本公共服务均等化［J］. 浙江经济，2008（13）：26.

（续）

普查区类别	有幼儿园、托儿所的村占比	有体育健身场所的村占比	有图书室、文化站的村占比	有卫生室的村占比	本村拥有 50 平方米以上的综合商店或超市的村占比
农场	20.8	22.6	17.0	37.7	34.0
政府确定的贫困村： ♯省定贫困村	19.2	3.8	3.8	30.8	23.1
省以下定贫困村	17.8	13.2	10.4	32.5	18.4
少数民族聚居村	16.7	8.6	6.9	28.9	18.1
城乡属性：♯城镇	51.0	48.4	37.3	68.9	59.6
乡村	25.0	25.8	17.8	45.0	29.4

数据来源：根据浙江第二次农业普查数据整理．

从表 7-5 可以发现，有幼儿园、托儿所、有体育健身场所、有图书室、文化站、有卫生室等公共服务设施的村庄，城镇的比例普遍高于农村，差距非常明显，如幼儿园、托儿所的城镇村庄约有 16 959 个，占村总数的 51.17%，而这一比例在农村的村庄只有 25%。贫困村这一比例更低，省定贫困村只有 19.2%，省以下定贫困村只有 17.8%。

表 7-6 村庄亮化、净化设施拥有率的比较

单位：%

普查区类别	村内主要道路有路灯	饮用水经过集中净化处理	有完成自然村改厕	垃圾集中处理	有畜禽集中养殖区	养殖区有畜禽粪便无害化处理设施	有沼气池
平均所占比例	58.3	53.0	52.1	61.9	6.8	2.4	9.0
社区类型：♯村委会	58.0	52.6	51	61.6	6.7	2.4	9.0
居委会	85.8	89.1	84	95.5	9.7	4.5	8.5
农场	66.0	75.5	58	71.7	32.1	24.5	11.3
政府确定的贫困村： ♯省定贫困村	38.5	15.4	15.4	42.3	0.0	0.0	11.5
省以下定贫困村	34.7	32.0	28.8	43.0	3.6	1.2	8.6
少数民族聚居村	30.1	21.5	30.3	25.0	4.9	2.1	17.4
城乡属性：♯城镇	83.7	80.2	75.3	89.2	10.1	3.8	7.6
乡村	51.9	46.2	45.7	55.1	6.0	2.1	9.3

数据来源：根据浙江第二次农业普查数据整理．

从表 7-6 可以看到，村内道路路灯、饮用水经过集中净化处理、垃圾集中处理等公共产品供给在城镇和农村的村庄间差异也很明显。如垃圾集中处理，城镇为 89.2%，农村为 55.1%。同样，贫困村的比例相对更低。

六、农业农村生态环境保护的挑战

（一）土地生态安全问题

耕地污染，质量下降。耕地是人类赖以生存和发展的最重要物质基础，是农村和农业环境及生态系统最基本的构成部分。但目前，浙江省工业中的印染、化工、电解等行业污水排放对耕地造成重金属等污染，化肥农药污染、农业废弃物污染、白色污染等农业面源污染，对安全农产品生产带来潜在威胁。

（二）水环境问题

浙江省江河水体仍存在不同程度的污染，其中城市内河、平原水网和各大水系流经城镇河段污染较重，污染类型仍以有机污染为主。（浙江水资源公报，2011）全年期，属 Ⅰ～Ⅲ 类水的河长 1 858.2 千米，占评价总河长 57.1%；属 Ⅳ 类水的河长 478.6 千米，占评价总河长的 14.7%；属 Ⅴ 类水的河长 231.9 千米，占评价总河长的 7.1%；属劣 Ⅴ 类水的河长 685.6 千米，占评价总河长的 21.1%。（浙江水资源公报，2011）。浙江省内八大水系中，除瓯江、飞云江无明显污染，其他都有程度不同的污染，如钱塘江，Ⅰ-Ⅲ 类水断面占 76.6%，主要污染指标是氨氮、总磷和石油类；而椒江 Ⅰ-Ⅲ 类水断面只占 36.4%，主要污染河段为干流、灵江、永宁江下游等，主要污染指标是石油类。（浙江环境状况公报，2012）

（三）农业生态环境功能利用不合理，自然灾害发生频繁

由于生态环境破坏，洪涝干旱、水土流失等自然灾害频繁发生。2010 年浙江受灾面积为 431 千公顷，成灾面积 159 千公顷，占受灾面积的 36.9%（中国农村统计年鉴，2012 年）。

七、农民政治发展问题的挑战

改革开放以来，浙江省积极完善乡村治理结构，鼓励基层创新民主形式，加强基层组织建设，发挥农民群众当家做主的主体作用，保障农民享有全面民主权利，实现了村民当家做主。特别是 21 世纪以来，农村"三个代表"重要思想和农村党员先进性教育、创优争先活动深入开展，农村基层党组织"先锋工程"建设和"三级联创"活动全面推进，村级组织活动场所建设基本完成，基层党组织的凝聚力、号召力、战斗力切实增强。农村基层民主形式不断创

新，村务监督委员会等民主监督办法普遍开展，保障了农民群众的知情权、参与权、表达权、监督权。村委会直选全面实行，实现了村委会由委任制到选举制、从间接选举到直接选举的转变。"民主法治村"创建活动深入开展，维护农村社会稳定的有效机制初步建立。农村民主政治建设推进和加强，直接推动农村经济和社会发展。但农民政治发展存在着不可忽视的问题。

（一）农民主体参与程度弱制约着农民政治发展

一是农民群众参与民主政治活动还不普遍。农民传统都是治于人的角色，现代社会，虽然农民是独立的主体，但主体权利觉醒仍然不够。同时，农村流动人口庞大，对于政治权利缺少参与的热情，这也与当代农村组织化程度弱化有大的关系。二是竞选还不普遍。候选人之间的竞选是民主政治走向成熟的重要标志。只要发生竞选，选举程序就比较公正。但目前乡镇选举中竞选活动还有待提高。三是选举方式不规范，一些地方的问题还相当严重。村级选举中存在较多的贿选问题。

（二）农民主体的权益没有得到应有保障和提高

只有农民真正成为自身利益的主体和平等的社会主体，才能真正参与到政治发展的进程之中，从而推动政治的发展。但是，迄今为止，并没有解决如何保护农民主体性地位不受损害的问题，农民还不能很好地维护自身的权益不受侵犯。目前还没有形成统筹城乡发展的农民与城镇居民享受同等的就业政策，农民工没有享受同等城镇的医疗、养老等社会保障，进城的农村人口还经常遭到城市管理部门的治理、整顿和驱赶。

（三）农民群体利益代表的缺乏

农民群体不能很好地表达自己的利益需求，还没能形成现代意义的利益集团和政治力量，还不能广泛地参与社会政治生活，无法影响国家和社区的决策。没有占人口绝大多数的农民的参与，农民政治发展就不会有大的进步。

八、农村文化传承与建设问题的挑战

（一）农村出现"信仰迷失"及道德失范现象

改革开放三十五年来，一方面社会主义精神文明建设在农村不断推进和加强，另一方面农村农民的精神贫困也日益突出。在一些地方农村地区，各种地下宗教、邪教力量和民间迷信活动正在快速扩张和"复兴"，一些地方农村兴起寺庙"修建热"和农民"信教热"，正在出现一种"信仰迷失"。而一些地方的农民缺少信仰，道德约束感薄弱，为了追求利益，明知故犯，生产假冒伪劣不安全产品，等等。农村"信仰迷失"和道德失范的大量出现，是一些农村基层组织薄弱、文化精神生活缺乏的表现，并有可能成为产生社会新矛盾的土壤。物质文化盛行与农民物质需求不能得到满足的两难现状长期存在，导致农民精神贫困加深。

（二）城乡二元结构背景下文化差距逐步拉大

在目前二元结构背景下，近几十年来城市和农村文化的差异性逐步加大。在浙江改革开放的进程中，农村文化建设取得了历史性的进展，但同时存在着突出的问题。农村文化处于边缘化境地，投入严重不足，不少地方的农民文化生活贫乏、枯燥，低俗和消极文化乘虚而入，侵蚀农村优秀的传统文化，甚至在不少地方"黄、赌、毒"卷土重来。当前的农村文化建设不仅内部发展落后，还落后于城市文化，落后于时代的要求，不仅影响了城乡文化的建设，同时也不利于社会的稳定。

（三）农村传统文化有陷入边缘化的危险

随着信息化、全球化、网络化的发展，农村传统文化受到城市文化的挤压，呈现逐渐边缘化的发展趋势。受人口流动以及现代信息传媒的影响，城市文明中先进的和糟粕的文化一并冲击侵蚀着农村传统文化，而农村文化逐步丧失了中国传统优良文化的特色性，又未能建立起两种文化的整合性。目前传统农村文化守望相助道德文化、民间艺术在都市文化冲击下日益式微，需要亟待关注和重建。

（四）农村文化基础设施薄弱

城乡文化资源差别较大。农村文化事业在经费投入、设施数量及规模等方面均远远低于城市。从浙江来看，在 2006 年 农村文化事业费仅为城市的 29.3%，剧场影剧院数量仅占城市的 34.6%，公共图书馆藏书量仅占城市的 22.8%。此外，农村文化基础设施普遍存在档次低、规模小、功能和技术装备落后等问题。农村文化生活仍然比较贫乏，农村群众看书难、看电影难、看戏难的问题还较突出。[①] 由于投入不足，农村许多文化机构无法运转，基层文化队伍不稳和人员流失，文化设施建设严重落后。薄弱的农村文化基础设施又难以为农村文化发展提供强有力的支撑。农村文化发展受农村经济制约的现状将持续存在。

九、农村土地制度改革的挑战

农村土地制度不仅直接影响到中国土地资源的保护和农业生产的可持续发

---

① 浙江省发改委课题组．加快推进基本公共服务均等化［J］．浙江经济，2008（13）：25.

展，还关系到整个国民经济的宏观运行和行业效率，也关系到中国农村的政治稳定。在统筹城乡中过程存在着需要继续推进农村土地管理制度的改革问题。

（一）改革集体土地与国有土地权利不对等、市场不统一的问题

我国实行土地国家和集体所有制的两种所有权制度安排，实行农村与城市、农业与工业用地分别管理的模式，但在制度设计上偏向城市，没有形成城乡统一的土地市场。农村集体所有的土地不能直接进入工业、住宅和商业土地市场，也就是说，农村集体就不能自行将其所有的土地转化为工、商业用途，获取土地增值的收益。依照现有法律，只有国有土地才可以出让其一定年限的使用权，国有土地具有完整的产权。虽然农村集体尽管享有农地的所有权，但这种所有权却受到极大限制，不能像国有土地那样衍生出土地建设使用权。集体所有权的土地不能直接入市，农地必须经过政府征用变成国有土地，才可以产生出建设使用权。国家对农用地征用制度是两个所有者地位不平等最直接、最突出的体现。另外，征地补偿制度标准偏低，极大地损害了农民的利益。因此，需要改变现行的土地征用制度，促进集体土地与国有土地权利对等，建立统一土地市场。

（二）进一步深化农民宅基地制度改革

第一，要对物权法中的有关规定做出修改，明确农民建在宅基地上的住房应该有同市民私宅同样的财产权利，核发房地产权证，允许自主买卖和银行抵押。超过规定面积的应加重土地占用税。第二，明确农户宅基地指标可以在镇域或县域范围内有偿折价和异地置换使用，即符合"一户一宅"新建住宅条件的农民可以带宅基地指标到相关部门办理异地建房手续，有条件的农户也可带宅基地指标到县城或中心镇换购一套经济适用房。政府要把这些进城农民的住房建设纳入当地经济适用房的建设规划，这样做既能节约和集约利用土地，又能促进有条件的农民到城镇安居乐业，真正减少农村人口从而减少农村建设用地，减少农民无效建房投资，推动城镇化的健康发展。[1]

（三）深化农村非农建设用地制度改革

要抓紧制定农民集体所有的非农建设用地市场化开发利用的政策和法规。在服从政府村镇建设规划和依法办理农地转用审批手续的前提下，要允许农民集体经济组织在村镇范围内、市场化开发利用非农建设用地，发展农村二三产业和集体物业经济，并明确集体所有土地上的所有房产设施都可以核发与国有

---

[1]　章猛进，顾益康，黄祖辉 . 30 年农村改革回顾与改革的深化 [J] . 浙江社会科学，2008（8）：14.

土地上的房产设施一样的权证，一样可以抵押和买卖。特别是在城中村和城郊村，应允许其利用村庄建设用地建设多层高层的民工公寓，这实际上是建造集体的廉租房，既可解决农民工在城镇安居的问题，又可以为失地农民创造物业管理的就业机会。

（四）加快农地流转效率的制度建设

土地是农业重要的生产资料，农地流转的效率直接影响到农业的生产效率。农业规模化、集约化是现代农业发展的必然趋势。随着农业转移人口的增加和农村人口老龄化的加剧，农地向大户集中、向家庭农场集中的趋势将更加明显，因此，要积极创新土地的中介组织，培育土地流转市场，推动农地的流转。要积极规范土地流转合同，让农地流转依法有效。要积极探索流转模式，保证农地顺畅流转。

十、加快加强农民组织化建设的挑战

农村改革以来，小规模的家庭经营与社会化大生产之间缺乏有效的对接，原来的农村基层组织在生产生活方面的管理服务功能逐渐弱化，同时数量众多的农民外出打工经商造成的人口流动性增强，农村社会管理松散的程度日益加剧。在"四化同步"推进的新形势下，加强农民组织化建设意义重大。

（一）加强社区性集体经济组织建设

现阶段我国农村还存在数量众多、规模效益不一的社区性集体经济组织。经过三十五年的变迁，农村社区性集体经济组织的名称管理、功能均发生了很大的变化。尽管从总体看，社区性集体经济组织的数量在减少、影响力在减弱，但社区集体经济是农村社区公共服务、公共基础设施供给的重要支撑和资金来源，也是社区经济活力的重要表现。根据张忠根等人对浙江 197 个样本村的分析，目前浙江村级集体经济发展水平不平衡，大多数村集体经济组织收入不高，村级集体经济发达的村往往只是少数临近城镇和工业园区的城中村或城郊村大多数远离城镇的普通农村集体经济比较薄弱，样本村集体纯收入的基尼系数达到了 0.64。[①] 因此，需要通过多种方式改革，加强集体经济组织建设，使农民分享工业化城镇化、现代化发展带来的经济成果，加强农民间的经济联系。

---

① 张忠根，吴海江．集体经济发展水平与收入结构 [J]．改革，2013（3）：58.

（二）加强基层政治组织建设中社会管理能力

改革开放以来，承包制的推行、集体经济的弱化也带来村级政权组织支配的公共资源的不足，致使农村基层政权的社会管理能力弱化，由此产生了一系列不良后果。首先是影响党的路线方针政策在农村的贯彻执行。党的路线方针政策都需要借助行政力量去实施推行，一些地方农村政治组织涣散，管理能力不足，严重影响了中央大政方针的贯彻。其次是农村社会矛盾纠纷增多、升级。由于社会管理能力的弱化，使农村矛盾纠纷发生时不能及时发现、及时处理解决，造成小矛盾积成大纠纷，导致矛盾纠纷激化升级。其次，由于社会管理的不到位，致使农村权力的运行出现真空、虚化，影响了基层政权组织的科学决策、民主决策，导致干群关系紧张，群众的正当利益得不到有力维护。因此，需要农村加强政治组织建设，为党的方针政策的落实、农村的矛盾纠纷化解、群众权益的维护提供组织力量。

（三）社会化服务组织创新急需加强

我国农户经营规模小，通过土地经营规模扩张来获取规模效应的空间有限。但在具体的生产环节上，通过社会化服务来提高组织化的程度，却是一条获得规模经济的重要路径。一是加强社会化服务组织建设可以促进现代农业科学技术在更大程度和范围内得到应用推广。农户家庭经营自主经营选择性强，组织化程度低，缺乏有效的联系方式，在技术推广的各个环节，难以获取规模收益。因此，提高农民组织化程度是发展现代农业，有效推广先进农业科学技术，降低服务成本的必然要求。浙江省目前正在推进健全农技推广、动植物疫病防控和农产品质量安全监管"三位一体"基层农业公共服务体系建设，建设基层农业公共服务中心，为农民群众提供多样化服务，提供了一种可行的组织创新。

二是增强农业竞争力需要提高农民组织化的社会化服务程度。由于我国农民组织化程度不高，市场谈判能力弱，难以应对市场竞争的挑战，农民在生产经营中面临着国内、国际市场的双重压力。在国内，农民缺少组织不能在市场上进行有效议价，利益会因此受到损害，在国际上，农民组织化程度弱导致我国农产品出口缺少共同品牌、缺少精深加工能力以及国际市场谈判的力量，也影响到有效应对国际技术贸易壁垒，影响到我国农民的整体利益。因此，需要大力发展农民合作服务组织、在更高层面上组织和服务农民，着重帮助农民群众解决一家一户办不了、办不好的事，为农业农村现代化建设提供有力的服务保障。

提高农民组织化程度是当前"三农"发展中的牵一发而动全身的"结点"

性问题，解决好这个矛盾，既事关当前，也可以破解我国"三农"发展中的许多长期性难题。[①]

第二节 促进浙江农民全面发展战略对策

浙江 35 年的改革发展之所以一直走在全国前列，最根本的是得益于一条以农民为主体的市场化、城镇化、国际化的发展道路，这也是一条从不自觉到自觉的统筹城乡的发展之路。党的十八大强调了推进城乡一体化是解决三农问题的根本途径，这也是实现"国家富强、民族振兴、人民幸福"中国梦的圆梦之路。我们认为，浙江既有必要，也有条件在为实现中国梦而奋斗的科学发展的新时期，继续走在全国前列。而要实现这一目标。浙江必须在更高的层次、更大的力度推进城乡综合配套改革，率先构建起经济充满活力、社会公平正义的城乡发展一体化体制机制，实现全体农民自由全面发展。

促进农民自由而全面的发展要紧紧围绕突破城乡二元结构体制制度障碍，加快形成城乡经济社会发展一体化新格局这一总目标，按照集成创新、综合改革、系统建设的思路推进城乡一体化的改革发展，重点打好九个攻坚战。

一、联动推进新型城镇化与新农村建设，打好优化城乡空间布局的攻坚战

要充分发挥新型城镇化的主导作用，加快农业劳动力向城镇非农产业转移，加快农业转移人口市民化进程，加快非农产业向城镇集聚，充分发挥都市圈、中心城市的对区域发展的核心支撑和辐射带动作用，把县城建设成为区域性的中心城市，把中心镇建设成为现代化的小城市，把中心村建设成为现代化的新型社区。要全面纠正城镇化的"要地不要人"、"见物不见人"的偏差，尽快走出一条"以人为本"，文化为魂、产业为重、生态为基、城乡统筹的新型城镇化与新农村建设联动发展道路，形成城乡空间动态布局优化的新机制和新格局。

二、以城乡产业融合发展为主线，打好县域经济转型升级的攻坚战

要把握城乡产业融合发展的新趋势，加快经济发展方式转变，优化县域经

---

① 张红宇. 对新时期农民组织化问题的思考 [J]. 农村工作通讯，2007 (4)：44.

济结构，逐步实现县域经济从工业经济主导向城市经济主导的转型。按照县域经济社会和资源生态特点，科学选择县域主导产业和产业结构。制造业要向县城和中心镇的工业园区集中，加快传统制造业的改造升级，拉长产业链，提升价值链。充分发挥现代服务业的主导作用，依托县城和中心镇，重点培育生产性服务业，繁荣商贸服务业，大力发展绿色旅游业，文化健康产业，做大做强地方金融业。充分发挥现代农业的基础作用，拓展农业多种功能，实现农业"接二连三"，加快传统农业向高效生态现代农业转变。

三、整体推进城乡基础设施与生态环境建设，打好优化生产生活环境的攻坚战

城乡基础设施一体化是城乡一体化发展的基础支撑。要着眼于优化城乡空间布局、强化城乡空间联系、拓展城乡发展平台，进一步加大城乡基础设施建设投入，加快实现城乡基础设施配套衔接，着力提升农村基础设施建设水平。按照统筹城乡、配套建设、系统集成的要求，高起点、高标准规划建设城乡一体的综合交通体系、综合能源供给体系、综合通讯信息体系、供水排水体系、环境综合治理体系等高水平的城乡基础设施体系，并建立起运行高效的分类管理养护机制，形成各类基础设施配套、城乡基础设施衔接、运行节能高效、服务便捷优质、管理养护科学的城乡基础设施体系。

城乡生态环境建设一体化是城乡一体化发展的客观要求。从生态环境承载压力大的实际出发，大力实施绿色发展战略，发展循环经济、低碳经济、绿色经济，走经济生态化、低碳化和生态经济化、资产化的发展道路；确立建设城乡一体的绿色生态城市的新目标，改变农村环境治理滞后的状况，整体推进城镇与农村的生态环境整治建设，全面开展绿色城市、绿色村庄、绿色企业创建活动，提高城乡绿化、洁化、美化水平，做到城乡皆是好风光。

四、全面实施创新强农战略，打好建设高效生态现代农业的攻坚战

要从目前正处于改造传统农业、走中国特色农业现代化道路的关键时刻的实际出发，进一步增强改造传统农业、建设高效生态的现代农业的紧迫感。按照高产、优质、高效、安全、生态的要求，把高效生态农业作为现代农业的实践模式，积极探索经济高效、资源节约、环境优好、产品安全、功能多样、技术密集、人力资源得到充分发挥的新型农业现代化道路。

具体来说，发展高效生态的现代农业，要确立产业上是精细农业、产品上

是精品农业、技术上是精准农业、环境上是精美农业、装备上是精良农业、主体上是精兵农业的现代农业发展新方向。要不断强化农业的体制创新、科技创造、文化创意、生态创优、能人创业的现代农业发展新机制。要综合运用行政手段、经济手段、教育手段、法律手段来建立健全现代农业发展的新保障。

一是以农业观念创新为先导。发展高效生态农业，要树立农业人本化的新理念，把确保粮食安全农产品有效供给和农业增效农民增收作为现代农业发展的双重目标；要以农业工业化的新理念来经营农业，大力推进农业的专业化、标准化、品牌化、企业化和产业化；要以农业生态化的新理念来促进农业的可持续发展，使高效生态农业兼有农业高土地产出率、高投入产出率、高劳动生产率和可持续发展的多重特征；要以农业功能多样化的新理念来拓展农业的开发领域，充分挖掘农业的农产品生产功能、就业致富的功能、传承文化的功能、涵养生态的功能，拉长农业的产业链和价值链。

二是以农业结构创新为重点。要按照发展精致农业和精品农业的方向，根据资源禀赋、产业基础和市场需求和区域化布局的农业块状经济、贸工农一体化的龙型经济要求，大力推进农业的产品结构、区域结构和产业结构的调整，做大做强具有明显比较优势的主导产业。要进一步完善高效生态农业发展规划，着力打造一批规模化基地、区域化布局、标准化生产、产业化经营、品牌化营销的现代农业示范园区和精品农业园区。实施高效生态农业发展规划，着力打造一批有相当市场知名度和市场份额的区域知名品牌。拓展农业的多种功能，拉长农业的产业链，提升农业价值链。把现代农业培育成为横跨一、二、三、四次产业的第十产业。要把农业高科技种苗业、农产品精深加工业、农产品现代物流业、农业生产性服务业、农业生物质能源业和农业文化创意业等六大农业新兴战略性产业作为农业发展的新增长点。

三是要以农业体制创新为动力。要在稳定完善农村基本经营制度的基础上，以建立土地流转机制为切入点，按照"自愿、依法、有偿"的原则，规范土地流转的政策，建立土地流转的市场。要促进兼业化、副业化、小规模的家庭经营向专业化、规模化、集约化的家庭经营转变。把在培育专业大户、家庭农场基础上大力发展农民专业合作社，作为农业体制创新的重大举措。要把农民专业合作社培育成为引领农民进入国内外市场的经营主体，积极拓展标准化生产服务、农产品品牌营销服务、农产品精深加工服务、资金融通信用合作等多种功能，形成以集约化家庭经营与产业化合作经营相结合的新型农业经营双层体制。

四是要以农业科技创新为支撑。要积极推进农业技术创新，把农业高产优质高效技术与循环经济技术有机地整合起来，把技术标准化与技术绿色化结合起来，形成资源节约、环境友好的高效绿色农业技术体系。大力推进农作制度改革和生产模式创新，重点推广设施农业、循环农业、精准农业、休闲农业、有机农业等新型农业业态。大力推进农业科技推广体制和服务组织创新，围绕特色优势产业强县建设，组建由教育、科研、推广机构和行业协会等多方参与的区域性专业性科技服务组织，建立和完善首席专家、推广教授、科技特派员、责任农技员制度，构建农科教、产学研一体化的新型农技推广体系。

五是要以农业管理创新为基础。要综合运用市场机制对农业资源配置的决定性作用和政府政策的引导作用，在大力推进农业市场化进程的同时，政府为农业资源的市场化、高效率的优化配置提供必要的政策支持和法律保障。建立健全农业资源要素市场化配置体系，建立土地、水资源、技术、资金等资源要素产权交易中心。建立健全农产品市场物流体系，发展一批大型涉农商贸企业集团，改造建设一批农产品专业批发市场和现代农业物流中心。加快推行标准化生产和管理，加强农产品生产环境和质量检验检测，建立农产品质量安全可追溯体系。努力构建以政府的公共服务、合作服务和市场化服务相结合的新型农业服务体系。

六是要以农业发展环境创新为保障。要按照新型工业化、新型城镇化和新型农业现代化整体推进的思路，建立健全以工促农、以城带乡的长效机制，充分发挥工业化、城镇化、市场化对"三农"的带动作用和"三农"对"三化"的促进作用。要建立土地、水利、生物、生态等农业资源的保护和科学开发机制；要强化新型工业化新型城镇化带动农民分工分业的转换转化机制；要完善现代工业装备农业、全社会投资支持农业的投资建设机制；要健全政府对现代农业的政策法规的支持保护机制。

五、以村庄环境整治建设为抓手，打好建设美丽乡村新社区的攻坚战

一是要按照统筹城乡建设规划和建设城乡一体新社区的思路，优化村镇布局。尽快改变传统村落分散布局和农居杂乱无章状况，开展田野上的住房革命，以"三置换"为抓手，因地制宜引导农民进新市镇安居乐业，推进村庄撤并和集中农居点建设，搞好中心村社区规划。在城乡一体化规划布局上形成区域中心城市、中心重镇、中心社区的空间布局。

二是要把以中心村为载体的农村新型社区建设作为构建城乡一体化现代社

区的突破口。要从缩小城乡差别、提高新农村建设水平、让农村居民共享现代文明生活的战略目标出发，以中心社区为基础节点，引导务农农户的居住向中心社区集中，完善基础设施建设、公共服务体系建设，成为现代农村生产生活和公共服务中心。

三是把特色农业发展与绿色村庄建设有机结合起来，建设绿色新农村。要按照一村一品、一村一业、一村一园、一村一景、一村一韵"五个一"的发展思路，引导中心村社区发展走特色化、绿色化发展道路。把提升特色农业产业的竞争力与改善农村人居环境结合起来。中心村新社区建设既要保留农村田园风光、优美生态环境、乡土历史文化，又要引入现代公共服务体系，做到传统与现代的完美结合，形成现代桃花源式的新农村景观，成为让市民休闲旅游的农业公园，成为让农民引以为豪的幸福家园。

四是要抓好农村新社区建设的三个重点环节。一是农村新社区人居环境。农村新社区建设要与高效生态现代农业发展紧密结合，社区环境、景观能够体现村在林中、林在村中，稻花飘香、鸟语花香，小桥流水、碧波荡漾，突出村庄的天然、朴实、绿色、清新的环境氛围和天人合一的意境，尽力展现乡村景观的吸引魅力。二是农村新社区建筑形态。建筑物风格要既体现当地民居民俗特色，同时又要体现资源节约、环境友好型社会和低碳生活方式的要求。三是农村新社区公共服务。全面完善社区规划、社区保洁、社区保安、社区文化、社区卫生、社区教育、社区健身、社区绿化、社区购物、社区管理等十大社区服务。

六、着力提升农民创业就业能力，打好培育高素质新型农民的攻坚战

一是要进一步掀起多领域、多形式、多层次地全民创业的新高潮，营造让更多农民在更广阔的城乡产业发展空间里创业创新闯市场的良好环境，形成企业创大业、能人创新业、农户创家业、干部创事业的氛围，完善能人创业带动更多农民转产转业的机制，以市场机制进一步促进农民分工分业分化。积极拓展农业和农村产业多种功能，拉长产业链，扩展农民创业就业空间，推进农业和农村经济的专业化、集约化、企业化和产业化。

二是要创新农民培训教育方法和机制，把普及职业教育、社区教育、继续教育作为全面提高农民文化科技素质、培养有专业技能的各类高素质劳动者、创业者。要加快推进农村职业教育免费，让未上普高和大学的农村青少年普遍接受中高等职业技术教育，从根本上消除低素质农民工产生条件，铲除农民贫

困农村落后的根源。农村劳动力技能培训也要朝着专业化、职业化培训的方向发展。

三是要着力在农村建设学习型社会，倡导终身学习。各级广播电视大学、函授大学、继续教育学院、社区学院、成人教育都要把重点放到农村去，尤其是要重视开展农民群众的文明素质教育。各类学校都要开设农民文明素养教育课程，让农民群众普遍接受全面的文明素养教育，使农民文化素养、科技素养、道德素养有整体提高。

七、推进农村文化大繁荣大发展，打好农村精神文明建设的攻坚战

一是要大力开展群众性的文明创建活动。可以按照创造人民幸福生活的目标要求，把文明创建设活动提升到创建幸福家庭和幸福团体活动，诸如幸福企业、幸福单位、幸福社区等。

二是要把加强城乡文化建设，繁荣城乡文化事业，提升文化软实力作为构建和谐社会的重要举措，充分发挥文化在和谐社会建设中的独特作用，大力推进农村文化礼堂建设，广泛开展群众性的文化活动，以健康快乐的文体活动来增进群众之间的和睦关系，营造文明、祥和、快乐的生活环境。

三是把农村思想道德建设和民主法制建设紧密结合起来。坚持一手抓农民群众的思想道德和民主法制教育，一手抓农村干部思想建设和作风建设。既要提高农民群众的思想道德水准，提高农民正确地运用当家做主的民主权利，做到依法维权，又要特别重视提高各级干部特别是与农民直接打交道的各个部门和乡村干部的思想道德水平、民主法制意识。

八、探索欠发达山区绿色发展的新路径，打好低收入农户致富奔小康的攻坚战

从浙江有 70% 是山区、实现全面小康和城乡一体化发展目标的难点在于欠发达山区的实际出发，把加快欠发达山区的发展，促进低收入农户增收致富摆到更加重要的位置，进一步加大对欠发达山区的支持和扶贫工作力度。要以实施绿色发展战略为重点，积极探索欠发达山区转型发展的新路径、低收入农户增收致富的新举措。把欠发达山区作为以绿色发展推动跨越式发展的改革试验区。充分发挥生态资源优势，做大做强绿色新产业。走小县大城的发展路子，加快建设绿色新城镇。坚持统筹城乡以城带乡，全面建设美丽乡村。增强

科技文化的软实力，大力弘扬绿色新文化。全面加强基础设施建设，优化美化绿色新环境。深入实施低收入农户奔小康工程，提高扶贫工作成效。加快推进异地搬迁。以县城、中心镇、中心村为主要入迁地，推进高山远山下山搬迁、地质灾害避让搬迁、重点库区出库搬迁和海岛县区小岛搬迁。加大产业开发力度。集中支持低收入农户集中村基础设施建设和特色产业开发。扶持一批扶贫龙头企业、扶贫专业合作社和产业农业基地，形成特色农业"一乡一业"、"一村一品"的发展格局。进一步加强扶贫帮扶工作。深入推进结对帮扶，完善对低收入农户集中村和低收入农户的结对帮扶机制。进一步完善和提高农村最低生活保障水平，努力使低收入农户生活也能达到基本小康水平，从而实现人人小康、户户小康的全面建成小康社会的目标。

九、切实转变政府职能，打好建设服务型政府和服务型基层组织的攻坚战

一是强化服务职能。要按照以人为本、以民为大、以农为重、富民为先的理念，切实转变市县、乡镇党委政府的职能，建设服务型政府。完善城乡一体的公共服务的体系，强化社区基层组织的服务功能，把基本公共服务延伸到村、社区，提高公共服务的普惠性、便捷性、公平性。

二是提高服务能力。要把基层干部培养成为服务型的干部，增强服务意识，进一步提高服务能力。要提倡做学习型干部、创新型干部、创业型干部、技能型干部、实干型干部。

三是增强服务实力。要通过推动城乡经济的又好又快发展和改革财政体制，促进公共财政向县、乡镇一级政府倾斜，切实解决好服务缺实力的问题。同时，要通过发展壮大村级集体经济和加大对村级公共服务财政支持力度，增强村级组织的服务实力。

四是创新服务方式。要完善县、镇、村三级公共服务体系，建立完善乡镇服务中心和中心村社区公共服务中心。要采取政府基本公共服务延伸到村和政府购买服务的新思路，让村级基层组织和农民专业合作社等合作经济服务组织承担起为农民提供面对面服务的职能。

五是转变服务作风。农村基层干部和乡镇七站八所等管理服务机构，要牢固树立全心全意为人民服务的宗旨，切实改进工作作风、服务态度和服务效率，要公平、公正、公开办事和服务，要做到勤政为民、廉政为民、亲民爱民。

　　六是打造服务团队。要按照公推公选的民主选举，选好用好乡镇领导干部队伍和村干部队伍。特别是要提高镇党委书记、镇长和村支部书记、村委会主任等主要领导干部的整体素质，充分发挥班长的作用。要按照有创新理念、有创业本领、有拼搏精神、有科学管理、有人格魅力的"五有"要求，打造统筹城乡发展建设新农村的领头雁，形成一支优秀的服务团队。

参 考 文 献

[1] 陈欣欣，史清华．不同经营规模农地效益的比较及其演变趋势分析 [J]．农业经济问题，2000 (12)：6 - 9．

[2] 方芳，周国胜．农村土地使用制度创新实践的思考——以浙江省嘉兴市两分两换为例 [J]．农业经济问题，2011 (4)：32 - 35．

[3] 高冰，邵峰．实施粮食购销市场化改革　促进农业结构战略性调整 [J]．农村工作通讯，2001 (10)：10 - 11．

[4] 顾益康，邵峰，葛永明，等．农民创世纪——浙江农村改革发展实践与理论思考 [M]．杭州：浙江大学出版社，2009．

[5] 国家统计局国民经济综合统计司．新中国六十年统计资料汇编 [M]．北京：中国统计出版社，2010．

[6] 国家统计局人口和就业统计司．中国人口和就业统计年鉴 (2011) [M]．北京：中国统计出版社，2012．

[7] 国家统计局住户调查办公室．中国住户调查年鉴 (2011) [M]．北京：中国统计出版社，2011．

[8] 顾益康．浙江 30 年农村改革发展实践的理论分析 [J]．农业经济问题，2008 (10)：11 - 20．

[9] 刘文耀．四川广汉向阳人民公社撤社建乡的前前后后 [J]．中共党史研究，2000 (2)：95 - 97．

[10] 卢福营．冲突与协调：乡村治理中的博弈 [M]．上海：上海交通大学出版社，2006．

[11] 卢福营．当代浙江乡村治理研究 [M]．北京：科学出版社，2009．

[12] 美丽乡村浙江行 [EB/OL]．http://zjnews.zjol.com.cn/05zjnews/ztjj/2013zjx/．

[13] 邵峰．均衡浙江 [M]．杭州：浙江人民出版社，2006．

[14] 史清华．农户经济可持续发展研究 [M]．北京：中国农业出版社，2005．

[15] 史清华．农户家庭储蓄与借贷行为及演变趋势研究 [J]．中国经济问题，2002 (6)．

[16] 王东明．农村税费改革以来乡镇机构改革情况与成效 [J]．中国财政，2011 (9)：18 - 21．

[17] 王立军．从农村工业化到城乡统筹发展：浙江农村改革回顾与前瞻 [J]．中共杭州市委党校学报，2008 (5)：20 - 25．

[18] 徐旭初，黄祖辉，邵科．浙江省农民专业合作组织的发展与启示 [J]．中国农民合作社，2009 (1)：39 - 42．

[19] 肖运中. 贫困、能源与环境：贫困县农村炊事能源使用分析 [J]. 华中农业大学学报（社会科学版），2010 (5).

[20] 杨丹妮. 浙江省统筹城乡发展的理念与实践——"以自由看待发展"的视角 [J]. 未来与发展，2011 (1)：93 - 97.

[21] 叶成伟，孙勤明. 浙江省公共文化服务体系建设的经验、问题、对策 [J]. 观察与思考，2012 (11)：63 - 68.

[22] 张厚安，徐勇. 中国农村政治稳定与发展 [M]. 武汉：武汉出版社，1995.

[23] 浙江省扶贫办公室. 攻坚之年——我省全力打好欠发达乡镇奔小康攻坚战 [J]. 今日浙江，2007 (18)：14 - 16.

[24] 浙江省统计信息网. http：//www. zj. stats. gov. cn/col/col47/index. html.

[25] 浙江省统计局. 浙江省第二次农业普查主要数据公报 [DB/OL]. http：//www. zj. stats. gov. cn/art/2008/3/18/art _ 186 _ 61. html.

[26] 中国农民状况发展报告 [DB/OL]. http：//theory. people. com. cn/GB/1641-8890. html.

[27] 中华人民共和国农业部. 全国农村可再生能源统计资料（2006）[M]. 北京：中国统计出版社，2007.

[28] 中华人民共和国统计局. 中国能源统计年鉴（2012） [M]. 北京：中国统计出版社，2012.

[29] 中华人民共和国统计局. 中国统计年鉴（2011） [M]. 北京：中国统计出版社，2012.

[30] 中共中央政策研究室，农业部全国农村固定观察点办公室. 全国农村社会经济典型调查数据汇编：1986—1999 年 [M]. 北京：中国农业出版社，2000.

[31] 中共中央政策研究室，农业部全国农村固定观察点办公室. 全国农村固定观察点调查数据汇编：2000—2009 年 [M]. 北京：中国农业出版社，2010.

后　记

中国的改革开放从农村起步，经过 35 年的改革发展，已经取得举世瞩目的成就，探索出了一条中国特色社会主义发展道路。在改革发展过程中，"三农"发展也取得巨大的进步，农民作出了巨大贡献。党的十八大强调在新的发展阶段，解决好"三农"问题仍然是全党工作的重中之重。因此，在中国农村改革 35 周年之际，回顾总结农村改革发展成功经验，彰显中国农民为中国历史发展所做出的巨大贡献，探索在"四化同步"推进战略指引下的中国特色农业现代化发展道路和实现农民全面发展的科学路径，具有非常重要的现实意义和理论价值。

中国农民发展研究中心以"为农民谋发展、为农民达心声、为农民著历史"为研究宗旨，自 2012 年 6 月成立起时就在思考与谋划《改革开放 35 年中国农民发展报告》和《改革开放 35 年浙江农民发展报告》两个报告。2013 年初，在中心负责人顾益康、金佩华、沈月琴、李勇华等同志的共同主持下，组织了研究团队并研究拟定了报告提纲。经过大家共同的努力，形成了目前两个成果报告。这两个报告以改革 35 年为主线，阐述了农村政策发展演变以及农民的贡献，较全面地展示了 35 年农民的经济发展、政治发展、社会发展、文化发展，提出了促进农民全面发展的统筹城乡一体化的体制机制对策思路。由于农民发展主题涉及面广，35 年跨度又长，总结梳理工作是一项探索性与挑战性极强的研究，再加上时间和能力所限，研究成果难免有疏漏和不当之处，敬请读者批评指正。

全书由顾益康、金佩华、沈月琴、李勇华统筹、设计大纲并审阅修改。专家组成员有：李勇华、祁慧博、沈月琴、余康、吴连翠、金佩华、顾益康、高君、雷家军、潘伟光。

本书的出版得到了中国农业出版社赵刚同志的大力支持，中心办公室吴一鸣、王小玲对后期的出版做了大量的协助工作，在此也表示感谢！

浙江农林大学中国农民发展研究中心

2013 年 10 月

图书在版编目（CIP）数据

改革开放 35 年浙江农民发展报告 / 顾益康等著 . —
北京：中国农业出版社，2013.11
ISBN 978-7-109-18638-5

Ⅰ. ①改… Ⅱ. ①顾… Ⅲ. ①农民-发展-研究报告
-浙江省 Ⅳ. ①D422.855

中国版本图书馆 CIP 数据核字（2013）第 281709 号

中国农业出版社出版
（北京市朝阳区农展馆北路 2 号）
（邮政编码 100125）
责任编辑 赵 刚
————————————————
北京中兴印刷有限公司印刷 新华书店北京发行所发行
2013 年 11 月第 1 版 2013 年 11 月北京第 1 次印刷
————————————————
开本：720mm×960mm 1/16 印张：18
字数：315 千字
定价：35.00 元
（凡本版图书出现印刷、装订错误，请向出版社发行部调换）